KB111742

함부로
포 옹

함부로 포옹

초판 1쇄 인쇄일 2017년 12월 20일
초판 1쇄 발행일 2017년 12월 28일

지은이 | 소년감성
펴낸이 | 김기선

편집장 | 김은지
편집부 | 임종성, 박지은, 김지현, 김아름
디자인 | 한주희

펴낸곳 | 와이엠북스(YMBOOKS)
출판등록 | 2012년 7월 17일 (제382-2012-000021호)
주소 | 서울시 도봉구 노해로 379, 802호(창동, 대성빌딩)
전화 | 02)906-7768 / **팩스** | 02)906-7769
E-mail | ymbooks@nate.com

ISBN 979-11-322-4395-3 03810

값 9,000원

※파본은 구입처에서 교환하여 드립니다.
※저자와 협의하여 인지를 붙이지 않습니다.

19세 미만 구독 불가

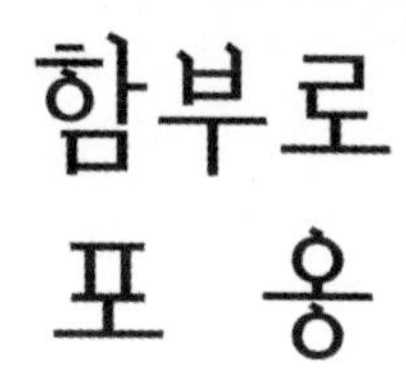

소년감성
장편소설

YMBOOKS
ROMANCE
STORY

BOOKS

목차

프롤로그

서두른 덕택에 시준은 제시간에 도착할 수 있었다. 여자는 일부러 그러는 것처럼 딱 5분이 지나서야 나타났다.

"강시준 씨 맞지요? 처음 뵙겠습니다."

여자가 먼저 상냥한 어투로 인사를 해 왔다.

서로 인사를 받는 둥, 마는 둥.

시준이 잠자코 있었으므로 그들 사이로 깊은 적막이 흘렀다. 다행히 여자는 그의 침묵을 신경 쓰지 않는 듯했다.

자신과 결혼을 하겠다고 이 자리에 나온 여자였다. 간을 보는 첫 순서로 시준의 눈이 그녀를 찬찬히 훑었다. 여자의 첫인상은 차분했다. 나이는 스물일곱 살, 해동제약 백욱기 회장의 외동딸, 그리고 이름은…….

이걸 어쩐다?

이름을 까맣게 잊어버렸다.

바쁜 일정 탓에 이런 실례를 범하고 말았다. 어제까지 그는 영국의 대학 연구소에 학술 발표용의 제품을 제공하는 문제 때문에 출장 중이었다. 공항에 도착하자마자 대충 에너지 드링크 따위로 피로를 갈무리하고서는 맞선 장소로 휙 달려온 참이다. 그 탓에 지금은 꽤나 피곤한 상태였다.

'9월 8일, 월요일 2시. 내가 따로 최남웅 실장한테 일러두겠다만 이번엔 너도 확실히 해야 한다. 백욱기 딸이야. 왜, 너도 들어서 알고 있지? 백욱기 그 양반, 일전에 하나 있던 아들을 사고로 보내고서 외국에서 떠돌던 여식을 불러들였잖아. 그 아이야.'

부친의 부탁 같은 강요는 여전한 것이었다. 그간 내내 대영건설 둘째 딸, 크라운기업 막내딸, 화영제약 조카딸 등등……. 부친의 눈에 차는 지인의 딸들은 지치지도 않고 꾸준히 물색되었다.

귀찮다는 핑계, 바쁘다는 핑계, 생각 없다는 핑계…….

이젠 숱한 핑계들도 소용없어져서 마침내 나온 자리였다.

까짓것, 만나 주지.

결정이 어떻게 나든 거부하면 그만이니까.

뭐더라, 이름이…….

그가 미간을 구기며 혼자 생각에 잠겨 있는 사이에도 여자는 허리를 꼿꼿하게 편 채 똑바로 앉아 있었다. 상대방을 살피는 그의 눈길이 꽤나 무례할 텐데도 그녀는 꿈쩍하지 않았다. 아니, 어쩌면 당연하다는 얼굴로 시선을 받아 내고 있었다. 조금 있으려니 깔끔한 화이트 색 앞치마를 두른 웨이터가 그녀 곁으로 가서 메뉴판을 내밀었다.

"이 집 블루마운틴이 좋다고 들었어요, 샷 추가해서 부탁할게요."

웨이터에게 속삭이듯 주문하며 메뉴판을 건네주던 그녀의 눈이 시준에게로 쏠렸다. 뭐로 하실래요? 하는 눈빛이 퍽이나 스스럼없었다.

"같은 걸로 하겠습니다."

부러 딱딱한 말투로 대답해 주고서 그는 다시 그녀를 관찰하기 시작했다. 그의 냉랭한 눈빛에는 명백한 거부의 의사가 들어 있었다. 본격적으로 품평이 시작된 것을 알았는지 그녀는 자세를 고쳐 잡았다. 아예 보란 듯이 허리를 반듯하게 펴고 앉아서 그와 눈 맞춤을 하는 여자는 조금 당돌해 보이기까지 했다.

"능숙하십니다."

그가 무심코 속에 있는 말을 꺼내고 말았다. 뭐가요? 하듯 눈을 크게 뜬 그녀를 향해 그는 설명을 붙였다.

"맞선을 보는 태도 말입니다."

대놓고 비웃는 격이 되어 버렸지만 그는 후회하지 않았다. 그녀 역시도 고개를 주억거리며 귀 뒤로 머리카락을 넘겨 빗고는 순순히 대꾸했다.

"다행이네요."

그래 놓고 그녀는 시준을 뚫어지게 보기 시작했다. 본격적인 탐색전이었다. 그것은 노골적이고도 길었다. 이미 서로의 집안과 사업장, 심지어 신상명세까지 철저히 알고 나온 상대방들은 거리낄 것이 없었다.

"이 정도면 댁의 취향에 맞게 하고 나온 건가요?"

마침내 그녀가 얄궂은 질문을 해 왔다. 시준의 얼굴에 황당해하는 표정이 번졌다.

'차라리 반갑군.'

그는 안심했다. 그녀의 의도가 보여서 마음이 놓이는 느낌이었다.

뭔가 닳고 닳은 사람 같아서 부담이 덜 되는, 그런 거.

"말해 봐요. 이만하면 댁의 눈에 들게 하고 나온 건가요?"

"그럭저럭."

직설적으로 대답을 해 주고 나서 시준은 컵의 물을 한 모금 마셨다.

그럭저럭…….

어느 정도 사실이었고 또 사실이 아닐 수도 있었다. 그가 보기에 여자는 평균 이상이었다. 그녀의 칠흑같이 검은 머리카락은 어깨선에 닿을락말락했고 붉은색의 블라우스와 함께 입고 있는 검은 스커트는 종아리까지 내려오는 얌전한 모양이었다.

"남자가 있어 보입니다."

시준은 그녀의 선명한 눈매를 보며 불쑥 말했다. 그녀는 의외라는 듯이 따끔한 표정으로 물었다.

"짐작? 아니면 제 뒤를 조사하신 거예요?"

"짐작입니다만."

"아아, 노코멘트해도 되겠네요."

빙긋, 미소를 지으며 그녀는 아리송한 대꾸를 했다.

뭘까?

남자가 있다는 거야, 없다는 거야? 안 되겠다, 직접 찔러야겠다.

"진지하게 질문한다면 어떻게 대답하실 겁니까?"

그러자 그녀는 약간 망설이는 것 같더니 천천히 입을 열었다.

"……있어도 이상할 게 없잖아요?"

그렇군.

남자가 있다는 얘기구나.

시준은 찬찬히 다시 그녀의 얼굴을 보기 시작했다.

그녀의 결이 고운 피부는 아기같이 뽀얀 빛이었다. 그것은 매끈하게 솟아오른 콧날과 함께 유독 눈에 띄어서 어디서건 미인 소리를 들을 법했다. 어느새 웨이터가 놓고 간 커피 잔을 쥐고 입술로 가져가는 그녀의 눈이 호시탐탐 뭔가를 노리는 것도 같았다

그는 다시 한 번 상대방의 이름을 떠올리려 애썼다.

……이름이 뭐라고 했더라?

제길, 그따위는 기억도 나지 않는다.

"강시준 씨."

정신을 차리고 앞을 보니 여자의 입술 끝이 올라가 있었다. 아마도 여자는 그의 반응을 기다리고 있었나 보다.

"물어볼 것 더 없으시면 이만 일어나도 될까요?"

여자는 손목시계를 흘끔거리며 재촉을 하는 투였다. 마치 아무런 대화도 시작하지 않는 그를 나무라는 것 같았다.

"……음."

솔직히 나눌 말이 없었다. 어차피 이런 자리 자체가 그에게는 무의미한 일이었다. 아니, 서로에게 그럴 것이다. 그는 이쯤에서 확실히 해 두어야 할 필요를 느꼈다.

"……알아 두어야 할 게 있습니다. 저는 아닙니다."

저는 아닙니다.

즉, 당신과 결혼을 할 수 없다. 아니, 적어도 결혼을 하기 위한 시작을 할 수조차 없다.

이런 의미의 말이었다. 그러자 재미있다는 듯이 그녀의 둥그런 눈매에 희미한 미소가 그어졌다. 그녀는 손목에서 시계를 끌러 테이블 위로 올려놓더니 입을 열었다.

"생각이 바뀌었어요. 10분만 더 앉아 있다가 갈게요."

"10분…… 이라."

시준은 시큰둥하게 제 손목의 옷깃을 들추어 시간을 확인했다. 10분이 아니라 100분이 지나 봐라, 소용없을 것이다.

"왜 그래야 합니까? 이미 결론은 난 것 같은데요."

"10분만 내어 주면 돼요."

"딱 10분만입니다."

결국 크게 인심 쓰듯 10분을 허용한 그는 커피 잔을 들었다.

"고마워요. 제가 생각을 정리할 시간이 필요해서 그래요."

무슨 생각을 정리한다는 건지.

도자기 잔을 손가락으로 매만지면서 여자가 웃었다. 어찌 보면 어린아이같이 무구한 웃음이었다. 그러나 째깍째깍, 시간이 자꾸만 가는데도 그녀는 아무런 말이 없었다. 자아, 그러면……. 시간 끄는 것은 딱 질색인 그는 숨을 깊게 내쉬었다.

"남남끼리 이러고 있는 것도 우스운 일입니다. 피차 시간 낭비하지 말고 헤어집시다."

결론을 지을 요량으로 다소 쌀쌀맞게 일갈했지만 뜻밖에도 그녀가 담담하게 받아쳐 왔다.

"남남이라…… 그건 모르는 일이죠. 강시준 씨는 앞으로 무슨 일이 생길지 자신할 수 있으세요? 한 치 앞도 알 수 없는 게 인생이라는데."

이 여자가 선을 넘고 있었다. 해서 그가 툭 내뱉었다.

"그건 앞날이 불분명한 사람들의 이야기라고 생각합니다."

"앞날은 미지의 세계예요. 돈 가진 자나 돈 없는 자나 그 누구도 미래 앞에서는 자유롭지 못해요."

뭐지?

시준의 입술이 삐뚜름하게 다물어졌다.

설마 두 사람의 앞날에 대해 희망의 여지를 두고 싶다는 뜻인가?

"억지 부리지 마십시다."

시준은 비아냥거렸다. 쓸데없는 낚시질에 걸려들지 않을 작정이었다.

"사이먼 사이넥이라는 사람이 그러는데요……."

"우리 이야기만 하십시오."

대놓고 그가 무안을 주었다.

"……아님, 말고요."

자기가 말해 놓고도 웃긴 모양인지 여자는 소리 없이 배시시 웃었다. 쑥스럽다기보다는 유쾌한 웃음이었다. 여자의 눈꼬리가 둥글게 휘어지면서 소녀 같은 인상이 되는 것을 바라보며 그는 어처구니가 없었다. 뜬금없게도 그는 이렇게 구김살 없는 미소를 짓는 여자에게는 자신보다 더 좋은 남자가 있으면 좋을 것 같다는 상상을 했다.

진짜 저 여자를 아끼고 사랑해 주는 남자 말이다.

"쉽게 정리해 드리겠습니다. 아쉽게도 우리는 인연이 아닌 것 같습니다."

되도록 정중한 어투를 썼지만 속뜻은 제대로 된 거부였다. 그녀가 고개를 끄덕였다.

"그렇게 말할 줄 알았어요. 사실은 진작부터 눈치채고 있었어요."

"그 눈치 옳습니다."

"그렇게 따분한 얼굴을 하고 있는데 모를 리가 있겠어요?"

그녀는 하아, 하고 숨을 터트리듯 내쉬더니 주섬주섬 테이블 위에 놓인 휴대폰을 가방에 집어넣었다. 체념했다는 뜻인가?

"덕분에 이 집 블루마운틴 잘 마셨어요."

그녀는 자리에서 일어나더니 선글라스를 들고 있지 않은 손을 내밀었다. 그도 따라서 몸을 일으켰지만 선뜻 악수하지는 않았다. 그의 무뚝뚝한 반응에도 그녀는 전혀 기죽지 않은 태도로 마저 인사를 했다.

"그쪽 의사는 잘 알아들었어요. 가만 보면 우리는 참 효자, 효녀들이에요. 부모님들이 시키는 대로 모자람 없이 정확하게 40분 앉아 있었으니까요. 어쨌든 수고하셨습니다."

끝났다!

질척거리는 모양이 아니었기 때문에 시준은 은연중에 마음을 놓았다.

"들어가십시오."

시준은 성의 없게 인사치레를 했다.

"제가 예언 하나 해도 될까요? 우리는 아마, 이게 끝이 아닐 거예요."

구질구질하게 대체, 왜 이러는 거야?

그녀의 의미심장한 말에 시준의 눈썹이 한쪽 위로 치켜 올라갔다. 그런데도 여자는 알쏭달쏭하게 덧붙여 말했다.

"저는 결혼하는 일로 고민하며 살고 싶지 않아요, 정말로요. 그건 그쪽도 마찬가지겠죠."

그녀는 이마 위의 흐트러진 머리카락을 쓸어 올린 뒤에 머리를 살짝 숙였다.

"안녕히 들어가세요."

돌아서는 그녀의 뒤에서 그가 혼잣말처럼 중얼거렸다.

"편하게 살고 싶다면 나는 정말 아닐 건데."

"글쎄요. 세상 내 뜻대로 되는 게 있던가요?"

발칙한 여자의 말에는 부인할 수 없는 미묘한 무언가가 들어 있었다.

이름이 뭐더라?

총총 걸음을 걷는 여자를 보며 그는 다시 한 번 더 이름을 기억하려 애썼지만 허사였다.

***

'가만 보면 우리는 참 효자, 효녀들이에요.'

지하 주차장으로 내려와 자동차 폴딩키를 만지고 있는데 여자의 말소리가 환청처럼 들려왔다.

“그쪽이면 몰라도 나는 전혀 아니거든. 오히려 결혼 안 하겠다고 부모 뒤통수치기 바쁜 아들입니다만.”

그는 혼자 비웃은 다음에 조금은 홀가분해진 기분으로 피로회복제를 단번에 들이켰다. 막 운전대를 잡았을 때였다. 갑자기 눈이 번쩍 뜨였다.

그 여자다!

지하 주차장의 가장 구석에 있는 기둥 곁으로 붉은 블라우스가 움직이는 게 보였다. 그는 눈을 떼지 않았다.

이름이 뭐라고 했더라?

이름을 기억해 내려 애썼지만 여전히 기억나지 않았다. 그러나 더 이상 상관할 게 없었다. 여태 결혼을 전제로 만났던 유수한 집안의 영애들과 마찬가지로 그녀는 이름이 없어야 옳았다.

‘뭐 하는 거지?’

붉은 실크 블라우스의 여자는 그를 등지고 선 채로 머리를 한데 모아 묶고 있었다. 두 팔을 높이 치켜든 탓에 가느다란 팔뚝의 근육이 얕게 파들거렸다. 머리를 다 묶은 여자는 헬멧을 썼다.

헬멧이라.

호기심이 발동하지 않을 수 없었다. 그는 운전대를 잡아 돌리면서도 그녀를 지켜보았다.

설마?

여자는 헬멧을 쓴 다음에 펜슬 스커트를 잡아채는가 싶더니 쑥 벗어 내렸다. 곧 그 스커트 속에서 쇼트 팬츠가 나타났다. 맵시를 살리려고 그랬는지 몸에 딱 붙는 원단을 사용한 옷은 그녀의 가냘픈 몸을 강조할 뿐이었다. 덕분에 호리호리하고 가느다란 몸매가 그의 눈에 선연히 들어왔다.

그녀는 쇼트 팬츠 차림으로 오토바이에 올랐다.

해동제약 딸이 할리 데이비슨을 운전할 줄을 안다?

부릉, 하고 오토바이가 울음소리를 냈다. 시준의 차가 서행을 하면서 주차장을 빠져나가는 찰나에 그녀와 눈이 마주쳤다. 훅, 하고 그는 숨을 들이켜 입술을 깨물었다. 못 볼 것을 본 것처럼 민망해졌던 탓이다.

"바이바이."

경직된 그와는 반대로 여자는 손을 흔들었다.

시준은 공연히 불쾌해졌다. 다시 한 번 그는 여자의 이름을 기억해 내려 애썼다.

이름이 뭐였더라?

오, 그래!

드디어 기억해 냈다.

나현.

백나현.

그 이름이 퍼뜩, 떠오른 것은 그녀가 탄 오토바이가 그의 차를 앞질러 가는 순간이었다.

1. 타협의 여왕

"다녀왔습니다."

나현은 널찍한 앞마당에 오토바이를 세우자마자 헬멧을 벗어젖히며 누구에게랄 것도 없이 인사를 했다. 이른 가을 땡볕이 내리쬐는 마당에는 아무도 없었다. 모르는 사람이 보면 꼭 레스토랑이나 카페로 착각을 하는 단층 주택의 마당이었다. 잔디가 깔린 마당 한가운데에는 스프링클러가 돌아가며 물줄기와 함께 영롱한 무지개를 튕겨 내고 있었다.

"오호, 클라이언트 접견 중?"

고객이 와 있을 때만 작동시키는 스프링클러를 보며 나현은 혼잣말을 했다. 그러고는 얼른 머리를 다시 매만지고는 쇼트 팬츠 위에 스커트를 주섬주섬 껴입었다. 허리의 후크를 채운 다음에 숄더백에서 로퍼를 꺼내 신으며 그녀는 아침나절에 아무 데다 던져 놓은 핀 힐을 떠올렸다. 그것은 7센티의 굽이 달린 스틸레토였다. 오늘 아침 출근길에 이진희 비서가 건네주며 강시준을 만나러 갈 때에 꼭 신으라 했었다.

'그 남자는 키가 몇인데요?'

170 남짓한 자신의 키를 인지하라는 뜻에서 그녀가 이 비서에게 항의하듯 물었었다. 이 비서는 무뚝뚝한 표정으로 그래도 신고 나가셔야 해요, 라고 채근했었고. 하지만 나현은 제멋대로 로퍼를 신고 약속 장소에 나갔다. 그리고 이 비서가 왜 자신에게 그토록 힐을 신기고 싶어 했는지를 깨달았다.

강시준, 그는 180이 훌쩍 넘는 장신의 남자였다. 뼈대가 단단해 보이는 골격에 후리후리한 몸매는 훌륭한 것이었다. 유럽 쪽의 슬라브 계통에게서나 볼 수 있는 체격이었다.

'명심해. 남자 서른네 살이면 노땅이야. 적당히 섹시하고 품위 있어 보여야 한다고.'

적당히 섹시하고 품위 있어 보여야 한다고?

이 비서가 그렇게 조심시켰던 것이 무색하게도 남자는 자신에게 도통 관심이 없었다. 아무튼 남자의 얼굴은 의외로 핸섬해서 어디 빠지는 데는 없어 보였다. 그를 처음 본 순간에 저 남자는 사업을 할 것이 아니라 얼굴로 먹고살아도 되겠다고 감탄했을 정도였으니까.

어느 지면에서 봤더라?

한경기업의 강시준 상무이사.

우연히 그의 인터뷰를 본 적이 있었다.

거대기업의 후계자 노릇을 하는 것이 버겁지 않느냐는 질문에 그 남자는 제가 하고 싶은 일을 하는 것이기에 충분히 즐기는 중이라는 너스레를 떨었었다. 나현은 사진 속 남자의 당당한 눈빛에서 그의 말이 거짓이 아님을 느꼈었다. 그리고 오늘 실물로 그를 대하고 나니 더욱 이해가 되었다. 그는 모든 일에 능숙해 보이는 남자인 데다 실제로도 능숙한 남자임에 틀림없었다.

'차라리 숙맥이었으면 했는데.'

나현은 결혼이 조금도 달갑지 않은 입장이었다. 그나마 다행인 것은 이 남자 또한 마찬가지인 것 같다는 거다. 그것이 둘의 간극을 좁혀 줄 무언가가 되어 줄 것이다. 기회를 잡아야 한다!

"어쩌면 뭔가 타협점이 있을 것 같아. 우린 아마 다시 보게 되겠지. 아니, 다시 봐야 해."

그렇게 중얼거리며 나현은 사무실 현관 앞으로 갔다. <디딤 건축사무소>라는 글씨가 박힌 원목 현판이 처마 밑에서 대롱대롱 매달려 있었다.

"선은 성공적이었나?"

사무실 문을 열자마자 튀어나온 소리에 나현은 깜짝 놀랐다.

"고객님이 와 있지 않았어요? 마당에 스프링클러 돌아가던데. 어머, 다들 어디 가고 이리 조용해요?"

대표인 지유 빼고는 텅 빈 사무실 안을 휘둘러보며 나현이 고개를 갸웃거렸다. 지유는 하하, 웃으며 손에 들고 있던 머그잔을 책상 위에 내려놓았다.

"우리 클라이언트께서는 벽지와 마감재가 마음에 안 든다고 재차 방문했었는데 백나현 소장이 들어오기 전에 바로 나가셨고, 오실장하고 정환이는 파주 쪽 모텔 건축주가 깽판 부리는 것 같다고 해서 재미팅 하러 갔고…… 나현이 너만 팔자 좋게 땡땡이지."

그녀의 맞선 보는 일을 땡땡이치러 가는 것이라고 놀리던 지유였다.

"선배, 저는 전생에 뽀로로였나 봐요. 역시 노는 게 제일 좋아."

나현은 제 책상 쪽으로 가기 전에 입구의 콘솔 위에 놓인 난 화분 위로 고개를 숙였다.

"세상에서 제일 예쁘게 무럭무럭 잘 자라나는 아이야, 이 언니가 선을 보고 왔어요."

식물에도 귀가 있어서 좋은 소리를 들려주면 잘 자란다고 했던가? 그 이론을 철석같이 믿고 실천하는 그녀의 작은 습관이었다. 지유는 그 모습을 보며 팔짱을 낀 채로 소리 내어 웃었다.

"강남 쪽에서 맞선 봤다던데, 막 밟았네."

"아니, 거기 아니었어요. 남자가 바쁘다고 해서 삼성동으로 변경했거든요."

"한경의 황태자가 맘에 안 들었을 리는 없고. 설마, 차인 거야?"

지유는 자신이 뭔가 꼬치꼬치 캐묻고 있다는 것을 본인은 모르고 있는 것 같았다. 나현은 약간 난처해하면서 파티션이 쳐진 자신의 자리로 갔다.

"차인 것 같아요?"

은근슬쩍 즉답을 회피하며 그녀는 애매하게 웃어 주었다.

"화장한 거며 옷 입은 거 봐라. 그렇게 빼고 나갔는데도 사무실에 이렇게 일찍 들어온 것을 보면 너 분명 차였어. 내가 남자를 몰라? 남자는 이성이 맘에 든다 싶으면 잡고 늘어지는 족속이라고. 애석하게도 너 너무 빨리 들어왔어."

"이 바닥의 불문율이란 게 그래요. 첫 만남에서 잡고 늘어질 필요가 없는 거죠. 아시잖아요? 부모들이 주선하면 그냥 끝나는 거."

"빼박…… 이라는 건가."

지유가 어깨를 으쓱해 보이며 다시 무슨 말인가를 하려고 했지만 그녀가 재빨리 선수를 쳤다. 보란 듯이 제 책상 위에 놓인 전화기를 들어 단축키를 누르는 꼼수를 부린 것. 대신에 그녀는 일산의 공장 건물 쪽을 맡고 있는 이문수 소장과 통화를 해야 했다.

"……예, 소장님. 고생하시네요. 날이 아직 뜨겁죠? 앞으로 선선한 가을 날씨가 기다리니까 우리 조금만 힘내자고요. 예, 그렇죠. 아아, 스티로폼? 맞다, 그게요……."

그녀가 통화를 하는 사이에 지유는 씁쓸한 얼굴로 돌아섰다.

백나현.

그녀는 건축학과를 나온 그의 후배였다. 학과의 특성상 여자 동기나 후배가 몇 없는 탓에 모든 늑대들의 화살표를 받았던 그녀였지만 딱히 교태를 부리는 등의 특징이 없이 무덤덤한 편이었다. 외모는 유독 뽀얀 젖내가 나듯 앳되고 여성스러웠지만 털털한 성격에 모가 나지 않게 굴어서 친근함이 더한 후배였다.

분명 괜찮은 집안의 자식 같은데도 대놓고 있는 척하는 스타일도 아니어서 다들 함부로 할 수 없는 뭔가가 있다고 했었다. 아니, 함부로 하고 싶어도 방해가 있었다.

아무도 눈치채지 못했지만 지유는 알고 있었다. 나현에게는 룸메이트라고 하는 친구가 늘 따라다니고 있었는데, 범상치 않은 분위기의 여자였다. '이진희'라는 이름의 친구는 나현보다 대여섯 살은 많아 보였는데 같은 대학, 같은 과를 다니며 항상 함께였다. 솔직히 친구보다는 보호자나 경호원이라고 해야 맞을 것 같았다.

수수해 보이는 옷차림에 사내들처럼 바이크를 타고 다니며 떠들썩한 조별 모임 후의 술자리도 기꺼이 참석하던 후배였지만, 그는 나현이 꺼림칙한 것도 사실이었다.

'대통령의 영애라도 되나?'

어떻게 보면 말도 안 되는 의심을 하며 그래도 자신을 선배라고 따르는 그녀를 알아 온 지 7년이나 되었다. 그런데 1년 전에 갑자기 그녀가 사무실을 차리고 싶다는 부탁을 해 왔다. 건축사무소를 차릴 테니 그에게 대표를 맡아 달라는 거였다. 이름만 대표가 아니라 사무소 부지와 건물, 그리고 사업자 명의도 그에게 맡긴다는 턱없는 말에 그는 한참 벌어진 입을 다물 줄 몰랐다.

그리고 그때서야 들었다.

나현, 그녀가 바로 해동제약 백욱기 오너의 딸이라는 사실을 말이다.

'감추려고 감춘 것이 아니었어요. 저희 엄마가 일찌감치 아버지와 이혼을 했었는데, 제가 엄마하고 살았거든요. 물론 아버지의 그늘이 없었다고는 말 못 해요. 제가 건축학과를 지망한다니까 아버지 쪽의 반대가 심했다든가, 그런 것들도 있었고요. 그래서 제 옆에 진희 언니가 늘 함께 있었던 거예요. 그 언니는 개인 경호원 노릇을 하며 아버지와의 연결 고리를 자처하고 있어요.'

나현은 건축 일을 사랑한다고 했다. 그래서 대학을 졸업하자마자 독일로 유학을 떠날 정도로 애착이 강했다고 피력하며 다시 한국에 돌아올 수밖에 없었던 이유를 밝혔다.

'뉴스 보셨죠? 아버지하고 살고 있던 오빠한테 사고가 났어요. 엄마도 많이 아프고요. 오빠는 자살인 것 같다고 하는데 다들 쉬쉬하고 있는 것을 보니 아무튼 많이 안 좋은 건가 봐요. 그 바람에 아버지가 저를 불러들였는데 문제는…….'

더 이상 듣지 않아도 뻔했다.

앞으로는 해동제약의 딸로서 살아야 한다고 으름장을 놓았을 테지.

'다행히 제가 하는 일은 눈감아 주신다고 하셨어요. 다만, 사무실을 차리는 것은 안 된대요. 그래서 제가 선배를 생각했어요. 혹시 문제가 된다 싶으면…….'

무슨 문제?

아무 문제 없었다.

시골 가난한 집안의 둘째 아들인 그의 자존심이 문제 된다면 모를까. 그깟 자존심이야 돈 앞에서 구기면 그만이었다. 결국, 지유는 그녀의 제안을 수락했다. 그렇게 해서 그는 '디딤 건축사무소'의 대표가 되었다. 같은 대학 동기들 중에서 마음 맞는 팀원이 꾸려졌고, 그 가운데 당연히 나현이 있었다.

그녀는 누구보다 열심히 일했다. 여자로서 하기 힘든 현장 소장 역할도, 간혹 가다가 설계 일까지. 못 하는 것이 없었다. 건축 자재 고르는 일도 꼼꼼하게 잘 해냈으며 인테리어 팀을 이끄는 일까지도 탁월했다. 무엇보다 거친 남자 인부들에게 부드러운 카리스마를 뽐내며 인기 만점이었다.

'아버지, 괜찮으셔?'

아무도 모르는 비밀을 꺼내듯이 그가 간혹 가다가 한 번씩 백 회장의 심기를 물을 때가 있었다. 하나밖에 없는 딸이 사내들과 옥신각신하며 건축 일을 하는 것이 못마땅할 것이 분명하기 때문이었다.

'아버지가 문제가 아니라 제 나이가 문제예요.'

기어이 그녀가 이런 답을 했을 때가 지난달이었다.

'제가 혼기가 꽉 찬 거요.'

지난달부터 그녀는 줄기차게 선을 보러 다녔다. 말이 선이지 부친이 시키는 대로 나가서 앉아 있다가 오는 것이라고 했다. 대부분 그녀는 싱글벙글 웃으며 돌아와서는 깨졌다고 했다. 그러나 오늘은 뭔가 달랐다. 그 다른 것의 미묘한 변화를 뭐라고 단정하기는 어렵지만 확실히 수상쩍은 냄새가 났다.

'아서라. 쟤는 영원히 못 올라갈 나무야.'

지유는 가끔씩 나현을 보며 심장이 욱신댈 때마다 자신을 다그치는 소리를 했었다. 그 말을 또 한 번 중얼거리며 그는 나현을 건너다보았다.

"뭐 해?"

어느새 통화를 마친 그녀는 고개를 바짝 숙이고서 서류를 넘겨보고 있었다.

"선배, 정환 씨 좀 보세요. 분명히 컴퓨터 파일에 옮기라고 했는데 꼭 안 해 놓더라. 기어이 제가 이렇게 서류철을 붙들게 한다니까요. 방금 통화한 이 소장님이 그러는데요, 아저씨들 두 분의 행방이 모연하대요. 새로 보내 달라고 해서요."

말투는 퉁명스러운데도 그녀는 눈망울에 웃음을 달고서 그를 바라보았다. 그녀는 저 자신도 잘 모르는 사실이 하나 있었다. 딱히 그럴 의도가 없는데도 상대방을 보는 눈빛이 사랑스럽게 빛났다. 지유는 흠칫, 어깨를 떨고는 그녀의 손에 쥐고 있는 파일을 보는 척했다. 거기에는 '인력사무소'라는 바탕체가 크게 붙어 있었다.

그래, 이러면 돼.

같은 공간, 같은 울타리 안의 사람으로서 그녀를 보고 지내는 시간이 고마웠다. 게다가 나현은 그에게 투자 아닌 투자를 한 은인이다. 사실상, 그가 건축사무소의 대표가 될 수 있는 이유는 로또나 다름없는 백나현 때문이 아닌가? 그는 철저하게 나현에게 도움을 받는 사람일 뿐이다. 그녀 입장에서는 지유가 저를 돕는 것이라고 하고 있지만.

돈.

그녀에게 돈을 받으면서 그는 이미 남자로서의 마음을 버린 것이나 진배없었다.

그렇다.

'남자 사람 선배'나 '건축사무소 대표'로 그녀 곁에 있는 게 백번 맞았다.

***

꼭 일주일 후의 같은 커피숍, 그리고 같은 사람을 만나는 시간.

"무슨 일입니까?"

움찔, 몸이 떨렸다. 드디어 강시준이 나타났다. 그는 약속 시간보다 정확히 5분이 지나서 카페 안으로 들어왔다.

"나와 주셔서 감사해요."

나현은 자리에서 일어나며 그를 반겼다. 지난번에는 그녀가 5분 늦게 나타났었다. 처음 만났을 때와 반대의 모습인 것을 상기하며 그녀는 약간 마음이 풀리는 기분이었다. 이 비서를 통해 그에게 연락을 취했다. 다시 한 번 만나자는 제안이었다. 다행히 그가 그녀의 제안에 수락을 하고서 오늘 이렇게 대면하기까지 첫 만남 이후로 꼬박 일주일이 흘렀다.

"시간 내주시느라 고생하셨으니까 얼른 본론으로 들어가야겠군요. 차는 제가 미리 시켜놨어요. 저번이랑 같은 것으로요."

웨이터가 커피를 세팅하는 동안에 그는 묵묵히 그녀의 시선을 감내하고 있었다.

"맘에 듭니까?"

차갑고 무뚝뚝한 어조로 그가 물었다. 자신의 외모가 마음에 드느냐는 질문일 게다. 나현은 그의 말장난에 엮일 여유가 없었으므로 바로 대답했다.

"난 남자의 외모에 혹하지 않아요."

"말 같지도 않은 소리."

"그런데 댁은 근사한 분이세요."

진심이었는데 아마 통하지 않는 것 같았다.

"아부도 할 줄 아는군요."

뭐라고 항변하고 싶지 않아서 잠자코 커피 잔을 쥐었다.

"백 회장님은 그쪽이 할리 데이비슨을 타고 다니는 것을 알고 계십니까?"

막 커피 한 모금을 넘겼는데 그가 불쑥 오토바이 이야기를 꺼냈다.

"아아, 제 바이크요? 저하고 같이 사는 언니가 말 안 해 줘서 모르실 거예요. 아버지는 대부분 그 비서 언니한테 저에 대한 보고를 받고 있어서 굳이 모르는 일은 모르시고 그래요. 아, 뜨겁다."

나현은 뜨거운 김이 피어오르는 찻잔에 대고 후우, 입바람을 불었다. 그는 무감한 얼굴로 가만히 있었다. 기어이 그녀가 입을 열었다.

"그래서 얘긴데……."

그녀는 머뭇거리다가 바로 말을 이었다.

"결혼해요, 우리."

"……!"

그가 이마에 주름을 잡는가 싶더니 서둘러 커피 잔을 입으로 가져갔다. 당황한 기색이었다. 뜨거운 그것을 한 모금 넘긴 다음에 그가 고개를 들었다. 믿기지 않다는 듯이 뜨악해하는 그 표정을 보며 나현은 속으로 웃음을 흘렸다.

"내가 그렇게 맘에 듭니까? 아니면……."

아아, 하고 나현은 고개를 저었다. 그러고는 낮은 어조로 타이르듯 말했다.

"한경의 강시준 상무님, 이 이상 좋은 조건이 없나 봐요. 저희 아버지가 꽤 맘에 들어 하세요."

잠시 침묵이 흘렀다.

"요즘이 어떤 시대인데 아버지가 하란다고 다 합니까?"

결국에는 핀잔이 날아들었지만 그녀는 고개를 흔들었다. 왠지 절실해졌다.

"지난주에 우리 만났을 때였죠. 분명 우리의 앞날은 모르는 거라고, 다시 볼 수도 있을 거라고 말했었어요. 그건 이미 내가 마음으로 그쪽을 정했던 탓이에요."

무슨!

그의 얼굴에 딱딱한 난색이 떠올랐다.

"나는 알아요. 겉으로는 독신주의자를 표방하며 결혼에 뜻이 없다고 버티고 있지만 시준 씨한테는 여자가 있어요. 그것도 진심으로 사랑하는 여자요."

"이거…… 상당히 불쾌합니다."

그는 뒷조사를 당했다는 사실에 지존심이 상한 것 같았다. 그러나 나현은 그의 기분이 중요한 게 아니었다. 떡 본 김에 제사 지낸다고 그녀는 서둘러야 했다.

"걱정 마세요. 오로지 저만 알고 있는 내용이니까요. 결혼해요, 우리."

***

"……결혼해요, 우리."

한편, 시준의 눈은 그녀를 희한한 동물 보듯이 보았다. 이 여자, 겉은 멀쩡해 보이는데 뭐를 잘못 먹었나? 그의 시선에도 그녀는 여간한 것은 감당할 자신이 있다는 눈길로 그저 차분했다.

"지금 내 모습이 우습겠죠, 이상하겠죠. 하지만 상관없어요. 시준 씨한테 잘 보이고 싶지 않으니까요. 하지만 시준 씨를 도울 수는 있어요. 어쩔 수 없이 이 여자와, 저 여자 사이를 다니며 간 보는 척하지 않아도 돼요. 나를 이용하세요."

"이해가 안 됩니다."

시준은 이 여자가 말하는 것이 대체, 뭔지 궁금해졌다. 분명 오해를 하고 있는 모양이었다.

자신에게 여자가 있다는 명제, 그리고 그 명제 위에 결혼을 제안하는 여자라.

"백나현 씨, 계속하십시오. 어디 들어나 봅시다."

자신의 이해가 안 된다는 말이 장애물이었던 듯이 머뭇거리는 나현을 향해 그가 채근을 했다.

"그러니까……."

조금 텀을 두었다가 그녀의 입이 떨어졌다.

"시준 씨, 그쪽 맘대로 하시라고요."

피식, 저도 모르게 웃음이 그어졌다. 시준은 뭘 내 마음대로? 하는 표정으로 그녀의 다음 말을 기다렸다.

"나하고 결혼하고서도 그 여자하고 관계를 계속 지속하라는 뜻이에요. 나는 그쪽하고 결혼만 한다면 아무것도 원하지 않을 거니까요. 강시준이라는 남자의 아내로서의 자격, 권리 그런 거요. 그런 거 안 해요. 어때요? 이 결혼, 해 볼 만하지 않겠어요?"

"나에 대해 뭘 제대로 알고 있기는 한 겁니까?"

이번에는 망설임 없이 그녀가 술술 털어놓기 시작했다.

"예전부터 한경의 강정안 회장님께서 젊은 예술인을 육성하는 일은 꽤나 유명한 일이지요. 근데 강 회장님의 아들과 그 강 회장님이 지원하는 가난한 화가 지망생이…… 연인 사이가 된 것은 아무도 모르고 있는 것 같아요."

그는 제 손에 쥐고 있는 도자기 잔에 힘이 들어가는 것을 느꼈다. 입매에 경련이 이는 것을 감추기 위해 어금니를 꽉 물면서 잠자코 있었다.

"강시준 씨, 당신이 10년 넘게 조희수라는 여자와 사귀고 있는 거 알아요. 문제는 두 분이 결혼을 할 수 없다는 건데……."

"닥치시지요."

조용한 어조였지만 강하게 겁박하는 느낌을 실어 그가 내뱉었다.

"미안한데 내 여자는 나와 결혼까지는 하고 싶지 않답니다."

그러자 그녀는 거침없이 다음 말을 이었다.

"강시준 씨는 사랑하는 사람을 위해 무엇을 하실 수가 있는데요? 지금 뭐가 최선일까요? 생각 좀 해 보세요. 그 여자분을 위해 나는 어쩌면 가장 좋은 처방이 될 수 있어요."

갑자기 시준은 회심의 미소를 지었다. 이 여자가 멋대로 소설을 쓰고 있다. 그 책의 페이지를 끝까지 넘길 요량으로 그는 중얼거렸다.

"좋은 처방이라."

"시준 씨가 나와 결혼만 하면 사실혼은 그 여자에게로 돌릴게요. 그거 있잖아요. 그거! 쇼윈도 부부. 우린 쇼윈도 부부인 채로 사는 거고요. 그리고 진짜 히든카드는 따로 있어요."

히든카드?

그의 눈이 가늘어졌다.

"이혼이요. 끝내 시준 씨는 진짜 사랑하는 여자에게로 돌아가는 거예요. 내가 다 알아봤어요. 몇 년 안에 강시준 씨가 맘대로 할 수 있는 시기가 올 거예요. 위자료 따위는 원하지도 않을 테니까 그때 되면 깨끗이 나하고 갈라져요."

우습다.

이혼이 히든카드라는 얘긴가?

코웃음을 치며 그가 다그쳤다.

"이보십시오, 백나현 씨. 내가 만일에 당신하고 결혼을 하면 이미 그 자체가 사랑하는 여자에게 상처입니다. 그런 거 알고나 있는 겁니까?"

"어쩔 수 없어요. 그 잠깐의 고통 뒤에 평생을 소유하는 기쁨을 누리는 것밖에는 방법이 없으니까요."

"정말, 남자가 있는 겁니까?"

생각해 보니까 이 여자가 이렇게 나오는 저의가 궁금해졌다. 빠르게 지나가듯 스치는 것들 중에 '남자'가 가장 유력한 것은 어쩌면 당연한 일이었다.

"노코멘트 할게요."

우스운 대답을 한 뒤에 그녀는 바로 입을 열었다.

"궁금하면 직접 알아보시든가요. 우린 그런 거 쉽잖아요."

됐고, 하고는 그가 손을 들어 보였다.

"다른 것보다 먼저 궁금한 게 있습니다. 이렇게 해서 그쪽이 가져가는 이익은 뭡니까?"

"자유요."

"자유."

"네에, 자유. 나도 내 맘에 드는 남자와 연애는 하고 살아야 하잖아요. 그러려면 내 아버지가 원하는 대로 그쪽하고 결혼을 하는 수밖에 없어요. 나는 강시준 씨와 만나기 전에 일주일에 한 번꼴로 선을 봤어요. 이대로라면 올해 겨울이 되기도 전에 결혼식장에 들어갈 기세예요. 생각다 못해 비서 언니와 함께 모든 남자들을 조사했었어요."

"내가 안성맞춤이었다?"

그의 바로 치고 들어오는 직구에 나현은 조용히 고개를 끄덕거렸다.

"그래요. 애석하게도 다른 분들은 모두 나와의 결혼을 열렬히 환영했었어요."

"그게 왜 문제가 됩니까?"

"나하고 잘 해 보겠다고 하는 치들이잖아요. 그런 분들은 나와 결혼을 하면 진짜 평범한 부부처럼 살기를 원할 거예요. 말했지만 그런 관계는 안 돼요. 내 자유를 위해서요."

"그러니까 나한테는 애인이 따로 있다, 그래서 댁한테 관심이 없을 것이다? 그게 맘에 든다…… 이겁니까?"

"맞아요. 강시준 씨는 적어도 나한테 아내로서의 애정을 원하지는 않을 거니까요."

흠, 하고 헛기침을 작게 내뱉는 그녀와 동시에 그도 뻘쭘하게 기침 소리를 냈다. 나현이 입을 열었다.

"우리같이 평범하지 못한 사람들은 결혼도 평범하게 하지 못해요. 힘내자고요."

그 말에 시준은 웃음이 나왔다. 그녀조차도 자신이 쓰는 이야기의 결말을 알지 못하고 있는 것 같았다. 하긴, 삶이라는 것 자체가 누구도 예측할 수 없는 것이 아닌가? 지킬 무언가가 있는 사람들은 치열하다. 이 여자도 지켜야 할 무언가를 위해 예측할 수 없는 바둑판 위에 자신을 내던지는 것이리라.

그렇다면 나는?

나는 지금 어떠한가?

그녀의 뒷조사는 오류 그 자체였다. 잘못되었다는 말이다. 워낙 비밀리에 일어난 사건이라 그럴 만도 했다. 조희수, 그녀와는 철없던 시절에 눈이 맞았고 사랑을 했다. 거기까지는 백나현의 뒷조사대로였다.

그 당시에는 자신이 바로 목숨을 끊었어도 이상할 것이 없을 정도로 매 순간이 고통이요, 괴로움이었다.

결국 놀아난 사람은 자신이었다.

처음으로 누군가를 사랑했던 감정, 그것이 기만당했다는 사실은 그를 깊고 오랜 절망에 빠지게 했다. 시준은 그때부터 미친 듯이 일하면서 결혼이나 가정 같은, 그런 의미 따위는 버렸다.

조희수, 그녀의 이름이 나현의 입에서 튀어나왔을 때에는 무심결에 긴장했지만 지금은 실소가 나왔다. 그리고 이 여자에게 갑자기 흥미가 당겼다.

뭘까?

이 여자의 장단에 춤을 추고 싶어지는 기분은 잠시의 착각인 걸까?

미래가 보이지 않는 삶을 사는 사람들에게는 미안한 말이지만 그는 일부러 앞을 보고 살지 않았다. 자신에게 닥친 일이니까 하는 거고 그래야 살 수 있으니까 했을 뿐이었다. 안 그러면 사람에게 배신당했다는 그 아픔이나 잡념에 집어삼켜지는 것 같았다. 그러면 미쳐 버릴지도 몰랐다. 아무도 믿지 않겠지만 그는 어금니가 악물려지는 고통을 잊기 위해 일을 하고 하루하루를 버티는 삶을 사는 중이었다.

문득, 이 여자가 갖는 에너지가 궁금해졌다.

역시 다른 누군가를 가슴에 품고 사는 원동력 때문일까?

생판 모르는 타인과 결혼해서 부부로 지내자는 모험은 예측 불가한 세상에서 얼마나 위험한 발상인가?

그는 그저 조용히 사는 것에 익숙해지고 싶었다. 이제야 깊이 내재된 증오를 잠재우고 숨을 고르는가 싶어지는데, 갑자기 튀어나온 결혼 제안이라니.

그것도 가짜 부부 노릇이라니!

이 여자의 자유스러운 삶을 위해 내가 병풍이 되어 주어야 한다니!

그런데 조금은 재미있어지려고 한다.

아니, 안 될 말이다.

그는 혼자 씨름하다 결국 결론을 말했다.

"나는 한번 시작하면 끝을 보는 사람입니다."

너는 말이 되는 소리를 하고 있지 않다. 그러니 내가 말이 되는 소리를 해 주지! 그의 어깃장이 깃든 말이었다. 오싹한지 나현이 눈을 질끈 감고 나서 그를 보았다. 자세히 보니까 그녀의 오른쪽 눈동자의 실핏줄이 터져 있었다. 그녀의 눈을 집중해서 쳐다보며 그는 어조를 낮췄다.

"그러니까 웬만한 각오 아니면……."

불현듯 그녀의 눈을 뚫어지게 쏘아보는 사이에 다음 말이 나왔다.

"아예 나랑 시작할 생각 마십시오."

갑자기 무언가가 고개를 들었다. 어떤 것이든 이 여자를 움직일 수 있다면, 그것도 흥미로울 것 같다는 생각이었다. 그러나 그는 가짜로라도 결혼을 할 마음이 없으니 그게 또 문제였다.

침묵.

또 침묵의 텀이 길어졌다. 나현은 더는 재촉하지 않을 셈인지 가만히 커피를 마셨다. 그도 새삼 목이 탔었다는 사실을 깨달았다. 커피는 놔두고서 투명한 물 잔을 집어 드는 사이에 그녀가 다음과 같이 말했다.

"……나는 시작하고 싶어요. 우리, 협력적 관계를 맺어요."

고집이 세군.

시준은 부아가 치밀어 오르는 느낌이었다.

달그락.

무거운 물 잔이 크게 소리를 내며 테이블에 놓였다.

"그렇게 되면 그쪽 포지션이 뭡니까?"

"내 포지션은 당신이 조희수 씨와 맘껏 사랑하도록 서포트하는 것이 될 거예요. 그렇게 얻는 이득으로서 서로 각자의 삶에 충실하면 되는 거고요. 나는요, 강시준 씨의 사랑을 지지해요. 신봉까지는 아니지만요. 참, 안 바쁘세요? 이만 가봐야 하는데. 우리, 일어나지요. 그리고 내 제안은 그리 급하지 않으니까 천천히 답 주시는 걸로."

그녀의 말은 마치 그에게 신중히 생각할 시간을 줄 테니까 부디 긍정적으로 답변을 달라는 투였다. 시준은 새삼 그녀를 살폈다. 처음의 한껏 꾸미고 나왔던 때와는 달리 면 셔츠에 대충 재킷을 걸친 차림이었다. 공들여 세팅을 하지 않은 머리는 발레리나처럼 정수리 위에 묶어 올려 있었는데 새하얀 얼굴이 더욱 도드라져 보였다. 저런 어린애 주제에 나하고 뭘 하시겠다고, 하고 그는 하마터면 혀를 찰 뻔했다.

"누가 더 손해를 보는지 계산은 해 보셨습니까? 이래 봬도 나는 장사치입니다."

그의 호언장담 같은 말에 '적어도 혼자 억울하지는 않을 거예요.'라고 그녀가 중얼거렸다. 그는 못 들은 척하며 자리에서 몸을 일으켰다.

뒤돌아 걸음을 걸으며 시준은 그녀의 말을 속으로 되뇌었다.

'적어도 혼자 억울하지는 않을 것이다.'

***

'남자가 있습니까?'

그의 질문에 그저 노코멘트라고 일갈했었다. 그러나 그녀에게 남자란 없었다. 아니, 다시 말해 여태 남자라고는 단 한 명도 없었다. 앞으로 만들 생각 따위도 없다. 그렇다고 해서 오늘 만난 강시준을 제 남자로 만들 생각도 아니다.

안 된다.

사람에게는 마음이 중요하다고 배우며 자랐다. 그러나 그녀의 경험상 사람들 사이에서 마음 따위는 결코 중요하지 않았다. 아니, 남녀관계에서 특히 그랬다.

여태 그녀가 본 바로는 상대방에게 고이 주는 마음 따위는 배신당하면 끝장나는 거였다.

상처를 받기 싫은가?

안 받으면 그만이다.

그녀는 이러한 유치한 발상으로 자신을 방어하기에 급급한 편이었다. 절대로 상대방에게 마음 주지 않을 셈이었다. 굳이 홍지유 선배에게 건축사무소를 차리게 해서 거기에 안주한 이유도 일종의 방어였다. 평생 좋아하는 일이나 하면서 작은 것에 만족하며 살고 싶었다. 결혼해서 남편을 만들고 아이를 낳아 가정을 일굴 계획은 애초에 전혀 없었다.

그러려면 이 남자와 나는 한편이 되어야 한다.

강시준, 그는 적도 아니고 편도 아닌 일종의 '협력적 관계'의 사람일 뿐이었다.

'저 남자가 안성맞춤인데 말이야.'

나현은 그를 먼저 돌려보내고서 밀크티를 한 잔 더 주문해서 마셨다. 쌉쌀하면서 달콤한 향과 풍미가 머릿속을 정리하게 해주었다.

원래는 혼자서 뭔가를 골똘히 생각해 내는 시간을 싫어하는 쪽이었다. 그래서 오토바이나 자전거에 집착하게 된 것도 같았다. 바람을 온몸에 직접 맞으며 운전하는 탈것들이 좋아진 이유는 딱 한 가지였다.

잡념이라든가 한 가지 생각에 빠지지 않기 위해서.

몸으로 움직이는 일을 좋아하게 된 것도 실은 그 이유였다. 공식적인 직함은 그저 '디딤 건축사무소'의 직원이지만 그녀는 실무를 익힌다는 구실로 현장에 자주 나갔다. 현장의 사람들과 왁자하게 떠들면서 자신의 존재를 잊는 일이 행복했다. 언젠가는 그녀도 자신의 머릿속으로 상상한 것을 손으로 짓는 건축가가 될 것이다. 제가 지은 제 건물을 가지게 되는 꿈을 꾸는 동안은 그래도 살 만한 것 같았다. 현실은 비록 시궁창이라고 해도 말이다.

'그 남자는 나한테 관심조차 없었어.'

어느새 생각의 흐름은 강시준에 대한 것으로 넘어갔다. 숨겨 둔 애인이 있다더니, 반응을 보면 그는 진짜 사랑을 하고 있는 남자가 분명했다.

잘됐다!

그 남자도 제 사랑을 지키고 그녀는…….

'백욱기 회장의 본처 딸이 왜 이러고 살아.'

그녀는 이런 말을 달고 사는 사람들 속에서 자랐다. 해동제약의 백욱기 회장이 이혼을 했다는 사실은 항간에 알려진 그대로였다. 조강지처 이은경이 그녀의 모친이었다.

은경은 남편의 폭력과 바람에 못 이겨 첫째 아들을 놔두고서 간신히 자신만 데리고 이혼을 했다. 말이 이혼이지 거의 쫓겨난 것이나 진배없었다. 평범한 목수 집안인 외가는 딸의 결혼과 이혼에 속수무책으로 속을 끓이는 정도였다. 때문에 은경은 홀로 극악한 핍박을 받아 내며 이혼을 당했다. 어렸을 적부터 그런 엄마의 눈물을 보며 자란 나현은 자연스레 아버지란 이름을 증오할 수밖에 없었다.

이후 해동제약의 로고만 봐도 상품을 고르지 않을 정도로 그녀는 부친과 담을 쌓고 살았다. 그러나 문제는 고등학교를 졸업하면서부터였다.

모친이나 친정 측근들이나 모두 법에 무지한 사람들인지라 백 회장의 집을 나오면 그만인 줄 알았던 게 화근이었다.

백 회장의 이혼 당시에 살아 있던 원로 회장은 제 핏줄에 강한 집착이 있는 인물이었다. 그 조부에 의해 일은 그르쳐졌다. 조부는 죽으면서 나현 앞으로 상당량의 주식을 남겼다. 그는 나현의 양육권 및 친권을 모두 부친 쪽에 두었다.

열아홉 살까지는 그래도 모친과 평범한 생활을 할 수 있었던 나현에게 어느 날 날벼락이 떨어졌다. 이제부터는 백욱기의 딸 노릇을 하라는 거였다.

외할아버지의 영향을 받아 건축과를 지망한 그녀에게 부친은 치를 떨며 반대에 나섰다. 갑자기 아버지의 권리를 행사하기 시작한 것도 그때부터였다.

나현이 보기에 비정상적으로 어머니 은경은 백 회장에게 모질지 못하고 당하기만 했다. 그 모습을 비난은 할지언정 차마 만류하지 못했다. 그녀는 어머니를 버릴 수가 없었다.

어머니 은경에게 딸인 나현은 전부였다.

지켜 내야 하는 모든 것, 전부.

진저리가 쳐졌다.

은경에게는 결혼이라는 제도나 남편, 그리고 딸아이의 아버지, 자식……. 이런 것들은 너무도 절대적인 것이었다. 그래서 은경은 그 절대적인 것으로부터 떼어 내졌을 때에 견딜 수 없어 했다. 그녀의 몸과 마음은 점점 고통으로 망가지고 시들어 갔다.

'그럼, 이혼은 왜 했어? 용서하고 참으면서 아버지 곁에나 있을 것이지.'

나현이 이렇게 함부로 따지고 들었을 때 은경의 답은 또다시 '절대적인 무엇'이었다.

'거기 사람들은 사람이 아니다. 네가 그 속에서 자라는 건 또 못 보겠더라. 넌 내 새끼야. 내가 지켜야지.'

젊어서는 남편의 바람기와 학대에 눈물짓다가 이혼을 당하고, 그 남편과 떨어져 살면서는 애증으로 괴로워하던 어머니는 이제 중년이 되면서 암 투병을 시작했다. 그러던 어느 날, 억지로 떼 놓고 온 큰 아들에 대한 아픔도 한몫을 해서 더 괴로웠을 어머니에게 청천벽력인 소식이 전해졌다.

큰아들의 의문의 죽음.

더욱 은경은 허물어져 갔다.

그것에 맞추어 서서히 나현의 마음에도 절망이 자라났다. 모든 것이 즐겁지 않았지만 또 살아야 하는 게 고통이었다.

유일한 무엇, 절대적인 무엇 등등.

이런 것들에 모멸감을 느끼기 시작했다.

절대적인 대상은 위험하다. 사랑, 그 열매는 지독하게 쓴 것이었으며, 깊이 파고들어 죽음과도 같은 절망으로 파기시키는 독이었다.

절대적으로 사랑하는 대상이 어떤 것인지 똑똑히 알게 된 심정으로 그녀는 그런 것들을 애써 만들어 내지 않기로 작정을 했다.

어느 날부터인가 그녀는 스스로 제 자신을 '타협의 여왕'으로 불렀다.

처음에는 부친인 백 회장과 타협을 했다.

제가 원하는 건축학과에 입학하게 해 달라, 그리고 어머니가 병중이니 같이 지내게만 해 달라.

백 회장도 타협에는 지지 않는 위인이었다.

부친이 붙여 주는 비서와 모든 것을 함께할 것, 결혼할 때가 되면 무조건 집안의 말을 따르기로 할 것.

이 두 가지 조건으로 인해 그녀는 이진희 비서와 함께 대학을 다녔다. 이 비서는 그녀를 경호하는 것만이 목적이 아닌, 감시하는 역할이기도 했지만 나중에는 친자매 이상의 우애를 나누는 친구가 되어 주었다.

그리고 그녀는 유학을 떠났다가 반강제로 돌아오게 되었을 때 건축사무소가 갖고 싶어졌다.

어림없는 노릇이었다. 부친은 마지못해 전공까지는 허락했었지만 사무실을 차리는 일에는 난색을 표했다.

'말도 안 된다! 며느리가 건축사무소를 운영한다면 어느 집에서 반기겠느냐?'

할 수 없이 나현은 머리를 짜냈다. 자신이 직접 운영하지 않아도 좋았다. 현장 일을 익히고 싶었다.

그래서 대학 선배인 지유를 지목해서 건축사무소를 차리게 됐다. 평범하게 직장 생활을 하고픈 마음에 능력은 좋은데 가난한 것이 흠이라면 흠인 사람에게 건축사무소를 차리게 했던 것이다.

가야겠다.

정신을 차려 보니 눈앞의 찻잔은 비었고 익숙한 쇼팽의 피아노곡이 귓가에 흐르고 있었다. 뜬금없이 눈물이 고인 눈을 깜박이다가 통증을 느꼈다. 오전에 현장에 들렀다가 무방비로 바람을 맞았는데, 그때 눈 안에 찌르듯이 박히던 모래알의 느낌이 생생했다. 실핏줄이 터진 것이 이제 와서 아픈 모양이었다.

따르르릉.

카페를 나와서 엘리베이터 앞에 서 있는 사이에 전화벨이 울렸다. 사람들이 힐긋거리는 것도 무시하며 전화를 받지 않고 있다가 엘리베이터에 탔다.

[들어오라셔. 지금 당장.]

이 비서의 문자가 와 있었다. 부친의 호출인 모양이었다. 그녀는 오토바이를 주차해 두었던 지하 주차장으로 가려다가 아무래도 안 되겠어서 택시를 타기로 마음먹었다. 백 회장을 거슬려서 좋을 것이 없었다. 아무래도 은경의 투병 생활이 맘에 걸렸다.

조심, 또 조심. 이것이 요즘 그녀의 신조였다.

2. loft (고미 다락방)

아버지라는 사람은 언제나 그녀에게 산타 할아버지 노릇을 하고 싶어 안달이었다. 그녀가 어릴 적에는 갖가지 진귀한 장난감과 세계 그림 백과사전 같은 것부터 해서 점차 어른이 되면서는 어머니와 안정되게 살 수 있는 집과 자동차 등이 선물이 되었다. 그러더니 이제는 남자를 선물로 준다고 큰소리치며 혼자 만족스러워하는 위인이었다. 그런 부친은 한남동 본사의 21층 집무실에서 나현을 마주하자마자 허둥거리기부터 했다.

"강 회장네서 연락 왔어. 혹시, 네가 귀찮게 했냐? 강 회장 아들이 너하고는 싫다고 했대."

강 회장의 아들이야말로 기가 막힌 크리스마스 선물이라고 의기양양하던 부친의 말을 떠올리며 나현은 웃었다. 선물은 주는 사람 마음이라더니.

"아버지도 참! 방금 전에 만나서 이야기하고 왔는걸요. 그 사람하고 결혼할 거니까 염려 마세요."

그녀는 부친과도, 그리고 그 남자와도 타협을 잘 해낼 자신이 있었다.

그건 그렇고, 한편으로는 불안감이 슬슬 엄습하기는 했다. 강시준, 그가 벌써 퇴짜를 놓았다? 우리가 헤어진 지 두 시간이나 지났으려나……. 나현은 손목의 시계를 흘깃, 내려다보며 입을 삐죽거렸다.

"너는 확실히 결혼할 의사는 있는 거고?"

네가 웬일이냐? 하듯이 백 회장의 눈빛은 황황하게 빛났다. 자신 닮아서 고집이 세기로 유명한 딸아이였다. 그녀가 모든 혼처마다 거부를 하고 또 겨우 만나게 한 남자들을 아웃시켜서 내내 고민이었다.

"아버지하고 타협했잖아요. 제가 이 남자와 결혼을 하면 아버지는 무조건 엄마한테 사과하시는 거예요. 아셨죠? 꼭 진정성 있는 사과를 하셔야 해요."

그녀는 '진정성 있는 사과'에 힘을 주었다.

"내가 일본 왕하고 팔자가 같은가 보다. 툭하면 사과 타령을 들어야 해."

"아버지가 뿌린 재앙을 거둬 달라는 것도 아니고, 그저 사과 한마디예요. 다 죽어 가는 엄마 손을 붙잡고 잘못했다, 이 한마디면 돼요. 그것도 못 하면 사람이 아닌 거예요. 그리고 옵션으로 사랑했다, 라고 하셔도 되고요."

제 할 말을 다 해 놓고 나현은 자리에서 벌떡 일어났다. 머리를 써야 한다. 계획을 짜 내야 해. 이 남자가 나의 제안을 거부했다?

갑자기 조바심이 일었다.

"갈게요, 아버지."

그녀는 더는 부친의 집무실에 앉아 있을 수가 없었다.

***

백나현과 만남을 가진 후에 다시 사무실로 들어갔던 시준은 오후 늦게야 본사를 나왔다. 충북 제1공장으로 향하고 있는 차 안에서 그는 서류 한 장을 건네받을 수 있었다.

백나현, 그녀에 대한 모든 것이 들어 있는 서류였다.

성격이 모나지 않으면서도 활달한 스타일이라고 서술되어 있었는데 특기 사항이나 취미로 수상스키와 하키 등이 기재되어 있는 것을 보면 그 말이 맞는 것 같았다. 대학에서는 건축학과 퀸이었다고 하는데 이렇다 할 스캔들 없이 학교를 졸업했다고 쓰여 있었다. 그러나 아무리 샅샅이 뒤져 봐도 백나현의 애인에 대한 언급은 보이지 않았다. 그녀가 제 애인의 존재를 얼마나 철저히 감추었는지 알 만한 대목이었다.

서류를 통해 모친이 오래전부터 암환자로 투병 중이라는 사실도 알아냈다. 그렇군, 하고 시준은 중얼거렸다. 아무리 친오빠의 죽음이 있었다고는 해도 이해가 되지 않은 부분이 있었는데 해소가 된 느낌이었다. 그녀가 외국 유학 중에 부친의 부름에 응한 이유와 결혼 시장에 갑작스럽게 내몰린 이유가 다소 설명이 되었기 때문이다. 애인을 꼭꼭 숨겨 둔 까닭은 아마도 같은 부류의 사람이 아니어서 그럴 것이다. 어머니의 얼마 안 남은 생을 위해 최선을 다하는 딸이라. 그림이 그려졌다.

"디딤 건축사무소…… 라."

이번에는 시준의 눈길이 그녀의 직업란에서 딱 멈추었다. 겉모습만 보면 발레리나의 수석 자리는 맡아 놓은 것 같은데.

그는 내내 의아했던 부분에서 멈칫했다.

그녀의 건축사무소 직원, 그리고 현장소장이라는 이력은 너무나도 뜻밖이었다. 건축공학과를 졸업한 후에 부지런히 건축기사 자격증과 시공기술사 자격증 등을 취득한 것을 보면 적어도 일이 적성에는 맞는 모양이었다. 그러니까 그녀의 직업이 장난은 아니라는 거다. 부친의 사업과 무관한 건축 쪽에 뼈를 묻고 싶은 결의도 엿보였다. 그리고 그녀의 외가가 목수 집안이었다는 것도 건축 일을 택한 것과 무관하지 않으리라. 특별한 점은 또 발견되었다.

건축사무소가 그녀의 자비를 들여 지어진 사업체라는 것을 확인하며 그는 사업자 등록증을 확인했다.

홍지유.

이자가 분명해!

그의 눈에 설핏, 웃음기가 돌았다. 홍지유, 서른두 살의 미혼남, 충남 아산이 본적이고 나현과는 선후배 관계, 평범한 집안의 둘째 아들…… 유레카!

그는 나현이 그렇게 감추고 싶어 하는 고미 다락방을 열람한 기분에 점차 흥분이 되었다. 홍지유, 그는 백나현의 대학 선배이자 동료, 그리고 동업자 아닌 동업자, 직속 상사이자 애인이었다. 비로소 수수께끼가 풀렸다.

이 여자가 제 돈 들여 사업을 차려 주면서까지 사랑하는 남자, 그리고 자신과 위장 결혼을 하면서까지 지켜 주고 싶은 남자라.

"할리 데이비슨을 몰고 다니던데. 위험하지 않을까?"
그의 혼잣말을 들은 최남웅 실장의 귀가 솔깃한 모양이었다.
"누구, 지금 누구 말씀하시는 겁니까?"
운전수의 뒤통수를 살피며 최 실장은 어조를 낮추어 물었다.
"있습니다, 그런 여자."
"……여자요?"
"할리 데이비슨을 몰고 서울 시내를 활보합디다."
오토바이에 올라타면서 손을 흔들었던 나현의 모습이 떠올라서 그는 저도 모르게 기분이 밝아졌다.
"뭐, 여성분이 폭주족 흉내를 내면 안 된다는 법은 없지만, 의외네요. 그것도 많이."
시준은 파일이 든 서류 봉투에서 사진 한 장을 끄집어냈다. 서류 봉투의 파일명이 '백나현'으로 되어 있는 것을 보고서 최 실장은 알아들었다는 듯이 미소 지었다.
"이번에 선을 보신 해동제약…… 맞지요? 거기 아드님이 사망하시고 나서 소문이 아주 흉흉하던데요. 졸지에 백나현이 백욱기 회장의 무남독녀가 되어 버렸잖습니까?"
"회사와는 무관한 사람으로 보입니다."
"하지만 주식은 상당히 많을 겁니다."
그래서 그럴 것이다. 제 부친과 해동의 회장은 암암리에 이 결혼을 통해 두 회사의 합병을 위한 물밑작업을 하기를 고대하고 있었다. 그의 부친은 백나현이 회사의 중직을 맡고 있지 않은 점을 특히 마음에 들어 했다. 백나현의 남편이 되는 누군가는 두 회사를 손안에 주무를 것이라는 게 강 회장의 흑심 아닌 흑심이었다. 최 실장은 한꺼번에 모든 것을 꿰뚫는 눈빛으로 말을 꺼냈다.

"사실, 어르신들이 보기에 백 회장님의 전처 딸이라는 점만 빼면 나쁠 게 없는 조건을 가진 분이시죠. 게다가 낙동강 오리알처럼 이 세계에서는 전혀 수면 위에 드러난 게 없으시잖아요. 그런 분이 낫지 않을까요? 아무튼 결혼 상대자로서 딱히 문제 될 게 없다고 봅니다."

"사진을 보십시오."

시준이 사진을 가리켜 턱짓을 했다. 최 실장은 시준과는 동갑인 개인수행원이었다. 시준은 최 실장과 함께 은근슬쩍 나현의 제안을 의논할 심사였다.

최 실장은 긴장된 눈길로 사진 쪽을 향했다. 짧은 반바지를 입은 탓에 길고 늘씬한 다리를 뽐내듯, 오토바위 위에 걸터앉은 그녀의 얼굴은 선글라스와 헬멧이 반을 차지하고 있었다.

"외모에도 결격사유가 없는 것 같습니다."

"나하고 협력적 관계를 맺자고 했습니다."

아하, 하고 최 실장은 감탄사 비슷한 것을 내뱉고는 더 이상 말을 잇지 못했다. 머릿속으로는 이상한 아가씨라는 생각을 하는 것 같았다.

"상호 간에 협력적 관계가 되려면 내 마음에도 들어야 하는데 말이죠."

"상무님은 어떤 여성분이 이상형이신가요?"

최 실장이 뜬금없이 이렇게 물어 왔을 때였다. 1초의 망설임도 없이 그가 대답했다.

"가치관이 좋은 사람."

"그러면 이 아가씨가 마음에 들겠습니까? 가치관 좋아 보입니까?"

"알아 가고 싶긴 합니다."

최 실장은 이 세상에서 그가 유일하게 본심을 터놓는 사람이었다. 그렇기에 최 실장 또한 시준의 심중을 정확하게 받아들이고 있었다. 이윽고 최 실장이 고개를 끄덕이며 입을 열었다.

"제가 황 본부장님께 의사를 전달해 보겠습니다. 본부장님이 상무님의 결혼 추진 쪽의 핵심 인물이잖습니까? 알아 가고 싶은 상대라면 결혼 추진해도 되는 일 아닙니까?"

잠깐, 하고 시준이 손가락을 치켜들며 최 실장을 제지시켰다.

"남몰래 혼자 알아 가면 그뿐입니다."

굳이 결혼 상대자로 알아 가고 싶지 않다, 그럴 필요가 없다는 뜻이었다. 그렇지 않아도 부친에게 모션을 취해 놓았다. 이 여자는 사람을 귀찮게 하는 스타일이라서 결혼할 마음이 내키지 않는다고 싫은 티를 슬쩍 내비쳤다는 뜻이다. 부친은 사업하는 사람의 마음이 편한 것을 최우선으로 치는 편이어서 그것은 결혼하는 데 있어서 큰 타격일 거였다. 이렇게 거부감을 표한 것은 백나현의 제안을 수락하지 않겠다는 그 나름의 의지였다. 지금쯤은 이미 그녀의 귀에도 들어갔으리라.

어설펐어, 백나현.

나 혼자 알아 가는 게 더 재밌겠어.

그는 마음에도 없는 결혼을 할 의향이 없었다.

피곤하다.

그는 두 손바닥으로 얼굴을 문질러 마른세수를 했다.

어쩔 수 없이 결혼 시장에 내몰렸지만 그의 마음은 너무도 깊이 꽁꽁 얼어붙어 있었다. 다시 여자와 관계를 맺을 용기가 없다는 사실을 그의 부모들은 간과한 모양이었다.

'나, 시준 씨를 사랑해.'

파르르, 입술을 떨며 고백하던 여자의 물기 고인 눈동자를 기억한다. 그것은 그의 머릿속을 아직도 배회하며 떠도는 망령이었다.

'내 사랑은 초라하고 부끄러워서 감히 시준 씨한테 내놓을 수가 없어. 그렇지만, 그래도 시준 씨를 사랑해.'

그녀의 절실한 고백에 하염없이 빠져들던 남자로서의 마음, 그러나 그것은 절망의 시작이었다.

'나 시준 씨밖에 없어, 알지?'

그렇게 다 가져가 버리고서는.

어떻게 그렇게 다 가져갈 수 있지?

또한 나는 어쩌면 그리도 쉽게 마음을 빼앗길 수 있었는지.

'시준 씨, 고맙고 좋아.'

그래놓고서는……!

'……미안하다. 희수, 그 아이가 떠나고 말았구나.'

마치, 선고를 내리듯이 냉정하고 엄하게 울리던 부친의 음성과 함께 조용히 묵주를 돌리며 아들을 살려 달라고 기도하던 어머니의 모습이 겹쳐졌다.

한때 그의 사랑은 깊었고, 그만큼 좌절해야 했다.

'시간이 약이라고 하지 않니?'

'잊어질 거다, 두고 봐라.'

무수히 들었던 위로, 그것들은 전부 틀린 말이었다. 세월이 흘렀다고 해서 그의 상처는 옅어지거나 희석되지가 않았기 때문이다. 이제 다시 누군가와 새로 시작하기에는 너무나 많이 팬 그의 마음이었다. 그 팬 자국에 새살이 돋아나지 않았다는 것을 아무도 모르는 것 같았다. 아니, 일부러 모른 척하려는 걸 거다.

'제아무리 아픔이 깊다고 해도 상관하지 말고 결혼해라. 그래야 잊을 수 있어. 새로 시작하면 달라지기 마련이란다.'

어머니는 이런 말을 하며 아들의 등을 떠밀었다.

가만 보면, 묵묵히 일상을 감내하는 그에게 다들 안심하고 있었다. 그 일 이후에 자신조차도 희수의 이름을 입 밖에 낸 적이 없었으니 그럴 만도 했다.

문득, 최 실장의 휴대폰에서 벨소리가 났다. 때문에 그는 혼자만의 상념에서 빠져나올 수 있었다. 최 실장은 짧은 몇 마디 말로 전화를 받고 나더니 시준을 보는 얼굴이 상기되었다.

"무슨 일입니까?"

"상무님께 전달해 달라고 말씀하셨습니다. 도와 달라고 하시는데요?"

난처하다는 기색으로 최 실장은 뜸을 들였다가 말을 이었다.

"그런데 백나현 님이십니다. 그것도 경찰서라는데요."

***

"……양재 IC 입구에서의 가벼운 추돌사고입니다. 쌍방 과실로서 합의도 끝났고 특별한 부상은 안 보이지만……."

그는 양문호 변호사라는 남자의 이야기를 들으면서 눈으로는 나현을 좇고 있었다. 서초경찰서 안은 저마다의 사연을 가지고 북적대는 사람들로 인해 시장 통이 따로 없었다. 때마침, 그녀가 앉아 있는 교통계 쪽은 오늘따라 사고가 잦았던 모양으로 가장 사람이 많았다. 몇 시간 전에 헤어진 모습 그대로 나현은 흰 면 셔츠에 재킷 차림이었다. 다만 정수리 위에 올려 묶었던 머리가 풀어헤쳐져 있을 뿐이었다. 그녀는 저 자신을 위해서 변호사가 둘이나 와 있는 데다가 시준까지 들이닥친 사실도 모른 척하고서 휴대폰만 들여다보고 있었다.

"일이 간단하게 해결된 것 같으니 이만 해산해도 되겠습니다."

그는 자신의 담당 변호사를 호출한 일이 부끄러울 지경이었다. 발칙하게도 나현은 그에게 직접 오라고 했다. 절박하지도, 그렇다고 너무 무례하지도 않은 그 부탁을 듣고 그는 톨게이트에서 방향을 틀어 서초경찰서로 왔다. 변호사에게도 연락해서 나현에게 먼저 가 보라고 이르기까지 했다.

"양 변호사님, 인사하세요. 한경 강시준 상무님……."

그가 돌아가려고 하자 잽싸게 일어난 나현이 변호사에게 자신을 소개시켰다. 그녀의 예기치 못한 급작스러운 행동에 시준은 가만 눈썹을 일그러뜨렸다. 상대 변호사는 예의를 차리고서 인사를 하며 명함을 건네주었다.

"얼른 가요, 나 배고파."

갑자기 나현이 스스럼없이 그의 팔짱을 껴 왔다. 그는 그저 그녀를 데리고 경찰서를 나오는 수밖에 없었다.

***

"이유가 뭡니까?"

경찰서를 나오자마자 배가 고프다는 그녀를 데리고 근처 한정식집으로 들어온 뒤에 불쾌한 어조를 하고 그가 물었다.

"배가 고파서요."

물수건으로 손을 씻으며 그녀 또한 퉁명스럽게 답했다. 경찰서 안에서 보인 살가운 행동과는 거리가 있는 모습이었다. 차갑고 무감하고.

"이보십시오, 나는 그쪽이 나를 굳이 경찰서까지 부른 이유가 궁금한 겁니다."

"나현이에요. 백나현. 그쪽, 그쪽 하지 마세요."

하아, 하고 시준은 헛웃음을 터트렸다.

"내가 알기로 우리는 아직 타협적? 협력적? 아무튼 그런 관계에 대한 결론을 내지 않은 사이로…… 아니, 오히려 거절의 뜻을 밝힌 걸로 아는데요."

고작, 하루였다. 아니, 서너 시간 전에 그런 대화를 나누었을 뿐이다. 즉, 자신은 이 여자와 이름을 부르며 친근한 모습을 연출하는 사이가 아니라는 말이다. 물론 그녀가 경찰서에 있다고 사정을 설명하면서 와 달라고 했을 때는 적잖은 호기심과 걱정이라는 감정이 있었다. 그렇다고 그 감정이 이 여자에 대한 호의는 아닐 것이다.

"……이용했어요."

곧이어 나오는 나현의 목소리, 그리고 부스럭거리는 기척이 났다. 고개를 들었더니 그녀가 무릎을 꿇고 있었다.

"제대로 사과할게요. 내가 시준 씨를 이용했어요."

비록 식탁 사이지만 그녀는 두 손을 무릎 위에 얹고 성실하게도 꾸벅 고개를 숙였다.

"아버지가……."

시준의 눈썹 한쪽이 위로 그어졌다. 그녀는 그의 표정을 살짝 일별하고는 입을 열었다.

"예상하셨겠지만 어느 아버지가 제 딸이 오토바이를 타고 다닐 거라는 상상을 하겠어요?"

"백 회장님을 과소평가하고 있는 것 같습니다."

고명딸을 요조숙녀로 키우고 싶었다면 건축학과는 뭐고, 현장 막내라는 직함은 뭐란 말인가? 아마 백 회장은 할리 데이비슨의 존재를 알고도 눈감아 주는 것일 게다. 이런 생각을 하고 있는 그의 허를 찌르듯이 나현이 설명을 하기 시작했다.

"제가 애마를 타고 다니는 것까지는 모르세요. 같이 사는 비서 언니가 함구해 주고 있다고 했잖아요. 그런데 오늘 경찰서에 갈 일이 생겼고, 또 그걸 집안 변호사님이 해결해 주시면서 아버지 귀에 들어갈 것이 뻔하니까…… 시준 씨를 이용했어요. 진심으로 죄송하게 생각합니다. 알게 모르게 이용당해 주셔서 감사하고요. 사실, 몇 번 말했듯이 우리 아버지는 강시준 씨를 많이 마음에 들어 하시고 계세요. 그런데 시준 씨가 나를 기피한다는 정보를 들으셨더라고요. 그러니까 시준 씨가 나를 데리러 손수 경찰서에 왔다는 사실을 알게 되시면……. 아마 아버지는 당신이 다니는 절에 상당량의 금액을 기부하실 정도로 좋아 펄쩍 뛰실 거예요."

"할리 데이비슨을 몰고 다니는 짓을 강시준으로 덮으시겠다?"

"네에, 맞아요."

머리가 좋은 건지, 나쁜 건지.

아니면 진짜 나한테 들러붙으려는 수작인 건지.

"아버지를 무서워합니까?"

그 나이 먹도록 말입니다, 라는 비아냥을 삼키고서 그가 물었다.

"무섭지는 않은데……."

말끝을 얼버무린 다음에 그녀가 그를 똑바로 직시했다.

"무섭지는 않은데 귀찮고 싶지 않아서 그래요. 아버지가 화를 내면 자동적으로 엄마 귀에 들어가요. 소문 들으셨죠? 엄마는 몸이 안 좋아요. 분명히 속 끓이실 거고, 나는 그런 건 딱 질색이라서요. 이런 저런 귀찮은 일이 안 생기려면 어쩔 수 없었어요. 이용당해 주시는 김에 결혼도 해 주면 안 돼요? 내 조건 나쁘지 않잖아요."

"조건 좋아하네."

피식, 코웃음 치며 중얼거렸다가,

"그쪽하고 섹스를 한 번 하고 나면 생각해 볼까…… 싶은데."

툭, 하고 불시에 노골적인 말을 털어 냈다.

"애인은 어떡하고요?"

순간, 그녀의 눈에서 묘하게 반짝거리는 빛은 무엇이었을까? 시준의 심장이 철렁 내려앉는 느낌이었다. 디딤 건축 소장 홍지유, 그자를 떠올린 것일까? 그자를 위해 너는 나에게 어디까지 다가올 수 있을까?

"마치, 그쪽 애인만 묵과해 준다면 나하고 뭐든지 할 수 있다는 투 같은데?"

"나는 지금 조희수 씨를 얘기하는 거예요."

"다시는!"

그가 버럭, 소리를 질렀다.

"……이름. 그 이름!"

대뜸 소리 질러 놓고 그다음 말을 차마 이을 수가 없어서 그의 눈시울은 시뻘건 핏물이 번진 것같이 붉어졌다.

"……입 밖으로 꺼내지 마십시오!"

나현은 그의 창백한 이마에 핏대가 솟으며 두 눈에 분노의 이채가 떠오른 것을 보며 수긍하듯 고개를 끄덕였다.

"알아들었어요. 알았으니까 진정하세요."

그녀는 하얗고 투박한 사기잔에 물을 따라서 얼른 그에게 건네었다. 그는 그것을 낚아채 입술로 가져가다가 멈칫했다.

"우리 술 합시다."

살짝 당황한 나현은 그 하얀 얼굴이 목까지 붉어져서는 연신 입술을 깨물면서도 테이블 위의 벨을 눌렀다. 기다렸다는 듯이 미닫이문이 열리며 정갈한 개량 한복을 입은 마스터가 인사를 해 왔다.

"술 부탁합니다. 평소 상무님이 마시는 것으로요."

됐지요? 하듯이 그녀가 그의 눈치를 살피는 것을 무시하며 시준은 말했다.

"나는 지방 스케줄을 포기하고 그쪽에게 이용당해 주었습니다. 손해 보고 사는 성격은 못 되는지라 무엇이든 더 받을 겁니다."

"술 가지고 안 되는 거예요?"

"술을 마시고 나서 하고 싶은 것이 있습니다."

"……섹스? 아까 말한 그거요?"

나현의 입에서 섹스라는 말이 나오자 그는 비릿한 웃음을 머금은 눈으로 그녀를 마주 바라보았다.

그럼, 그렇지.

닳고 닳은 여자.

부잣집에서 나고 자라서 풍족한 가운데 제 욕망만이 전부인 여자일 것이다. 아마 나 같은 인간 앞에서만 나오는 진짜 그녀의 본모습은 편안함을 갈구하며 제 욕심만을 채우는 이기심 그 자체일 것이다.

겉치레는 푸른 뱀의 껍질처럼 벗겨 내고서 나한테는 솔직하게

굴 것이다. 어떡한다? 마침, 무료하고 심심했다. 이용해 봐? 나도 너에게 욕망의 민낯을 들켜 줄까?

이 여자, 백나현.

그는 다시 한 번 그녀의 눈에 제 눈을 맞췄다.

남자라고는 홍지유밖에 없는 것 같던데, 혹시 또 모르지.

내가 다른 의미의 남자가 될지도.

"명심해요. 결혼 계획은 아직 아닙니다."

"그렇다면 섹스는 해 보고 싶다는 뜻?"

나현은 끝까지 무례했다. 하기야 그에겐 감추어야 할 그 어떤 것도 없으리라.

그들은 술을 주거니 받거니 마시기 시작했다. 말없이 서로의 잔에 술을 채우며 둘은 시합이라도 하듯이 잔을 입으로 가져갔다. 그렇게 술자리는 어두컴컴한 석양이 내려앉을 때까지 이어졌다. 누가 먼저 취했는지 알 수 없었다.

'내가 가장 겁나는 일? 있지. 나현이가 제대로 된 남자를 데리고 이 집 안에 들어오는 거야. 그렇게 되면 졸지에 우리를 보내 버리는 거거든.'

술기운이 온몸을 잠식할 즈음에 어렴풋이 들려오는 소리가 있었다. 누가, 언제, 어디서, 누구한테…… 이 모든 것이 엉클어진 채로 그저 말소리뿐이었지만 발끈하며 나현은 투덜거렸다.

"좋았어! 내가 진짜 제대로 된 남자를 데리고 간다."

제대로 된 남자라.

강시준.

바로 그녀의 눈앞에 있었다.

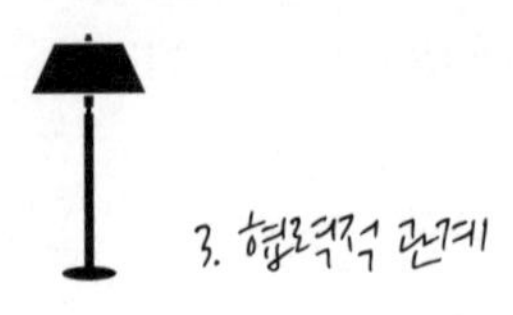

통창을 통해 한강이 한눈에 들어오는 전망 좋은 스위트룸은 그가 평소에도 자주 드나드는 곳이라고 했다. 제집 안방처럼 스위트룸의 문을 여는 그를 따라 들어가며 나현은 휘청거렸다.

어어, 내가 왜 이러지?

방금 전까지도 남자의 부축을 받았던 것이 진짜였구나. 나는 꿈인 줄 알았는데.

많이 취했다.

그녀는 본인 스스로를 놓기로 작정한 듯 마셨다. 이 남자를 유혹하고 싶었다. 유혹이라고 해도 할 줄 아는 게 없으니 고작 술을 마시고 취해서 남자의 욕망에 편승하는 거였다.

어질어질, 시야가 가물거리며 발밑이 뭉개지는 느낌이었다. 그러나 그리 기분 나쁘지는 않았다.

빰이 발개진 채로 나현은 콘솔의 귀퉁이를 붙잡고 섰다. 숨을 고르며 남자를 주시했다. 그는 정중했으며 차분했다. 제발, 자신에게 넘어오기를.

그러니까 술김이라도 둘이 원나잇을 하자는 제의를 해 오기를 얼마나 바랐는지 모른다.

'그렇다고는 해도 너무 마셨네.'

술김에 저지르는 짓이라는 포장을 하고 싶어서 그리도 많이 마셨나?

자신을 나무라면서도 그녀는 기분이 좋았다. 취한 탓이리라. 왜인지 그를 앞에 둔 그녀는 전쟁을 앞두고 무기를 고르는 군인의 심정이 되었다. 나현은 그를 불렀다.

"어이, 이봐요. 이제부터 나는 내가 하고 싶은 대로 다 할 건데……."

한편, 시준은 앞장서서 와인 바로 향하다 그 소리를 들었다.

'하고 싶은 대로 다 할 거라니.'

이상하다.

위험하게 들리는 그녀의 발언에는 무언가 간절한 것이 담겨 있었다.

"와인이나 더 합시다."

그는 와인글라스를 챙기며 희미하게 웃음을 흘렸다. 귀엽게 취한 여자라. 아무래도 그가 짐승이 되면 안 될 것 같았다. 정신 똑바로 붙들고 있으라고, 강시준.

제 자신에게 당부하고 있을 때였다.

"나는요, 강시준 씨하고 한 번 할 거거든요?"

한 번 하자니!

내용과 다르게 들려오는 말소리가 너무도 담담해서 저도 모르게 시준은 뒤를 돌아보았다.

아!

그의 입에서 비명이 튀어나올 뻔했다. 나현이 훌훌 재킷을 벗어 젖히더니 티셔츠를 위로 당겨 올리고 있었다. 새하얀 복부와 매끈하게 뻗은 두 팔은 물론이고 젖가슴이 출렁였다. 곧이어 흰색의 브래지어도 바닥으로 떨어졌다. 청바지의 후크에 손을 대는 그녀에게 그가 쉬잇, 하고 제지를 했다.

"왜요?"

옷을 벗느라 정전기를 만난 머리카락이 마구 흐트러져서 그녀의 모습은 가관이었다. 머리를 산발한 채로 그녀가 활짝 웃어 보였다. 술 냄새가 거하게 났다.

그는 알 수 없는 이질감을 느끼면서도 가슴이 쿵쾅쿵쾅 뛰기 시작했다. 호흡이 가파르고 맥이 빨라졌다. 넥타이를 느슨하게 푸는 그녀의 손가락이 뜨겁다.

"지금?"

그의 한쪽 눈썹이 힐끗, 올라갔다.

"지금 하고 싶어요."

나현의 고개가 끄덕여졌다.

"아……."

"해요, 우리."

우리들은 취했다.

취한 것은 아주 훌륭한 구실이 되어 줄 터였다. 그러나 한편으로는 너무 무모한 짓은 아닌지 미심쩍은 것도 사실이었다.

적어도 두 사람 중 누군가는 나중에 후회할지도 모른다. 시준의 생각은 깊었지만 그만큼 욕망도 깊고 진했다. 그는 잠시 갈팡질팡했다. 날것의 욕망이 날뛰기 전에 이성이 자신을 꽉 붙잡기를 원했다.

그러나 여자는 아름다웠고 그는 사내였다. 지극히 욕구가 동했다. 그녀에게는 미안했지만 지금은 넘어가기 딱 좋은 시점이었다. 둘 다 아무것도 거칠 것 없는 남녀, 그저 충동으로라도 섹스할 수 있었다.

"빨리 샤워하고 나올게요."

그녀는 그대로 욕실로 들어갔다. 문을 열어 놓았는지 쏴아, 하고 맨 몸뚱이에 부딪치는 물소리가 적나라하게 울렸다. 꿀꺽, 하고 그의 목울대가 올라갔다가 내려왔다.

***

"하아, 아아, 아으으……."

잔뜩 얼굴을 찌푸리며 달아오른 복숭앗빛 피부를 하고 있는 여자가 제 몸 아래에 꽃잎이 짓이겨지듯 누워 있었다. 온통 하얀 크림 같기만 하던 그녀의 알몸이 발갛게 농익은 감이 되었다.

……야했다.

"볼만한데?"

씨근덕거리며 그가 신음하듯 중얼거렸다. 나현은 눈을 지긋하게 감고는 속눈썹을 파르르 떨었다. 나현의 붉게 도드라진 입술로 눈이 갔다. 화장기를 지웠음에도 분홍빛이 살짝 감도는 입술에 군침이 돌았다. 입술이 벌어진 틈으로 열락에 들뜬 신음이 흘러나오는 것도 꽤 마음에 드는 일이었다.

키스를 해 버려?

말아?

망설이다가 그만두고 말았다. 대신에 그녀의 타들어 갈 것같이 뜨거운 속으로 손가락을 밀어 넣었다. 거침없는 손길이었다. 생각보다 젖어 있지 않은 속이 신경 쓰였다. 꽤 긴 시간을 들여 그녀의 성긴 수풀을 쓰다듬고 돌기를 살살 돌려 애를 태웠건만 아직도 건조하기만 했다.

"키스는 다른 데 해야겠어."

그녀의 위로 덮치듯이 엎드려 있던 그는 몸의 동선을 바꿨다. 베개를 두 개 포개어 놓은 뒤에 거기에 그녀의 엉덩이를 올려놓았다. 그러는 동안에도 그녀는 표정 하나 바꾸지 않고 가만히 있었다. 아직까지는 그럭저럭? 그렇다면 앞으로 더 노력해야 되겠군.

속으로 그는 이런 생각들을 하며 회심의 미소를 지었다. 재미있었다. 여태 무미건조하게 여겼던 섹스가 흥미진진해졌다.

"하앗!"

그녀의 허벅지를 틀어쥐고 양쪽으로 확 벌렸다. 그녀가 소스라치게 놀라서 소리를 질렀다가 잽싸게 입을 다물었다. 제 이마에 흐트러진 머리카락을 쓸어 넘기며 그가 객쩍은 미소를 지어 보였다. 그러고는 뭘 그렇게 놀라나, 하고 나무라듯 그녀의 허벅지 사이에 얼굴을 박았다.

"앗, 아흑!"

나현이 두 손으로 제 입을 가리고 머리를 흔들었다. 그의 입술이 그대로 나현의 활짝 벌어진 그곳에 닿았기 때문이다.

뜨거웠다.

그의 혀와 입술이 닿는 그곳은 짓이겨진 꽃잎처럼 뭉개졌다. 닿는 곳마다 데일 듯이 뜨거웠다.

"하앗, 아아앙, 아앙, 아아……."

엉덩이를 들어 올리며 그녀가 경직된 채로 자꾸만 버둥거렸다.

"오럴, 안 해 봤어? 왜 이래?"

그는 땀이 흐르는 제 이마를 손등으로 문질러 닦아 낸 뒤에 다시 그녀의 허벅지를 틀어쥐었다. 미친다, 아주. 온몸의 신경이 제 아래로 몰리는 통에 이미 페니스는 통제 불능의 사태였다. 그러나 이 여자는 자꾸만 더디게 만들고 있었다.

함부로, 마구, 맘껏! 그렇게 하고 싶은데 이 여자의 아래가 심하게 꿈틀하며 거부하는 모양이었다.

"가만!"

쉬잇, 달래고 어르는 소리를 하며 그는 힘껏 비부에 입술을 묻고 애무했다. 사정 안 봐주기로 했다. 그는 그녀의 질척거리는 그곳에 대고 혀를 놀리는 데에 온 신경을 쏟았다.

"아아, 하앗, 아아아, 아앙, 아……."

"죽인다."

이제는 맘 놓고 신음을 터트리는 나현의 소리가 꿀처럼 달콤해서 눈앞이 아찔했다. 상대방의 비부에 키스하는 짓은 수치심과 함께 극도의 쾌감을 수반하는 일이라는 것을 그는 잘 알고 있었다.

그러면서도 그는 은밀하게 감동받고 있었다.

실로 오랜만에 여자에게 반응을 하고 있는 몸의 용트림이 대견할 지경이었다. 확실히 그는 즐기고 있었다. 저도 남자인지라 욕구는 풀 수 있었다. 그러나 이렇게 기꺼이 즐긴 적은 없었다.

그녀, 조희수와의 악연 이후로 내내 그는 뭐에 쫓기듯 섹스했다. 여자들은 그에게 늘상 무언가를 더 바랐지만 그는 더 이상 줄 것이 없었다. 그래서였을까? 그런 식으로 제 정욕을 푸는 일은 따분하기 그지없었다.

그런데, 지금 그는 환희가 차올랐다. 어느새 흥분은 배가 되어서 그의 뇌는 미치기 일보 직전이었다. 이 여자의 아래가 궁금하고 신기했다. 혀로 핥아 올리고 입 안으로 빨아들이며 사정없이 파고들어 갔다. 그는 저도 모르게 제 손을 페니스로 가져가 잔뜩 힘을 내어 거머쥐었다. 참을 수가 없었다. 아까부터 그녀의 알몸을 보자마자 발기한 물건은 사정을 하고 싶어서 난리를 쳐 댔다.

"읏, 으으응……."

그의 애무에 의해 자지러지게 온몸을 경직시킨 나현을 보며 그는 문득, 시간이 됐다고 생각했다. 그래, 이 정도면 괜찮아.

"엎드려 봐."

그가 잔뜩 쉬어 버린 음성으로 엎드리라고 명령을 했다.

"네에?"

이슥한 눈빛으로 그를 올려다보며 그녀는 영문을 몰라 하고 있었다.

"제길……."

일일이 설명해 줘야 들어먹나?

그는 제 페니스를 감싸 쥐며 그녀 앞에 무릎을 대고 섰다. 그녀의 시선이 호기롭게 물건 쪽을 탐하는 것을 보며 그는 은근한 웃음을 흘렸다.

너한테 좋을 거야.

두고 봐.

그는 속으로 장담하며 그녀의 몸을 엎드리게 했다. 비척거리며 그녀가 엎드린 채로 고개를 돌렸다. 호기심 섞인 눈빛에는 공포의 빛도 엿보여서 그는 혀를 쯧쯧, 차며 인상을 구겼다.

"가만!"

그녀의 엉덩이를 매만지는 손길이 떨렸다. 지나치게 살결이 고와서 아주 혀를 대고 맛보고 싶을 지경이었다. 대충 성마르게 살결을 쓸어내린 뒤에 그는 손가락으로 입구를 문지르며 구멍을 벌리듯 만졌다. 다행히 촉촉하게 젖어서 꿀이 묻어나는 듯했다.

페니스가 더욱더 단단해졌다.

"으읏."

안 되겠다!

이를 사리물면서 시준은 제 하반신을 바짝 엉덩이에 붙이고서 귀두부터 살살 닿게 했다. 페니스가 용케도 푹 젖어 있는 그녀의 안으로 비집고 들어가기 시작하자, 그는 가쁜 숨결을 토해 냈다.

"아, 아아아아, 아앗……."

그녀가 허리를 뒤틀며 비명 섞인 신음을 내자 시준의 하체에 힘이 들어갔다.

"……뜨거워."

좁고 뜨거운 속으로 미끄러지면서도 그는 미간을 찌푸렸다. 아아, 너무 좋았다. 그런데 너는……?

"뭐야, 아파?"

아래에서 퍼지기 시작하는 열기에 도저히 멈추지 못하겠어서 그가 다그쳐 물었다.

"아픈 건 아닌데……."

그녀가 또다시 허리께에 힘을 주며 몸을 비틀었다.

"어, 으흑!"

덕분에 그의 페니스가 자극을 받아 더는 견딜 수 없게 되었다.

"젠장!"

그는 당황하여 페니스를 뽑아냈다. 이러다간 그녀의 속 안에 그대로 사정할 게 뻔했기 때문이다. 그녀의 몸에서 뽑아낸 페니스를 그는 제 손으로 마구 문질러 대기 시작했다. 이미 점점 고조되었던 극치감은 고통스러울 정도였다.

"헉, 허억……."

얼마 못 가서 하얀 정액이 포물선을 그리며 뿜어졌다. 그것은 엎드려 있는 나현의 하얀 등허리와 어깻죽지로 가서 떨어졌다.

"뜨거워요."

하아, 하고 숨을 길게 내쉬며 나현이 중얼거렸다.

***

"……힘을 좀 빼야…… 하겠는데."

술기운이라는 것은 이런 거구나.

모든 것이 몽롱하면서 기분 좋았다. 나현은 남자가 내는 중저음의 목소리가 듣기 좋았다. 처음이었지만 엎드린 채로 그의 물건을 받아 낸 일은 생각보다 수월했었다. 보니까 더 깊이 들어오기 전에 그는 제 물건을 쑥 빼내더니 허공에다가 사정을 한 모양이었다. 덕분에 그녀는 남몰래 안도의 숨을 내쉬었다.

그렇게 한숨 돌리고 있으려니 그가 부스럭거리며 그녀의 몸을 안아 들었다. 등이고 허리고 난잡한 흔적이 잔뜩 묻어난 채였는데 그는 아랑곳없이 그녀의 몸을 제 무릎 위에 올려놓았다. 벌거벗은 남녀가 마주 보고 앉은 채였다.

"힘 빼라고 했는데요?"

말투는 정중할지 몰라도 그 속에는 가시가 박혀 있었다.

"알았어요, 해 볼게요."

"서툴게 왜 이럽니까?"

"안 서툴러요, 나."

공연히 처음이라는 것을 들키기 싫었다. 그녀는 귀 뒤로 머리카락을 넘기고는 시키는 대로 할 요량으로 그의 엉덩이에 제 다리를 감쌌다. 그가 그녀의 두 팔을 제 목에 두르게 했다. 이제 둘은 마주 보고 앉은 자세에서 삽입이 이루어지고 있었다. 놀랍게도 그가 쥐고 있는 페니스는 상당히 두꺼웠다. 게다가 그의 손바닥보다 더 길어서 마치 흉물스러운 뱀처럼 보였다. 그는 그 꼿꼿한 그것을 그녀의 안으로 밀어 넣으려 기를 쓰고 있었다. 가만히 보니 땀방울이 차가운 음료 잔의 이슬처럼 송골송골 맺혀서 머리카락이 이마에 착 달라붙었다.

저도 모르게 나현은 그의 이마에서 머리카락을 치워 냈다. 오만한 인상을 유지하는 데에 가장 큰 역할을 하는 그의 이마는 석고상처럼 지적이며 아름다웠다.

한마디로 표현하자면 보기 좋았다.

"뭐 합니까?"

그러나 시준은 신경질적으로 나무라며 못마땅한 눈빛이었다.

"이마가 잘생겨서…… 그만."

발그레, 볼을 붉히며 나현이 솔직히 말했다.

"이마, 이마라."

그는 혼잣말로 중얼거리고는 제 할 일을 하기 시작했다.

"으읏, 으으……."

"아픕니까?"

"그게, 그게요…… 정상위 있죠? 그런 자세로 하면 좀 수월할 것 같은데요?"

안 되겠어서 그녀가 다른 제안을 했다. 앉아서 그의 굵은 것을 받아들이려니 빡빡한 속이 자꾸 거부하는 것 같았다. 그녀의 말은 들은 척도 안 하고 시준은 제멋대로 행위를 이어 나갔다. 그녀의 엉덩이를 두 손으로 움켜잡은 뒤에 그대로 그 몸을 조금 들어 올렸다.

"아핫, 아아아……."

"괜찮아요, 조금만……."

남자의 헐떡거리는 소리가 귓속을 파고들었다. 굉장히 진하고도 뜨거운 숨결에 온몸의 솜털이 곤두서고 있었다.

"조금만, 더……."

나현의 몸속으로 뜨겁게 달아오른 페니스가 찌르듯이 들어오고 있었다. 상상했던 것보다 단단하고 뜨거운 그것은 매우 힘이 셌다. 그녀의 속은 또 그것을 받아들이며 열심히 삼키는 것 같았다.

"아읏, 으으……."

"흐윽!"

됐다!

나현은 마음속으로 비명처럼 외쳤다. 그의 페니스가 완벽하게 들어왔다. 그녀의 엉덩이를 쥔 그의 손바닥에도 힘이 주어졌다. 그녀는 이제 그의 페니스를 품은 채로 풀썩 주저앉은 격이었다. 그가 잠시 가만히 있어 주었다.

"……처음?"

서로의 거친 숨결 사이로 그의 말소리가 들려왔지만 그녀는 무시하기로 했다.

"이보십시오, 날 봐요."
"됐어요. 분위기 깨지 말고 어서 해요."
그녀는 서툴게 허리를 움직였다. 페니스가 여자의 안을 헤집어 놓기 시작하자 서로의 숨결과 같이 신음 소리가 거세졌다.
"이런!"
그는 이제 성난 수컷이 되었다. 단단하고도 열기 머금은 페니스가 처음엔 느릿하게, 그다음에는 빠르게 점차 속도를 붙이며 움직이기 시작했다. 나현은 그에게 매달리며 울음소리 비슷한 소리를 냈다.
"으흑!"
어쩔 줄 모르겠다는 표정의 시준이 그녀의 몸을 제 페니스 위에서 춤추게 했다. 덕분에 그녀의 톡 튀어나온 클리토리스가 그의 복부에 실컷 문질러지고 있었다. 그는 더욱 비벼 대며 움직였다.
"흐으으응, 흐응, 흐응……."
마디가 하얗게 된 손가락으로 그의 어깨를 틀어쥔 채로 그녀는 입술을 꾹 다물고서 허리를 들썩거렸다. 이제 고통은 없었다. 아니, 처음부터 고통을 느낄 새가 없었다는 말이 맞았다.
그의 물건은 딱딱했지만 빈틈없이 들어차서 모든 감각을 일깨우고 불을 지폈다.
'어쩌면 행운이다.'
어디서 읽은 것도 있고, 이 비서에게 주워들은 것들도 있어서 그녀는 첫 경험이 어떻다는 정도는 이미 많이 귀동냥해 있었다. 어설픈 통증이 미미하게 있었지만 나중의 환희가 너무도 큰 탓에 그녀는 짜릿함마저 느끼고 있었다. 다행이었다. 그녀의 처음은 두고두고 좋게 기억될 거였다.

"무슨 생각합니까?

그가 이를 악물고서 묻고 있었다.

"아, 실례…… 엄마얏!"

그녀는 배시시 웃다 말고 비명을 지르며 엉덩이를 들어 올렸다. 그가 퍽퍽, 소리가 날 정도로 제 아래를 치댔기 때문이다. 고통은 없는 대신에 그 자리에 이상한 흥분이 들어차서 미칠 것만 같았다. 평생 이런 감각이 있다고는 상상도 해 보지 못한 탓인지 매 순간이 충격이었다.

그는 마구 그녀의 몸을 치대어서 질벽을 긁어 대듯 하더니 이윽고 멈추었다. 하악하악, 경망스러운 숨소리만이 방 안을 채우고 있을 뿐으로 모든 것이 조용했다.

"좋았어."

그는 꿈틀거리는 페니스에 힘을 꾹 주어서 그녀가 몸서리를 치게 했다. 그러더니 두 사람의 몸이 한 치의 틈도 없이 밀착되게 만들었다. 그는 그대로 벌렁 뒤로 누웠다. 때문에 나현의 몸이 그에게 안긴 채로 엎드려졌다.

"으흣……."

아래의 자극이 또 미묘하게 달라져서 참을 수 없어졌다. 꿈틀거리며 그녀의 속이 페니스를 조이고 있었다. 그가 가만히 웃었다.

"잘하네."

남자의 몸 위로 엎드려진 탓에 머리카락이 아래로 뻗친 것을 못 참고서 그가 손을 내밀어 쓸어 넘겨주었다. 축축한 머리카락이 그의 손가락 사이로 감겨들어 갔다. 그는 머리카락 한 줌을 코로 가져가 숨을 들이켰다.

"하지 마요."

갑자기 부끄러워진 그녀가 한마디 했다. 발가벗고, 몸을 섞고…… 할 것은 다 했는데 고작 머리카락 가지고 쑥스러운 것이 이해가 되지 않았다. 그러나 당장은 부끄러웠다. 마치, 이 남자가 자신을 소중히 여기는 느낌이었다.

"왜 하지 말아야 합니까?"

그는 사실 사정을 억누르기 위해 숨을 돌리는 중이었다.

"아무튼 하지 마요."

그녀가 좋알거리듯 하자 그가 또 웃었다. 아주 환한 미소였다.

"……예쁩니다."

"후우, 읍……."

그녀가 뭐라고 반항의 말을 쏘아붙이기 전에 그가 돌연, 입맞춤을 해왔다. 허겁지겁 입술을 빼려는데 이미 그의 입 안에 삼켜지고 있었다.

"흡, 흐읍…… 놔요."

"나는 분명히 내 맘대로 한다고 했습니다."

짧은 실랑이 끝에 그가 그녀의 머리를 양손으로 틀어쥐고는 키스가 시작되었다.

그것은 게걸스러운 키스였다. 눈앞이 캄캄해지고 귀에서 이명이 들리며 아무것도 생각할 수가 없는.

이런 감각은 또 어디서 온 걸까? 처음 이 남자를 봤을 때부터 뭔가 있다고 느꼈다. 그것은 처음의 눈 맞춤부터 시작되었다. 아무리 옷을 입고 있었다지만 그의 뜨거운 눈길은 자신의 몸을 낱낱이 투영하는 것만 같았다. 그저 눈을 마주치는 것만으로도 온몸이 저렸다.

키스는 깊어졌다.

숨이 가빠지고 아래는 조여졌다.

그는 나현의 숨결이고 타액이고 무엇이든지 집어삼킬 기세로 깊고 깊게 키스를 했다. 점점 나현의 아래가 꿈틀거리자 그가 참지 못하고 입술을 뗐다.

"윽!"

그가 거세게 피스톤질을 해 댔다. 아무리 처음 하는 행위일지라도 나현은 둘의 폭발하는 지점이 얼마 안 남은 것을 알게 되었다. 헉헉, 하고 숨을 뱉어 내며 인상을 쓰는 남자는 죽을힘을 다해 달리기를 하는 운동선수 같았다. 굵은 땀방울이 피부를 타고 흘러 떨어질 정도로 격렬한 움직임이었다.

"미치겠다!"

남자의 헐떡임, 자잘하게 떨리듯 나오는 음성, 거친 숨소리…… 이 모든 것이 적나라했다.

나현은 불현듯 감탄이 나왔다. 여자의 몸을 탐하는 남자는 동물적이 된다는 것을 깨달았다. 가장 본능적이고도 욕망으로 넘치는, 인간의 밑바닥을 날것으로 보고 있었다. 자신이 이 남자를 통제하는 것 같은 기쁨도 느껴졌다. 은밀한 그것은 색다른 쾌감을 동반하는 것이었다.

"그래, 좋아……."

그가 신음하며 그녀를 격려하고 있었다. 나현의 입에서는 이제 도저히 제어할 수 없는 신음이 흘러나와서 제 귀에도 꽤나 색정적으로 울렸다.

"아아앙, 아앙, 아아……."

어떻게 이런 일이 가능할까? 서로에게 호감도 뭣도 없는 남녀가 부끄러움도 모두 벗어 버리고 섹스에 열중한다는 것이 있을 수 있을까?

"그만……."

지금의 쾌감도 이기지 못하겠는데 자꾸만 아래에서부터 꾸역꾸역 치밀어 오르는 것이 있었다. 이보다 더한 것이 덮쳐 온다면 어떻게 해야 하는 건가?

"그만해요, 제발."

애원하듯 말하자 그가 숨 찬 소리로 왜? 하고 물었다.

"이건 아닌 것 같아요. 더는 못 참겠어."

"괜찮아."

……괜찮아.

다정하게 괜찮다고 하는 낮은 속삭임.

괜스레 묵직한 것이 목을 치고 올라와 침을 꿀꺽 삼켰다. 이 남자는 제 여자에게도 이런 속삭임을 들려주며 사랑해 주는 것일까? 강시준의 그녀, 조희수에 대해 생각이 미치자 죄책감이 엄습했다. 동시에 미칠 것 같던 절정의 나락에서 끌어내려지는 기분이 들었다.

그러나 그것도 잠시였다.

"됐어, 이제 다 끝나 가."

남자가 속삭이더니 또다시 움직임이 거칠어졌다.

"아앙, 그만해……."

그녀가 고개를 치켜들었다. 그녀의 몸은 그에게 무게를 모두 실은 채로 위아래로 움직여지고 있었다. 지치지도 않고 남자는 나현의 엉덩이를 쥐고서 사정없이 비벼 댈 뿐이었다. 아래가 화끈해서 더는 견디기 어려울 것 같았다.

"으흑, 읏!"

"아앗!"

서로의 거친 숨소리와 신음이 잦아든 어느 순간이었다. 그것이 왔다!

너무도 생경한 감각이 믿을 수가 없었다.

"아아아앙!"

온몸의 신경이 화르르 타올라서 펑펑 터지고 말았다. 눈앞이 새하얗게 변하며 나현은 몸을 잔뜩 굳혔다. 그가 뭐라고 말하는 것을 들었지만 알아듣지 못할 만큼 정신이 없었다. 몸이 다시 바르게 눕혀지는 것을 깨달았을 때도 마찬가지였다.

아랫배에서부터 오글오글 간지러운 감각이 손발까지 전해져서 머릿속까지 하얗게 만든 절정의 순간을 만끽하고 있었다. 여전히 숨이 차고 귀가 웅웅거리면서 정신이 아득해졌다.

"……백나현?"

그가 자신의 이름을 부르는 소리를 들으며 까무룩 잠이 들려는 순간이었다.

백나현?

강시준이 제 이름을 불렀다는 사실이 신기했다. 그것이 반가워서 눈을 뜨려고 해도 소용없었다. 수마 같은 잠으로 빨려 들어가며 그녀는 희미하게 웃었다.

"방해하지 좀 마요."

……좋았다.

근사한 기분은 그저 단순히 '좋았다'라는 말로 형언하기 어려운 게 있었다.

생판 남에게 소중히 여김을 받는 기분이 이런 걸까?

이건 좀 위험한데?

그러나 그녀는 이런 편안한 기분은 평소에 상상도 해 본 적이 없었던지라, 그저 즐기고 싶어졌다. 아마도 술의 힘이겠거니, 하고 그녀는 흡족해하며 잠이 들었다.
마지막까지 남자의 손이 다정하게 제 몸을 어루만져 주는 것을 느꼈다. 희한하게도 그게 너무 좋았다.

***

쏴르르, 쏴아…….
비가 오는 건가?
꿈속에서 장대비가 내리는 소리를 듣고 있던 나현의 눈이 떠졌다.
뭐지?
눈을 뜬 나현은 멍하니 천장을 올려다보고 있었다. 저것은 아라베스크 무늬인가, 로코코 무늬인가. 대리석 회반죽의 천장인 것은 분명한데.
꼭 감기약을 먹고 잔 다음 날에 눈을 뜬 사람같이 아무런 느낌이 들지 않았다. 팔다리가 제 것이 아닌 것만 같았다. 한참 무기력한 움직임으로 머리가 돌아가지 않는 상황임을 인지하며 그녀는 인상을 그었다. 그런데 아까부터 이상했다. 아랫도리의 감각이 예리했기 때문이다.
"아!"
아랫도리의 통증에 허우적대다가 그만, 한꺼번에 모든 것을 떠올렸다. 아니, 떠올려졌다!
쏴아, 하고 거세게 떨어지는 빗소리는 바로 침실에 딸린 욕실에서 나는 거였다. 그것은 강시준이 아직 이 방에 있다는 뜻이었다.
"내가 미치지 않고서야, 아니지. 미친 거지!"

나현은 바로 누워 있던 몸을 굴려 푹신한 베개에 얼굴을 묻었다. 온몸의 근육이 소리를 지르는 듯이 뻑적지근했다. 그러나 지금 근육통 따위는 문제도 아니었다. 저 남자 얼굴을 어떻게 봐? 그래, 일단은 자리를 피하고 보자!

나현은 벌떡 일어나 앉아서 마침 눈에 보이는 생수병을 쥐고서 꿀꺽꿀꺽 마셨다. 그러다 하마터면 비명을 지를 뻔했다. 아래가 뻐근한 것도 이유였지만 때마침, 시준이 욕실 밖으로 나왔기 때문이다.

"아, 안녕…… 아니, 잘 잤어요? 그게 아니고……."

그녀가 당황해서는 서둘러 시트를 끌어다 가슴께를 가렸다. 그러나 그와는 반대로 시준은 침착하기만 했다. 그는 축축하게 젖은 머리를 하고는 맨몸에 가운을 걸치며 그녀를 흘깃, 보았을 뿐이다. 그 눈길이 무척이나 무감해 보였다.

당신은 좋겠다. 이런 게 아무렇지도 않아서.

새삼 그가 대단해 보였다. 그러면서도 섹스를 할 때의 격정적이었던, 뜨겁기만 했던 남자의 눈길을 상기하며 나현은 침을 꿀꺽 삼켰다. 그랬다가 또 깜짝 놀라서 두 뺨을 손바닥으로 짝짝 두들겨 댔다. 빨리 정신 차려야 한다!

"왜 그렇게 허둥거립니까?"

그가 냉장고 문을 열고서 맥주 캔을 두 개 꺼내 들고 다가왔다. 대체, 몇 시인 걸까? 나현은 그의 어깨너머로 알프스 산장이 그려진 액자 속의 시곗바늘을 확인했다. 맙소사! 새벽 5시가 넘어가는 시간이었다.

"……어울리지 않게."

그가 캔의 마개를 열어 건네며 희미하게 덧붙여 말했다. 저도 모르게 발끈하며 나현이 톡 쏘아붙였다.

"어울리지 않다니요?"

"순진한 척하는 게 어울리지 않다는 말이었습니다."

"순진한 척이라…… 이거 말이 지나치신 거 아닌가요?"

그녀가 퉁명스럽게 받아친 말에 그가 노노, 하고 손가락 짓을 하며 고개를 저었다.

"전혀 지나치지 않습니다. 따져 보십시오. 그쪽은 나한테 뭐라고 했습니까? 내게 숨겨 둔 애인이 있다고 했습니다. 그런데 우린 뭘 했습니까?"

"그러니까 지금 강시준 씨가 하고 싶은 말은……."

낭패다!

물론 이 남자에게 잘 보일 생각은 추호도 없었다. 그런데 낭패감이 드는 것도 사실이었다. 또한 그 낭패감을 느끼는 자신의 감정이 괴로웠다. 남자의 입장에서 그녀는 쓰레기였다.

"그러니까 임자가 있는 남자를 유혹해서 섹스를 한 여자가 백나현이다…… 이건가요?"

"잘 알고 있군요."

나현의 얼굴이 일시에 굳어졌다.

그녀가 가장 혐오하는 것이 있다면, 그것은 임자가 있는 남자를 빼앗는 여자였다. 아니, 빼앗지 못한다고 해도 그 상대방에게 꼬리치며 마음이라도 훔쳐 보고자 노력하는 부류였다. 자신의 어머니가 바로 그런 여자들에게 당하지 않았나?

"씨발!"

시준은 그녀가 뱉어 내는 욕설에 흠칫, 하며 눈썹을 치켜 올렸다.

"오오, 셉니다."

"왜요? 욕하면 안 돼요?"

"예의를 밥 말아먹은 것 같아서 별로……."

"굳이 예의를 지켜야 할 상대가 아닌 것 같아서요. 그리고 내가 순 욕쟁이 아저씨들하고 막걸리 나눠 마시며 공사장에서 몸싸움도 불사하는 사람이라 가끔 이럴 때가 있어요. 여기, 여기 봐 봐요. 손바닥에 굳살 박인 거 안 보여요?"

그녀가 손을 내보이자 그가 알았다는 듯이 고개를 주억거렸다.

"인정, 인정! 나는 그쪽에게 조심스러운 상대가 아니라고 칩시다."

"'그쪽' 타령은 그만 좀 하시지요."

"이름 불러 줘야 합니까?"

"됐어요! 아, 말 나온 김에 우리 협력적 관계인지 뭔지 쫑 내기로 해요. 구질구질한 것도 감수하며 여기까지 왔지만 도저히 안 될 것 같아요."

그녀는 차가운 맥주를 몇 모금 마셨다. 마침, 목도 말랐지만 그가 자신을 흥미로운 눈빛으로 쳐다보고 있는 것을 무시하기 위해 일부러 그랬다. 이게 무슨 감정인 건지. 쑥스러운 마음 반, 당황한 마음 반, 그리고 모멸감이 반이다. 글렀다, 젠장!

그렇다. 이 남자에게는 소중히 지켜야 할 여자가 있다. 그걸 간과했다! 술김에, 술에 취해서, 충동적으로!

나는 천하의 나쁜 년이 되어 버렸어. 조희수라고 했나? 미안하게 됐어요. 어떤 핑계도 통하지 않을 것 같으니까 사과도 소용없겠지…….

그녀는 이런저런 혼자만의 상념으로 정신이 사나웠다.

"마음이 바뀌었습니까?"

다 마신 빈 캔을 우그러뜨리다가 그녀는 문득, 그의 손에 든 맥주를 낚아챘다. 그것을 입술로 가져가며 그녀가 말했다.

"협력적 관계? 개나 줘 버리세요. 다 글렀다니까요. 잊으셨나 봐. 우리가 결혼을 하려는 목적이요."

그에게서 아무 소리가 없었기 때문에 몇 모금 맥주를 마시다 말고 그녀가 고개를 들었다. 그는 여전히 그녀 앞에서 냉소를 지으며 우뚝 서 있었다.

가운의 앞섶이 벌어져 있었기 때문에 거무스름한 털이 언뜻 드러난 복부와 가슴이 시야를 어지럽혔다.

"우린 쇼윈도 부부가 목적인 사람들이잖아요. 그런데 이렇게……."

"섹스를 해 버려서?"

그가 되물었다. 나현은 간단하게 고개를 끄덕여 준 다음에 침대 아래로 다리를 내렸다. 그의 목소리가 들렸다.

"나한테 섹스하자고 해 놓고서 이제 와서 발을 빼시겠다?"

"제정신이 아니었어요. 미안해요."

그녀는 누그러진 어조로 사과를 했다.

"봐 봐, 할 말 없지요? 비켜요, 가 봐야 해."

그녀가 몸을 일으켜 세웠다. 자연스럽게 눈을 위로 들어 올려서 그와 눈을 마주쳤다. 순간, 그녀의 질벽에서 찌릿한 감각이 느껴지며 단전이 조여들었다. 뭔가 심장이 오그라드는 심정이었다. 게다가 남자의 이글거리는 눈빛이 따가웠다. 차가운 맹수 같은 눈을 하고서 자신을 꿰뚫을 듯이 보는 남자와는 다시는 눈을 맞추지 말아야 하리라.

"아무튼 내가 경솔했어요. 구구한 변명 같은 거 안 할게요."

"그런 거 필요 없습니다. 나는 그쪽하고 제대로 했고 또 근사했고……."

시준은 착 가라앉은 음성으로 말을 이었다.

"또 하고 싶습니다."

그러면서 그는 그녀의 양어깨를 짚었다. 비틀거리며 나현이 뒷걸음질을 치고 싶어 했지만 소용없었다. 종아리는 침대에 걸려 버렸고 그의 무게에 쏠리면서 나현은 뒤로 발라당 누웠다. 어느새 그의 몸이 위에 있었다.

"키스할 겁니다."

그의 얼굴이 닿았다. 보드라운 혀가 콧방울을 쓸고 뺨에 스쳤다. 얼굴을 배회하던 그의 혀가 입술의 틈을 비집고 있었다.

"……미친, 읍."

욕설을 하며 반항하려다가 눈을 찡긋, 감아 버렸다. 처음의 키스와는 달리 이번에는 많은 생각들이 머릿속을 들어찼다. 어쩌면 고뇌였다.

'백승현도 죽었고, 이제 영감님의 자식이라고는 나현이 하나밖에 없으니 이 재산은 누구 차지가 될까? 그러니 나현이 저 계집애의 결혼에 촌각을 달고 사는 게지.'

'걱정 마요, 형님. 백나현이는 제 엄마밖에 모르는 어린애예요. 사위 하나 잘 들여서 회사 맡기려는 우리 영감님의 속을 알 리가 없다고요.'

김희숙과 송마리, 두 여자의 말소리가 쟁쟁 울렸다.

해동제약이 이끄는 문화 사업에 발을 걸치고 있는 김희숙은 '해동 아트센터'의 관장 일을 맡고 있었다. 그녀가 바로 백 회장의 비공식적인 두 번째 부인이었다.

그리고 그녀를 형님이라고 부르는 강남의 꽤 큰 술집 마담인 송마리는 백 회장의 첩이다. 그러나 세상은 백 회장과 송마리를 부부로 보는 형편이었다.

김희숙과 송마리.

이 두 사람은 나현의 공공의 적인 셈이다. 그들은 번연히 나현이 보는 앞에서 저런 식의 대화를 나누었다. 그러면 으레 나현은 아무것도 모르는 얼굴로 앉아서 그들의 대화에 관심이 없는 척을 해야 했고.

그러면서도 나현은 이미 전쟁을 시작하고 있었다. 아무도 모르는 전쟁이었다.

결혼을 할 것이다.

물론 일반적인 부부의 정을 쌓는, 제대로 된 결혼은 할 수 없었다. 그러나 꼭 보란 듯이 결혼을 해서 해동제약의 지분이나 주식이 저들에게 가지 못하게 할 것이다!

하늘도 그녀를 도왔다. 천만다행히도 두 여자들에게는 백 회장의 핏줄이 없었다. 그들은 안달을 냈고 3년 전인가, 송 마담이 해프닝을 일으킨 적은 있었다. 마담은 백 회장의 자식을 남몰래 낳았다는 식의 언론 플레이를 했었다. 그때 나현이 아무도 모르게 재빠르게 손을 써서 유전자 감식 등을 통해 진실을 밝혀낼 수 있었다.

송 마담이나 백 회장이 나현을 그저 '제 엄마만 밝히는 마마걸' 정도로 인식하는 이유는 이런 속사정을 알 수 없었다는 거다.

'이 남자가 딱이었는데!'

나현은 강시준의 존재를 알자마자 군침을 삼켰었다.

제 여자가 따로 있는 남자, 그래서 자신과 진정한 부부로 맺어지지 않을 남자, 쇼윈도 부부로만 살면서 아내의 일에 무관심한 남자, 그것이 미안해서라도 제 부탁은 뭐든지 들어줄 수 있는 남자, 또 그런 힘이 있는 남자…… 그런 남자가 강시준이었다.

'자유를 원해요.'

결혼을 하게 된다면 자유를 보장해 달라고 했던 그녀였지만, 실상 부탁할 것은 따로 있었다.

'김희숙, 송마리. 저 여자들에게 해동의 재산이 한 푼이라도 흘러들어 가지 않게 해 주세요.'

백 회장의 사위가 되어 저 정도 부탁은 들어줄 정도라면?

재계 4위인 한경기업의 오너가 될 남자, 바로 강시준이 안성맞춤이었는데 말이다! 그런데…… 노선을 변경해야 할 것 같았다.

어쩌자고 술에 취해서 남자에게 달려들었나?

게다가 섹스는 그리 간단한 게 아니었다. 그와 섹스를 하고 난 후에 그녀는 무언가가 달라졌다. 그것이 무언지 정확하게 짚어 낼 수는 없었지만 심장이 미친 듯이 뛰며 감질나게 자꾸만 간질거렸다.

이 남자, 말려야 해.

내 가까이에 있으면 안 돼.

"으읍, 으읍, 저기, 으읍……."

그러나 그의 입술에 막힌 탓에 말이 나오지를 않았다.

"저어, 으읍, 이, 봐, 요……."

쉿, 하고 그가 입 속에서 속삭였다.

"아무 말 마. 좋게 해 줄게."

그의 짧은 한마디에 나현은 오싹, 소름이 돋는 기분이었다.

……할 말이 있다. 지금 그에게 사실대로 털어놓고 싶은 사연이 있었다. 나는 당신하고 몸으로 엮이는 일이 이리 간단하지 않다는 것을 몰랐다. 모르고 했다. 자신과의 협력적 관계를 거절하는 남자를 설득하고 싶었다. 이 남자와 같이 있으면서 가짜 결혼을 이야기하려다 그만 잠을 자 버렸다.

나는 뻔뻔한 도둑이 된 거나 바찬가지다. 이건 강시준 씨의 여자에 대한 예의가 아니야. 나는 불륜녀가 되기 싫다…… 라는 말들은 그의 키스에 속수무책 삼켜지고 있었다.

"아흣!"

그가 그대로 제 살 속에다가 페니스를 밀어 넣고 있었다. 시준의 피부는 샤워 후의 차가운 감촉으로 인해 소스라쳐졌다.

"살살, 살살……."

그가 귓불을 지그시 깨물며 속삭여 말했다. 저도 모르는 사이에 오소소, 소름 돋는 몸이 움츠러들며 나현이 그의 목에 팔을 둘렀다.

"괜찮습…… 니까?"

"아윽, 흑."

그가 묵직한 존재감을 과시하며 살을 발라 버릴 듯이 또는 뭉개듯이 들어왔다. 다행히 축축한 질벽은 파고드는 물건을 꼭 붙들고 있었다.

"아아, 아앙, 아아……."

그가 한 팔로 나현의 허리를 끌어당긴 채로 더욱 힘을 주어 완벽하게 들어와 박혔다. 억눌린 비명 같은 것이 그녀의 입에서 나왔지만 그는 신경 쓰지 않고서 더 바짝 붙였다. 아까 전에, 처음에 했던 것과는 달리 화끈하게 흥분이 살아났다. 조금도 아프지 않았으며 오히려 발가락이 쫙 펴지도록 기분이 좋았다.

"우린 둘 다……."

거친 숨소리에 섞여 그의 속삭임이 들려왔다.

"……미쳤습니다."

발갛게 익은 얼굴로 그녀가 신음했다. 그의 굵고 뜨거운 페니스가 아래를 짓이기듯 힘찬 왕복을 시작한 탓이었다. 곧이어 두 다리가 들려 올라갔다. 그는 그녀의 다리를 제 어깨에 걸쳐 놓고서는 더욱 본격적으로 피스톤질을 해 댔다.

팍팍…….

페니스와 비부가 맞닿아 내는 음탕한 소리가 요란하게 울렸다. 그뿐만이 아니었다. 그녀의 속이 남자의 물건을 집어삼키는 소리도 진탕했다.

"으응, 으으응, 으응……."

거칠게 안으로 들어왔다가 빠져나갔다가 다시 밀고 들어오는 움직임은 리드미컬했다. 나현은 이제 맘껏 소리를 내며 즐겼다. 그가 잠시 움직임을 멈추더니 고개를 내려 그녀의 입 안에 혀를 집어넣었다.

"읍, 흐읍……."

키스가 아무것도 아니라고 한 사람 죽었어!

섹스? 그거 별거 아니라고 한 사람도 나와!

나현은 숨이 멎을 것 같은 흥분으로 인해 미칠 것만 같았다. 간혹 짓궂은 남자들이 지껄이던 성에 대한 농담이나 이 비서가 해 준 경험담은 다 필요 없었다. 이 남자와는 키스만으로도 오르가즘에 이를 것만 같았다.

"윽……."

저도 모르게 그의 혀를 깨물어 버렸다. 그러자 그가 갑자기 격해졌다. 그의 배에 문질러지는 클리토리스는 왜 그렇게 예민한지 모르겠다. 그녀는 너무도 예민한 감각에 겨워 격통을 느끼는 착각을 일으켰다. 그리고 고통은 쾌감을 배가시켰다.

"아픈……."

그녀의 심상치 않은 반응에 놀랐는지 그가 움직임을 멈추었을 때다.

"아니, 아니야. 그냥 해요, 해!"

나현이 비명같이 소리를 지르며 그를 독려했다. 지금 멈추면 안 된다! 급박하게 눈앞이 하얘지면서 허리에서부터 들뜬 감각이 파도처럼 밀려오고 있었다.

"아아, 어떡해……."

커다란 쾌락의 감각에 어쩔 줄 몰라 하며 부르르 떠는 그녀의 몸을 바투 끌어안으며 그가 이를 악물었다. 그러고는 피치를 강하게 올리기 시작했다. 오르가즘에 떠밀려 나현은 그저 무익하게 허공에서 팔을 휘둘렀다. 그 팔을 잡아 다시 제 목에 두르며 시준은 허리짓을 했다.

지구상에서 가장 본능적이고도 솔직한 움직임, 그것이 피스톤 운동이라고 했던가? 이건 또 어디서 들었더라? 건축과 남학생들이나 공사판의 아저씨들이 나현만 보면 스스럼없이 하던 농담 섞인 성희롱에 가까운 말이었나? 나현은 별의별 생각을 다 하며 오르가즘에서 허우적거렸다. 일부러 자신과 몸을 섞는 남자를 생각하지 않기 위해 방어기재를 발동시킨 거였다.

'소용없어, 어떡해.'

절망 비슷한 감정으로 나현은 눈을 떠서 그를 응시했다. 땀으로 젖은 얼굴, 엉클어진 머리카락, 더운 숨결, 상기된 표정, 데일 것만 같은 눈빛…… 숨을 씨근덕대며 제 페니스로 마구 압박해 오는 남자의 얼굴이 왜 이렇게 순수해 보이는 건지.

이 거짓말 같은 상황은 뭐란 말인가? 마치 자신이 친 올무에 추가 걸린 것만 같았다.

남자가 너무나도 아름다워서 나현은 왈칵, 눈물이 날 것만 같았다.

"으응. 으읏……."

그가 두 눈을 감고서 턱을 치켜들고는 신음을 뱉어 냈다. 그와 동시에 자신의 아래에서부터 또다시 신호가 왔다. 마음껏 팡팡, 터지는 불꽃처럼 그녀의 몸은 진동하고 있었다. 그가 얼른 페니스를 빼냈다. 사정할 모양이었다.

씨발!

나현은 자신이 할 수 있는 가장 심한 욕설을 속으로 되뇌었다.

4. 매지노선

나현은 이 모든 게 꿈만 같았다. 어제까지만 해도 이런 것이 존재한다는 것은 상상도 하지 못했다. 육체적으로 따지면 만족할 만한 섹스였지만 그건 어디까지나 육체에 국한된 것이었을 뿐이다. 그녀는 처음 겪는 원나잇의 뒷감당이 버거웠다.

'내가 무슨 이십 대 초반이라고…….'

한창 펄펄하고 뜨거운 청춘들 사이에서 대학 생활을 보내면서도 한 번도 겪어 보지 않은 고민이었다. 이 남자는 알까? 내가 지금 얼마나 허둥거리고 있는지를.

그녀는 시준이 다시 씻으러 들어간 사이에 대충 옷을 걸치고는 룸을 빠져나왔다. 집으로 들어온 시간은 아침 8시가 넘어서였다.

마당이 넓은 집을 고집한 사람은 은경이었다. 은경은 파와 토마토 등의 텃밭을 가꾸며 꽃나무를 심었다. 그러면서 남편과 살던 평

창동의 신혼집을 떠올리고는 했다. 아침에 일어나 보면 옆에 누워 있던 엄마가 보이지 않아 울먹이던 자신의 꼬맹이 시절이 있었다. 그럴 때면 은경은 토마토 밭에 앉아서 넋을 놓고 있었다. 그 모습이 마치 몸은 이곳에 있지만 영혼은 여기 있지 않은 사람 같아서 나현은 서럽고 무서웠다. 엄마, 엄마아- 왜 그래? 아무리 부르고 흔들어도 꼼짝하지 않고서 은경은 흐느껴 울거나 우울해했다. 그게 아니꼬워서 나현은 어느 날, 비가 내려서 흙이 눅눅한 아침에 밭을 헤집어 놓았었다.

다시 생각해 보면 은경에게 있어서 피붙이들은 하나같이 고통만 주는 사람들이었다. 닿을 수 없는 그리움은 고통일 테니까. 은경의 시간은 온통 그리워하며 산 세월이었다.

뿐만 아니라, 한 번이라도 맘 놓고 웃어 본 적이 없는 엄마로 기억한다. 마당에서 세발자전거를 타고 재재거리는 어린 딸을 보면서도 두고 온 아들 승현을 그리워했으니까. 자신에게 직접 튀긴 음식을 만들어 주면서도 엄마는 마음 한구석으로는 큰아들을 걸려 했었다.

담장 곁으로 촘촘히 서 있는 나무들을 보는 나현의 눈길이 사뭇 어두웠다. 꽃나무 밑에서 보이지도 않는 먼 곳을 향해 눈물짓는 은경을 참다못해서 나현이 중학생이 되었을 때는 도끼질을 해서 모든 나무를 팼다. 그녀 생애의 첫 도끼질이었다. 지금도 나무들마다 기둥에는 도끼 자국이 선연히 나 있었다.

나현의 눈이 하늘에 닿았다. 아침 하늘은 구름이 낮게 가라앉아서 쪽빛을 가린 채로 시야 가득 펼쳐져 있었다. 현실로 돌아온 그 시선 끝에 언제나 그렇듯이 은경의 얼굴이 잡히며 눈시울이 붉어졌다.

안 돼!

생각이 깊어지면 안 된다.

'지금 마음 아플 여유가 없어. 그리고…….'

그리고?

'……강시준 생각도 하면 안 돼!'

제 속마음에 그녀는 스스로도 깜짝 놀랐다.

***

나현이 거실로 들어섰을 때에 텔레비전 소리가 왁자하니 들려왔다. 이 비서가 홀로 소파에 앉아 리모컨을 쥐고 있었다. 눈은 화면에서 떼지 않고 있으면서 그녀가 나현을 반겼다.

"외박한 이유, 혹시 강시준이야?"

아유, 언니도 참!

혼잣말처럼 구시렁대며 나현은 대충 얼버무릴 셈으로 얼굴을 과장되게 찡그렸다.

"나는 이제 언니가 처음 만났던 그 스무 살 꼬맹이가 아니라고요."

"그러면, 네가 보통 집의 스물일곱 살 아가씨냐? 말이 되는 소리를 해라. 벌써 나라는 존재가 말해 주고 있어. 너는 도저히 '노멀'이 안 되는 사람이야."

"그래요. 나 안 노멀해. 됐죠? 늦었어. 출근 준비도 빠듯해."

무조건 자리를 모면하고 싶어서 2층으로 올라가려고 하는데 이 비서는 절대 만만한 사람이 아니었다.

"대답 안 했다. 강시준, 맞지?"

흠칫, 걸음이 멈췄다.

강시준.

……우린 끝났다. 아니, 내가 망쳐 버렸어!

갑자기 눈이 시렸다. 키가 큰 남자. 웃고 있어도 어쩐지 냉소 짓는 것으로 보이는 남자. 이목구비가 반듯반듯 잘생기고 특히 이마가 고급스러운 남자…… 잠자리에서 여자에 대한 매너가 좋은. 그녀의 결론은 앞으로 생각하지도 않을 남자라는 거였지만 지금 당장은 가슴이 설레었다.

"헤이, 백나현! 내가 너에 대해 모르는 일은 없어. 어제 양문호 변호사님이 다 말해 줬어. 너 경찰서에 있는데 한경 상무가 왔더래. 혼자도 아니고 자기네 집안 변호사를 대동하고서 왔더란다. 보란 듯이 너 데리고 가더라는데, 맞니? 너 여태 그 남자하고 있었다면…… 미션 완수야?"

미션 완수는 얼어 죽을!

주먹을 꼭 사려 쥐는데 애꿎은 아랫도리가 쓰라려 왔다. 수치스러워서 짜증이 복받쳤다.

"다 끝났어. 그렇게만 알고 있으면 돼."

단호하게 대답해 주면서 그녀는 층계를 밟고 올라가기 시작했다.

"백나현! 너……."

이 비서가 그녀의 뒤통수에 대고 소리를 질렀지만 나현은 뒤도 돌아보지 않고 지시하는 어조를 했다.

"그 남자한테 차였어. 나랑 협력하는 거 싫대! 그리 알고, 앞으로는 언니가 모든 연락을 차단해 줘요."

"명령입니까?"

"아니, 부탁이야. 어차피 그 남자도 내 개인 연락처 같은 건 모르고 있을 테니까, 뭐.”

“그러니까 미션 완수가 아니고, 물거품?”

“앞으로 결혼에 대한 노선을 바꾸기로 했어. 아무래도 임자가 있는 남자는 영 아닌 것 같아서. 미안, 언니. 나 바빠서요.”

“주방에 잡채 만들어 놨어. 먹고 출근해.”

잡채라는 소리에 나현의 고개가 뒤로 돌아갔다.

“엄마? 엄마가 왔었어?”

후다닥, 계단을 도로 내려오는 나현을 향해 이 비서가 고개를 저어 보였다.

“잊은 거야? 어제가 정기 검진일이잖아. 벌써 다녀가셨지.”

“뭐야? 까맣게 잊어 먹고 있었네. 언니는 왜 또 전화 안 했는데? 내가 요즘같이 정신 산란할 때는 언니가 좀 도와줘야지요.”

공연히 엄마 핑계를 대면서 그녀는 실컷 울상을 지었다.

“오냐, 내가 그만 내 할 일을 소홀히 했다. 미안하다. 나는 우리 백나현 아씨께서 워낙 효녀라서 기억은 하고 있는 줄 알았지. 사모님은 앞으로 키모테라피 한 번 더 남았대. 그리고 네가 어제 얼마나 공사다망했는지, 알지? 추돌 사고를 연출하지 않나, 교통경찰한테 끌려가지를 않나……. 난 사실, 너 행여 다쳤을까 봐 병원에서 진 치고 있었어! 전화기는 왜 꺼놨대?”

격앙되는 이 비서의 음성을 들으면서도 나현은 아무것도 생각하고 싶지 않았다. 그저 의기양양했던 어제의 계획이 수틀렸음을 상기하니 발밑이 꺼지는 것 같았다.

“……듣고 있어? 네가 그리 끔찍하게 여기는 어머니 말이야. 어제 너 먹인다고…….”

현기증이 났다. 이 비서의 핏대를 높인 목소리는 이제 날파리가 윙윙대는 것처럼 공허하게 울릴 뿐이었다.

은경은 지방의 요양병원에서 치료를 받고 있으면서 한 달에 한두 번은 해동제약이 운영하는 재단 병원에서 정기적으로 진료를 받고는 했다. 어제가 그날이었다.

"알았어, 잡채 먹을게. 먹으면 되잖아."

나현은 이 비서를 제치고 주방으로 갔다. 이 비서가 따라 들어오며 데워 준다고 했다.

"일없어요. 엄마가 만들어 둔 그대로 먹을 거야. 엄마 생각하면서 꼭꼭 씹어 먹을 거니까 걱정 마요."

눈물이 그렁그렁한 눈으로 나현은 식탁 한가운데에 놓인 속이 깊은 볼을 당겨 안았다. 왠지 은경의 온기가 남아 있는 것만 같았다. 식탁 앞에 선 채로 나현은 그릇째 들고서 손가락으로 잡채 가닥을 집어 들었다. 이 비서가 질색하며 만류하는 것도 모른 척하며 나현은 손가락으로 잡채를 후르르 빨아들였다.

원래 은경이 만들어 주는 음식은 뭐든 마다하지 않았지만 그중에서도 잡채를 특히 좋아했다. 알고 보니 백 회장이 가장 즐겨하는 음식이 잡채였단다. 그 사실을 알고서 정이 뚝 떨어질 만도 한데 나현은 차마 그러지 못했다. 잡채를 맛있게 먹는 자신의 모습을 보며 또 남편 생각을 하는 은경 때문이었다.

아직까지도 은경은 이렇게 한 달에 한두 번씩 서울에 올라올 때면 손수 잡채를 만들어서 딸에게 먹이곤 했다.

"얘, 천천히 먹어라. 걸신들렸냐? 그 남자도 참 매너 없다. 네가 아무리 맘에 안 들어도 그렇지, 아니, 상대방이 매력 없어도 그렇지! 호텔 조식도 안 먹여 보내는?"

이 비서가 크리스털 잔에 물을 담아 건네주면서 타박을 했지만, 나현은 우걱우걱 잡채를 입에 넣는 데만 급급했다. 눈물이 콧등을 타고 입술에 떨어져서 잡채에서는 눈물 맛이 났다.

"다신 그 인간 말은 꺼내지도 마."

"거봐, 내 말이 맞았지? 남자랑 자는 거, 그거 별거 아니지. 그치?"

"아니거든? 언니 말 다 틀렸거든?"

"그럼, 뭐야?"

"나쁜 새끼하고는 동업 안 해. 그뿐이야."

강시준, 나빴어!

다른 여자가 있는데도 말이야, 어찌 그렇게 세상에서 가장 친밀하게 나를 만지고 핥고 빨아 대고…… 그런 게 가능해?

"내 눈에는 어째, 백나현이 강시준한테 팽당한 걸로 보인다."

그녀 속내도 모르고서 이 비서는 다른 말만 하고 있었다.

***

나현은 매일 오토바이를 타고 출근을 하는 바람에 아침 시간에는 휴대폰으로 연락을 받을 수가 없었다. 그날도 막 일산의 사무실에 도착해 헬멧을 벗고 현관 앞에 섰을 때에야 휴대폰을 확인할 수 있었다.

"누가 이렇게 전화를 많이 했대?"

그녀는 걸음을 멈추고서 깜짝 놀라 부재중 통화로 찍힌 번호의 수를 세었다. 17통이나 같은 번호로 와 있었다. 이름이 저장되지 않은 번호였다.

"강시준!"

굳이 확인하지 않아도 알 만했다. 이건 아마도 강시준의 번호이리라!

나현은 급히 이 비서의 단축키를 눌렀다.

-응, 나현아.

"언니, 혹시 그 남자한테 전화 온 거 있었어?"

-누구? 너 팽했다는 그 상무?

"응, 아니, 내가 팽했다니까! 언니는 무슨 소리를 그렇게 해요?"

-그렇지 않아도 너 나가자마자 바로 연락 왔더라. 내가 시치미 좀 떼 주었다. 염려 마.

"모르는 번호인데 나한테 열 몇 통인가가 왔어. 그 남자가 한 것 같아."

-아닐 건데? 내가 너에 대해서는 따끔하게 일침해 놨는데? 네 개인적인 번호를 알리도 없거니와, 또 알아냈다고 해도 너한테 연락할 일 없을 건데?

"……뭐라고 했는데?"

따끔한 일침이라.

궁금한 한편으로 걱정이 되어 나현은 조심스럽게 그녀의 응답을 기다렸다.

-응, 너는 이제 다른 남자하고 결혼할 거라고 해 줬다. 우리 이 정도면, 손발이 척척 잘 맞지 않냐?

"참도 손발 척척이다! 언니는 왜 나를 시집 못 가서 환장한 사람 만들고 그래? 알지도 못하면서."

-백나현! 너, 시집 못 가서 환장한 거 맞잖아.

내가 진짜 결혼하고 싶어서 이러나? 아버지의 여자들에게 재산 한 푼이라도 안 가게 하려는 거지.

얼굴이 홍당무가 되어 전화를 끊은 그녀는 황망히 사무실 문을 열었다.

"좋은 아침!"

누구에게랄 것도 없이 인사를 해 주면서 제 자리로 가기 전에 콘솔 위의 화분에 대강 인사말을 하는 것도 잊지 않았다.

"너, 예뻐. 세상에서 제일 예뻐. 잘 자라자, 알았지?"

평상시와 다를 바 없는 하루라고, 앞으로 변하는 건 없다고 자신을 다그치며 나현은 문고리에 매달린 우유 주머니에서 평소 시켜 마시는 요구르트 병을 찾아 들었다. 그리고 오전의 일과와 오후의 일과를 머릿속으로 빠르게 수식하는 것도 매일 하던 대로였다. 그런데 의자에 앉자마자 앞자리의 류정환이 뼈아픈 한마디를 해 왔다.

"백 소장님, 오늘 지각한 것도 이상한 일인데 영혼이 가출한 사람 같아요."

그 말에 지유도, 그리고 다른 직원들도 모두 그녀를 빤히 쳐다보았다.

"아직 카페인을 섭취 못 해서 그런가 봐요."

"회의 준비할 동안에 얼른 마시고 와."

지유의 말에 그녀는 언제나 그렇듯이 말간 얼굴에 배시시 미소를 지어 보이며 자리에서 일어났다.

띵동.

탕비실로 가고 있는데 폰에서 문자음이 울렸다.

[접니다, 강시준. 그쪽하고 협력적인 관계에 대해 이야기하고

싫어졌습니다.]

급히 문자를 삭제하고 나서 그녀는 전기주전자의 버튼을 누르며 강시준을 원망했다.

'잤잖아! 잤는데 무슨 협력적 관계? 난 할 수 있어. 그럴 수도 있지, 하고 싹 잊어버릴 수 있단 말이야. 결혼? 물 건너간 일이야. 그쪽하고는 안 해, 안 한다고!'

누굴 불륜녀 만들려고 작정했나?

그러나 그보다 그녀의 마음을 깊숙이 찔러 들어오는 것은 따로 있었다.

"……이 남자한테 빠지게 될 것 같아."

그래서 두렵다.

그녀는 김이 폴폴 나는 뜨거운 물을 머그잔에 부었다.

"백나현, 정신 똑바로 차려! 명심, 또 명심해야 해. 남자한테 마음 뺏기면 다 끝이야. 인생 골로 가는 거라고."

혼잣말로 중얼거리며 알갱이 커피 두 스푼과 각설탕 두 개를 넣고는 머들러로 휘휘 저었다.

***

그날 하루는 다른 날과 똑같은 하루였다. 일과를 마치고서 나현은 퇴근길에 지나치는 한강변에서 오토바이를 세우고는 거기서 잠시 시간을 보냈다.

아침나절에 억지로 먹은 잡채가 탈이 나서 종일 속이 거북했다. 그녀는 귀뚜라미가 우는 풀숲에 세워진 자판기에서 사이다 캔을 빼내 마셨다. 갑자기 휴대폰이 울렸다. 이 비서였다.

-설마, 오늘도 외박이냐? 너 확실히 해야 한다. 난 회장님께 너에 대한 모든 것을 보고할 의무가 있고, 그걸로 밥 벌어먹고 사는 사람이야. 이틀 연속 외박이면 그건 사고야, 인마!

"몇 신데 이렇게 호들갑이에요?"

-너 미쳤어? 10시 넘었잖아?

"현장 나갔다가 용인 자재 창고에도 다녀오고 그래서 늦었어요. 지금 가고 있어요.

-어머? 웃긴다. 지금 전화는 어찌 받고 있는데?

"바이크 세워 놓고 속이 답답해서 사이다 마시고 있어요."

-그 남자, 상무…….

누구?

강시준?

화들짝 놀란 나현은 서둘러 입을 뗐다.

"언니, 그 남자한테는 아무 소리 마요. 절대 제 동선 알려 주면 안 돼."

-이미 네 폰 번호는 물론이고, 너 다니는 사무실도 알고 있던데? 오늘 사무실에 연락해서, 너 현장 나가 있어서 자리에 없다는 것도 확인한 모양이더라.

이 남자가 미쳤나?

이제 끝난 관계가 아니었나?

아님, 내가 뭐를 잘못했나? 원래 남자하고 하룻밤 자고 나면 여자가 아무 말 없이 빠져나오면 안 되는 에티켓이라도 있는 건가?

"언니, 나 오늘부터 출장 가요. 근데, 아버지한테는 내가 알아서 보고할 테니까 언니는 그리 알아요."

그녀는 갑작스럽게 떠오른 생각을 입으로 얼버무렸다.

-무슨 소리! 백나현, 네가 갑자기 어디로 출장을 가?

빽, 큰 소리로 호통 치듯 하는 이 비서의 말을 무시하며 나현도 지지 않고 반박했다.

"출장에 대한 것은 대외비예요. 내가 알아서 할 테니까 우선, 전화 끊어요."

그녀는 곧바로 지유와 통화를 했다.

"선배, 아니 대표님! 살려 줘요. 강원도 속초? 강릉? 아까 어디랬지? 유 소장님이 펑크 낸 거요. 그거, 제가 갈게. 저 시간 많아요."

오전 회의 때에 얼핏 들었던 이야기를 기억하며 그녀가 필사적으로 부탁을 했다. 오전 회의의 주요 안건은 강원도의 펜션 공사가 지연되고 있어서 지유가 직접 가기로 했다는 내용이었는데, 그것이 장기 출장이 될 소지가 있어서 대표가 가기엔 부적합하다는 의논들이 오갔었다. 원래는 유승필 선배가 가야 했지만 하필, 그의 아내가 출산일이 임박해서 기피하고 있다고 들었다. 지유는 그녀의 제안을 달가워하면서도 의아해했다.

-백나현 소장님께서는 한창 맞선 보는 시즌이라면서. 그리고 전생이 뽀로로라고 하지 않았나? 가면 되게 빡셀 텐데. 짧아도 2주 정도는 소요될 거고. 거기 설계부터가 잘못되어서 문제 많다고 했잖아.

"제가 가서 브리핑할게요. 얼마나 엉망인지 진짜 꼼꼼하고 세밀하게 체크하는 거, 저 자신 있어요. 제발, 선배! 저 보내 줘요. 당장 갈게요. 대신에 누구한테도 저 강원도 공사판 내려가 있는 거 말하지 않기로 약속해 줘요."

-당장 어떻게 가겠다고 그래?

“당연히 애마는 안 데리고 가지. 차 몰고 안전하게 내려갈게요. 됐죠?”

너를 누가 말리냐?

혀를 차며 반은 승낙하는 지유의 말을 끝으로 그녀는 전화를 끊었다. 잘됐다! 머리를 식혀야 했다. 마음 정리도 할 겸, 당분간 전쟁 같은 결혼에 대한 계획도 다시 짤 겸 어디론가 떠나 있고 싶었다.

더 감사한 일은 강시준과 있었던 일을 깡그리 잊어버릴 정도의 뻔뻔함과 망각의 시간이 생겼다는 사실이다.

***

“강시준 상무다.”

“어머, 어디? 진짜네? 제주도 워크숍 가는 팀들 배웅해야 해서 공항 나갔다고 들었는데, 여긴 웬일이래? 설마 구내식당에서 마주 칠 줄이야.”

한경 본사의 지하 구내식당은 갑자기 들이닥친 임원진들로 인해 소란스러워졌다. 여직원들은 때아닌 눈요기로 흥분했으며 남직원들 또한 호기심 어린 눈초리를 모았다.

강시준.

그는 회장 아들이라는 타이틀만으로도 이미 특별한 사람이었다. 거기에 한경그룹 상무이사라는 직함과 함께 남성적이면서도 단정한 외모가 한몫을 해서 존재만으로 모두의 이목을 집중시켰다. 혹자들은 금수저로 타고난 그의 태생을 가십거리로 씹기 바빴고, 또 다른 혹자들은 선망하는 눈빛이었다.

특히, 한차례 기업의 위기가 불어닥쳤던 정경유착의 폐해 때 강정안 회장이 아들을 불러들여 기업 감사 보고서를 작성하게 한 일화는 유명했다.

미국에서 인턴십을 마치고 귀국한 강시준 상무는 직접 세무조사에 응했고 또한 털어 낼 것은 털어 내야 한다며 과감한 컨설팅을 운영했다. 그가 직접 꾸린 팀은 탈세라든가 정경유착 같은 비윤리적인 부분에 칼질을 하는 일이 우선이었다. 그 결과, 불과 1년 만에 기업 선호도가 높아지며 회사 주식이 끌어올려졌다. 강시준은 그 일등공신 노릇을 했다는 중론이 자자한 인물이었다. 그런 그가 아직까지 미혼인 사실은 여러 가지로 사람들의 흥미를 불러일으켰다. 그래서 어쩌면 그의 결혼에 촉각이 곤두세워진 것은 당연한 일이었다.

"식사들 하십시오."

강 상무가 알은척을 해 오는 직원들을 향해 먼저 허리를 굽혀 인사를 했다. 어두운 색의 슈트를 입은 덕에 더욱 키가 커 보이는 강 상무는 나이가 지긋한 연배의 임직원과 함께 나란히 배식 줄에 식판을 들고 섰다.

"제발, 영원히 솔로로 있어 주기를."

그런 모습을 홀린 듯이 쳐다보고 있던 누군가의 입에서 이런 말이 나왔다. 그러자 식당 입구 쪽에서 한바탕 웃음이 퍼졌다.

"못써! 영원한 솔로라니? 저주야, 뭐야?"

솔로로 남아 있어 달라는 소리를 한 직원을 옆에 있던 여직원이 팔꿈치로 툭 쳤다.

"낙이 없잖아요, 낙이. 이렇게 눈으로 보고 즐기는 용도로 상무님이 존재해 주셔야지요. 강 상무한테 누군가 임자가 나타난다는 생각만으로도 직장에 대한 열정이 확 식어 버리는 것 같아."

젓가락을 입술로 물며 여직원이 울상을 짓자 그 옆의 직원이 은근히 어조를 낮추어 말했다.

"내가 비서실에서 살짝 들었는데 요번에 선을 봤다는 것 같아."

"어련하시겠어요? 저번에 최지현 국무총리 딸하고 어쩐다 저쩐다 말이 돌더니, 조용해졌잖아요. 알고 봤더니 상무님 측이 거절했다면서요?"

"그건 국무총리 쪽의 일방적인 구혼이었고. 우리 회장님은 정치 쪽에 확 데어 가지고는 절대 그쪽하고는 사돈 맺지 말자는 주의잖아. 그런데 이번엔 진짜 선을 봤다더라고. 그것도 해동제약하고. 그냥 선이 아니고, 결혼을 전제로 한 거래. 비서실 동기가 한 말이니까 팩트일 거야."

"해동제약?"

"응, 해동. 거기는 외동딸이라서 겁나게 간을 보고 있다더라. 아예 자기네 회사도 떠맡길 그런 사윗감을 원한대. 우리 상무님 정도면 아주 확실하잖아, 안 그래?"

"하긴 우리 상무가 키도 크지, 어깨도 넓지, 얼굴도 잘생겼지…… 아, 물론 생긴 것으로 능력치를 드러내는 건 아니지만."

"근데 자기도 들었지? 상무님은 예전부터 사귀는 여자가 있다고 하지 않았나? 보통 집안 아가씨라서 꽁꽁 감췄다고 했나? 암튼 그런 소문 돌지 않았어?"

"그거 다 증권가 찌라시래요. 내 친구 중에 타로도 보고 간간이 신점 보는 걸로 먹고사는 애가 있는데, 내가 이 회사에 입사하던 날에 강 상무에 대해 이야기해 준 적이 있어요. 강 상무? 여자 1도 없댔어요."

"제발, 용한 친구였으면 좋겠다."

"걱정 말아요. 그 친구는 용한 걸로 집도 장만할 기세니까."

둘은 함께 후후, 소리를 내어 웃다가 상무 쪽 자리를 보았다. 그는 식판에 음식을 담아 테이블에 앉아 있었다. 그의 좌우와 앞에는 임원진들이 앉아서 한창 진지하게 무언가 이야기를 하는 중이었다. 상무는 그들의 말을 경청하는 태도로 잠자코 있었다.

"아유, 우리 상무님 밥 좀 먹게 놔두지. 꼭 점심 먹는 시간까지도 저래야 하나?"

"저건 약과야. 비서실 동기가 그러는데 화장실 가는 시간도 없이 사수들한테 시달린다더라."

"그나저나 잘생긴 우리 상무님을 누가 데려갈꼬? 해동그룹 딸? 검색해 봐야겠다."

"허사야. 아무것도 안 나올걸? 해동그룹은 얼마 전에 뉴스에 나온 아들 죽음 사건 외에 다른 자식은 절대 노출 안 시켰더라."

그들은 조용히 다시 밥을 먹기 시작했다. 어쩌다가 다시 쳐다보니 상무는 그제야 젓가락을 집어 들고 있었다.

"진짜 숨겨 둔 애인이 있나?"

"나는 그것보다 다른 게 궁금해. 이번에 선봤다는 해동제약 딸하고는 진도 나갔을까? 왜, 남자나 여자나 연애를 하면 금방 표 나잖아."

상무에게로 꽂힌 그들의 눈길이 탐색하듯 집요했다. 그러나 조용하고 서늘한 분위기의 상무 얼굴에서는 아무것도 읽어 낼 수가 없었다.

"하긴 돈 걱정 없는 인생이 결혼할 여자가 생겼다고 해서 금방 뭐가 드러나겠나?"

"그래도 누군가를 좋아해서 뿌리까지 흔들리면 강 상무님이 어떤 얼굴로 변할지가 궁금해."

두 사람은 다 먹은 식판을 들고 자리에서 일어났다. 상무는 무표정으로 일정하게 젓가락을 움직이고 있었다.

***

"부르셨습니까?"

미국 지사와의 화상 채팅을 끝낸 막간을 이용해 시준은 최남웅을 호출했다.

"어서 오십시오. 해 주실 일이 있어서 불렀습니다."

최 실장과 동시에 이종성 대리가 들어와 서류 판에 사인을 요청했다. 시준은 대리를 향해서는 사인을 하고 난 후에 부르겠다고 말한 뒤에 최 실장을 건너다보았다.

"이진희 비서를 내가 만나야겠습니다."

이진희 비서?

해동제약 백나현의 개인 비서가 아닌가?

의외라는 듯이 최 실장의 눈이 흠칫, 가늘어졌다.

"상무님이 직접 만나시려고요?"

"네에, 직접 하겠습니다."

그 말을 끝으로 기묘한 정적이 흘렀다. 시준은 그 와중에도 서류 판을 들여다보고 있었고 최 실장은 흥미롭게 상황을 탐색하듯 눈을 빛냈다. 잠시 동안 그 누구도 입을 열지 않았다. 먼저 말을 꺼낸 사람은 시준이었다.

"어떻게 생각합니까? 여자가 연락을 끊었습니다. 이거 문제 있는 거겠죠?"

"저도 상무님이 시키시는 대로 건축사무실에 연락을 수없이 했지만 백나현 님의 행방에 대해 함구하더군요. 사는 자택에서도 안 보이고요. 문제가 생겼다기보다는……."

최 실장은 쉽사리 말을 잇지 못하고서 빙그레 웃음을 지었다. 상무와는 한 번도 이런 대화를 해 본 적이 없어서 어색했다.

"솔직히 말씀드리겠습니다. 상무님이 차인 것 같습니다."

솔직히 말해 주어야 할 것 같아서 그는 직구를 날렸다.

"잘 알겠습니다."

시준은 가만히 고개를 끄덕였다. 최 실장의 눈에서 짙은 호기심이 비쳤다가 가라앉았다.

"그런데도 백나현 님의 비서를 만나 봐야겠다는 거군요?"

시준을 가장 가까이에서 보고 겪는 그였다. 그의 상사가 오랜만에 여자에 대해 궁금해하고 있었다. 희한한 일이었다.

"그 사람을 찾아야 할 일이 있어서요."

알겠습니다, 라고 대꾸한 뒤에 최 실장은 잠시 머뭇거렸다.

"용무가 남았습니까?"

시준이 묻자 그는 바로 입을 열었다.

"질문이 있습니다. 상무님은 백나현 씨를 알고 싶은 거지요? 것도 제대로요?"

전에 시준이 그랬었다. 백나현에 대해 알아 가고 싶다고. 그걸 확인하는 거였다.

"그렇죠. 남자로서입니다."

느릿하게 대꾸하며 시순은 서류에 사인을 하기 위해 만년필을 뽑아 들었다. 이제 그만 나가 보라는 뜻이었다.

***

사흘이 지났다. 한경그룹 본사의 빌딩 커피숍에서 이 비서는 강시준을 직접 마주 보고 앉아 있었다. 그렇지 않아도 그에 대해 궁금했던 터라, 만나자는 언질이 반가웠다.

빈티지풍으로 꾸며진 실내에 피아노 선율이 흐르는 커피숍은 클래식한 분위기와 아기자기한 느낌을 잘 살리고 있었다. 사원증을 목에 건 직원들이 손님의 대부분이었다. 두 사람은 파티션이 쳐진 구석에서 각자 홍차와 에스프레소를 앞에 두고 앉아 있었다.

"이진희 씨라면 대답해 줄 거라고 믿습니다."

다짜고짜 남자는 대답을 강요하고 있었다. 이글이글, 무언가가 끓어오르고 있는 남자의 눈빛에 주목하며 그녀는 강시준을 직접 본 것이 하도 놀라운 일이어서 흥분하고 있었다.

뜻밖의 일에 당황스러운 것은 차치하고서 이 남자가 나현을 궁금해하고 있다는 저의가 흥미로웠다. 듣기에 이 남자는 결혼에 회의적이라지 않은가?

뭔가 냄새가 났다. 갑작스러운 나현의 태도가 수상쩍긴 했다. 나현은 도망치듯이 지방 공사 현장으로 가면서 강시준에게 제 거취를 말하지 말라고 단단히 이른 참이었다.

"실례지만 상무님, 무슨 말씀을 하시는 겁니까? 우리 아가씨……요?"

그녀의 머뭇머뭇한 반문에 그가 씨익, 치아를 보이며 웃었다. 오, 떨려!

이 비서는 이런 남자가 얼마나 치명적인지를 잘 알고 있었다. 한번 제 것이라고 찍으면 반드시 손안에 움켜쥐고 마는 사냥꾼의 모습이 연상되는 남자 말이다.

실제로 본 남자는 훤칠한 체격에 반듯반듯한 용모의 미남이었다. 겉으로는 우아하게 지적인 이미지를 어필했지만 그것은 가짜였다. 남자에게서는 냉혹이 끼쳤다.

이제 보니 백나현은 이 남자에게 한입에 집어삼켜질 햇병아리였다. 그것도 모르고서 열심히 머리를 모아 이 남자를 제물로 삼으려는 작전을 짰다니!

절로 개탄이 흘러나왔다. 평생 제 어머니밖에는 모르고, 오로지 건축 공부에만 신경을 쏟은 나현은 그렇다 치고 서른 중반이 되는 자신의 짧은 식견을 탓하지 않을 수 없었다.

"제가 비서님을 보자고 한 까닭을 정말 모르시겠습니까?"

"예, 저는 무슨 상황인지 도통……."

될 수 있는 한 감출 것은 감춰야 했다. 분명히 나현은 이 남자에게 연락처를 알리지 말라고 신신당부했었다. 그녀의 시치미에 시준은 한동안 가만히 있더니 입을 열었다.

"단도직입적으로 묻습니다. 당신이 말한 그 아가씨가 사흘씩이나 행방이 묘연하고 전화도 받지 않고 있는데……."

"말씀 중에 죄송합니다만, 직접 아가씨에게 연락하셨다는 거군요? 그건 실례입니다. 저희 쪽에서는 제가 아가씨의 연락망입니다. 하실 말씀은 응당 저에게 하셔야 하는 거 잘 알고 계시지 않습니까? 게다가 왜 아가씨의 행방에 대해 궁금해하시는지요? 제가 알기로 상무님은…….”

아가씨의 첫 경험을 망쳤다면서요?

……라는 말을 차마 입 밖에 낼 수 없어서 이 비서는 흠칫했다. 그러자 그가 성큼 상반신을 기울였다. 네모난 마호가니 테이블을 사이에 두고 상무의 몸이 그녀에게로 숙여졌다.

“먼저 듣고 싶은 얘기가 있습니다. 대체, 조희수의 이야기는 어디서 캐낸 겁니까?”

“저희 쪽 정보 라인이라는 게 있습니다. 그것을 밝힐 수는 없습니다만.”

“그래서 그 정보를 가지고 나한테 접근한 겁니까?”

“접근…… 이요?”

“백나현 씨가 저한테 결혼하자고 했습니다. 대답을 하려고 하는데 이렇게 기회를 주지 않는군요.”

아차, 이런 거였구나!

둘이 잤다. 그런데 나현은 결혼 계획을 거둔 모양이었다. 그랬겠지, 그랬을 거야.

이 비서는 재차 깨달아졌다. 사실, 나현의 이상 행동을 보며 눈치는 채고 있었다. 이 남자가 맘대로 조종이 되는 타입이 아니라는 걸 나현도 깨달았으리라.

아니, 그뿐만이 아니다. 늑대를 포섭해서 제 뜻을 이루려던 나현은 햇병아리의 신세가 된 것 같았다. 햇병아리는 늑대에게 잡아먹혀질 게 뻔했다. 그것을 알아차리고서 나현이 도망친 거였나? 이 남자에게 마음 빼기게 될 것 같아서? 단순히 여심이 향하는 게 두려워서? 그런 건가?

그러니까 무조건 이 남자에게 겁을 집어먹은 것이리라.

갑자기 이 비서는 가슴 한구석이 알싸해졌다. 그녀는 다시 강 상무를 바라보았다.

그렇다면 이 남자는 어떠한가?

자신을 직접 만나 나현을 궁금해하는 모습은 '남자의 관심'이었다. 게다가 꽤 적극적인 거였다. 이것이 나현에게 독이 될지, 약이 될지 아리송해서 혼란스러웠다.

그를 다시 살폈다.

표정을 꿰뚫듯이 잡아 훔치는 그의 시선이 날짐승의 그것과도 같아서 몸서리가 쳐졌다.

이런, 어쩐다! 우리 바보 같은 숙맥이 이 남자를 어찌 감당하겠나?

……임자 만난 거구나.

***

푸른빛의 페라리 한 대가 어둠을 가르며 속초 해안을 끼고 달리는 중이었다. 시준은 직접 운전대를 붙잡고 있었는데 옆에는 잔뜩 긴장한 것처럼 굳은 얼굴의 이 비서가 앉아 있었다. 내비게이션의 지도 위에 '영랑 해안 길'이라는 안내 자막이 뜬 것을 보며 시준이 물었다.

"이런 데서 무슨 공사가 있다는 겁니까?"

"펜션 짓는다는 것 같아요. 바다가 보이는 곳에 짓는 목조 펜션이요. 근데 조폭 비슷한 사람들이 운영하는 거라 문제가 많다고 하더라고요. 시공도 잘못되었고, 설계며 또 기초 작업 그런 것도 문제 있고요. 말하자면 우리 아가씨가 해결사로 등판한 거죠."

그때 시준의 입에서 바람 빠지는 것 같은 소리가 났다. 그는 웃고 있었다. 이 비서가 힐끔거리며 퉁명스러운 어조로 그를 나무랐다.

"지금 비웃는 거예요? 저 아까부터 기분 나빴어요. 상무님, 가만 보면 우리 아가씨 이야기하시면서 이상하게 웃으시는데요. 아가씨가 밖으로만 돌아서 그렇지, 솔직히 우리 아가씨도 대단한 집 규수들 못지않게 그림도 볼 줄 알고요, 값나가는 명품으로 치장할 줄도 알고 그래요."

"오해 마십시오. 제 자신이 처량 맞아서 웃음이 나온 것뿐입니다."

처량 맞아? 누가?

진짜 처량한 사람은 자신이지 않은가?

느닷없이 강시준 상무의 호출을 받은 일도 간이 콩알만 해지는 사태였는데, 곧바로 그녀는 나현의 출장지로 끌려가고 있었다. 그렇다, 납치되다시피 끌려가는 거였다! 시간은 어느새 한밤중이었다.

'보러 갑시다.'

'지금요?'

'그래요, 당장!'

그녀가 나현의 출장지를 실토하자마자 시준은 자리를 박차고 일어났다. 자신이 왜 따라가야 하는 건지, 그녀는 이유도 묻지 못했다.

그런데 알고 봤더니 이 남자는 무척이나 치밀했다. 그는 이 비서를 차에 태우더니 휴대폰을 낚아채며 말했다.

'폰은 압수입니다. 비서님께서 백나현 씨에게 연락이라도 하는 날에는 하마터면 저는 지붕 쳐다보는 개가 되는 수가 있으니까…….'

'뭐라고요? 그러면 제가 아가씨에게 연락할까 봐 일부러 저를 데리고 가는 거예요?'

'뭐든 확실한 게 좋은 거니까요. 저는 누구처럼 잘못된 오류를 정보라고 캐고 다니지 않는 사람입니다.'

잘못된 오류?

시준은 그녀 측에서 조사한 조희수에 대한 정보가 그릇되었다고만 일렀었다. 뭐가 잘못되었다는 건지, 참! 아무튼 그녀는 상무를 나현에게 데리고 가는 일이 잘하는 행동인지 머릿속이 복잡하기만 했다.

이 남자, 뭘까? 안 되겠다.

이 비서는 고심 끝에 결심을 했다.

"상무님, 나름 제 판단으로는요. 아가씨의 출장은 말만 출장일 뿐, 실상은 '그날 밤'으로부터 도망친 겁니다. 갑자기 오밤중에 출장 간답시고 내려가시는 바람에 그다음 날에 제가 짐 가방을 챙겨다 드려야 했어요. 워낙에 우리 아가씨가 철없을 적부터 남들 인형놀이 할 때 혼자만 도끼질, 톱질 같은 거 하고 자랐다지만, 뭐 좋다고 지방 공사 현장을 신나서 한달음에 달려갔겠어요?"

"할리 데이비슨, 정말 거슬립니다."

의중을 떠보는 말에도 꿈쩍 않고서 시준은 다른 말로 응수하고 있었다. 그러나 그녀가 가만 생각해 보니 그것은 우문현답(愚問賢答)이었다. 나현이 오토바이로 깜깜한 밤길의 고속도로를 달렸을 것을 예상하고 걱정하는 심기가 고스란히 드러났기 때문이다.

"아, 그런 걱정은 마세요. 바이크로 내려가지 않았으니까요. 우리 아가씨, 은근히 제 몸 하나는 비상하게 아끼는 경향이 있어요. 그나저나 꼭 지금 이렇게 만나러 가야 하는 겁니까? 아가씨가 놀랄 것 같은데요."

"가시에 찔리지 않고서는 장미꽃을 가질 수 없다고 했습니다."

"희생을 치르고서라도 만나야 되겠다, 이런 뜻인가 봅니다. 뭐, 만날 사람은 꼭 만난다고 합니다만."

이런 대화들을 나누는 사이에 그들이 탄 페라리는 내비게이션의 종착지에 도착을 했다. 사방이 깜깜한 가운데 멀지 않은 곳에서 속초 전망대가 보이는 위치의 해안가 모텔 앞이었다.

<청춘장>

5층 높이의 붉은 벽돌로 지어진 신축 건물의 모텔이 보였다. 촌스러운 굵은 글씨체의 모텔 간판은 LED 조명으로 인해 초록색으로 반짝거리고 있었다.

두 사람은 말없이 경악했다. 왜 하필 모텔인가? 건물 외관을 쓱 훑어본 후에 시준은 미심쩍은 눈을 하고서 이 비서를 보았다. 그녀는 어깨를 으쓱해 보였다.

"아가씨가 여기서 숙박하는 걸, 낸들 어쩔 수 있나요? 올라가서 불러올게요."

그녀가 막 모텔 현관 안으로 들어가려고 했을 때였다. 시준이 그녀 앞을 성큼 막아섰다.

"뒤에 따라오는 차가 있습니다. 이 길로 바로 서울로 올라가십시오."

"네에?"

야무져도 보통 야무진 남자가 아니었다. 무슨 차요? 하고 그녀가 뒤로 고개를 돌리자 과연, 헤드라이트 불빛에 눈이 부셨다. 중형차 한 대가 멈추더니 그 안에서 검은 양복을 입은 남자가 나와 꾸벅, 고개를 숙여 인사했다.

"최남웅이라고 합니다. 모시겠습니다, 타십시오."

그는 명함 한 장을 꺼내 내밀었다. 건성으로 인사를 받아 주며 이 비서는 시준을 보았다.

"상무님. 제 핸드폰은 주셔야지요."

"아직은 안 되겠습니다."

시준은 그녀의 휴대폰을 최 실장에게 건네면서 따로 지시를 했다.

"서울에 도착해서도 실장님이 가지고 계십시오. 아주 내일 아침까지 말입니다."

이런 경우가 어디 있어요? 그녀가 뭐라고 항변을 하든 말든 시준은 뚜벅뚜벅 걸어서 다시 제 차의 문을 열었다. 그리고 최 실장을 향해 조심해서 올라가라고 당부를 잊지 않았다. 그녀가 급한 목소리로 물었다.

"상무님은 차 안에서 뭐 하시게요?"

"기다릴 겁니다."

"뭘요? 아니, 누구를요? 아가씨요?"

대답 대신에 시준은 넥타이를 쭉 잡아당겨 끌러 내고는 가볍게 웃어 보였다. 마침, 바닷바람이 불어와 머리카락이 헤쳐지며 엉클어졌다. 그가 한 손으로 거침없이 머리카락을 쓸어 넘기자 이 비서는 속으로 앓는 소리를 내야 했다.

'어떡하냐? 우리 백나현 양이 너무 열세야. 남자답고 당당하고 거침없어 보여. 고전을 면치 못하겠어. 게다가 잘생겼단 말이야. 아니지, 백나현의 좌우명은 남자의 외모는 약에도 안 쓴다는 거였지.'

그렇게 이 비서는 나현을 믿기로 했다. 나현은 그녀가 본 누구보다 의지가 깊은 사람이었다.

남자? 가정? 노노!

나현은 혼자서 충분히 살아남기 위해서 그동안 척척 준비한 게 많았다. 그중에 하나가 바로 남자를 돌같이 보는 거였다. 웬만해서는 빠지지 않으리라!

***

철썩철썩.

파도가 밀려왔다가 밀려 나가는 소리에 눈이 떠졌다. 동이 트면서 해안가 마을의 전경이 붉으죽죽한 색으로 시야에 들어왔다. 카스테레오에서는 바하의 '브란덴 부르크 협주곡 5번'이 흘러나오고 있었다. 그가 좋아하는 조르주 상드의 지휘에 맞춘 프랑스 오케스트라 악단의 연주였다.

새벽녘, 바닷가에서 바하의 협주곡을 듣다니!

"대단하다, 백나현."

너 때문에 내가 별걸 다 해 본다.

너무 어설펐어.

그녀는 스스럼없이 섹스를 했지만 그에게 처음인 것을 들켰다. 아니, 아예 능숙한 척을 하며 사람을 기만했다. 물론 둘이 취해서 한 행위였지만 그녀는 그의 사과도 듣지 않고서 도망쳐 버렸다. 그것은 그를 우스운 꼴로 만드는 일이었다.

그 탓에 그는 마치 여자를 범한 파렴치한이 된 것 같아서 종일 자괴감에 시달려야 했다.

사과해야 한다.

어쨌든 그의 잘못이었다. 그리고 알고 싶었다.

그에게 먼저 쇼윈도 부부를 제안하며 그녀는 뭔가 필사적인 데가 있었다. 그 깊은 배경에 대해 관심이 생겼다. 그러나 이제 그녀는 학을 떼는 모양으로 꽁꽁 숨어 버렸다. 물론, 이곳에 와 있는 것이 정말로 일 때문일 수도 있었다. 그러나 여러 정황으로 봤을 때에 그녀는 적어도 강시준, 그를 피하고 싶어 했다. 홍지유 대표에게 미안해서일까? 어쩌면 이해가 되었다. 애인이 있는 여자가 하룻밤 일탈을 한 것은 어찌 보면 너무 뻔뻔한 짓이었으니까.

"백나현, 어쨌든 대화 좀 했으면 좋겠는데."

그는 시트를 바로 세우고는 생수를 들이켰다. 막 생수병을 입에서 떼어 낼 때였다. 그는 하마터면 비명을 지를 뻔했다.

나현, 그녀였다.

언제 나타난 것일까?

그녀는 차의 전방에 우뚝 서서는 팔짱을 끼고서 그가 앉은 운전석을 뚫어지게 살펴보는 중이었다. 카키색 티셔츠에 스키니 청바지를 입은 그녀는 소녀처럼 머리를 하나로 묶은 채로 야구 모자를 쓰고 있었다.

예의 그 새하얀 얼굴은 새벽빛에 의해 청화백자같이 창백했다. 기다란 목에 둘둘 말아서 아무렇게나 두른 감청색 수건이 이채로웠다. 두 눈을 휘둥그렇게 뜨고서 유리창 속을 투과하듯이 쏘아보고 있는 폼이 잔뜩 수상쩍다는 표정이었다. 특수 선팅이 되어 있는 유리는 차 안의 모습을 드러내지 않고 있어서 더 답답한 모양이었다. 조금 열어 놓은 차창 사이로 그녀의 말소리가 들려왔다.

"이거 혹시 연탄불 피워 놓고 자살한 사람이 들어가 있는 거 아닐까요? 경찰에 신고해야 하지 않아요?"

그녀의 말에 늙수그레한 남자들의 목소리가 대거리를 해 왔다.

"내비 둬. 어젯밤까지는 없었어. 그리고 주차장이 있는데도 굳이 여기다 세운 거는 이 근처에서 해장국 먹고 있다는 뜻일 거여."

"영감님, 이 차는 보통 차가 아니에요. 다들, 여기 좀 와 봐요."

누군가의 놀란 어투가 다른 사람들을 불러 모으고 있었다. 그러자 금방 그녀 주변으로 서넛의 중년 사내들이 모여들었다. 찢어진 러닝에 아무렇게나 걸친 셔츠 차림의 그들은 모두 공사장 인부들 같았다. 그들 틈에 아무렇지도 않게 서 있는 나현을 보며 시준은 은근히 웃음이 나왔다. 이 여자를 보기만 해도 기분이 좋아졌다. 그러나 그는 숨을 죽이고서 상황을 지켜볼 도리밖에 없었다. 남자들의 말소리 속에서 나현의 것만 귀가 가려내고 있었다.

"……맞아요. 보통 차는 아니에요. 그 왜, 서울에 사는 부잣집 아들들이 끌고 다닐 만한 그런 차요. 돈 좀 있다고 똥폼 잡고 싶어 하는 부류들 있죠? 그런 사람들이 대부분 이런 차를 끌고 다니더라고요. 순전히 보여 주기 식으로요. 돈으로 과시해서 사람들 위에서 있으려는 거죠. 바보들같이."

백나현, 너 정말 이러기냐?

웃음이 터져 나올 것만 같아서 그는 이맛살을 찌푸렸다. 차 밖에서는 사람들이 수런거리느라 바빴다.

"이 차가 말로만 듣던 외제차구먼. 텔레비전에서 보긴 했어."

"그럼, 돈도 있는 사람일 텐데 왜 여기서 자살을 해?"

"그건 모르는 일이지. 옛말 틀린 거 한 개도 없어. 많이 가진 자는 많이 가진 만큼 번뇌도 많다고 하잖아. 우리 이러지 말고 백 소장 말대로 신고부터 합시다. 얼른 모텔 주인한테……."

제길!

시준이 속으로 욕설을 삼키는 동안에 신고를 하자고 결론을 낸 사람들이 흩어졌다. 그는 급히 나현의 뒷모습을 좇았다. 그가 지켜

보고 있다는 것은 새까맣게 모르는 채로 나현은 모래사장이 펼쳐진 쪽으로 걸어가고 있었다. 씩씩한 걸음이었다.

나는 어찌할까?

나는 어찌해야 좋은가?

백나현!

쿵쿵, 심장이 뛰었다. 그날 이후로 이렇게 되었다. 저 여자가 뭐라고, 대체 뭐라고!

저 여자 때문에 심장박동이 다시 뛰고 있었다.

두 번 다시는 여자 때문에 뛰지 못하리라고 여겼던 심장이었다.

'결혼해요, 우리.'

발칙하게도 결혼하자고 먼저 제안을 하더니,

'쇼윈도 부부, 그거 해요……. 각자 사랑하는 사람들에게 충실하면 되니까요.'

더 발칙하게 사람 놀라게 만들고는 둘은 아무런 거리낌 없이 섹스를 했다. 그것은 단순한 육체적 관계였지만 그의 마지노선인 감정을 건드리고 말았다.

그리고 그는 자신만의 난관에 봉착했다. 이 감정이 제대로 된 진심이라는 확신이 아직은 없었다. 저런 스타일이 그의 주변에 흔히 보이는 경우가 아니라서, 그러니까 그의 눈에 처음 보는 캐릭터라서 잠시 흥미가 동한 것일 수도 있으니까.

게다가 백나현은 평범한 결혼을 꿈꾸지 않았고, 그 이유 또한 따로 애인이 있어서라고 했었다. 이렇게 무작정 찾아와서 뭘 어쩌겠다는 건지.

주춤, 망설여졌지만 그는 속으로 투덜거렸다.

'어쨌든 나는 네 얼굴을 보고 이야기를 해야겠어.'

사라지는 나현의 뒷모습을 보는 그의 눈에는 푸른 날이 서 있었다. 기어이 그는 차 밖으로 나가 소리를 질렀다.

"백나현!"

우뚝, 그녀의 걸음이 멈추었다. 고개를 돌리는 그녀와 눈이 마주쳤다.

옳거니! 이젠 어쩔 수 없다.

한 걸음 그녀에게로 발걸음을 떼는 순간에 그는 자신의 맘속에서 결론을 냈다.

우선, 선을 넘고 보는 거다.

***

"일부러 온 겁니다."

강시준이 나타났다. 처음에는 가슴이 철렁했지만 그녀도 내심 어느 정도 예상은 하고 있었기 때문에 곧 침착해졌다.

그러면서도 나현은 어이가 없어서 실소가 나왔다. 시준도 입매를 늘리며 웃고 있었다. 하지만 버석버석한 웃음기는 금방 지워졌다.

넥타이가 끌러진 드레스셔츠에 감청색 슈트 차림인 그는 다소 수척해진 인상이었다. 이상했다. 그녀가 늘 보던 자로 잰 듯이 단정하게만 보이던 모습과는 달라져 있었다. 엉클어진 머리카락이 이마를 가리고 있는 모습도 생경했고 인중과 턱선에 거뭇한 수염자국도 낯선 거였다.

"뭐, 좋은 데라고 왔어요?"

그녀 역시도 새파랗게 굳은 미간인 채로 머쓱하게 인사를 건넸다. 되도록 심상한 말투로 그를 상대하고 싶었다. 강시준 당신은 아무것도 아니다. 나하고 잤지만 아무 관계도 아닌 사람이다. 속마음으로는 몇 번이고 그리 말하고 있었다.

"이 새벽에 온 거예요?"

머쓱한 표정으로 물었다.

"밤새 여기서 기다렸습니다."

그는 엄지손가락으로 제 차를 가리켰다. 저 차에서 밤을 보냈다는 뜻이었다. 그러자 그녀가 동그란 눈을 더 동그랗게 뜨고서 페라리를 보았다가 그를 또 보았다. 시준이 고개를 끄덕거렸다.

"그쪽 덕분에 오늘에야 알았습니다. 내가 똥폼 잡는 부르주아 중의 한 명이었습니다."

"들었구나."

아, 하고 나현은 얼굴이 달아올라 손 부채질을 했다. 대범해 보이는 외모와는 다르게 이 남자가 꽁한 면도 있구나.

"편견에 사로잡혀 그랬어요. 기분 나쁘게 했다면 사과할게요."

"그것만 사과할 게 아닙니다. 진짜 해야 할 사과는 따로 있습니다."

그때였다. 저쪽에서 인부들이 왁자하게 알은척을 해 댔다.

"워워, 우리 소장님 애인인가 봐? 허우대 좋다!"

"아님, 빚 받으러 온 빚쟁이일 수도 있잖아?"

그들을 향해 나현은 두 손을 모아 입에 대고서 야호, 하듯이 큰 소리를 냈다.

"네에, 맘대로 상상하세요. 참, 아저씨들! 저 아침밥은 손님하고 따로 먹을게요."

싹싹하게도 그들에게 손까지 흔들어 보인 뒤에 나현은 작게 속삭였다.

"온 김에 아침 먹고 올라가세요. 여기 곰치해장국 괜찮아요. 곳곳에서 일부러 차 타고 오는 데예요."

그녀는 앞장서서 터벅터벅 걸었다. 그 뒤를 따라 걷다가 시준이 참지 못하고 불쑥 그녀의 팔을 잡아끌었다.

"왜요?"

"왜요? 그렇게 모릅니까?"

그의 표정에 의문이 떠올랐다.

"얘기 먼저 합시다. 내가 많이 급해서 그럽니다."

"뭐가 그리 급한데요?"

"시간 내요, 할 얘기가 있습니다."

그녀는 주변을 두리번거리더니 산책로로 보이는 오솔길을 가리켰다.

"그러면 저리로 가요."

산책로의 입구에 접어들기도 전에 그가 불쑥 말했다.

"그쪽은 나한테 사과해야 합니다."

그의 말에 들어 있는 조급함에 문득, 나현은 일이 심상치 않음을 깨달았다. 상기된 얼굴로 나현은 모자를 벗었다. 기껏 이 남자는 내게 사과를 받고 싶어서 그 먼 길을 달려온 건가?

"그깟 사과! 할게요. 하면 되잖아요. 그렇지 않아도 내내 죄책감에 시달렸어요. 조희수, 아니…… 내 더러운 입에 이름 담지 말라고 했지요. 그분께 죄를 지었어요. 이건 변명의 여지가 없어요. 내 잘못이에요."

"백나현!"

"내 이름 부르지 마요. 차라리 평소 부르던 대로 불러 주는 게 나아."

그의 푸른 냉기가 두드러진 눈빛을 보며 나현은 부르르, 떨리는 몸을 의식했다. 이 남자에게 제 몸의 어느 한 부분 허락이 안 된 곳이 없었다.

그렇게 제 살결을 애무하며 깊고 비밀한 그곳을 축축하게 만들던 남자, 그리고 그의 입에서 낮고 쉰 음성으로 불러졌던 '백나현'이라는 이름. 그날 나는 꼭 섹스에 미친 여자였어……. 다시금 나현은 울컥했다.

"하여튼 미안해요. 정식으로 사과할게요."

"내가 받아 내야 할 사과는 그런 게 아닙니다. 똑똑해지십시오, 젠장."

그는 격해진 음성을 억누르듯이 하며 성마른 손길로 제 머리를 쓸어 넘겼다.

"사람이 왜 그렇게 모자랍니까? 어디서 개뿔! 정확하지도 않은 그따위 정보를 가지고 제멋대로……."

"지금 무슨 소리를 하고 있는 거예요? 아무리 내가 그쪽에게 결혼을 구걸하는 짓을 하고, 그리고 마구 육탄전을 써서 불륜녀가 되었다지만, 이렇게 함부로 할 정도로 나……."

갑자기 시준이 제 가슴을 주먹으로 치며 버럭, 화를 냈다.

"조희수! 그 여자는 내 여자가 아닙니다. 그쪽이 아는 그 진실, 그거 아니란 말입니다!"

나현의 말이 막혔으므로 잠시 적막이 흘렀다. 그녀가 잠자코 있는 사이에 시준이 후, 하고 숨을 깊게 내쉬었다.

"내 눈 똑바로 봐요. 할 말이 있습니다. 조희수, 그런 여자는 지금 없습니다. 그쪽, 나하고 시작해도 돼요."

그쪽, 나하고 시작해도 돼요.

가만히 그의 말을 되뇌었다. 아직은 이해가 가지 않았다.

"이봐, 백나현."

시준의 양손이 어깨를 다잡았으므로 그녀는 몇 발자국 뒷걸음질을 쳐야 했다. 나현은 방금 전에 말이 막혔을 때보다 더 가슴이 답답해졌다. 뭐가 뭔지 모르겠지만 한 가지는 분명했다. 본능이 그녀에게 경고등을 울리고 있었다.

삐뽀삐뽀, 위험 감지, 위험 감지. 마무리가 시급함.

"……알겠음."

그녀의 맥없는 혼잣말에 시준이 다그쳐 왔다.

"내 말, 알아듣습니까?"

"뭘요? 뭘 시작한다는 거예요?"

나현이 고개를 들어 그를 망연자실 응시했다.

"협력적 관계 말입니다."

아!

결혼 말이군.

토독, 나현의 이마에 물방울이 떨어졌다. 무심코 둘 다 고개를 치켜들었다. 소나무가 빽빽한 숲이었는데 그 틈을 뚫고서 빗방울이 떨어지고 있었다. 소나기인가? 어제 잠들기 전에 일기예보를 확인했었기 때문에 이 비가 종일 오지 않을 거라는 확신이 들었다.

나현은 그에게 붙잡힌 어깨를 단호하게 뿌리쳤다. 이제 와서 협력적 관계라니? 아마 이 지구상에서 그 어떤 관계도 맺지 말아야 할 사람이 있다면, 그가 바로 강시준일 것이다.

왜겠어?

나는 이 남자와 잠을 잤다. 그리고 그것은 자신에게 특별한 일이었다. 특별한 사람과 가짜로라도 결혼할 수는 없는 일이었다. 만일에 내가 흔들린다면? 좋아진다면?

상상만으로도 싫었다. 필요에 의한 결혼이다. 한다면 아무 의미 없는 사람과 해야 옳았다.

나현은 어조를 낮추어 조곤조곤 설명을 했다.
"우리 한심한 거 알아요? 이러지 맙시다. 난 후회해요. 강시준 씨한테 먼저 결혼하자고 손 내민 것도 후회하고, 섹스를 허투루 본 것도 후회해요. 어쩌다 보니 임자 있는 남자한테 찌질하게 작업 건 미친년이 되어버렸어요. 아무리 술김이었지만 후회하고…… 계속 후회하고 있다고요. 난 몰랐어요. 섹스는 그저 한차례 맞는 소나기 정도인 줄 알았어요. 이렇게 너덜거리는 감정에 시달릴 줄 전혀 몰랐다고요. 그런데 조희수 씨가 당신의 여자가 아니라니……. 그게 사실이라면 그 너덜너덜한 감정 중에서 죄책감이나 자괴감은 버려도 되겠네요. 덕분에 바늘구멍만큼 숨을 쉴 여유가 생겼어요. 그건 고맙게 생각해요. 그런데 그쪽하고 내가 관계를 맺자고요? 결혼하자고요? 그건 싫어요. 네에, 싫어졌어요."
그녀의 긴 설명에도 불구하고 시준은 완강하게 다그쳐 왔다.
"그쪽이 원하는 것을 들어주겠다는 말입니다. 이제 와서 왜 마음이 바뀌었습니까?"
"섹스해서 그래요."
그의 눈에 어이없다는 빛과 함께 관자놀이에 핏대가 그어졌다.
"네에, 그래요. 그렇다고요. 섹스하는 게 아니었어요. 우리, 없던 일로 해요."
"나한테 조희수 따위는 없다고 해도 말입니까? 아, 젠장……."
쏴아, 하고 그어지는 빗줄기가 제법 세차졌다. 졸지에 둘 다 흠뻑 젖고 말았다. 시준은 제 슈트 저고리를 벗었다. 그는 그것을 나현의 머리 위로 씌워 주었다.
"감기 걸리겠습니다."
"됐어요, 이만 돌아가요."

나현은 그의 옷을 바닥으로 내동댕이친 후에 휙 돌아서서 잰걸음으로 앞장서 걸었다. 시준이 따라오는 기척이 들리자 그녀는 다시 몸을 돌이켜 두 손을 내저었다.

"나한테 오지 마요. 이곳까지 와 준 성의로 이야기 들어 준 거예요. 이후로 다시는 나한테 말 걸지 말고, 아는 척도 하지 마요."

말을 마친 후에 그녀는 깜박깜박, 빠르게 눈을 깜박여서 빗물을 떨어냈다. 빗물에 젖은 탓에 모든 시계(視界)가 흐릿했다. 아, 무진장 쓸쓸하네. 괜스레 속에서부터 치받는 욕설을 뱉아 내고는 돌아서서 걸음을 옮겼다.

섹스 한 번의 해프닝 가지고 무슨 얼어 죽을!

저 남자가 예민한 거야. 누구나 이렇지는 않아.

만일 이 상태로 그와 동업하는 식으로 결혼을 하게 된다면 저에게 어김없이 따라오는 것은 이 남자에게 쏠리는 마음, 그리고 구속일 거였다.

그런 다음엔? 강시준이 나와 같지 않다면 어떻게 되는 걸까?

그녀는 자신이 상대방을 질투하며 소유하려 들다가 결국에는 파멸하는 상상을 했다. 남는 것은 쓰라린 이별과 서로를 향한 증오와 원망뿐일 테지. 하룻밤 잤다고 해서 이 남자가 좋아졌는데 계속해서 내 마음이 쏠리면 어떡해?

……솔직히 좋았다. 이 남자와의 섹스는 나쁘지 않았다. 그건 그녀에게 위험한 감정이었다.

머릿속 생각은 돌고 돌아 끝도 없이 회의적이었다.

툭, 하고 그녀는 운동화를 신은 발로 젖어서 진흙이 된 바닥에 박힌 돌멩이를 차 냈다.

"백나현!"

뒤에서 그녀를 부르는 그의 음성이 날아들었다. 오십 미터쯤 떨어진 거리인데도 그녀는 그가 숨을 씩씩 내쉬는 소리에 분노가 섞여 있는 것을 감지했다.

"백나현, 너는 선을 넘었어! 나라고 못 넘을 것 같아?"

씨발!

하릴없이 욕설을 하며 올려다본 하늘에는 검은 먹장구름이 내려앉아 있었다. 빗줄기가 거셌다. 나현의 청보랏빛으로 질린 입가가 바르르 떨렸다.

5. 네게 갈게

속초를 다녀온 뒤로 시준은 컨디션이 영 좋지 못했다. 갑자기 퍼부은 소나기 탓에 감기를 얻은 모양이었다. 지끈지끈, 두통에 시달리며 그는 틈틈이 나현을 떠올렸다.

너는 괜찮은 건지.

'……이제 와서 왜 마음이 바뀌었습니까?'

'섹스해서 그래요.'

그는 보기 좋게 차였다.

그때 이후로 모든 것이 엉망이었다. 분초를 아낄 정도로 매인 몸이었기에 곧장 서울로 올라와야 했지만 그는 도무지 일이 손에 잡히지 않았다.

제길! 살면서 안 되는 게 있긴 있었다.

마음.

사람의 마음.

그의 어릴 적, 미국에서 보딩 스쿨 다닐 무렵부터 배운 것이 있었다. 돈이 있는 사람에게 타인의 마음 따위는 아무것도 아니라는 이론, 어찌 보면 우스운 것이었다. 나현의 마음은 차치하고서라도 우선은 제 마음이 문제였다.

백나현.

그녀가 신경 쓰였고 그 마음은 깊어만 갔다. 아니, 자신의 심장이 뛰는 것이 신경 쓰이는 거였다.

뭘까?

이 여자에게 더 캐내 보면 정답이 나오지 않을까? 내가 왜 이러는지, 왜 이리도 갈증이 나는 건지.

해답을 알고 싶었다.

결국 시준은 이틀 후에 다시 강원도 공사 현장으로 내려갈 수밖에 없었다.

"나는 이미 선을 넘었다고요, 아가씨!"

저 자신이 백나현, 그녀가 원하는 것이 무엇인지를 알고 있는 사람이라는 게 일단은 위로가 되었다.

결혼해 주지, 뭐.

결혼해 달라고 했잖아?

다시 한 번 설득해 보리라.

그녀를 더 알고 싶었다. 그러려면 그녀가 원하는 결혼을 해야 했다. 동상이몽, 각자 다르게 시작을 하겠지만 그녀를 곁에서 지켜보려면 결혼하는 수밖에 없었다. 그런 후에는 둘 중의 하나가 되겠지. 싫증이 나거나, 더 좋아지거나……. 만에 하나, 더 좋아진다면?

홍지유에게서 나현을 빼앗을 자신감이 생기겠지. 그렇게 되면 오랜만에 늑대의 본성을 날카롭게 세우면서…….

여기서 잠깐, 시준은 생각을 멈추었다.

그에게 여자는 무엇이었나? 죽은 조희수가 너무 아프게 떠올라서 그는 더 이상의 생각을 멈춰야 했다.

조희수, 누가 이기나 해 보자.

어금니가 아프도록 사리물면서 그는 썩은 물을 빼내듯이 토해 내고 싶어졌다.

조희수, 똑똑히 봐!

네가 나한테 저질렀던 거지 같은 짓거리가 이래. 나는 외로워 죽을지언정 다시는 누구한테 마음 주지를 못해. 정작 마음 주고 싶은 상대가 나타났는데도 확신이 없어.

어때, 만족하나?

'보고 싶고, 관심이 가고.'

그런 사람이 생긴 것 같았다. 그에게는 벌써 선을 넘는 일이었다. 그동안에 거기까지 도달하는 것조차 버거웠는데 드디어 그런 여자가 나타난 것만으로도 반가웠다. 여기까지의 진척은 흔한 일이 아닐 것이다. 그의 인생에서 어쩌면 최초이자 마지막일 수도.

잠시 생각을 멈춘 그가 급히 인터폰을 눌러 일정 비서를 호출했다.

"오늘의 스케줄 중에서 만만한 것이 무엇인지 체크해 달라고 했을 겁니다."

오전 11시, 일본 지사와의 프레젠테이션을 갓 마친 시간이었다.

"……오후 1시부터 송 아트센터에서 라흐마니노프 연주회에 꽃다발 전하시러 가는 일정이 있습니다. 회장님께서 따로 지시하신 일이긴 합니다만, 굳이 안 가셔도 지장 없을 것 같습니다. 꽃은 준비해 놓았습니다."

사십 대의 노련한 비서는 벌써 계산을 다 해 놓은 모양이었다. 외가 쪽의 사촌이 유럽 콩쿠르에서 수상을 한 덕분에 기념 연주회를 열었다. 어머니 얼굴을 봐서 그가 직접 참석을 해서 자리를 빛내야 한다는 게 부친의 바람이었다. 그러나 그런 부탁쯤은 가뿐히 어겨도 될 성싶었다. 여태 혼자를 고집하던 아들이 여자한테 관심을 갖게 된 일은 분명 부친에게 기쁜 소식일 거였다.

"좋습니다."

……보러 가야겠다.

라흐마니노프 연주회의 일정을 빼고 나현에게로 가야 할 것이다. 그는 짧은 순간에 결정을 했다. 나현을 다시 한 번 더 보러 가는 걸로.

폴딩키를 찾아 쥐며 그는 조희수의 얼굴에 침을 뱉듯 중얼거렸다. 정확히는 조희수의 망령에게였다. 이제 너한테 지지 않아. 혼자 삭이지 않을 거야.

'사람이 보고 싶으니까 보러 가는 것, 당연한 일이지.'

역시 시준의 의지는 강한 것이어서 이성을 지배했다. 지금 그의 이성은 백나현이 궁금할 뿐이었다. 며칠 계속해서 자정에 들어가 아침 일찍 출근하는 바람에 갑자기 도진 감기 기운이 버거웠지만 한편으로는 가벼운 흥분이 일었다. 처음 보던 날의 할리 데이비슨을 몰던 맞선녀, 쇼윈도 부부로 살아보지 않겠느냐고 제안하던 두 번째 만남과 단박에 거절했던 자신, 경찰서라고 해서 사람을 불러낸 날의 술을 마신 후의 정사, 여자는 열정적이었고 그에게 조희수라는 애인이 있다고 철석같이 믿은 채로 연락을 끊어 애가 타던 마음, 겨우 찾아갔더니 섹스해서 싫다는 말로 퇴짜나 맞고…….

그녀를 만나서 벌어진 일련의 일로 그는 숨이 찼다.

***

그녀가 감독을 맡고 있는 공사 현장은 3층까지 뼈대를 세운 건축물이었다. 속초에 도착하자마자 시준은 그 주변을 맴돌면서 눈으로 열심히 나현을 좇았다. 공사 현장 옆의 커다란 느티나무는 몸을 숨기기 적당한 곳이었다. 그는 흥미롭게 나현을 지켜보았다. 해가 지도록 그가 끼어들 틈이 없이 그녀는 분주히 움직이고 있었다.

'홍지유, 그 인간은 뭐야? 제 여자를 저런 데다 두고 살 만한가 봐? 거, 몹쓸 애인이네.'

절로 나현의 애인이자 회사 대표라는 작자에게 분노가 향했다. 누구보다 건축 일을 잘 안다고 하는 지유는 제 애인이 얼마나 고달프게 일하는지를 알지 못하는가?

나현은 안전모를 쓴 채로 지치지도 않고 무언가를 했다. 현장에는 당연하게도 그녀 혼자만이 여자였다. 그녀는 시멘트를 가지고 미장 작업을 하는가 하면, 손수 접착 몰타르를 비비고 삽질을 하는 등 누구보다 왕성하게 움직였다. 나현에게서 처음 보는 모습에 어이가 없었지만 점차 감탄이 나왔다.

'저런 건 타고난 거군.'

신기했다. 지켜보는데 하나도 지루하지 않다니!

같이 일하는 인부들에게도 씩씩한 태도로 일하는 그녀의 에너지가 점점 동화되는 듯했다. 절로 혀가 내둘러졌다.

많이 걱정됐었다. 그런데 그녀는 괜찮아 보였다. 이렇게 혼자 용암처럼 끓어올라서 뭐 하자는 건지, 어찌 보면 자신이 한심스러웠지만 묵묵히 기다렸다. 막 담배를 한 대 입에 물다가 그는 멈칫했다. 그녀가 꽤 높은 사다리를 밟고 있는 것이 아닌가?

"아무리 그래도 저건 아니지."

여태까지는 순수한 노동의 현장이라면서 그럭저럭 참을 만했지만, 이젠 안 그랬다. 위험한 짓을 하는 것을 더는 두고 볼 수가 없었다.

"……거기 드릴 주세요. 막힌 거 찾았어요. 여기다가 전기선을……."

검붉은 몸에 타월 한 장만을 두른 인부들에게서는 특유의 땀 냄새가 역하게 코를 찔러 왔다. 그 틈으로 짙은 슈트를 입은 그가 성큼성큼 걸어 들어가서 사다리 곁으로 가 섰다.

"얼른요, 드릴 주세요."

나현은 사다리 꼭대기에서 손을 밑으로 내리고는 장비를 달라고 외치고 있었다.

"위험합니다, 내려와요."

시준이 그녀를 올려다보며 말했다. 그러자 웅성거리던 인부들이 조용해지며 그에게로 시선이 몰렸다. 나현도 고개를 내려 그와 눈을 마주쳤다. 그녀의 아무 생각 없던 무구한 얼굴에서 곧장 화르르 불길이 번졌다. 당황하고 놀란 표정이 역력한 그녀를 보며 시준은 피식, 웃음이 나왔다.

내가 너한테 선을 넘는다고 했어, 안 했어?

또다시 오리라고는 전혀 예기치 못했나 보군.

"내려오십시오."

그는 네 개의 다리로 지지되고 있는 사다리를 미심쩍은 눈으로 훑은 다음에 위로 손을 뻗으며 다시 말했다.

"좋게 말할 때 내려와요."

"또 왔어요?"

"이제부터 선을 넘을 겁니다."

"어이쿠, 대박! 댁이 선을 넘는다는 게 이런 거였어요? 남의 일터에 와서 방해하는 거요?"

"그쪽에게 관심 가는 대로 행동하겠다는 말입니다."

그의 말에 왁, 하고 인부들이 웃음을 터트렸다. 나현은 팔을 휘둘러서 사람들을 조용히 시키더니 그에게는 야단을 치는 어조를 했다.

"강시준 씨, 이건 엄연한 영업방해예요. 얼른 돌아가요."

"이건 아닌 것 같은데요? 천장 뚫는 작업 같은 것은 전문 인력에게 맡기십시오."

그러자 그녀가 까르륵, 하고 실로 유쾌한 얼굴이 되어 웃음을 터트렸다.

"말 잘하셨어요. 제가 바로 그 전문 인력이에요."

그러자 사람들이 그녀를 따라 왁자하니 웃어 대기 시작했다.

"홍 대표, 그 인간도 그쪽이 이렇게 험하게 일하는 거 압니까?"

"또 말 한번 잘하셨어요. 이거요, 우리 대표님이 시켜서 하는 거예요."

다시 그녀가 소리를 내어 웃었다. 그는 두 주먹을 콱 움켜쥐고는 힘을 주었다. 자칫하면 그녀를 그대로 끌어 내릴 것 같아서 자제를 하기 위해 노력을 해야 했다.

"아저씨, 거기요, 거기……. 네에, 드릴 달라니까요. 자꾸 더뎌지면 방수 일도 늦어져요. 그러면 돼지껍데기 회식도 날아간단 말이지."

"알았어, 알았어. 우리 소장님을 누가 데리고 가나 했는데, 임자가 따로 있었구먼."

덩치가 산만 한 중년 인부 한 명이 일부러 시준이 보라는 듯이 드릴을 지이이잉, 하고 작동시키며 가지고 왔다. 여기저기서 폭소가 터지면서 박수 소리도 같이 나왔다.

"이렇게 나오겠다?"

좋다, 하고 그는 회심의 미소를 그었다. 내가 여기 그냥 온 줄 아시나?

"지금 당장 거기서 내려오지 않으면 나는 이 자리에서 할 말이 있습니다. 내 귀에까지 들어온 소식통에 의하면 김희숙 관장이나 송마리 씨가 해동 지분을 여기저기서 끌어 담고 있는 짓들을……."

김희숙, 송마리.

두 인물의 이름만 언급했는데도 파급력은 상당했다. 나현의 천진스러운 웃음이 뚝 멎었다. 이제 시준의 눈에 웃음이 떠오를 차례였다.

"……여기서 한번 떠들어 볼까 하는데요?"

판도라의 상자가 열린 걸까? 나현의 눈이 차갑게 가라앉더니 조용히 사다리를 내려오기 시작했다.

"드릴 마무리해요."

그녀의 한마디에 드릴을 쥐고 있던 늙수그레한 인부가 다가왔다. 그녀의 발이 바닥에 닿자 시준이 손을 내밀었다. 그러나 나현은 그 손은 본 척도 않고서 스스로 바닥을 딛고 섰다.

"원하는 게 뭐예요?"

목에 두르고 있던 타월로 얼굴을 문지르며 그녀가 나직하게 물었다.

"방금 전까지는 그쪽을 사다리에서 내려오게 하는 것이었습니다."

"아니, 진짜 원하는 거요."

"나는 그쪽이 안전한 게 좋습니다."

"아니, 아니요. 김희숙 관장 얘기예요. 대체, 뭘 어떻게 알고 있는 거예요?"

"같이 얘기 좀 합시다."

그녀는 심각한 얼굴로 주변을 둘러보고는 제 이마에 흐트러진 머리카락을 쓸어 올렸다.

"조금만 기다려 주세요. 일은 마쳐야 해서요. 제 상황 이해하죠? 지금부터 두어 시간만 일하면 돼요."

"이보십시오, 나도 일이 급한 사람입니다."

저도 모르게 그의 손이 나현의 어깨를 움켜쥐었다. 앗, 하고 나현의 입에서 비명이 터져 나왔다.

"아파요. 어딜 만져!"

주변의 눈치를 보며 속삭이는 어조로 그를 나무란 다음에 그녀는 얼른 가 보라는 모양의 손짓을 했다.

"여기 이렇게 서 있으면 위험해요. 머리에 안전모도 안 쓰고 있잖아요. 일 끝내면 바로 시간 낼 수 있으니까 조금만 기다려 줘요."

"이 일이 그쪽이 정말 좋아서 하는 일입니까?"

나현은 그의 비웃는 어조에 빈정이 상한 모양이었다.

"건축을 무시하지 마세요. 안 배웠어요? 건축은 권력의 핵심이에요."

"백나현 씨, 알고 그러는 겁니까, 아니면 모르고 그러는 겁니까? 은근히 사람 마음을 함부로 하고 있습니다."

"남의 영업장소에 찾아와서 한다는 말이 고작, 내가 끼를 부리는 여자라는 건가요? 신경 쓰게 하지 말고 어서 저리로 가 있어요."

그녀는 두 손바닥으로 그의 가슴팍을 떠밀었다. 그는 그대로 그녀의 손목을 낚아채서는 제 쪽으로 당겼다.

"나는 그쪽에게 필요한 게 뭔지를 아는 사람입니다. 비밀에 부쳐서 도와줄 자신 있습니다."

"강시준 씨, 당신은 뭐든지 재미로 하는 거잖아요. 나하고 잔 것조차도. 그런데 나는요, 그쪽하고는 바탕부터가 다른 사람이에요. 생존이 달려 있거든요. 이 일도 내 밥줄이에요. 이 밥줄 지키자고 내가 뭔 짓을 하며 여기까지 왔는지 모르시죠? 무시하지 마세요. 알아들어요?"

"백나현 씨는 나한테서 원하는 게 있을 겁니다."

"없어요!"

그녀의 단호한 말에 전혀 기죽지 않고 시준이 의미심장하게 한마디 뱉어 냈다.

"없다면 만들어서라도 그쪽에게 들이대겠습니다."

"불도저 하게요? 나한테요? 그쪽 정말이지……."

답이 없네요, 라는 말소리를 끝으로 그녀가 막 돌아서던 참이었다. 일단의 남자들이 우르르 몰려오며 욕설을 지껄여 댔다.

"죽으려고 환장했나?"

"……저 계집애가 현장 감독이라 이거지?"

시준의 시선이 욕설을 지껄이는 무리들에게 가서 멈추었다. 딱 봐도 험상궂게 생긴 사람들이었는데 한 손에는 각목이, 또 다른 손에는 소주병이 들려 있었다. 그들 중 한 명이 나현을 가리켰다.

"야, 너 나와! 너 맞지?"

"아이고, 형님! 계집애라고 우습게 보면 큰코다쳐요. 서울에서 내려오자마자 재석이 형님한테 작업일지 내놓으라고 윽박지르더니 다 에러라고 해서 이 사달이 난 거잖아요. 재석이 형님 팀 전원을 싹 물갈이하고 직접 팔 걷어붙이고 나섰다니까요."

“디딤 회사 사장이 애송이라고 해서 얕잡아봤더니 젊은 혈기가 더 무섭다고 아주 꼴값들을 떨어요. 어제도 인테리어 자재하고 타일 마감재랑 다시 직접 고른다고 설쳐 대서 단골 업체들 다 뿔이 나 가지고…….”

그들의 성난 어투에 다른 인부들은 삼삼오오 모여 숨을 죽였다. 그러나 오히려 나현은 마침, 잘됐다는 듯이 그들 앞으로 걸어갔다.

“여기까지 오셨습니까? 그렇지 않아도 기다렸네요. 황재석 소장님이 냉난방 공사비하고 빔 설치비하고 또 뭐더라? 하도 뒤로 뺀 게 많아서 우리가 소송 걸게 생겼어요. 게다가 이게 뭡니까? 부실 시공한 것도 모자라 우리한테 덤터기 씌우려고 했죠? 지금 이거 도로 뒤엎느라 생고생하고 있는 거 안 보입니까?”

“귀밑에 피도 안 마른 계집애가 어디서 눈을 희번덕거리고 대들어?”

각목을 손에 든 것만으로도 간단히 다른 인부들을 제압한 탓에 더욱 혈기 등등한 그들이었다. 시준은 나현의 모습을 흥미롭게 주시했다. 그녀는 조끼 주머니에 들어 있던 휴대폰을 끄집어내더니 이죽거리는 어조를 했다.

“웬만하면 알 만한 선수들끼리 이러면 안 되는 건데, 신고부터 해야겠어요. 그리고 인사시켜 줄 사람이 있어요. 서울에서 저만 내려온 게 아니랍니다. 여기 서 있는 이분은 건축 분쟁만 전문으로 하는 로펌의 변호사님이세요.”

시준은 속으로 웃음을 삼키며 그녀를 바라보고 서 있었다. 이 여자를 이런 데서 일하게 내버려 두고 싶지 않다는 결심이 점점 확고해졌다. 깡패들은 시준을 보고 다시 나현을 보더니 각목을 더욱 틀어쥐고는 위협을 해 대기 시작했다.

“거봐요, 말로 해서 안 된다고 했잖아요?”

"요즘 젊은것들은 되게 영악해서 무력으로 기선부터 제압하고 봐야 해! 다 부숴 버리자고!"

무력으로 해결하려는 듯이 서너 명의 깡패들이 각목을 위로 치켜들었다. 잽싸게 시준이 나현의 팔을 잡아끌려고 손을 내밀었을 때였다.

파직!

그녀가 더 빨랐다. 나현이 바닥에 뒹구는 빈 술병을 들어 올리더니 옆의 기둥에 그대로 꽂아 버리는 바람에 깡패들은 뒤로 주춤 물러서야 했다.

"너희들, 도끼질이 특기인 노가다꾼 봤어? 못 봤지? 보여 줄게. 내가 이래 봬도 짓는 것도 잘하지만 부수는 건 더 잘해! 왜 홍지유 대표가 많고 많은 직원들 중에서 나를 보냈을까?"

그녀는 입구가 날카로운 끄트머리의 소주병을 바닥에 던져 버렸다. 그것마저도 박살 나는 소리에 사람들이 흠칫, 몸을 떨었다.

"변호사님, 이분들하고 경찰서에라도 가게 되면 제 쪽 변호 부탁드립니다. 아저씨들, 저는 혼자 움직이지 않아요. 제가 도끼 들고 설쳐서 골치 아프게 되기 전에 어서들 돌아가세요. 조만간 뵙지요."

"시간이 없으니 경찰을 부릅시다."

시준은 나현의 손목을 잡고는 눈짓을 했다.

'왜 이러고 살아? 적당히 나대라.'

놀랍게도 나현은 그의 속말을 읽었나 보다. 그녀가 시큰둥한 얼굴로 그의 눈빛에 바로 대답을 해 보였다.

"내 일이니까 상관 말아요!"

쿡쿡, 웃음이 나오려는 것을 참고서 한껏 인상을 굳힌 다음에 그가 사람들에게 나섰다.

"이런 식이면 법정에서 불리한 건 물론이고, 지금 당장도 현행범으로 경찰서에 가셔야 합니다. 어떡하시겠습니까?"

시준의 위협에 힘을 얻은 듯이 드릴을 들고 있던 늙은 인부가 거들었다.

"뭘 어떡해? 얼른 꽁지 빠지게 달아나야지! 우리 백 소장이 저번에 뭐라고 그랬더라? 황재석 소장하고는 언젠가 법정에서 볼 거니까 준비 단단히 하라고 했지, 아마?"

"고이 보내 드릴 테니 어서 가요. 어서……. 다시는 술병이랑 각목 같은 거 들고 오면 안 돼요."

그녀의 말이 채 끝나기도 전에 깡패들은 쭈뼛거리며 뒷걸음질을 쳐 댔다. 나현은 이내 그럴 줄 알았다는 듯이 인부들을 향해 몸을 돌리고서는 어서 일을 갈무리하자고 지시했다. 그러더니 깡패들 들으라는 듯이 그녀는 큰 소리로 이렇게 말했다.

"저분들이 황재석 소장님 친구들이라면서요? 들어는 봤어요. 막 사람들을 잡아다가 쥐도 새도 모르게 죽여서 하수구에 버린다나, 뭐라나? 아, 하수구가 아니라 동해바다예요? 그렇구나. 요즘 같은 세상에도 그런 짓을 하는 사람들이 있구나. 우와, 무섭네요."

시준은 슬며시 웃음이 나오는 것을 참으려고 입을 다물었다.

저 여자, 귀엽다.

***

그녀는 지켜볼수록 재미가 있었다. 나현이 끝내 그날 하루의 일을 해치울 동안에 시준은 그 근처에서 그녀를 맘껏 지켜볼 수밖에 없었다. 다행스럽게도 정확하게 6시가 되자 일은 파해졌다. 그런데도 그녀의 일은 끝난 게 아니었다. 그녀는 공사장 인부들을 위해서 바닷가에서 바비큐 파티를 열었다. 인부의 것인 오토바이를 빌려 타고 직접 장을 봐 와서는 고기를 굽고 술잔치를 벌였다. 손님이 와 있으니 회식 자리만 만들어 주겠노라고 큰소리를 친 그녀는 어느덧 인부들이 주는 막걸리 잔을 받고 있었다.

"이제부터는 개인 시간입니다."

거기까지는 참을 수 없어서 시준은 그녀의 손목을 붙들고서 그들에게 양해를 구하는 차원에서 지폐 몇 장을 건네주었다.

"손목은 놓고 말해요. 왜 늘 사람 손을 붙잡는 거예요?"

그에게 끌려 발목이 푹푹 빠지는 모래사장을 걸으면서 그녀가 툴툴거렸다. 그제야 그녀의 손목을 뿌리치면서 그가 작게 으름장을 놓았다.

"그쪽 덕분에 내가 재밌는 경험을 했지만…… 지금 많이 화가 납니다."

그의 말이 우스웠는지 어스름한 사위 속에서 그녀가 흰 치아를 드러내며 웃었다.

"내가 지금 몸이 말이 아닙니다."

사실 그는 두통으로 머리가 깨지는 통증에 시달리고 있었다. 뿐만 아니라 으슬으슬한 것이 아까부터 발밑이 꺼지는 것 같았다. 진한 드립 커피가 간절할 만치 몸이 시렸다.

"어디 아파요?"

스스럼없이 나현은 발뒤꿈치를 들어 올리더니 그의 이마에 손바닥을 가져갔다.

"낮에도 손을 붙잡혔었는데 그쪽 손이 뜨거웠거든요. 열 나나 봐."

"그날, 소나기, 같이, 맞은 날……."

그녀가 이마에 손을 얹은 것이 기분 좋았다. 그는 제 손으로 덥석 그녀의 손을 고쳐 잡았다.

"감기예요? 지금 당장 운전하고 서울 올라가기에는 무리겠고……."

그녀는 그의 이마에 손을 얹은 채로 두리번거리더니 한숨을 폭 내쉬었다.

"열이 심하네요. 잠깐 제 숙소에 올라가 있으세요. 곧바로 약 사 가지고 갈게요."

"그쪽은 아무 탈이 안 났습니까?"

"어디서 우리 아버지가 점을 봤는데 우리 집 혈통이 귀하다고 하면서, 제가 다른 자식들 명을 다 가지고 태어났대요. 그래서 그런가, 튼튼한 편이에요."

"말 같지도 않은 소리……."

그가 이를 지그시 깨물면서 앓는 소리를 냈다. 백나현의 무장이 해제된 것 같아서 안도한 탓에 발밑이 허물어질 듯이 다리에서 힘이 빠졌다. 온몸의 긴장이 풀리는 것 같았다. 진짜 어디든 가서 몸을 눕히고 싶었다.

"그쪽 숙소가……."

그는 말끝을 흐렸다. 이놈의 고뿔, 아주 단단히 걸렸나 보다.

그녀가 그를 부축하듯 팔을 붙들고서 '청춘장'이라는 녹색 LED 간판이 반짝거리는 건물을 가리켰다.

"바로 저기요. 321호라고 말하고 들어가 계세요. 아주머니가 친절한 분이니까 걱정 마시고요. 약국 가서 해열제 사 올게요."

나현은 그의 눈동자가 시뻘겋게 타는 노을처럼 붉어진 것을 보며 수심이 가득한 얼굴이 되었다.

6. 쉿, 비밀이에요

"……일어나 보세요."

나직하고도 다정한 목소리는 나현의 것이었다. 얼마나 지났을까?

모텔 방에 들어서자마자 그는 대충 거치적거리는 옷가지를 벗어 던지고서 침대에 시체처럼 늘어져 버렸다. 그래 놓고 까무룩 잠이 들었었는데.

여태 과로했던 몸이 보상받기라도 하듯이 잠깐의 잠은 달고 깊었다.

"……뜨겁다."

젖은 손바닥이 살짝 이마에 닿았다가 떨어졌다. 그 손길에서 시준은 느닷없이 봄을 느꼈다. 얼어붙은 땅에 스며드는 봄기운 같은, 그런 상냥한 손길이었다.

'방해하지 말고 가요.'

입만 열었다 하면 그를 밀어내려고 하던 그녀가 아닌 것 같아서 그는 설핏 안도감을 느꼈다.

으으, 하고 시준은 인상을 찡그리며 겨우 눈을 떴다. 눈꺼풀이 무거웠고 온몸이 불덩이 같았다.

"어떡해요? 해열제 먹어야 하는데. 근데 아프다는 사람이 웃통은 왜 다 벗고 누웠대? 안 떨려요? 먹고살 만하니까 남자가 몸 만드는 데만 전력했나 보네. 저 식스팩 봐라."

"그런 거 아닙니다."

그녀의 혼잣말이 무례했으므로 그가 툭 중얼거렸다.

"어이쿠, 살아 있었나 보네. 자아, 일어나 앉읍시다."

그녀의 손에 몸을 맡기며 그가 상체를 일으켰다. 절로 미간이 찡그려졌다. 땀내가 후끈 끼치면서 그의 희붐한 시야에 나현의 얼굴이 들어왔다. 씻을 틈이나 옷도 갈아입을 틈이 없었는지, 공사 현장에서와 같이 국방색 티셔츠를 입고서 머리를 모두 모아 묶은 그녀의 새하얀 얼굴이 지극히 반가웠다. 그러나 나오는 것은 앓는 소리였다.

"책임지십시오. 이렇게 탈이 난 이유는……."

그 와중에도 질책이 나왔다. 그러자 그녀가 웃음 띤 어조로 조곤조곤 말했다.

"지금 책임지고 있잖아요. 이거 보세요. 내가 그쪽을 위해 멀리까지 가서 약 사 왔어요. 우선 약 먹기 전에 뭘 좀 먹어야 하는데, 괜찮겠어요?"

그녀는 종이컵과 젓가락을 쥐고서 그를 보고 있었다. 종이컵에 담긴 것은 김이 모락모락 나는 라면 면발이었다.

이 여자가 왜 이렇게 살가워졌지?

그는 내심 믿기지가 않았다.

"죽 같은 것을 사기에는 너무 시간이 오래 걸려서요. 열 떨어지는 게 급선무인 것 같아서 우선 라면 끓였어요. 입에 안 맞겠지만 조금이라도 먹어 봐요."

침대에 걸터앉은 그녀가 종이컵에 덜어 낸 라면을 입에 넣어 주었다. 으슬으슬한 한기가 도는 가운데 입은 소태같이 써서 맛이 느껴지지 않았다.

"이거 먹고 기운 내서 차라리 근처 응급실에라도 가 봅시다."

"됐습니다."

후루룩, 면발을 두어 번 삼키고 나니 더 이상 먹고 싶은 마음이 생기지 않았다. 나현은 몇 가닥 더 먹으라고 권하며 후후, 하고 입바람을 불었다. 불은 면발을 식혀서는 다시 그의 입가로 가져오며 그녀가 무심코 중얼거렸다.

"먹어요."

매우 상냥한 태도에 그는 공연히 송구한 기분이었다.

저만 보면 날을 세우기에 급급한 그녀가 갑자기 친절해졌다는 것은 무슨 의미일까? 동정심이 발동했나 보다. 이 여세를 몰아 이야기가 통하게 해 볼까? 약간의 들뜬 마음이 들기도 했다. 라면을 겨우 먹고 났더니 그녀가 이번에는 생수병과 함께 유아용 물약을 집어 들었다.

"그게 해열제?"

설마, 하는 뜨악한 표정으로 물으니 그녀가 활짝 웃어 보였다.

"그래도 명색이 제약회사 집의 딸이라고, 내가 좀 아는데요. 열이 펄펄 끓을 때는, 어린이용 해열제가 직방이래요. 아니, 아니…… 효과가 좋대요. 흡수가 빠르다나요. 자아, 어서 입 벌려요."

수저 가득 물약을 붓더니 아, 하고 그녀가 제 입을 크게 벌렸다.

웃음이 나오는 것을 억지로 참으며 그는 그녀 말을 듣기로 했다. 톡 쏘듯 과일 향의 시럽 맛이 입 안에 확 번졌다. 그녀는 연거푸 수저에 약을 따르며 마치 아이에게 타이르듯 말했다.

"그쪽 몸무게가 성인 남자니까 아기들이나 먹는 시럽의 양이 좀 많아요. 이거 한 병은 다 삼켜야 해. 자아, 꿀꺽. 옳지, 예쁘다."

"잘하면 아주 엉덩이 두들기겠습니다."

"하는 거 봐서요."

그녀가 장난기 그득한 눈으로 찡긋, 윙크를 했다. 시준은 가슴이 철렁, 움직였지만 애써 평온한 표정을 유지하고 있었다.

그건 그렇고.

차라리 몸이 불에 타듯 뜨거운 채로 있는 편이 낫겠다. 시고 달콤하고 텁텁하고. 도저히 시럽의 맛과 향을 감내할 수 없었다.

"다 삼켜요, 전부. 그래야 열이 식지."

그러나 나현의 둥그렇게 뜬 눈에 묻어난 진심, 상대방을 위하는 마음에는 져 주기로 했다. 그는 결국 시럽 한 병을 다 삼켰다.

"나한테 관심 생겼습니까?"

"아뇨."

서슴없이 대답하는 나현의 목소리는 힘이 들어가 있었다.

아주, 아주 강한 부정?

"그러면 이건?"

그가 방바닥에 뒹구는 시럽약이며 사발면 용기 등을 가리키며 그녀를 보았다. 그녀가 저에게 보인 호의를 뭐라고 둘러대려나?

"누가 내 눈앞에서 아프다며 자빠졌는데 그럼, 룰루랄라 노래 부르고 춤춰요?"

말해 놓고 그녀는 아차, 하는 표정이더니 얼른 변명을 덧붙였다.

“자빠진 거나 쓰러진 거나, 뭐. 험한 말 써서 미안해요. 혹시 어디 가서 해동제약 백욱기 딸이 상스러운 말이나 하고 다닌다고 소문내지만 말아요. 진짜 혼삿길 막히니까. 알죠? 당신은 아웃이고요. 이제 배도 좀 나오고 대머리에다가 홀아비인 재벌 후계자한테 구애할 거예요.”

시준은 피식, 웃음이 나왔다.

배도 좀 나온 대머리에다가 홀아비인 재벌 후계자라.

“조건 따져야 하지 않나? 앞으로 그쪽과 결혼할 남자는 그룹을 장악할 브레인이어야 하지 않겠습니까?”

그의 말에는 일절 대꾸할 가치도 없다는 듯이 나현은 시트를 끌어다 덮어 주었다. 그러고는 어린아이한테 하듯이 토닥거리며 중얼거렸다.

“자고 일어나면 한결 나아질 거예요. 너무 못 견디겠으면 중간에 불러요. 응급실 데리고 가 줄 테니까. 오늘 애꿎게 로펌 변호사 노릇을 해 준 거 감사하게 생각해요.”

“아무튼 이 직업 위험합니다. 그만둬야 해요.”

“됐고요, 얼른 눈 감아요. 한잠 자고 나면 나을 거예요.”

“어깨에 바윗덩이가 올라앉은 것 같단 말이지.”

그의 웅얼거리는 혼잣말을 들었는지 나현이 어깨에 손을 가져왔다. 그녀의 손이 어깨며 목덜미를 지압하기 시작했다. 황송한 기분이면서도 좋아서 그는 그만두라 말하지 못했다.

“……근육 뭉친 거 봐요. 사람이 왜 고생을 사서 한대? 내가 가라면 그냥 갈 것이지, 그날 아침에 쏟아지는 비를 맞고 서 있지를 않나, 오늘도 반나절을 바닷바람 맞으며 서 있었고…….”

가물가물, 그녀의 목소리를 들으며 그는 깊은 잠 속으로 떨어졌다. 일단 회복이 우선이었다. 그녀가 저를 길고양이 돌보듯 하는 것은 은근히 괜찮은 기분이었지만 말이다.

***

부스럭.

또다시 눈이 떠졌을 때는 여자의 발가벗은 뒷모습이 보였다.

나현이었다.

그리 넓지 않은 모텔 방 안은 당연하게도 룸이 하나였다. 그가 누운 침대가 전부인 방에서 나현은 갓 샤워를 한 모습으로 앉아 있었다. 그녀는 팬티 한 장만을 걸친 모습으로 그를 등지고는 타월로 젖은 머리를 털어 내는 중이었다. 다소 야위어 보이는 여자의 하얀 상반신으로 눈길이 갔다.

젠장!

불끈, 아랫도리에 피가 몰려서 팽창하는 기운이 돌았다.

내가 나았나?

열이 떨어진 건가?

그녀의 호언장담대로 유아 시럽 약의 효과가 좋은 거였나?

그는 눈을 크게 떠 보았다. 다행히도 눈알이 뽑힐 정도의 고통은 더 이상 없었다. 숨을 고르게 쉬며 아랫도리에 신경이 쏠리는 것을 막아 보았다.

부스럭.

그녀가 내는 기척에 그의 눈길이 그쪽으로 향했다. 이번에는 나현이 손을 뒤로 돌려서 파스를 붙이고 있었다. 어스름한 조명으로도 어깻죽지의 짙은 색으로 든 멍이 분간이 되었다. 어떡하다가 저리되었나?

'아파! 어딜 만져요?'

낮에 어깨를 잡아챘을 때 소스라치게 놀라며 아파하던 나현의 모습이 되새겨졌다. 우악스럽게도 전기톱이며, 드릴이며, 삽이며……. 장비를 잡고 일을 하지를 않나, 높은 사다리를 타고 올라가서는 천장에서 전기 배선을 뚫는다고 하지를 않나……. 한눈에 보기에도 위협적으로 생긴 사내들에게 눈 하나 깜박이지도 않고서 술병을 깨트리며 도리어 겁박하지를 않나.

너는 대체 어떻게 생겨 먹은 거냐?

돈 있는 집의 딸.

그런데도 굳이 그 집안의 딸로 행세하고 싶지 않은 아웃사이더라.

돌연, 이진희 비서에게서 들은 한 대목이 생각났다.

'우리 아가씨가 결혼할 마음만 먹으면 당장이라도 신랑감은 끌어 댈 수 있어요. 그런데 우리 아가씨의 남편은 경영 전문가라야 해요. 이것저것 조사해 본 결과, 강시준 상무님이 한경에 취임하신 뒤로 무엇보다 세금 문제 같은 것, 정경유착에도 걸리는 거 없게 하자는 의도가 눈에 띄더군요. 아가씨는 상무님의 능력치를 옳게 본 거예요. 아시는지 모르겠지만, 우리 아가씨는 해동의 지분을 많이 갖고 있는 사람이랍니다. 그러니까 우리 아가씨가 강시준 상무님에게 바라는 거요? 그건 아마도 상무님이 해동의 사위가 되어서 어떻게든 경영의 칼자루를 쥐는 거예요. 그것밖에 없을 겁니다.'

그리고 그는 김희숙 관장과 송마리, 두 여자가 나현의 적이라는 사실을 알아냈다. 나현의 적들은 사위가 될 사람이 호락호락하기를 바라고 있었다. 그들은 전문 경영인 사위가 나현의 울타리가 되는 일을 극도로 꺼리고 있었고, 나현은 바로 그 점을 인지하여 서두르게 결혼을 하려는 거였다.

네가 원하는 것을 해 주지. 다행히 그것은 나에게는 퍽이나 간단한 일이다.

그는 벌떡, 상반신을 일으켜 세웠다. 뭐가 툭 떨어져서 보니까 물에 젖은 타월이었다. 미안하기도 해라, 하고 그는 웃음을 지었다. 나현이 타월에 물을 적셔서 제 몸을 닦아 준 모양이었다.

그때였다.

뚜르르르, 벨 소리가 났다.

제 어깨에 파스를 붙이다 말고 그녀는 서둘러 휴대폰을 귀에 가져갔다.

"예, 선배. 이 늦은 밤에 왜? 아직 안 잤어요? 아, 벌써 거기까지 소문이 들어간 거야? 아아, 별로. 웃기기만 했어요. 그 깡패들 아마추어던데, 뭘. 진짜도 아닌 것들이 몽둥이 들고 우르르……."

선배?

홍지유, 그 인간 말하는 건가?

시준은 침대 아래로 다리를 내리면서 저도 모르는 사이에 도끼눈을 하고서 그녀의 뒤통수를 쏘아보았다. 그는 온몸에 힘이 들어가며 나현에게로 다가가 휴대폰을 낚아챘다.

"홍지유, 잘 들으십시오. 나 강시준인데 말입니다."

"왜 이래요?"

깜짝 놀란 나현이 뒤로 고개를 빼고는 황급히 그에게 매달렸다. 그는 그녀가 따라오지 못하도록 성큼성큼 걸어서 테라스 쪽으로 가며 엄포를 놓았다.

"백나현에게 네가 이럴 수 있냐? 이러고도 남자야? 이러는 게 맞는다고 생각해?"

"아우, 이리 내요. 남의 전화를 가지고 왜 이래?"

"너, 나 못 말려!"

나현이 쫓아오지 못하도록 그는 테라스 바깥으로 나가서 문을 쾅, 닫아 버렸다. 철썩대는 파도 소리와 끼룩끼룩 갈매기가 우는 소리가 엄습했지만 그는 아랑곳하지 않고 더욱 크게 소리를 질렀다.

"……깡패들하고 대거리를 하게 하고, 홀딱 벗고 일하는 사내들 천지에! 욕지거리로 대화하는 사이에서 땀 냄새, 기름 냄새 맡아 가며 네 여자가……."

잠시 호흡을 고른 후에 그가 나직하게 욕설을 뱉어 냈다.

"새끼야, 너는 이제 꺼져!"

자격도 없는 놈!

분노가 너무 생생해서 미칠 것만 같았다. 이런 기분, 정말 오랜만에 느껴 보는 거였다.

탕탕, 소리가 커서 뒤돌아서니 나현이 두 주먹으로 유리를 두들겨 대고 있었다. 그러고 보니 이 분노가 다 저 여자 때문이었다. 잠깐, 분노만일까? 파랗게 날이 서 있는 질투의 정체는 뭐란 말인가?

"전화기, 그거, 내놔요. 내놔……."

창을 두들겨 대는 그녀에게 보여 주기 위해서 그는 휴대폰의 배터리를 분리해 버렸다. 그러고는 걸쇠를 당겨서 드륵, 하고 테라스의 문을 열었다. 그때서야 깨달았다. 그와 나현은 거의 나신이었다. 그녀는 팬티라도 입고 있었지만 자신은 온통 벗고 있었다.

"……각오하고 연 거 맞지요?"

성이 난 암고양이처럼 그녀가 열린 문의 반동으로 인해 그에게 덤벼들었다. 그녀의 몸을 받아 포옹하며 훅, 하고 그가 숨을 들이켰다.

"각오한 건 맞는데, 너 틀렸어."

그녀를 덥석 안아서 품에 가두며 그가 낮게 으르렁거렸다.

"그거 아냐. 나는 키스가 하고 싶어."

***

테라스는 어두웠다. 마침, 빛이 몸을 꽁꽁 숨긴다는 새벽 1시였고 바닷가의 모텔 방에 붙어 있는 테라스는 파도 소리가 요란했다.

"웁웁……."

"가만, 가만…… 있어, 좀!"

아무리 열에 들떠 있는 몸이라고 해도 남자의 악력은 거셌다. 시준은 그녀의 몸을 부둥켜안고서 걸신들린 것마냥, 먹어치울 것마냥 키스를 퍼붓고 있었다. 이 여자는 키스에 무지했다. 호흡조차 할 줄을 몰라서 새파랗게 질려 가며 그의 등을 때리기에 바빴다.

"내가 바보천치지……."

잠시 입이 떨어진 사이에 나현은 숨을 몰아쉬더니 기침을 하며 자책했다.

"머리 검은 짐승은 거두는 게 아니라더니, 옛말 그른 거 하나 없어. 병간호 해 줬더니 이게 무슨 짓이에요?"

콜록거리다가 눈물이 글썽이는 눈을 하고서 그녀가 시준의 가슴팍을 때렸다.

"그렇게 키스가 하고 싶었어요?"

때리는 대로 맞고 섰다가 그가 다시 그녀의 몸을 당겼다.

"나는, 백나현……. 키스보다 더한 것, 더한 게 하고 싶어."

그가 그녀의 귓불을 물면서 가쁜 숨을 내쉬었다.

"일이 이 지경이 되도록 도발한 게 누군데?"

"뭐야? 내가 작정하고 유혹했다는 거예요?"

"아니, 미안. 내가 너한테 빠져서 그래."

시준은 제 상태를 술술 인정하며 사과를 했다. 그러고는 나현의 귓불을 집어삼키듯 게걸스럽게 입 안에 넣었다.

"아흑, 읏……."

커다란 손바닥이 나현의 젖가슴을 틀어쥐었다. 입김으로 귓불을 애무하며 그가 젖가슴을 어루만졌다. 금방 나현의 몸이 뒤틀리면서 그 입에서는 앓는 소리가 새어 나왔다.

"섹스가 하고 싶어."

"이 나쁜……."

"욕해, 다 들을게."

"씨……."

욕을 하려고 입을 열었던 그녀가 도로 다물었다. 그러더니 그의 목을 끌어안아 단단히 매달렸다.

"……해요."

그는 순간, 믿어지지 않았지만 기회를 놓치기가 싫었다.

"뒤돌아서 봐."

그는 나현의 몸을 테라스 난간에 기대게 했다. 자연히 그녀는 난간을 쥐고 섰다. 그가 뒤에서 그녀의 몸을 엉키듯 안았다.

"다 벗길 거야."

귓불을 지그시 깨물며 속삭이자 그녀가 신음했다.

"읏, 읏……."

그녀의 팬티를 끌어 내린 다음에 그는 그대로 다리 하나를 꺾고 앉았다. 달빛조차 비추지 않아서 보이지 않았지만 그는 정확히 음습한 부분에 혀를 들이밀었다. 꺅, 하고 나현이 자지러지는 신음을 지른 뒤에 얼른 제 손으로 입을 틀어막았다.

"되게 야하다."

그녀의 중얼거리는 소리에는 수치심과 함께 누구에게랄 것도 없는 원망이 들어 있었다. 거부하는 것은 아니었다. 혼자만의 안도감에 그가 웃었다.

"가만."

그는 경고처럼 나직하게 속삭이고는 그녀의 엉덩이 사이를 벌리며 더 집요하게 혀끝으로 그곳을 핥아 냈다.

츄르릅, 츕츕…….

뜨겁고 음습한 그곳을 연신 핥아 내다가 다리 하나를 움켜쥐어 넓게 벌렸다. 그리고 혀를 이용해 좀 더 들쑤셔서 음탕한 소리가 그녀 귀에까지 닿게 했다.

"아항, 아앗, 너무…… 이상해."

그녀가 허리에 힘을 준 순간에 깊이 들어간 혀가 자극을 받았다. 아앗, 나현이 고개를 꺾으며 칭얼거리는 소리를 냈다. 그는 더 이상은 무리라고 생각하며 아프도록 힘이 들어간 페니스를 쥐고 몸을 일으켰다. 한 팔에 나현의 다리를 걸고 페니스를 그곳에 사정없이 밀어 넣었다. 다물어진 틈을 벌리며 들어가는 페니스가 욱신거리며 눈앞에 불꽃이 튀었다. 뜨거웠다! 게다가 쉴 새 없이 움찔거리는 속살은 제 살을 할퀴듯

요분질을 쳐 댔다. 흥분한 몸이 제어가 되지 않는지 턱이 부들거렸다.

"……미치겠네!"

"아파요?"

헉, 하고 숨을 들이켜며 그녀가 고개를 돌렸다. 기다렸다는 듯이 시준은 그녀의 입술을 머금었다. 혀로 깊숙이 들어가 파고들면서 아래에도 똑같이 깊게 밀어 올렸다.

"흐윽……."

"허억!"

벅찬 신음을 올리며 둘은 키스를 하면서 숨을 몰아쉬었다. 찌릿한 무언가가 그의 단전에서 머물다가 위로 치받치고 있었다. 휴우, 힘들다! 안에 삽입하기만 하면 이른 사정감이 몰려오는 통에 그는 정신을 똑바로 차려야 했다.

"너 맛있어, 알아?"

그는 그녀의 입 안에서 혼잣말로 감탄을 쏟아 낸 뒤에 엉덩이를 격하게 움직여 피스톤질을 시작했다.

"아, 앗, 앙, 앗, 앙, 앙……."

달뜬 신음 소리를 내며 나현의 몸이 흔들렸다. 그는 키스하기를 관두고는 그녀의 허리와 골반 즈음을 붙들고서 다소 과격한 움직임을 이어 갔다. 페니스에 착 감기는 살의 감촉이 너무도 달콤해서 눈앞이 하얘졌다. 뇌가 막 터질 것 같았다. 거센 숨결 사이로 신음이 비어져 나왔고 미열이 남았던 몸에는 이제 다른 의미의 열기가 차올랐다.

"젠장, 젠장."

거침없이 살 속을 찔러 대는 중에 이를 악물면서 내지른 욕설을 알아들은 모양으로 나현이 그에게로 고개를 돌렸다.

"왜요? 아파요?"

그가 움직이는 대로 흔들리며 그녀가 발간 얼굴로 물어 왔다.

"쌀 것…… 같아."

턱에 힘을 주며 그가 바로 다음 말을 이었다.

"간신히 참고 있는 겁니다."

"하아, 아앙, 앗……."

그가 꽉 끌어안은 탓에 말문이 막힌 나현은 인상을 찡그리며 한차례 몸을 부르르 떨었다. 그와 함께 시준의 허벅지에 왈칵, 물이 쏟아졌다.

"죽여주네…… 백나현."

나현은 미처 모르고 있는 것 같았다. 하지만 능숙한 그는 대번에 나현이 애액을 쏟은 것을 알아채고서 더욱 흥분해 버렸다. 나현은 갑자기 느낀 절정에 정신이 없는 것 같았다. 그는 나현의 클리토리스를 찾아내 검지로 자극하며 더욱 뒤에서 치대기 시작했다.

"아흣, 거기는, 거기는…… 아핫!"

푹푹 찔러 대는 페니스를 그녀의 젖은 안이 바싹 조여들었다. 처음의 갑작스러운 절정감에 허우적대며 나현은 힘껏 아래를 조이고 있었다.

"힘을 조금…… 빼야……."

성마른 속삭임에 나현은 아앙, 하고 되다 만 신음을 지르더니 고개를 저었다.

"으, 으읏…… 손 좀 치워요…… 으흑."

뾰족하게 일어선 클리토리스를 자극하는 손가락을 치우라는 듯이 그녀가 엉덩이를 이리저리 흔들었다. 우욱, 하고 그가 신음을 질렀다. 생각지도 못했던 굉장한 자극이었다.

"너무, 빡빡해서, 내가……."

너무 좋다! 참을 수가 없을 만큼.

시준은 그녀의 클리토리스를 문질러 대며 엉덩이에 퍽퍽, 소리가 나도록 거칠게 피스톤질을 했다. 지칠 줄도 모르는 그의 행위에 난간을 지탱하고 있는 나현의 두 팔이 후들거렸다. 그의 턱 끝에서 굵은 땀방울이 툭 떨어져 그녀의 엉덩이에서 방울졌다. 그들이 밀착하고 있는 아래는 땀과 애액 범벅으로 질척이고 있었다.

"으흣……!"

그가 잠시 동작을 멈추었다. 그러고는 나현의 목과 등허리 부분을 입술로 얼러 댔다. 그러다 그녀가 파스를 붙이려고 했던 어깨 부분에서 하얀 살색과 극명하게 대비되는 멍든 자국을 찾아냈다. 제 살이 아픈 것같이 찌르르, 뭉클한 것이 목구멍을 타고 넘어왔다.

"……다쳤어?"

목이 미어진 채로 그가 물었다.

"으읏, 말 시키지 말지."

흑흑, 느끼는 소리를 내며 나현은 허리를 비틀어 댔다.

"힘들어?"

그는 속삭여 묻지 않을 수 없었다.

"흐읏, 흐으……."

그녀는 대답 대신으로 그저 신음했다. 그의 손가락이 연거푸 클리토리스를 희롱하고 있었던 때문이다. 페니스를 바짝 죄며 나현은 애달아했다.

"좋았어."

후우, 하고 짙은 숨을 토해 낸 뒤에 그가 다시 힘차게 허리를 움직였다.

"아앗, 아앙, 앗, 앙, 아앙, 앗……."

그의 허리짓에 맞추어 나현의 입에서도 음탕한 신음이 흘러나왔다. 그것이 시준의 귀에 몹시도 달콤하면서 은밀하게 들려와 욕망을 부채질했다. 나현은 이제 정신을 차리지 못하겠다는 듯이 교성을 내지르고 있었다.

"아앗, 앗!"

아무리 파도 소리가 세차게 들려오는 곳이라 해도 더 이상의 큰 소리는 위험할 것 같아서 그는 나현의 입을 손바닥으로 덮었다.

"쉬잇, 조금만."

그가 더욱 피스톤질을 해 대며 속력을 높여 갔다. 정신없는 쾌락의 순간이 온 신경을 장악하고 있었다. 나현의 속을 정신없이 탐하는 이 순간이 영원했으면 싶었으나, 그건 불가능했다. 이제 폭발하면 끝이라는 생각에 그는 사뭇 아쉬웠다. 그는 제 손끝에서 비벼지는 클리토리스가 꽤 부풀어 오른 것을 느끼며 나현에게도 끝이 얼마 남지 않았다는 것을 깨달았다.

"……쌀 겁니다."

"네에? 뭘? 혹시, 그거요?"

쾌락으로 널을 뛰는 가운데 나현이 어리둥절한 소리를 냈다. 그는 나현의 어깨에 키스하며 숨을 헐떡였다.

"밖에다 쌀 거니까……."

"아, 앗? 엄마야!"

나현이 기겁하며 비명을 올렸다. 시준도 급박하게 턱에 힘을 주며 평상시보다 훨씬 부풀어 오른 질 속에서 허우적댔다.

"욱!"

그의 페니스를 물고 있는 질벽이 심하게 움찔움찔 떨고 있었다. 한계였다! 그가 임시변통으로 나현의 입술에 손가락을 물렸다. 아스라이 사그라지는 나현의 비명 소리를 들으며 시준은 제 페니스를 몸 밖으로 쑥 빼냈다.

"가지 마요."

그는 제 몸을 떨어뜨리면서 나현을 안아 들었다. 발가벗은 서로의 몸은 기름을 두른 듯이 땀에 젖어 번들거렸다. 채 식지 않은 온도 탓으로 아직은 뜨거웠다.

하아하아…….

호흡 소리가 잦아들지 않은 채로 두 사람 모두 정신이 없었다. 어느 순간에 밤바람이 차다는 것을 느낀 그는 나현을 안은 채로 테라스 문을 열었다. 침대 위로 그녀의 몸을 눕히며 그가 말했다.

"한 번 더, 어때?"

"씨……."

나현의 입에서 험한 욕이 튀어나올 것 같아서 그가 먼저 선수를 쳤다.

"쉬잇, 욕 들을 일 아니야."

시준은 나현의 잔뜩 흐트러진 머리카락과 홍조를 띠고 있는 얼굴을 힐끗, 보며 두 발목을 움켜잡았다. 두 다리를 활짝 벌린 후에 그는 나현이 뭐라고 하기도 전에 제 페니스를 안으로 삽입시켰다. 뜨겁게 입을 닫았던 질구가 벌어지며 다시금 페니스를 빨아들이기 시작했다.

"……짐승!"

차마 욕설을 할 수가 없는 탓에 나현은 울상이 된 얼굴로 중얼거렸다.

"오케이, 짐승! 욕보다는 낫다."

시준은 히쭉, 웃었다. 그가 완전히 삽입한 뒤에 잠시 가만히 있었다. 뭉근하게 제 아래를 파고들어 와 박힌 페니스를 느끼며 나현은 앓는 소리를 냈다. 한 번의 방사로도 전혀 사그라지지 않은 모양인지 페니스는 뜨겁고 단단하게 그 위용을 자랑하고 있었다. 단단한 살덩이는 살을 헤집으며 깊숙이 들어와 박혔다가 빠져나갔다. 다시 들어왔다가 또 나가고. 그 움직임이 사뭇 현란하고 강했다.

"으, 으응……."

"으읏."

이미 익숙해져 버린 둘의 몸은 한 치의 틈도 없이 들어맞았다가 떨어졌다. 질벽을 긁듯이 그가 일부러 아래에 힘을 주는 바람에 나현의 입에서는 가느다란 신음이 토해졌다.

"아앙, 그렇게 하면……."

뭐라고 더 말을 하려고 하자 시준이 희미하게 웃으며 잡고 있는 다리를 그녀의 머리 쪽으로 당겼다. 꺄악, 하고 자지러지는 순간에 그녀의 몸이 접히면서 음부가 훤히 노출이 되어 버렸다. 시준의 페니스가 더욱 깊이 박힌 것은 말할 것도 없었다.

"기왕 짐승 된 거 이것저것 다 해 보는 겁니다."

자신을 내려다보는 자세로 시준의 얼굴이 가까이에 있었다. 그의 붉게 상기된 얼굴과 이글거리는 눈빛에서 정복욕이 여실히 드러났다. 그래? 그렇다면 나도 강시준 그쪽을 정복해 보겠어.

나현은 불쑥 다짐하며 아래에 힘을 주었다.

"으흑……!"

남자가 미간을 찡그리며 고통스런 얼굴이 되는 것을 보면서 묘한 기분이 들었다. 그는 짧게 심호흡을 한 뒤에 위에서 아래로 찍어 내리듯 했다.

"앗, 아핫, 아앗, 아아……."

나현은 이리저리 고개를 돌리며 그의 움직임에 맞추듯 신음을 올렸다. 남자가 힘차게 푹푹, 내리꽂는 힘은 또 다른 감각을 불러일으키며 그녀를 자극했다. 한 번의 열기가 올랐다가 식어 가던 몸, 그것은 다시 불이 지펴지며 더 커다란 흥분이 일었다.

찰박찰박.

살이 부딪치며 내는 소리는 더없이 과격하게 커져만 갔다. 처음의 느낌이었던 미미한 통증 따위는 없었다. 그의 허리 움직임이 격해짐에 따라 둘의 입에서는 끊임없이 열락을 재촉하는 소리가 비어져 나왔다. 또 그것이 더한 욕망을 사르는 것 같았다.

"으흑."

참기 힘들어진 시준이 잠시 피스톤질을 멈추고 그녀의 귓불을 핥아 댔다. 귀에서 느껴지는 뜨겁고 진한 숨결에 이미 동공이 풀린 나현의 눈이 감겼다. 그가 입술을 찾아냈다. 부드럽게 젖어 있는 입술이 열리고 시준의 혀가 들어갔다. 동굴 같은 입 안을 혀로 훑으며 달래듯 시준은 능숙한 키스를 했다. 그의 어깨를 다잡으며 나현은 금세 또 다른 열기가 피어오르는 것을 느꼈다. 저도 모르게 제 혀를 놀려 그의 혀에 감았다. 찌르르, 무언가 정체를 알 수 없는 느낌이 꽃이 피어나듯 배꼽 아래에서부터 시작되고 있었다.

"굉장해."

으으, 하고 눈을 감고 키스에 열중하던 시준은 탄복하는 소리를 내지르더니 그녀의 안에서 페니스를 빼냈다. 저도 모르게 그녀가 아래를 비비적거리며 옥죄는 바람에 사정감을 느낀 탓이었다.

"하아!"

크게 숨을 토해 내며 나현은 아쉬운 표정이었다. 막 또다시 한 차례 오르가즘의 끝에 오를 찰나였던 것이다.

"잠깐, 더 좋게 해 줄 테니까."

가쁜 숨을 몰아쉬며 시준은 그녀의 표정을 읽었다는 듯이 큰소리를 쳤다. 그러고는 바로 고개를 숙여 나현의 젖꼭지를 물었다. 그녀의 알몸을 처음 보았을 때에 의외로 놀랐던 부분이 바로 가슴이었다. 나현은 복숭아 모양으로 융기한 젖가슴을 가지고 있었다. 탐스럽고 아름다운 모양에 그는 탄복했다. 그는 나현의 한쪽 젖가슴을 손안에 쥐며 다른 가슴을 입 안에 넣고는 꼭지를 삼켰다.

그리고 쭉쭉, 아기같이 탐하며 실컷 빨아들였다.

"으으……."

나현의 입에서 애달은 신음이 흘러나오며 허리가 들려 올라갔다. 고개를 젓는 그녀의 눈자위가 붉게 얼룩져 버렸다. 그는 사정 봐주지 않고 유두를 빨아들이며 손안에 잡힌 것은 마음껏 주물러 댔다. 번갈아 가며 다른 쪽 유방의 꼭지를 핥고는 실컷 맛보았던 유두를 손가락으로 건드렸다. 침이 잔뜩 묻은 탓에 젖어 버린 유두가 애처롭게 손가락으로 짓이겨졌다. 애무가 길어질수록 나현의 몸은 말이 아니었다.

막 오르가즘에 이르기 전의 음부는 혼자서 움찔움찔 떨며 무언가를 고대하느라 한창 달아오르는 중이었는데 젖가슴에서 불이 붙은 흥분은 묘하게 이질적인 것이었다. 아래에서 터져야 할 용암이 부글부글 끓는 것 같은 희열이 참을 수 없었다.

"아아, 시준 씨, 이봐요, 그만……."

나현은 뜻도 모를 말을 중얼거리며 몸부림을 쳤다. 히쭉, 그가 웃으며 몸을 일으켜 나현의 사타구니 사이에 앉았다.

"좀 있다가 해 주겠습니다. 우선은……."

그는 즐거워 죽겠다는 듯이 다소 음침하게 말하며 그녀의 음모에 손가락을 가져갔다. 푹 젖어서 뾰족하게 붉은 돌기를 드러낸 그녀의 음부는 그야말로 그를 미치게 했다. 그의 것이 들어가게 해달라고 아우성을 치듯 더욱 팽창하며 꺼떡거렸다. 남자는 시각적으로도 환장하는 동물이라더니, 하고 시준은 쓴웃음을 지었다.

나현의 두 다리를 더 벌려서 구멍이 갈라지게 했다. 붉디붉은 속살이 움찔거리며 그를 손짓하고 있었다. 젖은 음모를 손가락으로 쓸어 주었다. 그것만으로도 나현의 엉덩이가 들려 올라갔다.

"쉿, 괜찮아!"

그는 은밀한 틈으로 손가락을 집어넣었다. 아흣, 하고 나현이 이제 대놓고 소리를 높였다.

"너한테 남자가 미치면 어떻게 되는지 보여 줄게. 그리고 다신 잊지 못하도록 해 줄게."

혼잣말처럼 중얼거리며 그는 나현의 속살을 헤치고 손가락을 깊숙이 찔러 넣었다. 뜨겁게 조여드는 질벽을 살짝 긁어 보았다. 예상대로 오톨도톨한 돌기들이 만져졌다. 슬쩍, 조심스러운 동작으로 손가락을 하나 더 넣어 보았다.

"아, 아핫……."

"괜찮아……."

속삭이듯 얼러대며 그는 손가락으로 질척거리는 속살을 마찰하기 시작했다. 나현의 엉덩이가 들뜨며 움직이자 그는 다른 손으로 허리를 휘감았다. 그녀를 간단히 제압하고는 손가락으로 질벽을 자극하는 일을 계속했다.

"아, 흐응, 아아, 으흣, 그러지 마요. 나 죽어……."

"……잘하고 있어."

나현을 격려하는 그의 이마에서 굵은 땀방울이 흘렀다. 나현의 음부에서도 애액이 흘렀다. 덕분에 그녀의 엉덩이 밑에 깔린 시트는 짙은 색으로 물들어 있었다.

"으흣, 나 죽는다고…… 아핫!"

손가락의 마찰력에 의해 나현의 질벽은 금방 부풀어 오르며 폭발 직전까지 갔다. 견디기 어렵다는 듯이 나현의 몸이 자잘하게 경련이 일었다. 일부러 그것을 노렸기 때문에 그는 절대로 놔주지 않았다. 치밀어 오르는 쾌락의 물결로 인해 나현은 결국에 이를 악물면서 왈칵, 물을 뿜어냈다.

"아흑!"

"굿, 좋았어!"

환희에 오른 시준은 입맛을 다셨지만 나현은 부르르 몸을 떨며 극치감으로 괴로워했다. 아니, 너무 선명하게 느껴지는 오르가즘으로 인해 정신이 없었다.

"흑흑, 이 나쁜 자식아!"

애액을 쏟아 낸 것이 흔치 않은 일 같아서 나현은 수치스러움에 그를 원망했다. 시준은 뻔뻔한 얼굴로 도리어 의기양양해서는 그녀의 몸을 끌어안아 주었다. 아직도 경련하고 있는 몸을 제 무릎에 앉히고는 땀에 젖은 정수리에 입술을 문지르고 이마에 쪽 소리가 나도록 키스하며 만족해했다.

"그쪽 말대로 내가 나쁜 자식이면 아마 이런 것도 없었을 겁니다."

"아아, 이상해."

"그날, 그쪽이 처음인데도 내가 함부로 굴어서 많이 미안했습니다."

그가 그녀의 몸을 어린아이 안듯이 더욱 품에 안으며 돌연, 사과를 해 왔다. 하지만 나현은 지금 그런 것을 따질 겨를이 없었다. 쓰나미같이 밀려온 절정은 더한 무엇을 원하고 있었다. 나현도 이젠 확실히 그것의 정체를 알았다. 원하고 있다! 다행한 일인지, 아님 그 반대인지 모르겠으나 시준도 그녀가 원하고 있다는 것쯤은 알고 있었다.

"이상해. 너한테 뭐든 다 해 주고 싶어."

그의 나직한 속삭임에 나현이 진저리를 치며 소리를 냈다.

"아우, 야아……."

"쉬잇, 됐어."

푹 쉬어 버린 음성으로 그가 속삭이더니 나현의 손가락을 입 안에 넣었다. 새치름하게 욕망으로 피어난 나현의 얼굴은 여태 본 적이 없는 너무도 아름다운 것이었다. 흐트러진 머리카락은 어깨를 덮었고, 선명한 눈매의 두 눈에는 어울리지 않게도 욕망의 진한 빛을 띠고 있었으며 발갛게 익은 볼과 두툼하게 부푼 입술은 화려한 꽃이 따로 없었다.

처음 만났을 때부터 그녀에게서 그는 다채로운 여러 모습을 보고 있었다. 그 이면에는 그녀를 향한 호기심이 괘 크게 자리 잡고 있다는 것이 역시 흥미로웠다.

그렇지, 아무나 나를 흔들어 깨울 수 없지.

너는 이제 아무나가 아니다!

시준은 거멓게 움트고 있는 흥분으로 인해 달아오르며 그녀의 손가락 마디마디에 키스를 했다. 연약하고 가냘픈 손가락 따위에도 페니스가 저릿하도록 반응을 했다.

"압니까? 그쪽이 나를 흥분시켜요."

"욕망이랑 마음이랑 두 가지를 연결시키지만 않으면 섹스는 할 만한 것 같아요."

"쉿, 욕설을 지껄이는 것보다 더 나쁜 말을 했습니다. 벌 받읍시다."

"벌?"

"죽여주겠습니다."

그가 허겁지겁 나현의 입술에 키스를 하며 한 손을 다리 틈으로 집어넣었다. 당연히 완전히 젖어서는 벌름거리는 속살이 그를 반기고 있었다. 그는 좋았어, 라고 중얼거리더니 그녀를 모로 눕게 했다. 한 팔은 나현의 목 밑으로 들어가 가슴을 움켜쥐었다. 으음, 하고 신음하는 그녀의 귓불을 물고는 다른 손으로는 다리 하나를 들어 올렸다. 그의 성난 페니스는 기다렸다는 듯이 후비듯 속살을 파고들기 시작했다.

"아, 아아, 앙……."

그는 일부러 비벼 뭉개듯 하며 삽입을 시켰다. 젖가슴을 틀어쥐고서 부드러움을 만끽하던 손에도 힘을 주었다. 자연스럽게 나현의 부풀었던 질벽이 페니스에 비벼졌다. 수축했다가 이완되었다가 그녀의 속살은 절정의 나락에서 허우적대고 있었다.

"아흣, 아아, 앙, 아앗……."

쑤욱 안으로 들어갔다가 문대듯이 빠져나갔다가 도로 안으로 찔러 들어오는 페니스의 감각에 나현은 몸을 떨었다. 그는 마음껏 속도를 내며 움직였다. 팔뚝에 걸치고 있는 그녀의 하얀 다리가 속절없이 흔들거렸다. 너무도 강한 자극에 그는 눈앞이 하얘지며 턱에 바투 힘이 들어갔다. 그의 생애 이렇게 커다란 욕망이 있었던

가? 그동안 꽁꽁 숨겼던 그것을 크게 드러내며 미쳐 날뛰게 내버려 두었다. 그러면서도 한편으로 그는 늑대의 송곳니가 치명적이듯이 제 욕망이 스스럼없이 설치는 이 감각이 두려워졌다. 이 여자를 완전히 내 것으로 할 수만 있다면……!

"이리로, 이리!"

귓불을 빨던 그의 입술이 나현의 얼굴을 찾았다. 그리고 고개를 돌린 나현의 입 안에 혀를 휘저어 넣었다. 단전으로부터 쭉 치고 올라오는 사정감으로 인해 온몸의 신경이 곤두서고 말았다. 조금만, 조금만, 더……!

아직은 사정하기 싫었다. 그는 다리를 걸고 있는 손을 밑으로 내려 나현의 클리토리스를 찾았다. 불쑥 솟아나서 바르르 떨고 있던 그것은 남자의 손가락에 어찌할 바를 몰랐다.

"……예뻐!"

물론, 이 여자가 듣고서 좋아할 말이 아니란 것은 알고 하는 말이었다. 그의 평생에 두 번 다시 하지 못할 단어라는 것만 알고 속삭인 것이었을 뿐.

누군가에게 이런 진실을 털어 낸 것만으로도 시준은 자신이 괜찮아진 것을 깨달았다.

정말, 정말, 정말, 나현은 예뻤다. 그는 제 욕망이 한없이 빨려들어가는 상대를 만난 것만으로도 행복했다. 다만, 나현의 욕망이 제게로 향한 것이 아닌 것은 조금 불쾌한 문제였지만. 확신은 생겼다.

그가 온전히 이 여자의 편이 되어 줄 수 있을 거라는 확신 말이다.

"앗, 아핫, 아앙, 앗, 나 또 이상해져요."

그의 입술을 떼어 내느라 고개를 흔들며 나현이 울먹거렸다.

"좋은 겁니다."

그의 숨 가쁜 대답과 함께 나현은 교성을 터트리며 몸을 떨었다.

"손, 손 좀 치워요. 그렇지 않아도 죽겠단 말이야!"

"으흣, 괜찮…… 아……. 윽."

힘겹게 속삭이는 사이에 그의 페니스가 부드럽고 축축한 속살에 박혀 부르르 떨었다. 더는 견디지 못할 정도로 극대화된 감각이 밀려오고 있었다.

……뜨겁다!

나현의 허리가 꺾이고 있었다. 그래도 그는 도톰하게 부풀어 오른 클리토리스를 반복해서 애무하는 손을 늦추지 않았다. 최고의 기쁨을 선사하고 싶었다. 그래야 제 자신에게도 최고의 해방감이 찾아올 것이었다.

"그만, 그만……. 나 욕 나와. 아아아, 아흐흐……."

절정의 꼭대기에서 허우적대던 나현은 엉덩이를 떨며 그의 페니스를 꾹꾹 쥐어짜듯 했다. 왔다!

"됐어!"

그는 눈을 질끈 감으며 마지막 피치를 올렸다. 엄청난 압박감을 느끼면서도 그녀의 제일 깊은 곳으로 도달할 것처럼 쑤시고 또 쑤셔 댔다.

"으흑, 으아아아……."

그가 치대는 대로 흔들리며 나현은 절정의 끄트머리에서도 계속되는 자극에 의해 거의 실신 지경이었다.

"……우읍, 백나현!"

의도한 대로 최고의 해방감을 맛보며 시준은 그녀의 이름을 토했다. 동시에 나현의 하얀 엉덩이와 골반에 정액이 골고루 흩뿌려졌다.

"우읍, 으음……."

끝났다.

아직도 아쉬운 마음에 시준은 나현의 어깨를 쭉쭉 빨다가 이를 세워 깨물다가 하며 후희를 즐겼다. 손바닥으로는 나현의 젖가슴을 반죽 주무르듯이 마구 쭈물거렸다. 나현은 모로 누운 몸을 자잘하게 떨 뿐이었다.

"백나현, 나현아……."

그가 부르는 소리에도 나현은 축 늘어진 채로 거친 숨만 몰아쉬고 있었다. 어깨를 핥던 입술을 뺨으로 가져가니 그녀가 파르르 속눈썹을 떨었다.

"우는 겁니까?"

가만 물었다. 흑, 하고 나현이 콧물을 훌쩍이더니 조용히 입을 열었다.

"혹시 그쪽이 착각할 것 같아 말해 두는 건데요, 이건 분명히 내가 즐긴 거예요."

즐기기만 했을까?

문득, 궁금해지며 그는 나현의 몸을 돌려 안았다. 그리고 제 품에 쏙 들어오는 그녀를 깊이 포옹하며 몸을 떨었다.

온통 젖어 버린 알몸이 그의 품 안에 안겨 있었다. 뜨거운 열기가 채 사그라지지 않은 몸이 그의 페니스를 다시 용트림하게 만들었다.

"백나현 씨, 우리 더 즐깁시다."

시준은 그만두고 싶지 않았다. 여기서 멈추면 안 될 것 같았다. 특히 그들 사이에 오가는 이 친밀한 유대감을 놓치고 싶지 않았다.

그가 망설임 없이 나현의 다리 사이로 손을 넣었다.

***

하아, 하아…….

살면서 들숨과 날숨이 이렇게나 거칠었던 적이 있었나? 나현은 숨이 찬 나머지 그의 어깨를 다잡았다.

그녀의 몸 위에서는 그가 한창 허리를 치대고 있었다. 더 이상 벌어질 수 없을 정도로 벌어진 그녀의 다리가 허공에서 흔들거렸다. 음침한 조명으로 인해 방 안은 더한 음탕함으로 물들어 있는 것 같았다. 나현의 눈에 싸구려 벽지가 발라진 천장을 배경으로 흔들거리는 제 다리는 매우 희화적이었다. 여느 영화나 그림에서 이 같은 장면을 본 적이나 있었나? 그때 갑자기 불쑥 치고 들어오는 절정의 느낌에 나현은 허리가 뜨면서 소리를 높였다.

"아흑, 아앗, 나 또……."

"……힘들어?"

헉헉, 거친 숨을 내뱉던 시준이 급히 물었다. 그녀는 도리도리 고개를 저었다. 아니, 아니다. 힘들다는 표현은 맞지 않는다. 그러나 이제 갓 맛들인 섹스에 대해서 그녀는 더 이상의 다양한 표현을 알지 못했다. 좋은데 힘들고, 힘든 것 같은데 너무 좋고, 죽을 것 같이 이상한데 찌릿하며…… 어느 부분의 절정은 또 너무 좋아서 그게 좋은 것 같지 않으니, 참!

"괜찮아, 괜찮을…… 겁니다."

그의 다독이는 소리가 은근히 듣기 좋았다. 나현은 입술을 앙다물며 눈물이 글썽이는 눈으로 그를 쳐다보았다. 어떡해, 이 남자! 그와 눈이 마주치자 또 다른 감각이 밀려와서 나현은 도로 눈을 감아 버렸다. 몇 번이나 맛보는 절정이지만 온몸의 신경이 간질거리며 자지러지는 감각은 도무지 익숙해지지 않는다. 항상 새로웠다.

"눈 떠, 백나현!"

자신의 이름을 부르는 나직한 속삭임에 동하지 않기 위해 나현은 일부러 눈을 뜨지 않았다. 그러자 그가 성마르게 재촉해 왔다.

"날 봐요, 어서!"

"……그냥 해요."

"보라니까!"

성난 듯이 그가 소리를 질렀다.

"장난 아니야, 날 봐!"

싫어!

눈으로 여자를 범하는 남자, 아래를 들락거리는 페니스보다 어쩌면 더 친밀하게 옭아매는 그의 눈이 싫었다. 은밀한 부위를 점령한 페니스처럼 몸 전체를 화끈거리게 하는 눈을 가진 남자라니! 그녀는 미쳤다. 하필 이런 남자를 선택해서 결혼할 계획을 세우다니! 게다가 하룻밤을 온통 섹스하고 있었다. 이제 곧 있으면 날이 밝아 올 것이다.

"무슨 생각을 하고 있습니까?"

다시 정중한 말투로 돌아온 그가 그녀의 의식을 일깨웠다.

"몰라요, 난 이제 홀아비 기업 후계자한테 결혼하자고 할 거야. 강시준 씨, 당신은 이제 모르는 사람 할 거예요."

푸시시, 바람이 새어 나가는 소리가 나서 놀라 눈을 떴다. 그가 웃고 있었다. 머리카락이 아무렇게나 엉클어진 채로 두 눈이 욕망으로 어두워져서는 조롱하듯 그녀를 비웃고 있었다.

"그럼, 이건 뭡니까?"

"이건 아무하고나 해도 돼요."

그렇다. 섹스는 내키는 대로 하면 된다. 아무하고나!

"부탁인데요, 다시는 의미 부여하지 마세요. 이런 거, 섹스가 뭐 별건가?"

나현의 말에 그가 피스톤질을 우뚝, 멈추었다.

"압니까? 나한테 이 짓은 대단한 겁니다. 특히 그쪽하고 하는 섹스는……."

"강시준 씨, 착각하지 마세요. 그쪽 아니었어도 나는 아마 이랬을 거예요. 알아요? 나 헤픈 여자라니까…… 아흣!"

입술 사이로 그의 혀가 들어와 그녀의 혀를 휘감아 올렸다. 뜨거운 혀 놀림에 절로 아랫배가 팽팽하게 당겨졌다. 그녀의 등골을 타고 절정의 느낌이 치달아 올라왔다.

"으흑!"

"나한테는 그쪽하고 하는 이 짓이 특별하다고 했습니다."

그가 이를 악물며 대차게 쏘아붙여 강요하는가 싶더니 바로 그녀의 몸을 일으켜 앉혔다. 순식간에 몸뚱이들이 떨어졌다가 엮였다. 아악, 그녀의 비명을 모른 척하며 시준은 제 아랫배에 나현의 몸을 더 바싹 붙였다.

"진심이야. 네가 너무 특별해졌어."

누군가가 특별해지는 일이 가장 두려운 그녀는 작게 실소를 지었다. 그러나 곧이어 그녀는 이제 그 어떤 생각도 할 여유가 없었다. 시준이 그녀의 엉덩이를 쥔 손에 힘을 잔뜩 실어 아래를 거칠게 문질러 댔기 때문이다. 서로의 숨이 들썩이며 몸도 똑같이 그랬다. 정액이 허옇게 말라붙은 그녀의 허벅지는 시준의 손아귀에 잡혀 있었다.

"흐응, 흐읏, 흐으……."

오락가락, 열었다가 짙었다가.

절정의 리듬은 편차가 있었다. 그런 절정의 고개에서 드디어 그녀는 가장 높은 곳을 타넘기 시작했다.

"으읏, 흑……."

끊어질 것처럼 교성이 이어지다가 다시 끊어졌다. 그가 빠른 손놀림으로 나현의 몸을 제 아랫배에 마찰하며 파고들다가 빠져나갔다. 어쩌면! 나현은 숨 가쁜 와중에도 감탄을 했다. 세 번째인데도 그의 페니스는 전혀 힘이 빠지지 않고 있었다.

"우욱……."

그의 이마에 푸른 핏대가 두드러지며 인상이 구겨졌다.

"날 죽이려고 이 인간이 진짜……."

경련하는 아래에 힘을 주며 나현이 투덜거렸다.

"죽으려면 아직 멀었습니다."

"안 돼……. 근데, 이거 원래 다들 이렇게 해요? 벅찬 것 같아. 사람이 이럴 수는 없어!"

눈물이 그렁그렁한 눈으로 나현이 그의 목에 팔을 두르고 애원하다시피 했다. 그가 그녀의 팔 안쪽에 입술을 가져가 비벼 대며 숨을 헐떡거렸다. 또다시 절정으로 올라가려 했다.

"으흣, 으응……."

파들거리는 그녀의 속살을 즐기던 그가 나현의 몸을 바짝 끌어안았다. 나현은 그의 어깨에 턱을 괴고는 눈을 감았다. 서로의 몸에서 나는 날것의 냄새, 체액의 냄새가 느른하게 콧속에 들러붙었다. 나쁘지 않았다. 아니, 좋았다. 더 이상 그럴 수 없을 정도로.

***

장대비가 내리는 새벽녘, 저 멀리서 파도 소리가 요란해졌다. 아마도 이 비는 쉽사리 그치지 않을 모양이었다. 그렇게 되면 오늘의 공사는 미뤄질 것이었다. 나현은 숨을 죽이며 그를 바라보았다. 샤워를 하고 나온 그는 처음 섹스를 했던 호텔에서와 같이 여유가 넘치는 모습이었다. 싱그러운 남자와 달리 그녀는 지치고 풀어진 몸으로 내동댕이쳐지듯 침대 위에 누워 있었다. 길고도 벅찼던 세 번의 섹스를 끝으로 짧게 꽃잠을 자고 난 몸은 희한하게도 피로하지가 않았다.

"더 자도록 해요."

그녀와 눈을 마주친 그가 툭 내뱉었다. 그 말이 신호인 것처럼 나현은 눈을 감았다. 날이 새려면 시간이 좀 있어야 했다. 좁은 방 안에서 벌거벗고 있는 그와 눈을 맞추며 할 일이란 없었다. 갑자기 그의 손이 뻗쳐 와 그녀의 몸을 당겨 안았다. 갓 샤워를 마친 그에게서 상쾌한 냄새가 맡아졌다. 그의 손길은 서늘해서 피부에 소름이 돋게 만들었다.

"자라고 해 놓고서는……."

화들짝 놀라 눈을 떴다.

"안고 싶어."

그가 그녀를 어린아이 안듯이 안고는 이마에 입술을 눌렀다. 그러면서 한숨을 푹 내쉬었다. 씻어서 멀끔한 남자의 피부가 그녀의 눅눅한 피부에 착 밀착이 되었다. 그가 손을 내려 아랫부분을 더듬어 왔다. 나현이 비비적거리는 것도 아랑곳없이 그가 애액 범벅이 된 그곳을 어루만지며 얕게 신음했다.

"잘 들어, 백나현!"

그가 나현의 사타구니 사이를 살살 만지며 입술로는 콧등을 부비며 속삭여 왔다.

"듣고 있으니까 말해요."

아래가 녹아날 것 같았지만 시치미를 떼고서 그녀는 무신경한 척을 하며 대꾸를 했다. 하아, 그가 또 깊은숨을 내쉬더니 말했다.

"시작이 어찌 됐건 끝내는 건 내 쪽일 거다."

위협인가?

혹시 각오해야 하는 거야?

나현의 속눈썹이 곤충의 날갯짓처럼 파르르 떨렸다.

7. 위험부담

욕실을 나오면서 그녀는 가운의 띠를 졸라매는 동시에 시준을 의식했다. 그는 아직도 방 안에 있었다. 조악하고 부실해 보이는 모텔 실내에 명품만 걸치고 살았을 남자는 어쩐지 이질적인 느낌이었다. 그녀의 눈에 앉은뱅이 테이블이 들어왔다.

"와서 앉아요."

시준이 그녀를 불렀다. 그녀가 언제 사다 놓았는지 기억도 못하는 포도를 미니 냉장고 안에서 용케도 찾은 모양이었다. 알루미늄 호일 접시 위로 탱글탱글한 포도가 수북하게 쌓여 있었다.

"아무튼 귀신이야. 포도는 또 어떻게 찾았대요?"

시준을 향해 눈길을 옮기면서 어색한 기운을 감출 수 없었다.

"먹을 게 이것밖에는 없었습니다. 나가요, 나가서 아침 먹읍시다."

어느새 슈트를 완벽하게 차려입은 그는 트렁크 가방을 활짝 열어 놓고 있었다. 물론, 짐 가방은 나현의 것이었다.

"그거, 내 짐……."

깜짝 놀란 그녀가 손가락으로 가방을 가리키며 뭐라고 말을 잇기도 전에 시준이 재촉을 해 왔다.

"갑시다. 같이 올라가야 해요."

"올라가요? 어디를…… 요?"

물론 그녀는 이 남자의 뻔뻔한 속셈이랄까, 흑막을 알아차리고 있었다. 같이 잤다고 해서 그녀를 주관하려는 속셈이 다 보였다. 그녀의 짐작을 뒷받침하는 증거도 있었다. 시준은 이미 그제랑 어제 그녀가 손빨래해서 여기저기 널어 놓았던 속옷들까지 가방 안에 전부 챙겨 넣는 중이었다.

"밤에는 이런 데서 잠자고 낮엔 거친 해풍 맞아 가며 일하고. 사람이 못 할 짓입니다."

"사람이 못 할 짓이란 없어요."

그의 말에 빈정이 상한 나현은 트렁크의 입구를 쾅 닫아 버렸다. 젖은 머리가 아무렇게나 흘러내려서 한 손으로 쓱 걷어 올렸다. 휘둘러보니 이 방의 옷걸이에 걸려 있던 제 옷가지들 또한 가방 안에 들어가 버린 모양이다.

"정정하겠습니다. 맞아요. 못 할 짓이 아니라 약간 버거울 뿐입니다. 그런데 내가 더 이상 못 보겠어."

그녀의 화가 난 얼굴을 알아본 그는 항복했다는 듯이 두 팔을 치켜들며 변명을 해 왔다. 나현은 기가 막혀서 단호한 어조로 말했다.

"강시준 씨! 대체, 몇 번이나 말해야 알아들어요? 댁은 어디 가서 원나잇 안 해 봤어요? 그래요, 원나잇! 우린 원나잇 한 거잖아요. 하룻밤의 놀이요. 다들 그거 하고 나면 상대방에게 권리를 행사하나 보죠?"

"그건 상황마다 다를 겁니다. 난 그쪽이 맘에 들었거든요."

그가 불쑥 나현의 손목을 잡아챘다.

"내 말대로 해요."

"강시준 씨, 소리 곱게 나갈 때 들으세요. 우리 이제 각자 제자리 찾아가요. 그쪽은 그쪽 놀던 대로 가고, 나는 여기서 겨우 뼈대 올라간 저 건물 마저 다 올려야겠죠. 그래도 그쪽은 뭐, 여기까지 내려와서 아주 소득이 없는 건 아니네요. 나 하는 짓 봤으니까 이젠 똑똑히 알았을 거예요. 나는 그쪽하고 절대 어울리는 여자가 아니에요."

그에게 잡힌 손을 빼내면서도 나현은 저도 모르는 사이에 얼굴이 홍당무가 되었다. 간밤에 그리고 새벽에 육체의 욕구를 채우기 위해 둘이 했던 모든 행위들이 한꺼번에 떠올라 버린 탓이었다.

"맞아. 소득이 아주 없지는 않지. 나는 내가 백나현 씨에게 뭘 어떻게 해야 좋을지 감 잡았거든!"

그따위 소득은 내 알 바 아니다. 나현의 심보를 아는지 모르는지 그는 다시 트렁크를 열어서 잘 마른 속옷을 집어넣기 시작했다.

"그 성실한 스타일로 좀 더 생산성 있는 일을 하세요."

시준의 끈기 있는 손놀림에 쯧쯧, 그녀가 혀를 찼다. 그래도 그는 멈추지 않았다.

"정말 이러고 싶을까?"

그의 손에 들려 있는 브래지어를 낚아챈 그녀가 야멸치게 쏘아붙였지만 소용없었다. 그는 설핏 미소를 그으며 능청을 부렸다.

"네에, 이러고 싶습니다."

히죽, 한쪽 입매가 비스듬히 올라가는 모양을 보며 나현은 피로를 느꼈다. 이 남자는 처음 봤을 때부터 뭐든지 능숙해 보였어. 그게 함정이었는데, 나는 왜 몰랐던 걸까?

했던 후회를 또 하면서 나현은 제 발등을 찧고 싶었다.

"내가 세상 물정 모르는 어린애도 아니고. 남자가 내 출장지에 쳐들어와서는 멋대로 데리고 올라가려는 거요. 이거 무슨 참견질이에요? 길을 막고 물어봐 봐. 꼰대 같다고 욕 듣지."

"어차피 오늘은 일이 없다고 하지 않았습니까? 그리고 나는 아직 병자입니다. 혼자 서울까지 가는 건 위험해서 안 돼요."

"비 와서 하루 공치는 것도 짜증 나는데 자꾸 힘들게 하지 말아요. 그리고 아픈 것도 순 거짓말이었나 봐. 보니까 몸이 아주 장사야. 손수 운전하는 거 거뜬하겠던데요?"

"같이 갑시다. 모르면 모를까, 이런 곳에서 지내는 거 나는 못 견디겠습니다."

우와, 진짜 말귀 못 알아듣는 사람이네!

화가 난 나현은 일부러 트렁크를 끌어다가 방바닥으로 쿵 소리 나게 내려놓았다. 그러고는 허리에 양손을 대고서 그를 보았다.

"우리가 얼마나 다른 사람들인지 내가 예를 들어 볼게요. 강시준 씨는 짝사랑하는 거 어떻게 생각해요?"

"짝사랑이라."

그녀의 뜬금없는 질문에 시준의 고개가 갸웃했다. 밤새 신열에 들끓은 몸으로 거푸 섹스를 한 남자의 얼굴은 다소 파리해져 있었다. 갓 면도를 한 턱과 인중은 푸르스름한 새벽빛인 것도 한몫을 해서 그는 잘 깎아 놓은 대리석 조각품 같았다. 나현은 저도 모르는 사이에 한숨이 나왔다.

……나는 정말 아닐 건데. 당신은 진짜 좋은 여자하고 잘 살 수 있을 남자인데.

당신, 미안해. 이래저래 지뢰를 밟았다고 생각하고서 질척거리지 말기를. 이 남자는 가까이 대하면 대할수록 그녀가 불리해질 게 뻔했다. 더욱이 섹스를 할 때의 좋은 매너나 육체의 즐거움을 일깨웠다고 해서 이 남자가 특별해지는 것은 싫었다.

"난요, 짝사랑에 소질이 없어요. 아니, 아예 안 해요. 무슨 말이냐 하면요. 짝사랑하는 것도 열정이 있어야 한다는 뜻이에요. 만일에 누군가를 내 마음에 담았다고 쳐요. 근데 그 사람이 나와 같은 온도가 아니라면 얼마나 비참하겠어요? 그렇게 되면 나는요, 그냥 그 사랑을 포기하고 마는 거죠. 나도 그 사람을 사랑하지 않으면 돼."

"지금 그 상황이 우리하고 맞는다고 생각합니까?"

"그냥 내 스타일이 그렇다는 거예요. 나는 누가 나를 버리면 그냥 버려질 거예요. 그 사람이 나를 버렸다고 해서 패악 부리고 괴로워하며 나 자신을 망치지 않을 자신이 있어요. 평생 나를 오해하면 그냥 오해받으면 돼요. 그렇게 사는 게 편하니까요."

"그쪽 말을 나는 못 알아듣겠습니다!"

그의 눈빛이 딱딱하게 굳어 있었다. 알아들었을 텐데? 나현은 자신이 얼마나 감정에 무딘 여자인지를 아주 잘 설명해 주고 있다고 생각했다.

"일찌감치 내 인생을 다른 사람에게 휘둘리지 않을 결심을 했어요. 좋아했다가 버림받아서 아프고…… 혼자 막 좋아하고. 그런 거 적성에 안 맞는단 말이에요. 사람과 엮어서 갈등하는 그런 거, 힘든 거 자체를 기피하지요. 그러니까 강시준 씨, 당신은 날 맘대로 못 해요. 나랑 섹스 좀 했다고 해서 어떻게 해 보려는 모양인데, 어림없을 겁니다."

말을 마친 나현은 착잡한 표정이었다. 여태 그 누구에게도 이런 심경을 지껄여 본 적이 없었다. 그러나 시준에게는 사춘기 소녀의 타령쯤으로 들린 모양이었다. 그가 곧바로 나지막하게 그리고 단도직입적으로 용건을 꺼냈기 때문이다.

"협력적 관계는? 내가 다 해 준다고 했을 텐데. 싫어?"

"그건……."

나현은 금방 정신을 차렸다. 지금의 시기는 그녀 인생에서 당면한 문제를 풀어야 할 차례였다. 그러나 제 문제를 풀자고 강시준과 결혼하게 된다면? 너무 큰 위험부담을 안게 되는 것이다. 아아, 머리 아프다.

"나 안 필요합니까?"

한편, 시준은 속으로 웃음이 나왔다. 백나현, 나는 네가 원하는 것을 잘 알고 있지. 그것은 그가 고삐를 당겨 말을 달리게 할 수 있다는 자신감이었다. 그는 쐐기를 박을 작정을 하고 차분하게 입을 열었다.

"백 번 생각이 바뀌어 보십시오. 백나현의 정답은 강시준일 겁니다. 내가 남편이 되어 준다고 하지 않습니까? 그쪽이 가지고 있는 지분을 끌어다 힘을 실어 준다면 우리 계획은 차질 없을 겁니다."

"우리요? 강시준 씨의 계획도 있어요?"

나현의 눈썹이 모아지면서 두 눈이 그의 몸을 쭉 훑었다.

우리, 라고 했다. 이 남자가!

그녀는 순식간에 이것저것 생각이 많았다.

"나는 강시준 씨를 이용하는 거고, 그쪽의 계획은……."

나현은 말끝을 흐리며 마른침을 꿀꺽 삼켰다. 그가 씨익, 웃으며 그녀의 말을 받았다.

"무엇을 원하든 그 이상을 해 줄 겁니다."

"아까부터 내 대답은 똑같아요. 이봐요, 우리가 섹스 좀 했다고 해서 이러는 거 싫다고요. 그쪽하고 관계 맺는 거 안 한다고요! 아니, 나는 어떤 사람이든 안 해요."

어디, 더 말해 보라고.

시준의 여유 있는 표정과는 달리 그녀는 숨을 고르며 움찔 몸을 떨었다.

"불장난 좀 했는데 그게 잘 맞았다고 해서 무언가 시작하자는 거요, 그거 꽤 위험해 보여요. 그리고 강시준 씨 정도면 그런 건 딴 데 가서 해도 되잖아요."

화를 부추기는 말에도 시준은 말려들지 않았다. 그는 저가 노련한 타입임을 잘 알고 있었다. 그녀에게 말려들지 않을 작정으로 그는 진심을 말해 주었다.

"그래요, 맞습니다. 우리가 한 것은 그리 간단한 게 아닙니다. 내가 그쪽을 위해 뭐든 해 주고 싶어졌거든요."

"그만, 나 옷 입을 거예요."

그녀는 트렁크를 열어젖히고 옷가지를 끄집어내서는 그 앞에서 보란 듯이 가운을 훌렁 벗었다. 속옷을 차례로 입고 셔츠를 목에 꿰며 그녀가 설레설레 고개를 저었다. 황망하고 부끄럽고. 동작이 잘 되지 않았다. 보다 못한 시준이 일어나 그녀의 목에 걸린 셔츠를 잡아 제대로 입혀 주며 조용히 다그쳤다.

"뭐가 문젠데? 내게 조희수 같은 여자는 이제 없다고, 젠장! 그리고 김희숙이니 송마리 같은 여자들에게 돈 한 푼 안 가게 할 수 있는 사람이라면 내가 적격일 텐데."

적격이라고?

아니다.

그에게 차라리 여자가 있어야 옳았다. 다른 여자와 진짜 사랑을 하고 자신에게는 가짜 남편 노릇을 해 줄 사람을 원한다.

"잘 생각해 보십시오. 내가 필요하지 않습니까?"

그가 끈기를 가지고 다시 졸랐다. 나현은 묵살하듯 애써 남자의 시선을 뿌리치며 질끈, 입술을 물었다.

"징글징글해."

***

나현은 목재를 알아보러 다녀야 한다며 그길로 모텔 방을 빠져나갔다. 결국 시준은 비가 세차게 내리는 고속도로를 내달리며 혼자서 서울로 향하고 있었다. 그러나 후퇴하지 않을 작정이었다. 그의 머릿속은 빠른 강구책을 세우느라 정신이 없었다.

똥고집, 백나현!

그는 이미 백욱기 회장에게 제 의견을 피력해 놓은 상태였다. 차가 서울로 접어들었을 때에 그는 휴대폰의 단축키를 눌러 최남웅 실장을 호출했다.

"백욱기 회장한테 일러요. 비공개 가족 모임을 빠른 시일 안에 했으면 한다고……. 내가 참석할 수 있다고도 전하고."

전화를 끊은 그는 넥타이를 느슨하게 끌러 내며 다시 운전대를 바투 잡았다.

"사람이 틈을 안 주네."

저한테서 물러나라 이거지?

그러나 이대로 물러나면 도둑놈이 될 게 뻔했다. 실컷 몸을 탐하고서 뒤도 돌아보지 않고 떠나는 짓을 하라는 건가?

사실 책임을 느꼈다. 그리고 좋아졌다.

그녀와 정사를 나눈 일은 실로 몇 년 만의 자극이며 행복이었다. 그 지극히 은밀하고도 개인적인 행위에서 상대방에게 관심이 싹트는 일은 어쩌면 당연한 거였다.

나는 그러한데…….

너에게도 내 자리가 만들어지기를 원한다.

핸들을 잡아 돌리면서도 그의 뇌와 손은 기계적으로 움직이고 있었다. 오로지 한 가지 생각만으로 달리기 바빴다.

내가 잘못된 거냐고?

남녀가 욕구를 채우고자 섹스를 했다가 상대방에게 빠져 버릴 수도 있는 것 아닌가? 이대로 모르는 사이가 되는 것은 싫었다.

속으로 끓어오르는 무언가를 가만히 삼키고서 그는 나현의 모습을 떠올렸다.

날개만 없다 뿐이지, 완전 자유로운 영혼이었다. 그런 그녀가 자신을 경계하는 이유는 단순히 홍지유 때문인 걸까? 아무래도 더 파헤쳐 봐야 할 것 같았다. 홍지유와의 연인 관계도 수상쩍었다.

다행히도 백 회장은 그를 사위 자격으로 열렬히 환영하는 사람이었다. 지금 생각해 봐도 백 회장에게 살짝 언질을 흘려 놓은 것은 잘한 일이었다. 그는 9월에 생일을 맞는 김희숙을 위해 가족 모임으로 조촐한 생일 파티를 열어 달라고 했다. 그 자리에 그가 초대반을 거였다. 그리고 부동산을 생일 선물로 준비했으면 한다는 말도 덧붙였다.

각본은 이런 거였다. 김희숙은 자신의 생일날, 백욱기 회장이 준비한 부동산을 선물받는 거다.

이 얼마나 백나현을 미치게 하는 일인가?

'강시준을 백나현의 사위로 맞이하고 싶은 욕심이 있다면, 부디 그래 주십시오.'

시준은 간절한 어조로 혼잣말을 뱉어 냈다.

"조바심칠 것 없어. 백나현이 나를 원하게 만들면 돼."

나를 좀 이용해 주라, 백나현.

나는 너한테 기꺼이 이용당해 줄 테니.

***

"지긋지긋해! 왜 갑자기 날짜를 변경하고 난리래."

열어 놓은 차창으로 시원한 바람이 불어와 머리카락이 나부꼈다. 머리카락이 엉클어진 채로 눈가를 가리는 바람에 나현은 투덜거리면서 차창을 올렸다.

운전해서 서울 가는 길이었다.

속초 공사 현장에서 눈코 뜰 새 없이 바쁜 며칠을 보낸 뒤였다.

'너 오늘 급히 서울에 다녀가야 해. 내가 홍지유 사장님께는 알아서 보고해 놨으니까 대충 일 처리하고 점심 무렵에 출발해라. 김관장님 생일 축하 파티를 앞당기기로 했대.'

오전에 이진희 비서에게 이런 연락을 받은 뒤에 나현은 도무지 일이 손에 잡히지가 않았다. 언제나 부친의 집을 생각하면 한결같은 게 있었다. 가기 싫어서 망설여지는 마음.

내가 결혼만 해 봐라!

그녀는 별 영양가 없는 결의를 다졌다. 결혼만 하면 허울 좋은 집안 행사 따위에는 절대로 참석하지 않을 작정이었다.

"다 왔네."

능숙하게 운전대를 잡아 돌리며 골목으로 접어드는 동안에 그녀는 갑자기 누군가를 떠올렸다. 아니, 그것은 텅 빈 운동장에 서 있는 사람의 몸에 공이 날아와 맞은 것처럼 무방비하게 받은 공격이었다.

"강시준, 또……!"

요즘 들어 시간차 공격을 해 오는 그의 모습이었다. 그녀의 머릿속에 들어차는 강시준은 다양했다. 때때로 그는 반듯한 정장을 입고서 굳은 인상을 하고 있었다가 앞머리가 이마를 가리는 얼굴로 웃었다.

남자의 손끝에서 달아올라 연신 신음을 지른 자신의 모습도 같이 떠오를 때면 거의 죽을 맛이었다. 그와의 정사는 봄 산에 꽃이 만개하듯 그녀를 막 피어오르게 했다.

……피어올랐다.

그녀는 그 말을 되뇌며 실없는 사람처럼 웃었다. 정말이지 그 말이 맞았다. 그러나 그녀는 자신의 속 깊은 곳에서 무엇이 피어나는 건지 아직 확실히 알지 못했다. 사실 알고 싶지도 않았다.

그것이 그저 단순한 타인에 대한 관심인지, 아니면 이 남자에게 쏠리는 마음인지.

"제발, 제발! 사라져라, 좀!"

나현은 악을 쓰듯 혼잣말을 하며 남자의 발갛게 익은 얼굴이며 이글이글 타는 시선을 똑바로 기억해 냈다. 공교롭게도 둘 다 남자가 자신을 애무할 때의 모습이었다.

"관두자, 백나현."

나현은 호흡을 몇 번 고르고 나서 사륜구동 차를 몰아 차고로 들어갔다. 속초 공사 현장에서 4시에 출발한 것치고는 늦지 않게 도착할 수 있었다. 옷차림이나 머리는 아직 손보지 못해서 엉망이었지만 이 정도면 양호하다고 자위했다.

김희숙의 생일을 축하하는 자리, 그녀가 아주 질색하며 견뎌 내야 하는 시간이었다. 다행히도 가족들끼리의 오붓함을 가장해서 조촐하게 저녁 식사를 하는 게 감사할 따름이었다. 작년까지만 해도 김희숙의 이름을 걸고 '후원의 밤'을 열어 자선 바자회 형식으로 대대적인 파티를 벌였었다. 이가 악물려지는 노릇이었다.

'김희숙 여사님! 내가 당신의 생일 미역국, 기꺼이 먹어 주겠어요. 하지만 올해까지야.'

나현은 급히 차고를 벗어나 쿵쾅거리며 섬돌로 만들어진 계단을 걸어 올라 '계수재' 안으로 들어섰다. 계수재는 개화기에 그녀의 증조부가 현대식 양옥과 함께 기와를 얹은 한옥으로 지은 집이었다. 계수나무가 무성한 정원을 가지고 있다고 하여 계수나무 계(桂) 자를 넣어 이름 붙은 집은 일제강점기 시절에 일본인 고관에게 빼앗겼다고 들었다. 독립 운동가들을 지원하다 감옥살이를 한 이력까지 있는 백 회장의 조부는 해방이 되자마자 이 집을 찾았다. 살면서 많은 부분을 개량하긴 했지만 기본은 한옥을 표방하는지라 많은 이들이 이 집을 고택이라 불렀다.

"얼른, 얼른. 늦었어!"

그녀의 방이 있는 별채 앞에는 이미 이 비서가 도착해서 대기하고 있었다. 등을 떠밀리다시피 해서 거실에 들어서니 평소 그녀를 담당하고 있는 메이크업 아티스트까지 와서 준비를 마쳐 놓고 인사를 해 왔다. 이렇게 유난을 떨 일이 아닌데? 나현의 얼굴에 반항기가 깊어졌다.

“시간 없으니까 화장은 생략하고 머리만 만지자고요. 밥 한 끼 먹는 자리에 이게 무슨 난리래.”

“샤워부터 해야지. 그래도 양심상 파운데이션까지만 하자고요. 순 먼지 구덩이 속에서 일하고 마사지 한 번을 안 받았을 텐데. 암만 아가씨의 피부 톤이 예술이긴 하지만, 화장이 잘 먹으려나 모르겠네.”

“나이를 믿어야겠지요?”

거추장스러운 작업 조끼부터 벗으며 나현이 툭 던진 농담에 메이크업 아티스트와 이 비서가 함께 웃음을 터트렸다.

“안나 실장님! 우리 아가씨요, 메이크업 꼼꼼히 받을 거예요. 오늘 아주 특별한 손님이 오기로 했거든요.”

샤워실로 들어가다 나현의 걸음이 우뚝 멈추었다.

“누가…… 와요?”

“아니, 내가 말이 헛나왔어. 미안. 빨리 샤워하고 나오기나 해요.”

이 비서는 더 이상의 말을 아끼며 손짓으로 샤워하고 나오라 재촉을 했다.

***

쏴아, 샤워기에서 빗줄기처럼 쏟아지는 물을 맞으며 나현은 선명하게 겹쳐지는 무언가를 보았다.

또다!

강시준.

거친 숨결을 뱉어 내며 제 젖꼭지를 빨아 대던 얼굴이 자꾸만 어른거렸다. 상기된 얼굴에 두 눈이 야생의 짐승처럼 빛나던 남자는 차라리 자신을 집어삼킬 듯했다.

도저히 잊으려 해도 잊히지 않는 영상이었다.

'조금이라도 다른 감정이 섞인 행위였을까?'

아닐 것이다!

남자는 사납게 제 욕망에 몰두했을 뿐이다. 남자의 단단히 발기한 물건을 삼키듯 받아들이던 제 몸은 또 어떠했나?

미쳤다, 미쳤어!

단지, 본능적으로 쾌락을 좇았을 뿐이다. 우리는 그저 불장난을 했다. 그래 놓고 저 남자는 결혼하자고 한다. 만약 가짜로 맺어 놓고 매일 몸을 섞으면서 정이 들어 버리면 어떻게 되는 걸까?

'우리가 한 것은 그리 간단한 게 아닙니다. 내가 그쪽을 위해 뭐든 해 주고 싶어졌거든요.'

그는 뭐든 해 주고 싶다고 했다. 그것이 사랑일까? 그가 만약 다른 여자와 잠을 잤다고 해도 그랬을까?

어깨며 잔등에 때리듯 떨어지는 뜨거운 물줄기를 맞으며 나현은 수증기가 하얗게 낀 거울을 보았다. 창백하도록 하얀 피부에 볼이 발갛게 익은 여자의 얼굴이 거기에 있었다. 젖은 머리카락이 목덜미에서 착 달라붙어서 해괴해 보였다. 눈만 커다랗고 소년 같은 얼굴에 앙상하게 불거진 쇄골이 돋보이는 마른 몸매의 여자였다. 그러다 복숭아 모양으로 불룩하게 융기한 가슴으로 눈이 갔다.

웬일일까? 오늘은 여성스럽게 보이는 제 몸매가 예뻤다.

자신에 대해 깊이 생각해 본 적이 없었다. 또래들이 크고 작은 연애를 하며 가슴 설렌다고 귓속말을 나눌 때도 시니컬하게 코웃음 쳤었다. 영원한 것은 없다고 누누이 말해 주면서 그네들에게 찬물을 끼얹었던 일들이 떠올랐다.

지금 보니 강시준과의 관계는 자신이 이성에게 관심을 받는 입장이었다. 또다시 그의 손길이 되살아났다. 부드러운 애무로 그녀의 몸을 이 세상에서 가장 소중한 것 다루듯 하던 남자는 대체 어느 별에서 온 걸까?

내가 과연, 사랑을 할 수 있을까?

강시준도 그럴까?

그 남자의 감정은 변하지 않을 수 있을까?

보면, 조희수라는 애인을 이제 떠나보낸 것 같던데.

남자가 말이야, 고리타분하게시리 말이야……. 원나잇 한 여자한테 매달리고 말이야.

나현은 거울 속의 자신을 향해 콧잔등에 주름을 잡아 보였다.

하늘이 그녀에게 소원을 들어준다고 한다면 부탁 하나 하고 싶었다.

살면서 아무도 사랑하지 않게 해 주세요, 라고.

***

“이 집을 통째로 준대도 싫다고 했다고? 그래, 너답다.”

시준은 99칸 고택의 마당 한가운데가 내려다보이는 별채의 3층 테라스에 서 있었다. 외동딸인 나현을 위해 지었다는 별채는 두 군

데로 나뉘어져 있었다. 지금 그가 서 있는 별채는 손님용의 현대식 건물이었는데 복층 구조의 박물관 같은 곳이기도 했다. 1층과 2층에는 방문객들을 위한 해동제약의 역사라든가, 백씨 부자로 통했던 백욱기 회장의 조부와 증조부의 약력 같은 것들이 전시되어 그 느낌을 더했다. 백 회장은 딸 나현에 대해 이렇게 말했었다.

'그 녀석? 물욕이 없어도 너무 없어. 이 집을 통째로 준대도 싫대. 그러니까 사위가 잘 알아서 챙겨야 할 걸세.'

약속 시간보다 미리 도착해서 백 회장과 독대를 하고 나서야 그는 나현에 대해 조금이라도 알 수 있었다. 그녀는 아버지의 여성 편력에 두 손 두 발 다 들고서 오직 이 집안에서 벗어나기를 원한다고 했었다. 부잣집 딸로 사는 것에 욕심이나 미련 없다고 분명하게 선을 그었다나?

그저 저 좋다는 건축 일이나 하며 사는 게 소원이라는 딸에게 백 회장은 좋은 배필을 맺어 주는 것만이 자신의 의무라고 말하며 그를 보고 만족스럽다는 소회를 밝혔다. 얼마나 됐을까?

"드디어 보는군."

그는 3층의 테라스에서 몸을 숙였다. 아래에 나현의 모습이 보였다. 나현은 크림색의 홀터 넥 블라우스에 붉은 롱스커트를 입고서 머리를 틀어 올린 채로 귀에는 커다란 링 귀걸이를 하고 있었다.

'잘 있었어? 좋아 보인다.'

현악 4중주의 팀들이 가볍게 앙상블을 연습하고 있는 마당에는 불이 휘황하게 밝혀져 있었다. 나현은 식탁을 향해 걸어가며 부지런히 오가는 셰프들에게 일일이 인사를 건넸다. 식사는 정확하게 7시 반에 시작할 예정이었다. 나현을 보는 시준의 눈이 빛났다.

"보고 싶었어, 백나현."

지금 그는 누군가를 눈에 담고 있는 거였다. 실로 오랜만의 일이었다. 아드레날린이 넘치는 것같이 흥분이 되었다.

"딱 봐도 알겠네. 별로 심기가 좋지 않나 보군."

나현은 이전에 본 적이 없을 정도로 경직된 모습이었다. 그녀가 식탁에 앉는 것을 내려다보며 시준은 뭔지 정체를 알 수 없는 알싸한 아픔을 느꼈다. 어쩌면 나현은 그가 상상하는 것 이상으로 고달픈 건지도 모르겠다.

……몰라도 될 뻔했다. 동시에 그런 후회도 들었다.

백나현, 그녀를 몰랐더라면 이렇듯 시간을 할애하는 짓 따위는 전연 없었을 거였다. 그녀의 배경이 되는 해동제약은 기업가라면 누구나 한 번씩은 구미가 당길 보너스였다. 그러나 그는 굳이 결혼을 통해 이익을 보는 장사를 원하지 않는다. 지금 그가 이처럼 딱 한 사람에게 집중하는 것, 그것은 절대로 있을 수 없는 일이었다. 그녀를 만나기 전이라면, 꿈도 꾸지 못할 짓을 지금 그는 하고 있었다.

심란해진 심경으로 그는 천천히 나현의 기색을 살폈다.

그녀는 생기라고는 전혀 없는 시들어 버린 풀잎과도 같았다. 그러고 보니 백 회장을 비롯해서 김희숙과 송마리까지 앉은 식탁은 그녀의 입장에서는 완벽한 '적과의 동침'이었다. 밤이 이슥해지는 정원, 바이올린 협주곡과 함께 귀뚜라미의 울음소리가 가을밤의 선율처럼 유유히 흐르고 있었다.

***

모두가 둘러앉은 식사 시간이었다. 누가 봐도 화기애애한 분위기가 물씬 나는 자리에서 나현은 잠자코 음식을 먹었다.

"나현이 뭐 하냐? 너도 한마디 축하 인사를 올려야지."

백 회장이 들고 있던 잔을 나현의 잔에 쨍, 부딪치며 말했다. 나현은 이가 갈리는 심정으로 제 부친을 흘깃, 쳐다보며 원망을 쏟았다.

'가만 보면 저 양반은 눈치가 젬병이야. 꼭 내가 여기서 김희숙한테 축포를 쏴야겠어? 억지로 앉아 있는 것만도 한계인데. 따지고 보면 아버지 당신이 가장 죄인인데, 아는지 모르는지.'

나현은 잔을 내려놓고서 일부러 못 들은 척, 제 앞에 놓인 접시에만 집중을 했다. 무슨 음식물인지도 모르고 우걱우걱 씹고 있으려니 건배를 하던 백 회장이 야단을 쳤다.

"너 때문에 축배 멈춘 거 안 보여? 이게 무슨 쌍놈 짓이냐?"

"놔둬요. 얘가 요즘 지방에서 집짓고 있다잖아요. 얼마나 고되겠어요? 배 많이 고프지? 어여, 먹어라. 이번에 특별 셰프가……."

생일 선물로 받은 것으로 보이는 진주목걸이를 몇 겹으로 주렁주렁 달고 있는 희숙을 한 번 보고 나서 나현은 다시 포크를 움직였다. 희숙과 마리는 백 회장을 사이에 두고 친근하게 건배를 하고는 서로들 덕담을 나누고 있었다.

'빨리 먹고 사라져 줘야겠다.'

나현이 꾸역꾸역 음식을 입에 넣으면서 서둘러 식탁에서 일어날 궁리만을 하던 참이었다. 송 마담의 말소리에 그녀는 씹던 것을 멈추어야 했다.

"수원에 있는 땅이 변두리이긴 하지만 골프장 만들어도 손색없을 부지라더군요. 우리 영감님이 관장님을 그만큼 생각해서 선물한 것이니만큼……."

"무슨 말씀이세요?"

나현은 누구에게랄 것도 없이 질문을 했다. 희숙과 송 마담은 서로만 이 아는 눈빛을 교환하면서 키득거렸다. 나현이 이번에는 부친 쪽을 보았다. 그러자 백 회장은 너는 알 거 없다, 라며 손사래를 치는 거였다.

"뭐가 또 알 거 없다는 건데요? 관장님, 그 목걸이 말인데요. 그거 혹시 아버지가 생일 선물로 해 주신 거예요? 아님, 따로 수원 땅을 선물로 받았다는 거예요?"

그녀의 말에 희숙은 우쭐한 표정을 지었고, 대신에 송 마담이 나서서 설명을 해 주었다.

"목걸이는 내 선물이고. 우리 나현이는 몰랐겠구나. 늦게 왔으니, 뭐. 이번에 관장님 생일 기념으로 아버님이 통 크게 쐈지 뭐니? 다름 아닌, 부동산을 주셨구나."

아아, 부동산!

나현은 입을 딱 벌리고 고개를 크게 끄덕거렸다. 일이 이렇게 되는 거였단 말이지. 저 양반이 드디어 노망이 났나 보네.

나현은 순식간에 발밑이 꺼지는 기분이 들었다.

그녀가 알기로 부친은 지독한 구두쇠였다. 아무리 희숙과 송 마담을 공식적인 제 여자로 두고 있다고는 해도 아직까지는 큰 물권을 선물하는 일이 없었다. 더더군다나 부친이 가지고 있는 땅은 거의 그녀 명의로 되어 있었다. 그것은 핏줄을 무척이나 중요시하던 조부의 유산이었다.

새삼, 그녀가 제 부동산을 양도하는 일에 배 아파하는 것은 아니다. 그따위에는 관심도 없었다.

김희숙과 송마리, 두 여자는 욕심이 대단한 사람들이었다. 아이러니하게도 바로 그 부분이 나현의 희망이 되었다. 욕심이 많은 자들에게 복수하는 것은 쉬운 일이기 때문이다. 그들이 노리고 있는 것을 허용하지 않으면 되는 간단한 복수, 나현은 그들에게 한 푼도 내주지 않을 작정이었다.

그런데 일이 이렇게 쉬이 틀어져 버리다니!

나현은 냅킨으로 입술을 훔친 후에 의자에서 일어서며 잔을 들었다. 좀 전에 건배를 미뤄 둔 잔이었다.

"축하 인사를 해야겠네요."

가만히 있으면 안 될 것 같았다. 그녀는 부친을 향해 고개를 돌리며 밝은 어조로 물었다.

"아버지, 수원의 땅이든 그 어떤 부동산이든 제가 언제 양도를 했던가요?"

흠, 하고 백 회장은 기침을 한 번 하더니 그녀를 보며 정색을 했다.

"내가 이 나라에서 못 할 짓이란 없다. 까짓것, 내 딸의 명의 하나 맘대로 못 바꾸겠냐?"

"그럼, 관장님을 위해서 딸한테 불법을 저지르셨다는 말씀인가요?"

"넌 어차피 땅이든 회사든 다 관심 없다고 했잖느냐? 내 모든 게 전부 사위한테 넘어가게 생겼는데, 내가 네 땅 한 조각 정도를 이 사람한테 못 줄까 봐? 너 이러는 거 보니까 섭하다."

여기서 이러면 안 된다.

내가 저들에게 이를 드러내는 짐승이라는 것을 들켜서는 안 돼.

나현은 더 이상의 언쟁을 피하기 위해 잔을 높이 치켜들며 이번에는 희숙을 향했다.

"김 관장님, 생신을 축하드립니다. 지금을 실컷 즐기세요. 나중에 돌아봤을 때에 오늘이 가장 행복했다고 반추하실지도 몰라요. 관장님, 그거 알아요? 사람이 맨 꼭대기에서 행운에 취해 있다가요, 한순간에 와르르 몰락하면 기분이 더 째진답니다. 아, 그리고 제 선물도 풀어야겠어요. 제 생일 선물은요, 결혼 발표가 될 것 같아요."

결혼 발표!

순간적으로 두 여자들과 백 회장의 움직임이 똑같이 멈추었다. 그들 중에서 송 마담이 우선 그녀를 떠보는 질문을 해 왔다.

"그래? 요즘 일하느라 한창 바빴댔잖아? 설마, 저번에 이야기 나왔다는 그 한경의 강시준 상무니?"

눈이 휘둥그렇게 떠진 송 마담의 얼굴을 보며 나현은 상냥하게 웃어 보였다. 저 얼굴에 찬물을 끼얹을 수만 있다면 얼마나 좋을까? 나현의 머릿속은 증오로 얽혀들었고 가슴은 타는 듯이 뜨거웠다.

"왜 대답이 없어? 강시준 상무가 맞는지 물었는데?"

"글쎄요."

"얘가 벌써 취했니?"

평소와는 많이 다른 나현의 모습에 불쾌감을 드러내며 희숙이 핀잔을 던졌다. 그러자 나현은 중대 발표를 하는 사람처럼 또박또박 말을 이었다.

"누구와 결혼한다는 사실보다는 제가 결혼할 마음이 생긴 게 중요한 것 같아요."

"설마, 진짜 강시준 상무야? 그런 거야? 여보, 아는 것 없어요?"

여보라고?

꼭 나 들으란 듯이 여보라고 부른다. 저 여자들, 점점 내 한계를 건드린다.

나현은 두 주먹을 움켜쥐면서 입매를 부르르 떨었다. 지금 이 순간, 강시준의 존재가 너무도 절실했다.

나 안 필요합니까?

여유 있고 든든한 모습으로 진지하게 묻던 그가 생각이 났다. 그 모습을 이 여자들에게 보여 줄 수만 있다면. 그녀가 시준과 결혼을 하게 되는 것을 가장 꺼리는 이 사람들에게 당장 보여 주고 싶었다. 그래서 그네들의 판이 깨졌다는 낙심과 절망을 실컷 안겨 줬으면 했다.

“늦었습니다. 제가 왔습니다.”

그때, 믿을 수 없게도 나현의 귀에 시준의 음성이 들려왔다.

“강시준 씨?”

그의 목소리에 몸이 움찔, 떨리며 먼저 반응을 해 왔다. 윙 하고 귀가 울리는 것도, 목으로 침이 꿀꺽 넘어가는 것도, 몸에 힘이 들어가는 것도 동시에 이루어졌다.

그 남자, 강시준이 왔다.

딸이 시퍼렇게 질려 가는 것을 알아본 백 회장의 얼굴에는 반대로 만면에 웃음꽃이 피었다.

“머리 깎고 산으로 들어갈 작정 아니라면 저런 남자하고 백년해로하는 게 맞을 거다! 우리 나현이는 전생에 나라를 구했을 거야.”

“반대로 말해야 돼요. 그거 아니에요, 아버지.”

나현은 작은 소리로 반박을 하며 뒤통수에서 느껴지는 시선이 따갑다고 느꼈다. 젠장, 다들 죽었어!

속에서 치미는 반감에 욕이 튀어나왔다.

그랬구나, 그랬어.

이래서 다들 나한테 화장으로 떡을 칠하게 하고 시폰으로 된 잠자리 날개 같은 스커트를 입히고 싶어 환장을 했던 거였나? 하필 오늘 입은 옷차림이 가뜩이나 마땅치 않은데, 하고 나현은 심통이 났다. 그러는 한편으로 온몸에 놀라움 반, 당황함 반을 달고 수선을 피워 대는 두 여인네들을 보면서는 은근한 쾌감이 일었다.

"강시준? 그 한경?"

"맞지? 한경 사모님이 언니네 그림 다 쓸다시피 해서 가져갔잖아요. 그때 알아봤어야 하는데. 정말, 이 집 데릴사위 시키려는 건가 보네?"

그들이 속닥거리는 소리를 흘려들으며 나현은 서둘러 파우치를 뒤적여 립스틱을 꺼내 들었다. 저들에게는 갓 청혼을 받고 결혼을 꿈꾸는 모습으로 비쳐져야 했다. 근데, 왜 또 붉은색이람?

애꿎게도 립스틱의 컬러에도 부아가 치밀었다. 이 비서는 그녀가 맞선을 보러 다니는 동안에도 주구장창 붉은 계열만을 코디했었다. 그녀에게 붉은색이 행운을 가져다줄 거라는 타로 카드 점괘를 믿는 것인지, 아니면 진짜 붉은 컬러가 그녀에게 어울린다는 것인지는 알 수 없었다. 그러나 정작 나현은 특별한 날에만 만나는 붉은색이 싫었다. 생각을 정리한 후 립스틱을 재빠른 동작으로 덧칠하고 나서 입술을 꼭꼭 씹고 있으려니 그녀의 어깨로 손바닥이 얹어졌다.

"기다리게 해서 미안."

오소소, 소름이 돋았지만 내색하지 않고 그녀는 일어났다.

"잘 오셨어요."

절대로 그와 눈을 마주치지 않고서 정면으로 향한 채 그녀가 그의 소개부터 했다.

"인사할게요. 강시준 상무예요. 제게 결혼…… 할 의향이 생겼다고 했잖아요. 바로 이 사람 때문이에요."

그가 상반신을 깊이 숙여 인사를 하자 희숙과 송 마담 모두 묵례를 했다. 하지만 저마다 경악한 표정은 숨기지 못하고 있었다. 나현은 힐끔, 부친 쪽으로 시선을 보냈다. 나머지는 아버지가 알아서 해 달라는 뜻이었다. 과연, 백 회장의 얼굴에는 진정으로 유쾌한 함박웃음이 가득이었다.

"자자, 우리 나현이가 보통 물건이 아닌데도 좋다고 달려드는 짝이 있었어요. 우리는……."

시답잖은 소리를 귀 너머로 흘려듣고 있는데 시준이 제 슈트 상의를 벗는 기척이 났다. 무슨 일이 일어났는지 깨닫기도 전에 나현은 흠칫, 놀랐다. 그가 그녀의 어깨 위로 재킷을 덮어 주고 나더니 몸을 구부려 정수리에 키스를 해 왔다.

"날이 쌀쌀해요."

'내 머리가 면도날이었으면 좋았을걸.'

정수리에서 그의 입김이 느껴져 정색했다가 나현은 두 여자들을 흘겨보았다. 시준의 애정 행각을 보는 여자들의 눈이 휘둥그레져 있었다. 하마터면 웃음이 나올 것 같아서 얼른 눈을 내리깔았다.

내가 왜 여직 아버지 같지도 않은 인간을 아버지라 부르며 대충 이 집안에서 비벼 대고 있는 줄 알아? 너희 둘을 한꺼번에 보내 버리려는 거지.

조부에 의해 해동의 주식이 그녀에게 가장 많이 할당이 되었다는 사실, 그것만으로도 아버지라는 작자는 밟아 버릴 수도 있었다. 이상하게도 조부는 유언을 작성하면서 그녀를 가장 많이 챙겨 주었다. 즉, 그녀에게는 제대로 된 손녀사위가 회사를 마음대로 처분할 수 있도록 어쩌면 그녀에게 유리한 조건을 제시하는 유언장이 있었다. 이것을 두고 이 비서는 그랬다. 이혼한 본처와 함께 바깥으로 도는 손녀를 집안에 붙들고 있으려는 조항이라며 일종의 '노예문서' 같은 거라고 말이다. 그래서 이제껏 나현은 착실하게 백욱기의 딸 노릇을 하며 여기까지 온 거였다. 백 회장의 첩들을 우아한 미소로 마주하며 아무것도 모르는 백치처럼 그저 가만히 있었다.

집안일에 나서지도 않았으며 생각 없이 사는 사람처럼 숨을 죽였어야 했던 것도 모두 착실한 계획일 뿐이었다. 단 한 번, 저 첩들 중의 한 명이 백 회장의 핏줄을 낳았다고 하며 언론 플레이를 했을 때에 그 뒤를 캐고 사실을 드러내며 나선 적은 있었다. 그때 그들을 확실히 밟아 주지 않은 이유는 바로 '끝'을 위해서였다. 해동의 미술관을 가지고 있는 김희숙과 서울의 가장 노른자 땅에서 제법 크고 유명한 술집을 운영하는 송마리의 모든 것을 빼앗아 버리는 결론을 위해서 말이다.

'시작됐어. 이제부터 당신들을 한꺼번에 엿 먹이는 수작에 신호탄이 밝은 거야.'

그렇다면 이 남자…….

믿어 봐야지.

하지만 이 남자, 너무 위험하다.

나를 빠져들게 하는 상대는 치명적인 약점이 될 것이다. 사랑을 하게 된다면 마음을 주게 될 것이고, 그렇게 되면 다치는 것은 불 보듯 뻔한 이치였다. 엄마같이 살지는 않을 거니까.

혹자들은 말했다. 은경이 배반당한 것 또한 삶의 한 부분이라고. 그런 삶의 한 부분을 받아들이는 게 또 인생 아니겠냐고.

그러나 나는 안 그래.

삶의 한 부분이랍시고 그따위는 받아들이지 않을 거야.

나는 그런 보통의 삶을 살지는 않을 거다. 상대방에게 사랑받기 위해 구걸하고 매달리고, 그러다 버림을 받게 되었을 때에 절망하며 나락으로 떨어지고.

대신에 마음은 꽁꽁 닫아걸어서 나를 다치게 하지만 않으면 돼. 나는 엄마 같은 여자가 아니다, 나는 남자 따위에 혼을 팔고 인생을 걸고…… 그러다 다치지 않는다. 그럴 것이다!

주먹을 부서져라 쥐면서 나현은 몸을 옆으로 돌려 시준을 맞이했다. 결연한 표정으로 그를 주시한 채로 입을 열었다.

"키스해 줘요."

그의 차가운 눈에 기대를 걸었다. 트레이드마크처럼 슈트를 빼입은 완벽한 수컷의 몸을 하고서 그는 그에 걸맞은 차갑고 당당한 눈빛으로 사람들을 주눅 들게 하는 남자였다.

아무리 정중한 몸짓이 배었다고는 하지만 그의 타고난 배경이라든가 환경은 사람들에게 위압감과 함께 경외심까지도 끌어냈다. 사람들은 그 앞에서 알아서 복종하고 설설 기며 마음에 들고 싶어서 안달을 부렸다. 마음에 든다. 지금 그녀에게 필요한 게 바로 그런 부분이었다. 김희숙과 송마리, 그녀들이 이 남자를 가지게 될 나현을 두려워하는 것 말이다.

"내 말 들었어요? 키스해 달라고요."

망망대해에 혼자 서 있는 막막한 마음으로 그녀는 보챘다.

"여기서 말입니까?"

한쪽 눈썹을 찡그리면서 그가 의아한 눈빛을 보내왔다. 나현은 재촉을 했다.

"타이밍이 적절해요. 지금 해요."

그러면서 뭐라고 한마디를 더 하려는 순간이었다. 그가 고개를 숙여 한 팔로 나현의 목덜미를 감았다.

"읍……."

곧장 그의 입술이 내리꽂혔다. 단단한 팔 안에 가두어진 탓으로 나현은 숨을 삼키며 그의 혀가 파고드는 것을 느꼈다. 이런 키스를 원하지? 그의 거칠어진 숨결은 이렇게 속삭이는 것 같았다. 그의 가슴팍에 두 손을 대며 밀치려고 했지만 오히려 틈 하나 없이 밀착되었다. 그의 팔뚝이 더욱 단단하게 뒷목덜미를 받치며 제 발뒤꿈치가 들려 올라갔다. 그의 혀가 현란하게 입 안을 헤집고 혓바닥을 애무하는 동안에 점점 발끝에 힘이 들어가고 있었다. 몸이 떨려 오고 숨이 막혀서 오래 버틸 리가 없었지만 그는 끝낼 기미가 안 보였다. 그의 다른 손이 뒤통수를 감싸 왔다. 꽤 단단한 손길과는 달리 혀의 애무는 부드럽기 짝이 없었다.

"오오! 잘 어울린다."

"요즘 젊은것들은 진짜 화끈하네."

비아냥인지, 환호인지.

사람들의 반응을 들으며 나현은 허리를 젖혔다. 그녀의 뒤로 젖혀지는 몸을 그대로 따라오며 그가 더 깊이 키스를 해 왔다.

꼭 이래야 했을까?

잠깐, 그만…….

너무 달콤하잖아.

울상이 되어 있는 순간에 그의 몸이 떨어졌다. 이마를 싹 드러내 놓은 오만한 얼굴로 그가 사람들에게 말하는 소리가 들렸다.

"……나현이를 행복하게 해 주겠습니다."

그 나현이가 난데, 하고 그녀는 숨이 턱에까지 차서는 혼란스러웠다.

왜 행복할 것 같지가 않지?

피하고 싶지만 건너야 하는 수렁에 한 발 내딛는 기분이었다.

8. 불안

"백나현, 자니?"

나직한 여자의 목소리가 그녀의 잠을 깨웠다. 어둠이 둥둥 떠다니는 것 같은 검푸른 새벽녘이었다.

"……으음."

평소에도 깊은 잠을 자는 나현의 눈이 어렵게 떠졌다. 어스름한 사위 속에 섬뜩한 느낌이 들어서 처음에는 어리둥절한 채로 그녀는 잠자코 누워 있었다.

백나현, 자니?

그녀를 부르는 여자의 목소리에는 숨길 수 없는 미움이 배어 있었다. 나현은 희숙이 그런 적대감으로 자신을 대할 때면 마치 몸 어디 한 부분이 화살에 관통당하는 심정이었다. 살기 어린 화살은 꽤 아팠다.

"정말 강시준하고 결혼할 거니?"

희숙은 혼잣말처럼 물었다. 어젯밤의 결혼 발표는 과연 희숙이나 송 마담 등을 괴롭히는 효과가 있었던 모양이었다. 밤새 마음이 동해서 견딜 수 없었는지, 희숙은 날이 밝기도 전에 나현의 방을 찾았다.

"소파에서 잤어? 안 불편해?"

나현은 소파에 누운 채로 잠이 드는 버릇이 있었다. 희숙의 손이 나현의 어깨에 얹어졌다.

"침대로 가서 자야지?"

솜털이 곤두서고 몸이 뻣뻣해졌다.

이럴 때는 무시하는 것이 올바른 답이었다. 나현은 깊이 잠이 든 척, 깨지 않은 척을 하며 숨을 죽였다. 대꾸할 가치조차 없었다. 상대하기 싫은 사람 중에서도 가장 상대하기 싫은 사람이다. 희숙은 나현이 누운 소파의 등받이에 손을 얹고는 한숨을 한 번 뱉어내더니 말했다.

"이것만 알아 뒀으면 좋겠구나. 난 네가 생각하는 것보다 훨씬 더 무서운 사람이야."

'무섭다는 말은 어폐가 있고요. 질긴 사람인 것은 알겠어요.'

나현은 마음속으로 빈정거리듯 대꾸했다.

"네 아버지란 작자가 나하고 20년을 살았어. 그 이유를 생각해 보련. 마리, 그 인간도 왜 안 떨어지고 여태 붙어 있는지 아니? 네 아비 맘에 들어서가 아니야. 나한테 잘 보여서 그런 거지."

그래서 뭐?

당신한테 알아서 기라는 건가?

나현은 입술을 앙다물면서 마음속에서 스프링이 튕겨지듯 희숙에 대한 증오가 일어났다. 하지만 기척 하나 내지 않고 있었다. 조금 있으려니 희숙이 또다시 속삭였다.

"내가 지금 머리 복잡하게 생겼어. 공연히 강시준이라는 패로 너까지 거들지 말아 줄래?"

이 여자에게도 계획이 있는 걸까? 나현의 머릿속에 분개가 가득 찼다. 모른 척 무시하고 눈만 감고 있는 것도 고역이었다. 다행히도 오래 있지 않아서 그녀가 방을 나갔다. 문 쪽을 향해 걸어 나가면서 그녀가 중얼거렸다.

"백나현, 너도 잘 알아 둬. 네 엄마는 할 수 있는 게 아무것도 없어서 이 집에서 내처진 거야. 그냥 그렇더라고. 근데, 이제 와서 네가 잔머리를 굴리겠다는 거니? 얘야, 그렇게 해서 바뀌는 건 없단다."

방의 비밀번호를 바꾸든지 해야겠다. 나현은 자리에서 몸을 일으켰다. 그러고는 그녀의 뒤통수에다 대고 대꾸를 했다.

"바뀌는지 안 바뀌는지 결말을 봐야겠지요."

희숙은 고개를 돌렸다. 마치 영화의 한 장면처럼 희숙의 얼굴이 천천히 클로즈업되었다. 나현이 반감을 꾹 누르며 입을 열었다.

"당신이 그렇게 애쓰는데도 왜 아직 이 집안 호적에 올라와 있지 않을까요? 생각해 보신 적 없으시죠?"

"웃긴다."

혀를 차며 중얼거리는 희숙의 얼굴이 싸늘해 보였다.

"너는 네가 얼마나 적은 패를 가지고 있는지 모르지? 겨우 머리를 써서 들이댄 게 강시준 상무겠지만, 안됐다. 너희는 결혼 못 해."

어떻게 저따위로 말할 수 있을까?

나현은 얼굴에 흐트러진 머리칼을 쓸어 넘기며 차분하게 일갈했다.

"그건 두고 봐야 하는 일이지요."

"그 남자가 너의 실체를 알긴 하니? 어제 보니까 그냥 네 겉모습에다가 이 집안의 외동딸이라는 것만 보고 혹해서 덤벼드는 미숙한 인간이던데."

"그거면 됐지요. 뭘 더 바라겠어요?"

나현은 일부러 말을 아꼈다. 희숙과 송 마담이 머리를 맞대고 잔꾀를 모으면 골치 아파질지도 모른다. 공연히 일을 그르치지 말아야 했다.

"아무튼 결혼은 안 된다고, 그 말 하려고 왔어."

희숙은 방문을 탁, 소리 나게 닫았다. 혼자 남은 나현은 어이가 없었다.

"나한테 겁먹지도 않네. 내가 당신 미술관이든 뭐든 싹 다 불살라 버리면 어쩌려고."

***

곧바로 아침나절에 고속도로를 타고 속초로 내려온 나현은 아연실색해 있었다. 청춘장의 주인 여자가 고개를 저으며 나현에게 모텔 방 키를 못 주겠다고 했기 때문이다.

"미안, 이제 방 못 써. 아가씨는 퇴실 조치되었어."

퇴실 조치?

평소 무뚝뚝하긴 했어도 그녀에게 친절한 중년의 여자였다. 그랬기 때문에 무작정 키를 못 주겠다는 생뚱맞은 태도가 야속하고 이상스러웠다.

“아줌마, 농담하시는 거죠? 저 디딤 건축사무소의 백나현이잖아요.”

“알지, 소장 아가씨.”

“아주머니도 참! 저 잠깐 서울 집에 다녀오는 길이에요. 어제 방 뺀 거 아니라고요.”

“소장 아가씨한테는 방 못 주니까 어쨌든 그리 알아. 벌써 짐도 다 챙겨서 내보냈어.”

“짐을 어디다 내보냈는데요? 방값 한꺼번에 지불했잖아요? 아직 남은 기간이…….”

설마, 아버지가 이러는 건가?

아니면 희숙의 농간이 이런 식으로 시작된 건가?

그녀가 여러 사람을 의심하면서 어리둥절해 있는 사이에 뒤에서 모텔 현관문이 열리며 방울 소리가 울렸다. 손님이겠거니 하고 뒤도 안 돌아보고 있는데 그녀의 어깨에 손이 올려졌다.

“……가자고.”

화들짝 놀라 뒤돌아보았다. 강시준이었다. 그가 씨익, 웃으며 그녀를 보고 있었다. 뭐가 그리 신났는지 그는 들떠 있었다. 한마디로 그는 아주 기운이 넘쳐 났다.

“그쪽이…… 왜?”

말을 잇지 못하던 그녀는 급기야 사태를 파악하고 말았다.

“그럼, 그쪽이?”

그녀가 카운터의 주인을 보았다가 문 앞에 버티듯 서 있는 시준을 보았다. 주인 여자가 수선스럽게 웃었다.

"좋은 때다. 눈에 넣어도 안 아프겠지. 자기 약혼녀가 모텔 방에서 며칠 묵는 일이 얼마나 걱정되었으면 그랬겠어?"

"약혼녀라고요?"

놀라 되묻는 그녀에게 여자는 기다렸다는 듯이 설명을 했다.

"얼마나 좋아? 우리 소장 아가씨의 임자가 누군지 은근 궁금했는데. 이런 훤칠하고 잘생긴 미남이라니, 내가 다 시샘이 나네. 남자 눈에 아주 사랑이 들어 있어. 됐고, 여자는 무조건 자기 좋다는 남자하고 결혼해야 해. 어서 데리고 가요. 잘 가요, 소장 아가씨! 남자 잘 만난 줄 알고."

주인 여자는 입이 헤벌쭉 벌어지며 손가락으로 입구 쪽을 가리켰다. 나현은 굳이 고개를 돌리지 않았다. 시준이 그녀의 어깨를 끌어당기더니 가자, 라고 다시 한 번 재촉을 했다.

***

"도시락 가지고 왔어. 아침 안 먹었지?"

시준은 그녀의 손목을 잡고서 소나무 숲으로 이끌었다. 그의 태도는 꼭 소유권을 주장하는 사람 같았다.

이젠 내가 너의 주인이다…… 그런 거.

탐탁지 않았지만 나현은 일단 그를 따라가기로 했다. 사람들 시선도 있었으므로 길에서 함부로 시비 붙지 않을 작정이었다.

신선한 바닷바람이 불어와 둘의 옷깃을 헤집어 놓고 지나갔다. 잠시 몸을 움츠리는 사이에 시준이 다가와 끌어당겼다.

"이리 와요, 춥겠다."

결국 둘은 불시에 포옹을 했다.

"왜 이러는 건데요? 사람들 보겠어요."

잔뜩 미심쩍다는 듯이 퉁퉁 부은 표정으로 나현이 그를 밀쳐 냈다. 그러자 그가 소리 내어 웃었다.

"무슨 여자가 이리 틈이 없나? 바람을 핑계 대고 포옹 좀 하려고 했는데."

"무슨 남자가 이리 티가 나냐? 흑심 다 보이거든요?"

"들켰나? 사실, 아무한테나 내보이는 게 아닌데."

"그 말을 믿으라고요?"

"믿든 안 믿든. 난 그래."

떳떳하다는 듯이 시준은 그녀를 뚫어지게 보며 옷깃을 여며 주었다. 나현은 그의 손에 잡힌 카키색의 점퍼자락을 뿌리치며 앞장서 걸었다. 그 뒤를 시준이 초밥 도시락이 들어 있는 종이가방을 쥐고 따라 걸었다.

관광지이긴 해도 가을이 오는 길목의 바닷가 마을은 썰렁했다. 나현은 그가 거북했다. 이 남자 곁에 있으면 여러 가지로 편하지가 않았다. 여태 수없이 많은 남자들을 대하며 살아도 한 번도 느껴 본 적 없는 긴장감이랄까, 불안감이 그에게는 있었다.

"앉아요. 나도 안 먹었어."

그가 먼저 나무 벤치에 걸터앉아서는 손가락으로 옆을 톡톡 쳤다.

"얼른. 나 배고파."

"막 반말해도 돼요?"

"응, 그럴 거야."

"왜요?"

"내가 그러기로 했으니까."

이 남자는 어떻게 생겨 먹은 건가? 엉겁결에 그와의 결혼이 정해진 것 같아서 마음이 불편했다. 사실 그건 예기치 않은 상황에서의 도발 같은 거였다. 이렇게 될 거였으면 애초에 두 사람은 잠을 자지 말았어야 했다.

"이리 와서 앉아. 새벽부터 달려와 모텔에서 짐 빼느라 나도 정신없었어."

과연, 시준의 얼굴을 자세히 보니 아침 면도를 거른 듯이 수염이 거뭇하게 나 있었다.

"먹자. 비록 분위기 좋은 호텔 조식은 아니지만 여기서라도……."

그는 끈기 있게 재촉하고 있었다.

"나 분위기 따지지 않아요."

나현은 져 주기로 했다. 어서 아침을 먹여 서울로 돌려보내는 것도 일이었기 때문이다.

"이 분위기도 나쁘지 않은데."

그가 나현의 무릎 위에 도시락 상자를 놓고서 뚜껑을 열며 다정한 말투를 했다. 나현은 시큰둥하게 주변을 둘러보았다. 철썩철썩, 파도가 부서지는 소리가 규칙적으로 들리는 가운데 솔방울이 나뒹구는 발치에는 메뚜기가 폴짝거렸다.

"자연이 가장 위대한 배경이라잖아요."

나현은 몸을 구부려 메뚜기를 잡기 위해 손을 뻗었다. 그러나 그것은 멀리 뛰어올라가 시야에서 사라져 버렸다.

"아니지, 지금 내게 자연보다 위대한 배경은 백나현이야. 난 그렇게 생각해."

시준은 젓가락으로 초밥을 집어 나현의 입에 가져갔다. 나현은 이게 무슨 해괴한 짓이냐는 듯이 고개를 뒤로 뺐다. 그럴 줄 알았다는 얼굴로 시준이 웃었다.

"입 벌리라고 하면 내가 너무한 건가?"

"왜 이래요? 사람이 줏대를 지켜요, 좀."

나현은 그의 손에서 젓가락을 낚아채듯 했다.

"줏대?"

그는 장난꾸러기같이 나현의 손에 쥔 젓가락을 다시 빼앗았다.

"그렇잖아요. 일관성이 없어요, 당신."

"일관성이라."

그는 틈을 놓치지 않고서 잽싸게 나현의 입에 초밥을 밀어 넣었다. 나현은 마지못해 그것을 우물우물 씹었다. 그 와중에도 혀에 달달하게 녹아나는 초밥의 맛은 기막혔다. 시준은 도시락 가방에서 보온통을 꺼내더니 종이컵에 물을 따랐다. 연녹색의 미지근한 녹차였다.

"이것도."

그는 살가운 태도로 녹차가 든 종이컵을 건넸다. 차마 거부할 수 없어서 나현은 쌉쌀한 맛이 나는 녹차를 한 모금 삼키고서 입을 뗐다.

"처음엔 거부했잖아요. 그것도 아주 대차게."

결혼.

분명 그녀가 먼저 하자고 했었다.

협력적 관계를 맺자고 한 그녀의 말에 처음에는 분명한 거부의 뜻을 밝혔던 남자가 지금은 왜 이렇게 치근대는 걸까? 그리고 이런 비정상적인 시작을 하는 것에 대해 이 남자는 일말의 불안함도 없어 보인다.

"강시준 씨는 나하고 결혼하기 싫댔어요."

그녀의 불퉁한 한마디에 내포된 뜻을 읽은 그가 아아, 하고 웃었다.

"웃음 나오나 봐요? 결혼이 뭔지 몰라요? 안톤 체호프가 뭐라고 했느냐 하면요, 고독이 두려우면 결혼을 해서는 안 되는 거랬어요."

그녀가 핀잔 섞어 말을 하는 사이에 또다시 초밥이 입 안으로 들이밀어졌다. 뭐라고 항변하기도 전에 시준이 먼저 선수를 쳤다.

"나 배고파. 얼른 먹읍시다."

"내가 먹을게요. 식사하세요."

더는 대화를 하기 싫어서 나현은 우물우물 초밥을 씹었다. 그가 나현의 입술에 걸린 머리카락을 치워 내며 넌지시 말했다.

"여태 살던 방식을 바꿔 보고 싶어졌어. 그렇게 만든 게 백나현이니까…… 너 책임져야 돼."

***

시준이 손수 구했다는 나현의 숙소는 2층으로 된 목조 펜션이었다. 공사 현장에서 20여 분 정도 떨어진 펜션은 외진 곳에 있었다. 그러나 비슷비슷한 펜션 건물이 여럿 들어서 있는 데다 관리인 독채까지 따로 붙어 있어서 위험해 보이지는 않았다. 첫날 일을 마치고 들어온 나현을 맞아 주는 이는 이 비서였다.

"언니가 왜요?"

"왜겠어? 강 상무가 불러들였지. 여기서 너 공사 마칠 때까지 같이 있으래. 자아, 물 받아 놨어. 뜨거운 물에 반신욕 하고 몸 좀 풀어."

"무슨 남자가 빈틈이라고는 찾아볼 수가 없냐?"

하아, 긴 숨을 토해 내며 나현은 고개를 저었다.

"내가 보기엔 지극히 당연한 거야. 두 사람 결혼할 거잖아. 상무 입장에서는 자기 예비 신부가 험악한 공사장에서 일하고 있는 게 편하겠어? 게다가 모텔 방이 뭐냐, 모텔 방이? 그것도 여자 혼자서 말이야."

"편하기만 하더라, 뭐."

나현은 시큰둥한 얼굴로 걸치고 있던 점퍼를 벗어젖혔다. 그녀의 점퍼를 받아 들며 이 비서는 나무라듯 말했다.

"백나현, 솔직히 말해 봐. 마음 안 살랑대? 나 같으면 좋아서 입이 째지겠는데."

나현은 욕실 문을 열다 말고 움직임을 멈추었다. 편백나무로 만든 욕조에는 온수가 가득 차 있었다.

"그래요? 마음이 왜 살랑대야 하는데? 왜 입이 째지게 웃어야 하는데? 언니, 나 몰라? 난 진심이 아니면 안 받아요."

"강 상무는 진심인 거잖아. 내 여자는 내가 챙기겠다는 결심과 관심……."

나현은 입술을 깨물었다. 마치 이 비서의 말이 우습다는 듯이 그녀는 말했다.

"나는 노동이 좋아요. 몸이 녹초가 되도록 일한 다음에 남들은 까마

득해하는 하루를 잘 견뎌 냈다고 만족해하고 깊이 잠드는 거, 그런 거 좋다고요. 왜 그러겠어요? 언니도 알잖아. 난 여유가 없는 사람이라는 거. 이런 내가 한 남자한테 관심받고 심장이 선덕선덕 해야겠어요? 감정을 톡톡 건드리는 일은 싫어. 내 평화가 깨지는 것 같아."

"그런데 강시준이 필요하긴 하잖아. 그 사람 원했던 것도 너고."

팔짱을 끼며 이 비서가 은근한 어조를 했다. 욕조 속의 물은 입욕제를 풀었는지 거품이 하얗게 몽글몽글 일어나고 있었다. 나현은 물속에 손을 담갔다가 빼며 이 비서를 보았다.

"그건 그 사람한테 애인이 있다는 조건이 좋아서였지요. 난 나하고 짝짜꿍이 되어 연애를 할 남자를 원한 게 아니었단 말이지. 그런데 조희수와는 아니었던 모양이야. 완전 헛물 켰었어."

나현은 부러 욕조 속의 물을 튕겨 냈다. 꺄아, 소리를 지르며 이 비서가 과장되게 몸을 피했다.

"나 솔직히 강 상무 맘에 든다. 여기 펜션 구하고서는 일부러 너 피로 풀게 해 주라면서 편백나무 욕조 비치해 주고…… 저기 보면 발 마사지 기계도 있다. 왠지 너한테 신경 쓰는 폼이 멋져 보여."

"내가 아무것도 없는 그냥 백나현이었어도 그럴까요? 강시준 그 사람은 나를 해동제약의 외동딸, 주식을 거하게 상속받은 금지옥엽 백나현으로 알고 있잖아. 그 정도는 정성 들일 수도 있는 거지."

"백나현, 너 이리 와! 등짝 한 대 맞자!"

실제로 이 비서는 나현의 등을 찰싹, 소리가 나게 쳤다.

"너도 네 말이 터무니없다는 거 알고 있는 거지? 그 사람은 한경의 강시준이라고. 강시준이 뭐가 부족해서?"

"사람 욕심은 끝이 없는 거잖아. 아무리 가지고 있는 재산이 산

더미 같다고 해도 말이에요. 더 축적하고 싶은 게 사람 마음이잖아. 강시준에게는 내가 보물단지로 보이는 거겠지."

"내가 널 내 친동생보다 더 가까이에서 봐 왔는데 말이야. 너 정말이지 아리송한 캐릭터야. 대체, 왜 이리 망가졌니? 여성 호르몬이 안 도나 봐? 누가 봐도 강시준 멋진 남자야. 너한테 하는 행동도 진심이 팍팍 느껴진다고."

"남자의 허세일 뿐!"

그녀가 휙 받아친 말에 이 비서의 눈살이 찌푸려졌다.

"너 바로 말해 봐. 남자를 못 믿는 거니? 아니면 누구한테 종속되는 게 싫어서 그래? 그런 것들도 아님, 강시준 상무가 단순히 싫은 거야?"

"다 맞아요. 나 이만 씻을게요."

나현은 더 이상의 대화를 하고 싶지 않아서 욕실 밖으로 그녀를 내보내려 했다. 이 비서는 지지 않고서 끝까지 물고 늘어졌다.

"까짓, 결혼 마음먹은 거 기왕이면 진짜로 한번 도전해 보셔! 사람이 마음먹으면 못 할 게 뭐가 있어? 너 지금은 남자가……."

참으로 끈덕진 사람이라고 나현은 혀를 내둘렀다. 문이 닫힌 뒤에도 이 비서는 설득하는 것을 끝까지 포기하지 않고 있었다.

"안 그래도 머리 터질 것 같은데."

그녀는 온수 속에 몸을 담그며 한숨을 내쉬었다.

***

다음 날, 새벽같이 일어나 대충 옷을 걸치고 나오는데 현관 앞에 시준이 서 있었다.

"잘 잤어? 새집은 마음에 들고?"

그는 두 팔을 벌려 그녀를 환영하는 제스처를 취했다. 분명 잠을 설치며 여기까지 운전해 온 것이리라. 그러나 전혀 피곤한 얼굴이 아니었다. 희미하게 웃음기가 걸려 있는 입매와 두 눈은 그녀를 반가워하고 있었다.

이것은 마법인가?

무슨 일이 일어나고 있는 건가?

나현은 당황한 기색이 역력한 모습으로 한 발 뒤로 물러나며 현관문의 손잡이를 놓지 않았다. 여차하면 도로 들어갈 태세였다.

"여긴 왜, 아니, 이 시간에……."

"내 여자 아침 먹이려고 왔지."

그는 환히 웃는 낯으로 종이가방을 들어 보였다.

"초밥 싫은데."

그녀는 일부러 초밥이 싫다는 말로 그를 물리치려 했다. 그가 계단을 밟아 나현에게로 다가왔다. 나현은 절로 몸을 움츠러들며 문손잡이를 당겼다. 그러나 시준이 더 빨랐다. 그는 훌쩍 계단을 뛰어올라 문손잡이를 쥐고 있는 나현의 손목을 낚아채듯 했다. 시준은 그 손등에 입술을 문질렀다.

"아주 안으로 들어갈 기세네? 출근 안 해?"

그에게 잡힌 손을 빼내며 나현이 어떤 거절을 할 새도 없이 그가 말했다.

"내가 데려다줄게. 그러려고 왔어."

그는 펜션 마당에 세워 둔 차 문을 열어 나현을 태웠다. 그러고는 운전대를 잡으며 손목시계를 흘깃, 보았다.

"20분 걸릴 거야. 현장까지 고이 모셔다 드릴 테니, 그동안에 아침 먹도록 해."

"초밥 물렸다니까."

"그럴 줄 알고 초밥이 아닙니다."

그는 웃음을 터트리며 차를 출발시켰다. 슬그머니 나현은 종이 가방을 열어 보았다. 구운 인절미 몇 조각과 두유, 그리고 오렌지와 바나나 등이 들어 있었다. 도시락의 내용물을 살피는 그녀의 모습을 보며 그는 기대감에 차 있었다.

"웬 거예요?"

나현은 그의 뻐기는 얼굴에 쐐기를 박을 요량으로 일부러 쌀쌀맞게 물었다. 그러나 그는 전연 기죽지 않으며 받아쳤다.

"나 제법이지?"

의기양양한 그를 보며 나현은 문득 생각했다. 이 남자의 깊이가 알고 싶어졌다고. 강시준은 대체, 어떤 사람일까?

***

"이 여자 큰일 낼 여자네! 무슨 전쟁하듯 음식을 먹고, 그래?"

인절미를 꾸역꾸역 씹어 삼키는 나현을 보다 못해 그가 갓길에 차를 세웠다. 그는 나현의 등을 쳐 주었다.

"천천히 먹어."

"빨리 먹고 이야기할 게 있어서 그래요."

"이야기?"

"대화요."

"우리 사이의?"

"네에, 그래요. 그거예요."

"설마, 결혼을 철회한다거나 그런 소리? 그럴 거면 나는 백나현하고 할 말이 없을 것 같은데?"

"아니, 걱정 마요. 그건 아니고요. 묻고 싶은 게 뭐냐면……."

그녀는 말을 잇지 못해 잠깐 망설였다. 조희수, 그녀의 이야기를 꺼내기가 쉽지 않았던 탓이다.

"조희수? 묻고 싶은 게 그건가?"

놀랍게도 시준은 이미 알고 있다는 듯이 조희수를 언급하며 두유에 빨대를 꽂았다. 그러고는 그것을 그녀의 손에 쥐여 주었다.

"전 여친…… 아니, 아무튼 그 여자하고는 어땠어요? 듣자니 식물인간으로 있다가……."

"사기였어. 그 이상도 그 이하도 아닌, 진짜 사기."

"그랬구나."

쪽, 하고 빨대를 입에 물고 두유를 빨아들이며 나현은 고개를 끄덕거렸다.

"혹시라도 의문이 들면 더 물어봐도 좋아. 대신에 난 거짓말 같은 거 안 해. 사기인 줄 몰랐을 때는 최선을 다해 사랑했고, 사기였다는 것을 알았을 때는 죽을 정도로 괴로워했고. 이게 전부야."

그녀는 아무 말이 없이 두유를 다 마셨다. 뭐라고 더 할 말이 없어서도 그랬지만, 공연히 그에게 미안해졌다.

"더 물어보고 싶은 거 없고?"

그렇게 물으며 그는 오렌지 껍질을 까서 나현의 입에 한 조각을 넣어 주었다. 나현이 잠자코 오렌지 조각을 씹고 있는 동안에 시준은 설명을 해 주었다.

"워낙 비밀리에 일어난 사건이라 알고 있는 사람들이 없을 거야. 조희수하고는 철없던 시절에 눈이 맞았고 사랑을 했어. 거기까지는 그쪽의 뒷조사대로지. 그러나 여느 통속소설에도 나오듯이 희수는 내 아버지에게 돈 봉투를 받고 훌쩍 떠났어. 그렇게 떠나다 하필, 비행기 사고를 당한 거고."

"진짜 많이 힘들었겠다."

시무룩한 어조로 나현이 혼자 중얼거렸다.

"응."

시준은 선선히 고개를 끄덕거렸다.

"어느 정도인지 가늠이 안 되네요."

"바로 목숨을 끊어도 이상할 것이 없을 정도. 딱, 그 정도만."

죽음을 결심할 정도로 괴로웠다는 뜻이었다. 그의 막막한 감정이 고대로 전해져서 나현은 더 이상 뭐라고 할 말이 없었다. 그 역시도 잠시 침묵하더니 말을 이었다.

"더한 반전이 있는데 들어 볼래? 그 여자 죽고 나서 알았어. 우습게도 조희수에게는 남자가 따로 있었다는 사실. 가난한 학생이었던 그들이 작당을 해서 돈을 뜯어낼 목적으로 내게 접근을 한 거였고…… 그 의도는 들어맞아서 나만 바보가 되었던 거고. 그들은 그런 사실들을 내 아버지에게 들켰기 때문에 거액을 받고 자진해서 도망치듯 떠났다가 사고를 당했던 거지."

"……그랬던 거군요."

나현은 일부러 명료하게 대꾸를 해 주었다. 의외의 사실에 깜짝 놀란 감정을 표출하지 않기 위해 딴에는 노력하고 있었다. 상당히 심각한 이야기를 심상하게 털어놓는 그를 위한 배려였다.

"결국 한 남자가 사랑에 놀아나서 바보가 되었다는 이야기야."

툭 내뱉듯 농담처럼 그가 말하고는 또다시 오렌지 조각을 나현의 입에 넣어 주었다. 무심결에 그것을 받아먹으며 나현은 그의 마디가 굵은 기다란 손가락을 주목했다. 성실하고 든든해 보였다. 따지고 보면 사랑이라는 것에 그리 혹독한 배반을 당해 놓고도 이 남자는 다시 시작하겠다는 거다. 그 배짱은 도대체 어디서 나오는 것일까?

"……지독하게 당한 거잖아요. 그런데도 나한테 이러는 건 뭐예요?"

조심스레 그의 눈치를 살피며 물었다.

"끌리고 있으니까."

시준은 간결한 말투로 너무도 확고하게 답했다.

"네에?"

당황해서 나현은 저도 모르게 뺨을 붉혔다.

"처음엔 너하고 시작하는 것도 나쁘지 않겠다고 생각했고, 나중엔 끌리더라고. 그뿐이야."

"……끌렸다고?"

시준의 말을 되뇌다가 그녀는 퍼뜩 고개를 들어 확인을 했다.

"상대방에게 끌렸다는 것만으로 그렇게 큰 모험을 할 수 있는 거예요? 조희수한테 데인 것처럼 나한테도 데이면 어떻게 해요? 겁 안 나요?"

그녀의 심각한 어조에도 시준은 흔들리지 않고 덤덤한 표정이었다.

"겁 안 나. 그럴 거면 시작도 안 했을 거야. 지금은 너한테 막 간절해."

"……간절하다고……."

간절하다.

나현은 그의 말에 실린 무게를 감지하며 은근히 몸서리를 쳤다. 나는 살면서 무엇이 그리 간절했었나?

"그래, 나는 장난 아니야. 너한테 다치더라도 나는 시작을 해 보고 싶어. 이 감정 간절해."

그가 간절하다는 말을 되풀이 강조했다. 나현은 얼른 그의 시선을 피해 차창으로 고개를 돌렸다.

"너 만나고 나서 조희수에게 뒤통수 맞은 것이 희미해졌어. 것도 이유야."

옛 연인에게 당한 상처가 희미해졌다면, 그래서 사랑이 만만해졌다면, 그것은 돌이킬 수 없을 정도로 자신에게 깊이 빠졌다는 말이 아닐까?

"아, 그거 심각한 건데."

나현은 자신에게로 향하는 그의 감정이 더욱 버거워짐을 느꼈다.

"고맙게 생각해."

나현은 그와의 온도가 서로 다른 것을 씁쓸하게 상기했다. 막 물이 끓어오르기 시작하는 남자와 끓기 전의 차가운 여자가 자신들이었다.

"이렇게 아침밥 가지고 찾아오고…… 그러는 거 부담 돼요. 그리고 강시준 씨가 할 일이 없는 사람도 아니고, 매번 이러면……."

될 수 있으면 완곡하게 거절하는 말을 했다. 그러자 시준의 손이 그녀의 목덜미를 감싸듯 잡았다. 목이 빳빳해진 나현은 순간, 놀라서 그에게로 고개를 돌렸다. 그녀가 마주한 것은 방금 전까지의 부드럽고 다정한 눈빛이 아니었다. 이글이글, 침대에서 보았던 그 눈으로 그가 나직하게 중얼거렸다.

"죽겠어! 키스하고 싶은 것 참느라 지금 고역이거든."

"강시준 씨, 봐요. 남자로서의 욕망과 상대방에게 끌리는 것에 대해 분명히 했으면 해요. 나하고는 말초적인 것으로만 연결을 짓도록 했을 텐데요. 우린 서로에게 독이 될 수도 있는 사람들이라고요."

"독이 될 수도 있는 사람들이라……."

"계속 언급해서 미안한데 조희수 씨의 일도 그렇고…… 보세요. 사랑은 양날의 검이잖아요. 좋기도 하겠지만, 한편으로는 아프게 찔리고. 난 그래요. 반의 확률을 믿느니, 그냥 혼자가 편한 거지요. 지금 그쪽이 나한테 남자의 본능으로만 대하는 게 그나마 나을 거예요. 나중을 위해서도요."

그녀의 말을 듣는 동안에 그는 눈빛이 점차 가라앉더니 평상시로 돌아갔다.

"그러니까 육체적으로만 대해 달라, 이런 뜻?"

"오케이, 바로 그거예요."

"그거 아나? 너 나한테 잔인해."

인정.

나현은 잠자코 그의 말에 수긍을 했다.

"그래도 너니까 당할 만한 것 같다. 맘껏 잔인해도 돼. 다 받아줄 거니까."

그렇게 중얼거리더니 시준은 운전대를 고쳐 잡았다.

맘껏 잔인하라고?

다 받아 줄 거라고?

참 나, 무슨 남자가 하는 말마다…… 양 볼이 뜨거워지며 심장이 쿵쿵 뛰었지만 나현은 모른 척, 시치미를 뗐다.

“아무튼 내 말도 들어주세요.”

“싫어.”

그는 단호하게 일축하더니 흘깃, 나현을 보며 경고처럼 덧붙였다.

“튕겨, 맘대로 튕겨. 너는 네 맘대로 해도 돼. 근데, 백나현…….”

그는 잠시 말을 멈췄다가 전에 없이 엄중한 목소리로 경고를 했다.

“알아 둬. 나는 뭐든 내 마음이 가는 대로 결정해.”

***

그날 오후에 시준에게 면담 요청을 한 고객이 있었다. 벌써 사나흘이나 미뤄 둔 만남이라는 비서의 언질에 시준은 명단을 살폈다.

송마리.

그 이름을 보며 시준의 눈썹 한쪽이 빗겨 올라갔다. 백욱기 회장의 본처를 쫓아낸 여자 중의 한 명이었다. 그가 뒤에서 캐낸 정보에 의하면 김희숙 관장과 용케도 동지애로 똘똘 뭉쳐서는 나현을 눈엣가시로 만들었다는 여자가 아닌가.

왜지?
그녀가 있는 접견실로 가면서 시준은 쓰게 웃었다.
뻔하지, 뭐.
어디, 내 역할에 충실해 볼까?

***

퇴근하자마자 시준은 차를 몰아 속초로 향하고 있었다. 나현에게 가는 길이었다. 당연한 일이었다. 요즘 그의 일상을 사로잡는 단 한 가지, 그리고 그의 머릿속을 온전히 차지하는 그것!
그의 마음이 가고 있는 방향.
백나현.
점점 궁금해지고, 갈수록 마음이 갔다.
걱정되고 신경이 쓰이고. 그것도 시도 때도 없이.
우습다.
오늘 만났던 송마리의 말이 떠올랐다.
'……나현이 걔한테는 남자가 있어요. 머리카락 보일라, 꼭꼭 숨어라. 깊이 숨겨 두었지만 눈 가리고 아옹 하는 격이지요. 누군지 궁금하시죠? 아니면 이미 짐작하고 계신 건가요? 힌트 드릴까요? 걔가 건축 사무실을 차려 주기까지 하면서 지키는 남자인데. 한번 알아맞혀 보시지요. 걔가 생긴 거만 곱상하지, 실상은 터프하고 그래요. 웬만한 사내들 저리 가라고요. 공사판에서 험한 일을 하고 사는 건 상무님도 알죠?'
숨 한 번 안 쉬고 그녀는 나현에 대해 실컷 조잘거리다가 돌아갔다. 낡고 상투적인 수법에 굳이 대응할 필요가 없어서 그는 그녀에게 질문 하나 하지 않았다.

일부러 그랬다. 꼼수에 넘어가지 않을 작정이었으므로.

머리에서 발끝까지 꾸며서 잔뜩 폼을 내고 그의 앞에 나타난 그녀에게서는 나현에 대한 증오가 번뜩이고 있었다. 그의 감정을 욱하게 만든 것이 바로 그 부분이었다.

남의 남자를 빼앗은 천박한 여자!

감히 내 여자를 증오하다니!

그는 이러는 저의가 무엇이냐고 묻지 않았다. 그저 돌아가라고 일침했을 뿐이다. 좋은 말로 하지도 않았다.

'꺼지십시오, 마담.'

그 한마디면 족했다. 여자는 얼굴이 죽은 사람처럼 사색이 되어서는 바들바들 떨었다.

'더 듣고 싶은 거 없으세요?'

이래도 결혼할 마음을 굳히겠느냐는 의지가 담긴 물음에도 그는 태연히 웃어 보였다. 그리고 눈길 한 번 마주치지 않은 채로 직접 접견실의 문을 열었다. 어서 나가라는 듯이.

당신 따위가 하는 수작은 아무것도 아니다.

사뿐히 밟아 줄 필요도 없는.

정말 내가 넘어가지 않을 거라는 것을 모르고 덤볐을까? 넘어가지 않을 뿐만 아니라 분노를 터트리면 어쩌려고 이러는 건가? 아니, 그런 위험을 감수하고라도 결혼에 대한 브레이크를 거는 심정이 훤히 보였다. 분명 머리 나쁜 송마리의 배후에는 김희숙이 있을 터였다. 시준은 그제야 나현이 이해되었다. 나현을 향한 그네들의 악감정이 얼마나 지독한 것인지도 깨달아졌다.

"넌 진짜 뭐가 가장 하고 싶어?"

시준은 나현에게 묻듯이 중얼거렸다. 한 남자와 부부가 되고 가정을 이루는 삶을 원하지 않는 여자였다. 불길이 일듯 복받치는 감정을 이기지 못해 그는 퇴근 시간이 되자마자 차를 몰았다. 지금 당장 그녀에게로 가지 않으면 미칠 것 같았다.

사람들이 디딤 건축 소장 홍지유에 대해 이러쿵저러쿵 말을 하고, 나 또한 의심하며 질투한다고 해도 상관 않는다. 당장 나는 네가 보고 싶다. 그는 핸즈프리로 이진희 비서에게 전화를 걸었다.

"강시준입니다. 긴히 부탁드릴 게 있어서요. 당장 서울로 올라가셨으면 합니다만……."

***

펜션에 도착한 시준은 거침없이 문을 두드렸다. 비밀번호를 알고 있었지만 일부러 자신이 왔음을 알리고 싶었다.

"백나현, 나 왔어."

차가 주차되는 동안에 창문으로 보고 있었나 보다. 금방 문이 열리며 나현이 그의 눈앞에 나타났다. 그녀가 하얀 얼굴에 엉클어진 머리카락을 아무렇게나 쓸어 올리며 다소 신경질적인 어조로 그를 나무랐다.

"한 대 칠 분위기네요. 그러려고 온 거예요?"

"아니, 잘못 알았어. 키스하려고 왔어."

곧장 키스가 이어졌다. 그는 한 팔로 나현의 허리를 휘감고서 다른 손으로는 정수리를 감싸 쥐었다. 있는 힘껏 안아서 입술을 포갰다. 다급하게, 그의 입술이 나현의 입술을 집어삼킬 듯이 게걸스럽고도 거친 키스였다.

"……읍, 흐읍."

얼굴이 붉게 상기된 나현이 이슬이 맺힌 눈을 찡긋, 감으며 괴로워할 때까지 키스는 깊고도 길었다.

"미안."

그는 사과를 하면서도 좀처럼 그녀의 몸을 놓지 않았다.

"놔요, 들어오려면 들어와요. 여기서 이러지 말고요."

"그래, 들어가자."

그는 나현의 손목을 거머쥐고는 안으로 들어갔다.

"아파, 놓고 가요."

행여 손을 놓칠까 봐 겁이 났는지 그녀를 잡고 있는 제 손에 힘이 바투 들어가 있었다.

"아, 미안."

"자꾸만 사과를 하네?"

나현은 눈물이 맺혔던 붉은 눈매로 방긋, 웃었다.

"웃겨?"

"네에. 웃겼어요, 강시준 상무님."

"방이 저기?"

시준은 그녀의 방으로 들어서며 슈트 재킷을 벗어 소파 위에 내팽개치고 목을 조르는 넥타이를 아무렇게나 끌러 놓았다. 숨을 씩씩거리며 그가 돌아섰다. 뒤따라온 나현이 침실 문 앞에 서 있었다. 파리해진 안색으로 그녀는 립스틱이 번진 입가를 손가락으로 문지르며 그의 시선을 받아 냈다.

"뭐라고 했었지?"

앞뒤도 없이 무작정 물었다. 영문을 알 리가 없는 나현은 새치름한 표정을 하고서 등 뒤로 문을 닫았다. 문은 자동으로 잠금이 되었다.

"말초신경을 자극하는 사이로 지내자고 그랬었지?"

"그랬긴 했는데……. 그것 때문에 온 거예요? 오밤중에 이 비서 언니를 서울로 불러들이고서 나 혼자 있게 하고요?"

어이가 없다는 표정으로 나현은 두 손을 허리에 대고 그를 보았다.

'……나현이 걔한테는 남자가 있어요. 머리카락 보일라, 꼭꼭 숨어라. 깊이 숨겨 두었지만 눈 가리고 아웅 하는 격이지요…….'

송마리라는 여자의 말소리가 발광을 하듯 귀에 들어찼다.

"백나현, 나 봐."

"보고 있잖아요?"

"넌 혼자가 아니야."

불시에 그녀에게 진심으로 들려주고 싶은 고백을 했다. 나현이 피식, 웃었다.

"이 사람 무슨 소리를 하고 있는 거래?"

새까맣게 가라앉은 그녀의 두 눈이 춤을 추듯 즐거웠던 장면을 본 기억이 있었다. 그것은 그의 손가락에 의해 클리토리스가 짓뭉개지거나, 페니스가 들어간 속을 옥죄며 환희에 들뜰 때였다. 어쨌든 전부 육체의 욕망 앞에서 허물어질 때였다. 걷잡을 수 없이 헤매는 갈증이 그를 애타게 했다.

대체, 무엇이 나를 이처럼 만들었나?

끊임없이 이 여자를 안고 싶어 한다. 그것도 주체할 수 없을 지경으로 그녀를 원한다. 그의 눈빛을 읽은 나현이 입을 열었다.

"말초신경만…… 그 이상은 건들지 않기로."

아주 건조한 말투였다.

"젠장, 그러니까 나한테서는 섹스만을 요구하겠다는 거지? 절대로 다른 것은 침범하지 말라, 이 뜻?"

시준은 화가 치밀어 올랐다. 그러나 되도록 화를 내지 않아야 했다. 감정을 보이며 질질 흘리는 모습은 온당치 않았다. 그의 관자놀이에 핏대가 그어진 것을 보며 나현은 설득하는 어조를 했다.

"결혼하기로 한 것은 내 계획을 위해서 마음 굳힌 거예요. 일단 복잡한 우리 집안 여자들에 대한 것들 알아봐 주고 싹 청소해 주겠다는 그거, 내가 원하는 부분을 꿰뚫은 것도 그렇고…… 아무튼 좋아요. 그리고 서로 즐기기에도 딱이고요."

"즐기는 거, 아! 섹스……."

그가 눈살을 찌푸렸다.

"그래요, 섹스. 내가 원래 그걸 책으로 배웠는데, 누구 덕분에 꽤 심화학습하게 생겼어요. 몸이 즐거우면 된 거잖아요. 그 외에는 아무것도 없다고 약속해요. 난 그거 약속하고 결혼할 거야."

그녀도 그를 사랑해서 몸을 탐하고 정복하고 싶은 것이다! 이 여자는 그것을 인간의 욕구 해소로만 뭉뚱그려 말하고 싶은 모양이었다. 시준의 그녀를 바라보는 시선이 짙었다.

"대체, 몸만 자라고 마음은 자라지 않은 이유가 뭔데? 남자를 혐오해? 부자로 살면서 갖은 추태를 부리는 남자 따위에게는 동하지 않아서?"

“다 조금씩은 맞는 말이네요.”

“나 그렇게 형편없는 놈 아니야. 젠장, 너 나 좋아해도 돼.”

“그게 가장 무서운 노릇이라니까.”

그녀의 누그러진 어조에 시준의 입에서 깊은 숨이 터져 나왔다.

“자기 자신을 불행하게 만들고 싶어서 환장했어?”

“죽을 수 없어서 겨우 살아가야 한다면 감정이 없이 인간관계를 맺는 편이 나으니까요. 결혼을 한다고 해서 나한테는 뭘 기대하거나 하면 안 돼요. 내 마음 당신 거 아닐 거예요. 적당히 몸만 탐하세요. 그 어떤 것도 원하지 말고, 또 잘해 주지도 말아야 해요. 사탕발림도 안 돼요. 나는 그쪽 못지않게 가지고 있는 게 많은 여자예요. 그러니까 나한테 보석이든 꽃이든 뭐라도 선물해서는 안 돼요. 그리고 이게 가장 중요한 건데요. 내가 원할 때는 이혼을 해야 해요. 다시 말해서 나하고…….”

열기를 뿜고 있는 눈망울이 차갑게 식어 갔다. 나현은 턱을 치켜들며 또박또박한 말투로 나머지 말을 이었다.

“사랑에 빠지면 안 돼요. 그러면 그쪽이 지는 게임이에요.”

하아, 하고 시준은 연거푸 깊은 숨을 토해 냈다.

“젠장, 벌써 졌다.”

그는 나현의 어깨를 잡아 제 쪽으로 끌어당겼다.

“그쪽은 나한테서 뭘 자꾸 원하는데 이래요? 그냥 몸만 가지라고요. 그게 편하고 좋잖아요.”

“날 보라고, 젠장. 그렇게 머리가 안 돌아가나?”

그는 그녀의 어깨를 잡은 손에 힘을 주었다. 여자의 가느다란 뼈가 잡혔다. 마디가 굵은 그의 손가락에 조금만 힘을 줘도 으스러질 것 같은 가냘픈 여자에게 마음 동하지 않을 수만 있다면…….
젠장, 젠장, 젠장!
그는 분에 이기지 못해 욕설을 터트렸다. 저와 사랑에 빠지지 말라고 엄포를 놓으며 이별하겠다고 약속하는 여자와 결혼을 결심하다니!
나도 미쳤다!
백나현, 맘대로 꺾어 버리고 싶게 만드는 여자는 수컷의 정복욕을 자극하고 있다는 것은 알지도 못한 채로 그의 눈을 응시하며 흥미 없는 얼굴이었다.
오케이, 너와 결혼한다! 누가 무너지나 볼까? 헤어지면서 아무 미련 없이 등을 돌리는 사람이 누가 되는지 볼까? 그의 속마음은 알지 못한 채로 나현은 그의 눈에 짙어진 욕망을 모른 척하며 입을 열었다.
"백나현과 결혼해서 내 집의 모든 것을 취하세요. 그런 다음에 전문 기업사냥꾼에게 맡겨서 몇 배 올려 팔아치우든, 아니면 한경그룹에 흡수를 하든 마음대로 하세요. 이 얼마나 퍼펙트해요? 우리 아버지는 나보고 전생에 나라를 구했다고 말씀하시지만, 그건 강시준 씨 그쪽 이야기예요. 나는 다른 욕심 없어요. 그저 아버지 재산이 손안의 모래알처럼 빠져나가는 것을 허망하게 구경하는 첩년들, 그 꼴을 구경하고 싶어요. 그래 놓고 퇴장할 거니까 그쪽이 감정적으로든 뭐든 나하고 엮일 일은 없어야 해요."
아아, 하고 시준은 고개를 끄덕이며 그녀의 붉게 번진 입가에 키스했다.
"그럼, 내 조건도 말해 볼까? 망할, 그…… 디딤 건축 소장하고도 끝내는 거, 어때?"

푸웃, 하고 나현은 웃음이 비어져 나오는 것을 참을 수가 없었다. 지유 선배? 그 선배하고 끝내라는 뜻?

"회사를 다니지 말라는 거예요, 아니면……."

"둘 다."

오, 하고 나현은 웃음기 가득한 눈을 하고서 갑자기 그의 허리춤으로 손을 내렸다.

"회사를 그만두는 짓은 절대 안 해요. 근데, 그냥은 아니고……."

그의 바지 벨트에 올라간 나현의 손을 잡아 힘을 주며 시준이 으르렁댔다.

"이거 무슨 짓?"

"버텨 봐요. 그러면 내가 져 줄 수도 있어요."

바지의 벨트를 끄르며 나현은 그를 도발했다.

"무슨 말도 안 되는!"

"왜요? 내가 하고 싶어서 그래요. 우리 오랜만이잖아요. 그쪽은 아니에요?"

"아니, 얼마든지."

그가 나현의 몸을 벽으로 붙였다. 나현의 어깨 위로 몇 가닥 머리카락이 흩어져 내렸다. 하하, 웃으며 나현은 몸을 돌려 도리어 그를 벽에 기대게 했다.

"가만있어 봐요. 참고 버티면 그쪽 말대로 하는 거고, 그 반대면……."

무엇을 참고 버티라는 것인지, 그는 금방 이해를 했다. 나현은 그의 아래로 꿇어앉으며 벨트가 끌러진 바지를 내렸다. 동시에 그의 팬티를 붙잡으며 올려다보았다.

"알아요? 나는 섹스가 좋은 거예요."

얌전하게 올려 묶었던 머리가 흐트러지고 눈시울이 발갛게 익은 그녀의 얼굴이 무척이나 관능적으로 보였다.

"백나현……."

그의 거칠어진 숨소리에 화답하듯 나현이 팬티를 밑으로 내렸다.

"그쪽이 나 지금 질투하고 있는 거죠? 지유 선배와 그만두라니, 참!"

그녀가 튕겨지듯 솟아오른 페니스를 손안에 쥐며 혼잣말처럼 중얼거렸다. 검고 붉은 그의 성기는 언제 그리됐는지 한껏 팽창해 있었다. 그녀는 발기한 페니스를 손바닥으로 몇 번 쓸어내리더니 입술을 가져다 댔다.

"하아, 읏……."

"뜨겁고 힘차고 부드럽고……."

나현이 입에 귀두를 머금고 중얼거리는 동안에 그의 상체가 비틀렸다. 뜨거운 입김이 몸 전체를 감싼 느낌에 곧바로 단전에서부터 전율이 치고 올라왔다. 그는 이를 앙다물고 심호흡을 시작했다. 어디 네 맘대로 되나 보자, 그런 오기를 부리며 그는 눈을 부릅떴다. 나현은 천연덕스럽게 그의 귀두를 혀로 할짝이다 경고를 했다.

"싸면 지는 거예요."

"젠장, 무슨 그런 말을……."

"왜요? 저속해요? 기분 나빠요?"

멀쩡하게 생긴 그녀의 입에서 나온 말치고는 상당히 걸걸한 표현이었지만, 이상하게 음심이 고무되었다. 그걸 노린 걸까?

"으읏, 으으……."

그러나 더 이상 생각을 할 여유가 사라졌다. 그녀는 귀두를 천천히 삼키는가 싶더니 단단한 뿌리를 혀로 치대기 시작했다. 목구멍 가까이 페니스를 넣은 그녀는 혀를 이용해 연신 애무를 해 댔다. 착착, 세상에서 가장 예민한 피부에 감기는 혀는 그야말로 이기적이게 움직였다. 그녀의 혓바닥은 페니스의 몸통을 전부 훑으며 꼼꼼하게도 비벼서 그를 꼼짝 못 하게 만들었다.

"으윽, 비겁하게……."

협상을 이따위로 하다니!

그러나 나현이 밉지가 않았다. 그녀는 핏대가 세워져 꿈틀거리는 페니스를 핥아 가다 눈을 위로 올려 그를 보았다. 씽긋, 웃어 주기까지 하더니 그녀는 이내 쯥쯥, 안으로 빨아들이기까지 했다.

이건 싸고, 안 싸고의 문제가 아니다. 시준은 턱에 바짝 힘을 주며 그녀의 어깨를 짚어 끌어 올렸다.

"거기 말고, 나는……."

마주 본 나현의 눈가엔 이슬이 맺혀 있었다. 어쩐지 버겁게 입 안에서 삼킨다 싶더니, 목구멍 깊이까지 자극받아 눈물이 나온 모양이었다. 그는 나현의 몸을 마주 본 채로 스커트의 허리 부분을 잡아 밑으로 찢었다. 시폰으로 된 천은 부욱, 소리를 내며 쉬이 뜯겨졌다. 그 사이로 더듬어 허벅지를 붙잡아 벌리자 나현이 반칙, 하고 소리 질렀다.

"싸게 하려고 그런 건데, 이러면……."

"쌀 것 같으니까 이러는 거야."

그는 나현의 망사 팬티를 내렸다. 장딴지까지밖에 벗기지 못했지만 그는 그대로 제 페니스를 꽂아 넣었다. 다행히도 한 번에 들어간 페니스는 그녀의 깊은 곳을 쿡 찌르더니 빠져나오며 심하게 문질러졌다.

"으흑, 으응……."

나현의 입에서 신음이 비어져 나오자 그는 만족한 웃음을 짓고는 다시 그녀 안으로 침입해 들어갔다. 잔뜩 수축을 했던 질 속은 페니스를 반기며 이완되는 느낌이었다. 축축하고 뜨거운 속은 그를 죄며 놓지 않을 듯이 우물거렸다.

"……욱, 환장하겠네!"

사정없이 얽히는 서로의 몸에서 서서히 열기가 피어나고 있었다. 퍽퍽, 그는 나현의 속을 격렬하게 들락날락했다. 입술을 깨물며 신음하는 나현의 얼굴을 보며 그는 혈관 곳곳으로 퍼지는 달콤함에 취할 것 같았다.

정복!

그녀를 정복했다는 쾌감은 더한 것이었다. 그러나 그가 원한 건 이런 정복이 아니다. 네 몸과 마음이 모두 내 것이 될 수만 있다면!

그는 이를 세워 나현의 목선에 키스를 했다.

"아흑……!"

나현의 허리가 뒤틀려졌다. 그러면서 페니스를 꼭 물고 늘어지는 살갗의 감촉에 그는 자지러질 것만 같았다. 으레 그렇듯이 시준은 그녀의 안을 좀 더 탐하고 싶었다. 그러나 이 자세로는 무리라는 생각이 들었다.

"안을 거야."

그는 아직도 페니스가 들어 있는 상태로 나현의 몸을 번쩍 안아 들었다. 꺄악, 소리를 지르며 나현의 두 다리가 그의 엉덩이를 감아 왔다. 그는 나현을 안아 든 채로 엉덩이를 틀어쥐었다. 그녀의 무게가 모두 실린 탓에 페니스가 더 저려 왔다. 그녀의 오톨도톨한 내벽이 문대어지며 그를 괴롭히고 있었다. 나현은 그의 양 어깨를 짚은 채로 허리를 오르내리기 시작했다. 이제 어떻게 해야 좀 더 나은 쾌락을 얻을 수 있는지, 둘은 그런 부분에서는 쉽게 하나가 되었다.

"나 무거울 건데."

엉클어진 머리카락을 대충 귀 뒤로 꽂으며 그녀가 신음했다. 힘겹다는 듯이 입매를 굳히고 있는 그의 얼굴이 신경 쓰이는 모양이었다.

"난 네 전부가 다 마음에 들어."

무겁든, 가볍든 둘 다 좋다는 뜻이었다. 그러나 나현은 그의 말을 알아듣지 못했는지 부르르 몸을 떨면서도 안타까워했다.

"나 무겁다니까……."

"그 성격에 나한테 앙탈 부리는 건 아닐 테고……."

"전혀 아니에요, 그런 거!"

그녀가 냉큼 대답을 해 오자, 그는 그 와중에도 웃음이 나왔다.

"그럼, 입 다물지. 전혀 안 무거우니까."

그는 나현의 엉덩이를 마구 움직이며 제 아랫배에서 그녀의 클리토리스가 비벼지게 했다. 그녀의 안에 고여 있던 뜨거운 애액이 제 페니스에 짓이겨지는 것이 생생하게 느껴졌다. 어느새 애액은 그의 허벅지에서 범벅이 되었다.

"응, 으읏, 흑, 으읏, 으윽……."

나현은 비음으로 소리를 내면서도 그의 페니스가 더욱 안으로 파고들게 했다. 그는 씨근덕대며 그녀의 목선을 혀로 날름거렸다. 이 여자가 겁도 없이 먼저 도발하려고 했겠다?

"……자살 행위였어, 백나현!"

움찔거리며 신음을 삼키는 나현의 얼굴은 꽤 만족스러운 그림이었다. 그것만으로도 벅찬데 아랫도리는 심하게 자극을 받고 있었다.

"잠시만……."

숨을 몰아쉬며 시준은 그대로 멈춘 채로 주변을 두리번거렸다.

"침대는 또 왜 안 보여?"

"싫어요, 침대는……."

필사적으로 고개를 젓는 나현을 안고서 그는 소파로 향했다. 소파까지 걷는데도 둘은 몸이 붙어 있었다. 걷는 보폭이 크고도 격해서 나현은 비명같이 소리를 질러야 했다. 그 역시도 그 자극이 너무 깊어서 몸이 부들부들 떨릴 지경이었다. 이런 식이면 그가 버틸 수가 없었다.

"미안, 잠시……."

그는 나현을 소파 위에 눕혀 놓고 아예 바지를 벗어 버렸다. 그리고 그녀의 찢어진 스커트를 벗겨 내면서 팬티를 끌어 내렸다. 나현도 제 손으로 블라우스를 위로 당겨 냈다. 그는 나현의 출렁이는 젖가슴에 키스를 했다. 양쪽 유두를 번갈아 입 안에 물며 사탕같이 굴렸다. 쭉쭉, 선홍색 유두를 맘껏 빨아들이니 온몸이 더한 것으로 달아올랐다. 나현은 목덜미까지 발간 몸으로 꿈틀거리며 신음했다. 그녀보다 더하면 더했지, 덜하지 않은 그는 나현의 온몸에 키스를 하며 꽤나 곤혹스러웠다. 그녀의 속살을 삼키고 싶어서 식은땀이 날 정도였다. 정성껏 나현의 이마, 콧방울, 입술을 거쳐 목 언저리와 가슴께를 감질나게 키스하던 그는 드디어 얼굴을 밑으로 내렸다.

젖어 있는 음모를 헤치고 벌름거리고 있는 안을 혀로 더듬었다. 시큼한 냄새가 맡아진 순간에 그의 아래쪽에서 어서 넣어 달라고 아우성을 쳐 댔다. 그러나 너는 다음 차례야.

그는 제 아래가 숨을 돌리기를 바라며 클리토리스를 혀로 만졌다.

"……싫어!"

나현이 심하게 느끼는 것을 알아차린 그는 회심의 미소를 지었다.

"싫어?"

"그건, 그건…… 아니지만."

"멈췄으면 좋겠어?"

"아니, 아니에요."

결국 나현이 항복을 해 왔다. 그는 사정감을 견뎌 내기 위해 이를 질끈, 물고는 다시 클리토리스에 집중했다. 혀를 길게 빼서 쭉 핥아 올리니, 그녀의 발끝에 힘이 들어가는 것이 느껴졌다. 그는 허벅지 사이에 얼굴을 파묻고는 집요하게 클리토리스를 자극했다. 그녀의 신음이 점차 높아져 갔다.

"으응, 으으으, 으읏……."

마지막 폭발이 있기 전에 그는 얼른 얼굴을 들었다.

"가지 마요."

숨이 턱에 닿아 헐떡이며 그녀가 애원을 해 왔다. 그는 나현의 허벅지에 쪽, 키스를 하며 달래는 소리를 했다.

"더 좋게 해 줄 거니까 조금만 참아."

그는 한 손바닥 안에 쥐어지는 나현의 발목을 잡고는 두 다리를 활짝 벌렸다. 그대로 소파 위에 무릎을 대고 앉아서 그녀의 양쪽 발목을 쥐고서는 제 페니스를 깊숙이 찔러 넣었다.

"아앙, 아……."

비명 같은 신음을 지르며 나현은 엉덩이를 들어 올렸다. 질 속에 넣은 페니스가 요동을 쳐 댔다. 바로 피스톤질이 시작되었다. 빠르게 질벽을 쳐 대며 몰아쳐 갔다. 동시에 손을 아래로 내려서 나현의 돌기를 찾아냈다. 그의 애무로 인해 한껏 들떠서 충혈된 클리토리스가 손가락에 의해 파르르 떨었다. 손가락으로 일정하게 건들면서 그는 계속해서 피스톤질을 했다. 어느덧 흠뻑 젖은 질구에는 하얀 애액으로 거품이 일고 있었다. 나현의 고개가 꺾어지면서 온몸에 절정의 파도가 일어났다. 흥분으로 떠는 여자의 나신이 지극히 사랑스러웠다.

지켜 주고 싶고, 아껴 주고 싶은.

그가 다시는 가지지 못할 줄 알았던 감정이었다. 갑자기 울컥해지면서 그녀가 소중해졌다.

그런데 이 여자는 그게 별 감흥이 없는 모양이었다.

몸 가면 마음도 간다더니, 젠장!

"으흑!"

갑자기 그의 눈앞이 캄캄해졌다. 그의 손가락에 충분히 달구어진 클리토리스가 문제였을까? 나현의 속에서 그의 페니스가 녹아날 것만 같았다. 나현은 이미 절정에 올라 그 꼭대기에서 몸부림치고 있었다. 그는 허리를 세게 털며 허물어지는 것을 느꼈다.

"안에 사정할 거야."

그녀의 허락을 구하며 그가 마구 허리를 놀리던 순간이었다.

"안 돼, 안 돼! 그럼, 죽일 거야……."

나현이 급박하게 소리 지르며 허리를 이리저리 틀었다. 그럴 줄 알았다는 듯이 그는 씁쓸한 표정으로 페니스를 빼냈다. 아쉬웠지만 어쩔 수 없었다. 아무리 아랫도리가 뜨거워도 그의 머리는 지극히 이성적이었다. 그녀에게 임신을 볼모로 다른 것을 요구하고 싶지는 않았다.

"우욱……."

사정을 하며 그는 허리를 들썩거렸다. 아찔한 찰나의 쾌락, 무엇보다도 절정에서 느낀 그녀에 대한 연민 같은 것은 그를 달뜨게 했다. 그렇다, 그는 이 여자를 사랑하는 거였다.

"강시준 씨, 내가 이긴 거죠?"

그녀의 위로 허물어지듯 쓰러지면서 젖은 이마에 키스를 하는 사이에 나현에게서 울먹거리는 소리가 새어 나왔다.

"설마, 내가 역겨운가?"

이 여자에게 미움까지 받을 거라고는 미처 예기치 못한 상황이었다. 덜컥, 심장이 움직이는데 그녀가 쉰 음성으로 속삭여 주었다.

"……그랬으면 좋겠는데."

그녀의 잔뜩 젖은 음부가 아랫배에서 느껴져서 문득 고개를 들었다. 그와 마찬가지로 쾌감에 녹아나서 풀어 헤쳐진 것 같은 나현의 모습이 한눈에 들어왔다. 실오라기 하나 걸치지 않은 모습으로 나현은 그의 몸 아래에서 흐트러져 있었다. 젖은 두 눈에 차오른 열망, 쾌감에 탄식하듯 숨을 내쉬는 가슴골 사이로 맺혀 있는 땀방울, 매끈한 복부에서 비릿하게 훅 끼치는 뽀얀 정액의 냄새, 무엇보다도 자잘하게 떨고 있는 아랫도리와 다리 쪽을 그의 눈이 헤매다가 감탄사를 터트렸다.

"예쁘다, 백나현……."

피식, 하고 그녀의 입에서 바람 소리가 새 나왔다. 이 여자는 사탕발림도 싫다고 했던가? 그는 머쓱해지며 나현의 눈에 자신의 눈을 맞추며 웃어 보였다.

"진짠데, 내 말……."

애석하게도 이 여자는 예뻐도 너무 예뻤다.

***

"예쁘다, 백나현……."

어디서 돼먹지도 않은 말을 지껄이고 난리야?

심통이 났지만 분위기상 그녀는 입을 다물고 말았다. 결혼해 준다는 남자에게 그 정도 예의는 지켜야 할 것 같아서였다. 그는 파정을 하고도 뭐가 그리 아쉬운지 한 번 더 그녀 속으로 들어왔다. 두 번째의 정사도 처음처럼 격렬했으며 그녀의 가장 깊은 곳까지 파고들어 결국 끝을 보고야 말았다.

경이로움.

저의 모든 것이 이렇게까지 감각의 지배를 당하게 될 줄이야!

"어떻게 사람이 안 예쁜 데가 한 군데도 없어."

손가락으로 빗질하듯 어깨며 옆구리를 쓸어 주고 뜨거운 입술로 목덜미며 가슴을 낙인찍듯 하는 애무가 간지러웠다. 그 손길을 내치려다가 적당히 잠도 오고 기분 좋아서 그냥 내버려 두었다.

"나한테 잘하라고 안 해. 근데, 앞으로……."

유방을 쥐고서 그 부드러움을 만끽하는 그의 입에서 낮은 신음이 흘러나왔다.

“뭐든 거부하지만 말아 줬으면 해.”

거부하지 말라니.

나현은 못 들은 척하며 호흡을 고르고 있었다. 평상시라면 땀에 젖은 몸이 끕끕해서라도 욕실로 향했겠지만 왠지 자리를 털고 일어나기가 싫을 만치 편안했다. 그가 나현의 귓불을 짓이기면서 숨이 찬 음성을 들려주었다.

“나 때문에 너는 변하게 될 거야. 난 내 뜻대로 굴복시키고 정복하고…… 막 그러지는 않을 거야. 하지만 나로 인해 너에게 무언가가 생기게 되면…… 그러면 그거…….”

그가 손으로 유방을 감싼 채로 그녀의 귓불을 거쳐 둥근 어깨에 입술을 부비더니 말을 이었다.

“뭐가 됐든, 부인하지 말아 줬으면 해.”

그게 뭘까?

나한테 무언가가 생긴다? 시준이 하는 혼잣말의 뜻을 음미하며 그녀는 눈썹을 일그러뜨렸다. 이 남자는 자신감에 차 있다. 그런 그가 내게 무엇을 기대하고 있는 걸까? 그녀의 궁금한 마음을 알아차린 건지 그가 답을 해 주었다.

“사람한테 마음이 가고, 궁금해지고, 같이 있고 싶고. 백나현, 너도 곧 그렇게 돼.”

그렇다면 강시준, 그쪽은 내게 마음이 향하고 있는 건가?

내가 궁금한가 봐?

나하고 같이 있고 싶고.

나현은 다 부질없는 노릇이라고 웃어넘기려고 했다. 당신이 하려는 그거! 그거 별거 아닌 감정의 노동이라고 힐난하고 싶기도 했다. 그러나 그런 것조차 귀찮아서 그녀는 계속 비몽사몽인 듯이 굴었다.

"송마리가 찾아왔었어."

나현은 숨을 죽인 채로 귀를 열어 두고 있었다. 송마리라는 이름에서 움찔, 어깨가 떨렸지만 모른 척 잠을 청했다.

"어지간히 몸 달았나 보더라. 내가 결혼한다는데 무슨 상관이람."

그는 더 이상 아무 소리 없었지만 나현은 그 이상을 알아차렸다.

'이 결혼은 안 된다.'

계수재에서 결혼 발표가 있던 날 밤에 희숙의 엄포 아닌 엄포가 상기되면서 주먹이 꽉 쥐어졌다.

시준은 한참 동안이나 그녀의 몸을 쓰다듬었다. 그것은 마치 애완동물 만지듯이, 귀여워 죽겠다는 깊은 탄식을 머금은 애무였다. 얼마나 되었을까? 시준은 그녀가 잠든 것을 확인하고는 자리를 떴다.

그가 문을 닫기 전에 작게 속삭였다.

"잘 자, 백나현."

그 순간, 잠깐이었지만 그녀는 혼자 남아 있고 싶지 않다는 생각이 들었다. 저 남자와 함께 있고 싶은 건가? 아니, 여기 혼자 남고 싶지 않을 뿐이었다.

강시준, 그는 진짜 내 편이 되어 줄 수 있을까? 마음이 아릿한 채로 나현은 잠이 들었다.

9. 내 편? 네 편?

일주일이 지났다.

토요일 밤에 계수재에 온 나현은 다음 날 아침 일찍 눈을 떴다. 아침 6시였다.

나현은 황망한 마음으로 침대에서 일어나 앉았다. 대충 샤워를 마치고서 면으로 된 실내복을 걸쳤다. 저도 모르는 사이에 그녀는 장식용으로 벽에 걸려 있는 야구 방망이를 집어 들었다. 맨발로 아래층으로 내려간 다음에 안채로 통하는 길을 걸었다.

도저히 가만히 있고 싶지 않았다.

'강시준 상무한테 송 마담을 보냈겠다?'

김희숙의 장난질에 화가 치밀었다. 나중에 아무 생각 없이 당했다는 후회감에 시달리기 싫었다.

으리으리한 대궐 같은 기와집의 안채는 어렸을 적에 어머니와 잠시 살았던 기억이 있었다.

생각해 보면 늘 사람들이 많이 모였던 집 안이었다. 이 집의 손님들로 오는 사람들은 죄다 특권 의식에 들떠 있었던 치들이었다. 웅성웅성, 모여 있는 군상들 속에서 자신에게 말을 걸며 피아노를 쳐 보라고 하는 사람, 할아버지 앞에서 재롱을 부리라고 하던 사람, 아버지한테 뭘 좀 전해 주라고 심부름을 시키던 사람 등등. 그런 것들은 단편적이고도 뭉뚱그려진 기억들이었다.

그리고 백승현……. 그녀의 오빠를 기억한다. 승현은 백씨 집안의 장손이라는 이유로 어머니와 자신이 이 집을 떠났을 때 홀로 남겨졌었다.

승현 오빠, 어떻게 저세상으로 간 거야? 만약 오빠가 여태 살아 있었으면 어땠을까? 애석하게도 그녀가 이 집을 떠나 있는 동안에 전혀 연락 없이 산 남매였다. 한 명뿐인 혈육이 어쩌다 죽었는지도, 사인이 뭔지도 모른다는 것이 미안해서 그녀는 영 손을 놓고 있지는 않았다. 흉흉한 소문대로라면 자살한 건지도 모르고, 마약하다가 약물 중독으로 사망한 건지도 모르겠다. 그러나 그녀 나름 은밀히 조사를 진행할수록 새록새록 부친이 원망스러웠다.

아버지는 제정신인 건가?

자식 하나를 잃었는데 아무렇지도 않게 잘 살고 있는 부친에게 새삼스럽게 가시가 뾰족하게 서는 것은 어쩔 수 없는 일이었다.

나현은 야구방망이를 바닥에 닿게 질질 끌면서 평소 희숙이 사용하는 침실 문의 손잡이를 당겼다. 잠겨 있지 않은 탓에 문은 쉬이 열렸다.

"일부러 문 안 잠그고 있었어요?"

예상대로 희숙은 잠에서 깨어나지 않고 있었다. 아마 은경이 이혼을 하지 않았다면, 아니 쫓겨 나가지만 않았어도 저 방은 누구의 것이었을까? 다시 생각해도 살이 부들부들 떨리고 목까지 괴로운 감정이 치받는다. 아아, 원래는 누구도 미워하지 않고 사는 것이 내 삶의 목표였는데, 이따위로 일을 망쳐 놓다니!

김희숙, 가만 안 둬!

적요함이 심해같이 가라앉은 침실에서 희숙의 숨소리만이 쌕쌕 규칙적으로 들리고 있었다. 그녀가 누워 있는 사주식 침대 가까이로 가면서 나현은 기둥에 걸려 있는 진홍색 휘장을 방망이로 쑥 잡아 뺐다. 기척에 놀라 눈을 뜬 희숙은 외마디 비명을 질렀다.

"나현이 너, 안 바쁘니? 용케도 주말이라고 집에 왔구나? 결혼 전에 지방 공사 마무리해야 한다더니."

잠이 깬 희숙은 머리맡 램프 등의 줄을 당겨서 방 안을 더욱 환하게 만들었다. 나현의 손에 들린 방망이에 휘장이 감겨 있는 것을 보고 그녀는 눈살을 찌푸려 신경질을 부렸다.

"하여튼 공사판에서 막노동으로 먹고산다더니, 하는 짓도 참! 너 이게 뭐 하는 짓이니? 사내새끼들같이 야구 방망이를 들고 어디서 양아치 짓이야? 강시준 상무가 너 이러는 거 알면……."

"양아치에게는 양아치 노릇 좀 해야겠어요."

나현은 장밋빛 램프를 방망이로 툭 밀쳐 버렸다. 바닥으로 내동댕이쳐진 그것은 폭신한 카펫에 닿아 파삭, 하고 뭉개졌다. 아악, 하고 희숙이 비명을 지르며 두 손으로 얼굴을 가렸다. 그러면서 다급하게 말했다.

"너 잘했어! 어디 계속해 봐, 이 집 안에 아버지 계신 거 몰라?"

"그 양반은 지금 잔을 높이 들고 행복에 겨워 하고 계세요. 딸을 팔아치워서 한경기업하고 사돈 되는 기쁨에 취해 있거든요. 아마도 오늘 같은 날에는 내가 무슨 짓을 해도 상관 안 할걸요. 나는 뭐, 그 정도 계산도 안 하고 움직이는 줄 아세요? 아줌마, 고작 한다는 짓이 송 마담 시켜서 그 사람한테 내 욕 한 거예요?"

"내 계획이 통하지 않은 모양인가 보네. 그러면 다음번엔 그 집 안주인한테 해야지."

그제야 감을 잡은 듯이 희숙이 투덜거렸다.

"기분 나빠요. 그렇게 대놓고 무시하셔도 되는 건가요?"

"그래서 너 지금 뭐 하는 거야?"

"협박하고 있는 거예요."

나현은 침대 위로 엉덩이를 대고 앉았다.

"막판까지 얌전하게 있으려고 했는데 안 되겠더라고요. 실수하신 거예요. 엄마는 잠자코 당했는지 모르지만 나는 다르거든요. 댁이 아버지한테 감지덕지하며 받으려는 거요, 그런 건 관심 없어요. 내가 도로 빼앗으면 되는 거니까요. 그따위로 협박하러 온 게 아니에요. 제가 무슨 협박을 하려고 하는지 아세요? 강시준, 그 사람한테 관심 꺼요. 아줌마가 만일에 이상한 짓 하면……."

나현은 나지막하게 속삭였다.

"아줌마…… 내 손에 죽어요."

나현의 말에 믿을 수 없다는 얼굴로 희숙이 싹 정색을 했다.

"장난 그만해. 얌전히 시집가야지."

"여태까지는 봐준 거예요. 적당히 당신을 인정하는 척하면서 쇼했던 거요, 그거 이제 안 해요. 임자 있는 남자 채 가서 한 가정을 무너뜨리고 사람 하나 병신 만들고…… 아니지, 아줌마 때문에 파멸한 당사자가 과연, 우리 엄마뿐이겠어요? 우리 오빠도 당신 같은 사람들 아니었으면 인생 그렇게 안 접었어. 오빠 죽은 것도 수상해서 따로 알아보고 있는 중인데, 아줌마가 여러모로 걸리네. 아무튼 당신이 한 짓들은 이제부터 내가 손봐 줄 거예요."

"오냐! 그래서 여자아이가 뭘 어떻게 해 보겠다고 이 새벽에 남의 방에 쳐들어왔니?"

나현은 서늘하게 웃으며 방망이를 고쳐 잡았다.

"내가 어렸을 때부터 남자아이들하고 쌈박질을 하고 컸거든요. 싸움할 때는 다른 거 없어요. 그저, 연장이 최고더라니까요."

"내가 네 손에 장렬히 죽어 줄 것 같아? 너 고작, 남편 하나 잘 물었다고 갑자기 뭐든지 아래로 보이나 본데, 나 그렇게 얕잡아볼 사람 아니다."

희숙은 얼굴이 파랗게 질린 채로 몸이 떨리는 것을 숨기기 위해 온몸에 힘을 주었다. 나현은 코웃음을 치며 침대에서 일어나 걸음을 옮겼다.

"김희숙은 돈독 오른 미친 여자이고, 송마리는 천박하게 미친 여자이고. 두 미친 여자들을 사이좋게 손봐 주면 되겠네."

"너, 그렇게 상스럽게 구는 거 말이다. 만약 강시준 집안에서 알면 어떻게 될 것 같니?"

쨍그랑!

나현이 왼쪽 손에 든 방망이를 휘둘렀다. 문 옆의 콘솔 위에 고아한 빛깔을 자랑하며 놓인 백자가 요란한 소리를 내며 깨졌다. 으악, 하고 새된 비명을 터트리며 희숙이 수선을 피우는 소리를 끝으로 나현이 문을 닫고 나왔다.

당신, 시끄러워!

***

-퇴근 시간인 거 알고 전화했어.

월요일 오후에 속초에서 일을 마무리할 때였다. 이제 가을에 접어들었다고 해서 오후 5시면 인부들은 손에서 일을 놓았다. 그 시간을 귀신같이 꿰고 있다는 듯이 시준에게서 전화가 걸려 온 거였다.

이 남자와는 이제 직접 통화를 하는 사이가 된 건가?

강시준은 나와 결혼할 남자가 분명하구나. 그것을 실감하며 나현은 씁쓸하게 전화를 받았다.

"공사판 담당자한테 퇴근이 어디 있어요?"

-지금 거의 다 왔으니까 같이 저녁 먹었으면 해.

아무리 서울에서 두 시간이면 오는 거리라고 해도 말이지. 나현은 인상을 굳혔다. 그래서 막 튀어나오는 대로 대답을 해 주었다.

"밤낚시 갈 거예요, 오지 말아요."

잠시 조용해지더니, 곧 전화기 속에서 남자가 웃는 소리가 들렸다. 이 남자가 웃을 때는 어떤 얼굴이 되더라? 섹스를 할 때의 굵은 구슬땀을 흘리며 숨을 가쁘게 쉬던 육감적인 얼굴의 사내, 의견 충돌이라도 할라 치면 자신을 향해 격정적인 표정을 곧잘 짓던 사내, 가만히 있으면 오만하고 냉담해 보이는 사내……. 그런 사내가 뜻밖에도 웃음을 지으면 그 서늘한 분위기가 무장해제 되듯이 다

감해지는 것을 기억한다.

-그런 것도 할 줄 알아?

"내 라이프스타일이 그래요. 인생을 즐기자는 주의라서요."

사실, 오늘은 충주에 있는 은경의 병원에 갈 참이었다. 결혼할 생각이라고, 결혼할 마음 먹었다고 그녀는 은경에게 사실을 알리고 싶었다.

-인생을 즐긴다는 사람이 왜 거기에 남자는 해당이 안 될까?

웃겨!

나현은 밝게 웃으며 핀잔을 쏘았다.

"우리가 만나기만 하면 하는 거요. 섹스는 즐기는 게 아닌가요?"

그녀의 말에 남자는 뻔뻔하게도 조금도 상처받지 않은 어투로 대꾸를 해 왔다.

-다른 것도 좀 즐겨 주지.

다른 거라.

그런 게 뭘 말하는 건데, 하고 그녀가 낭패감으로 손목의 시계를 흘끔거렸다. 샤워도 해야 하고, 가는 길에 사륜구동 차에 기름도 넣어야 하는데. 그녀의 초조함과는 상관없이 그가 나직한 말투로 대답을 했다.

-예를 들면 말이야. 오늘 뭐 했어? 밥은 뭐 먹었어? 무슨 생각했어? 일은 안 힘들었어? 저번같이 깡패 녀석들 오면 나한테 전화해, 당장 달려갈게……. 내가 이런 말 하면 대꾸해 줄 생각 없어?

우욱, 토 나온다.

"재수 없어요."

나현은 냉큼 대답해 주고는 휴대폰을 끊어 버렸다. 늦었다. 서둘러야 했다.

***

찌르르찌르르.

공기 맑은 숲 속 깊은 곳에 위치한 탓인지 요양 병원으로 들어가는 진입로는 산새 소리가 시끌시끌했다. 평소보다 더 밟은 덕에 충주에는 예상보다 일찍 도착할 수 있었다.

어머니 은경이 입원해 있는 요양병원은 해동 재단의 부속기관이었다. 이른바 일부 VIP들만의 호스피스 병동으로 최상의 시설을 자랑했다. 나현은 모친의 소원을 잘 알고 있었다. 딸아이가 보통의 또래들같이 살기를 희망하는 어머니를 위해 그녀는 오늘처럼 병원을 방문하는 날에는 평범한 차림을 해야 했다.

주차를 해 주기 위해 달려오는 주차요원에게 사륜구동 차를 맡기고서 나현은 우선 1층 화장실로 들어갔다. 급히 흰 모슬린으로 된 원피스로 갈아입고 리본이 달린 플랫슈즈를 신었다. 머리를 가지런히 모아 하나로 묶고는 병실이 있는 2층으로 향했다.

***

은경은 온돌방을 특히 선호했다. 때문에 그녀의 병실은 온돌방으로 꾸며져 있었다. 나현이 문을 열고 은경이 지내고 있는 방 안으로 들어갔을 때였다. 나현은 충격을 받은 듯이 걸음을 우뚝 멈추고 말았다. 문을 열자 방 안의 풍경이 한눈에 들어왔다.

피아노 건반 소리, 방 한가운데의 테이블 위에 놓인 꽃바구니, 머리카락이 없는 은경이 웬일로 레이스를 두른 두건을 쓰고 앉아 있는 모습, 그리고 구석진 곳에 위치해 있는 피아노와 드뷔시의 '달빛'을 연주하는 한 남자…….

젠장, 하고 나현은 얼굴을 구겼다. 그녀를 발견하고서 은경이 손짓을 했다.

"나현이 왔니? 어서 들어와라. 네 남자가 와 있단다."

내…… 남자?

얼핏 검정으로 보이는 짙은 푸른색의 양복을 입은 남자는 피아노 의자에서 몸을 돌리며 그녀를 보았다. 당장이라도 나현의 입에서 거친 욕설이 튀어나오려는 찰나였다.

"씨……!"

"어서 와, 나현아."

어서 와, 나현아?

나현은 금방 해쓱해진 얼굴로 시준을 응시하며 망연자실했다.

***

"원래 그렇게 잘해요?"

꼼수를 부린 건지, 시준은 차를 가지고 내려오지 않았다고 했다. 그래서 나현의 차가 있는 주차장으로 함께 가면서 그녀가 한마디를 하지 않을 수 없었다. 두 사람 모두 내일 출근을 앞둔 사람들이라서 온돌방의 병실에서는 대충 저녁만 먹고 한 시간 남짓 머무른 뒤였다.

"뭘 말하는 거지?"

그가 나현의 손에서 키홀더를 잡아채며 물었다.

"처음 보는 사람 앞에서 뻔뻔하게 어머니, 어머니……. 나현이 하고 결혼해서 잘 살 겁니다. 하하, 하고 웃기나 하고. 누가 보면 진짜인 줄 알겠어요."

"응, 난 진짜로 그랬어."

그가 버튼을 눌러서 차 문을 열었다.

"운전은 내가 할게. 속초에 얌전히 데려다 놓을 테니까 조금 쉬도록 해. 너 많이 피곤해 보여."

말씨름도 귀찮아서 나현은 그가 열어 주는 대로 보조석으로 가서 앉았다. 무엇이 그를 이렇게 만들었을까? 그는 수액이 넘치는 나무같이 너무도 싱싱하고 푸르러 보였다. 그가 액셀러레이터를 밟는 동안에 나현이 툴툴거렸다.

"우리 아버지는 뱀을 사료로 준 닭을 수시로 먹던데. 댁도 그런 거 먹어요? 왜 그렇게 펄펄해요? 난 좀 힘든데."

"하긴, 피곤하겠어. 어제 새벽녘에 남이 자고 있는 방에 야구방망이 들고 쳐들어가서 값비싼 도자기를 와장창 깨 버렸으니……."

나현은 깜짝 놀라 고개를 들었다. 이게 무슨 소리란 말인가?

"아버지가 그래요? 아님, 그 아줌마가 단박에 쪼르르 좇아가서 고해바쳤나 보죠?"

운전대를 돌리며 시준은 유쾌한 듯이 웃는 얼굴을 하고 있었다.

"재미있어요? 내가 양아치짓 좀 한 거……."

"걱정 마. 지금 네가 말한 사람들, 아무도 나한테 그런 내용 전달할 깜냥 없을 거니까."

그럴 수도.

그의 말에 수긍이 갔다. 가만 보면 어제 일은 집안의 치부였다. 부친은 지금 시준과의 결혼을 가장 찬성하는 인물인데, 그것을 스스로 떠벌릴 것 같지 않았다. 그리고 희숙, 그녀가 염치 불구하고 연락을 취한다고 해도 시준이 받아 줄 성싶지 않았다.

"그럼? 누가?"

"나에게는 백나현에 대한 소유권이 있지. 그 소유권을 지키기 위해서는 하는 일이 은밀하게 많답니다. 다시는 그런 무모한 짓 하지 마. 하려면 내가 있는 데서 해. 그리고 그거 알아? 김희숙 그 여자는 아주 성질 나쁜 경호원들도 여럿 고용하고 있어."

"그만해요! 더 나갔다가는 내가 너 지켜 줄게, 이럴 것 같아서 더 이상 못 듣겠네."

나현은 손부채질을 하며 홧홧하게 달아오른 뺨을 식혔다. 그래도 그가 은경을 위해서 피아노 연주를 해 주고 손수 과일 껍질을 벗겨 포크로 찍어 주는 등의 행동을 한 것에는 감사가 나오지 않을 수 없었다.

"엄마가 원래 잘 안 먹는데……. 아까는 식사를 매우 잘하시더라고요. 고맙게 생각해요."

나직한 말로 그저 지나가는 어투로 그녀가 인사말을 읊조리듯이 했다. 차창 밖으로 칠흑같이 어둠이 짙었다. 차창에 비쳐진 제 얼굴이 꼭 남의 것만 같아서 나현은 쑥스러웠다. 게다가 이런 감정 또한 너무 생뚱맞아서 부끄러웠다. 심호흡을 몇 번 하고 나서 상기된 뺨을 손바닥으로 톡톡 치고 있는데 시준에게서 웃음소리가 들려왔다. 고개를 돌리려는데 그가 만류를 했다.

"됐어, 그냥 그렇게 창문을 향하고 있어."
"왜요?"
그의 말에 대한 반동으로 나현은 운전석으로 고개를 돌렸다.
"운전하는 데에 방해가 되니까 나를 쳐다보면 안 된다는 뜻."
"그건 또 무슨……."
왜? 무슨 일이지?
나현은 두 눈을 크게 뜨며 그의 옆모습을 살펴보았다. 이 남자, 에너지가 넘치며 신이 나 있었다. 무언가에 집중할 때 행복함을 느끼는 사람이 있다. 그가 지금 그래 보였다. 어리둥절해 있는데 돌연, 그가 욕설을 터트렸다.
"젠장, 백나현! 그렇게도 몰라? 키스하고 싶으니까 나를 보면 안 된다고!"
"키스?"
에이, 난 또 뭐라고.
김이 빠진 탓에 나현은 툭, 웃음을 머금었다. 그러나 그는 심각해진 채로 운전대를 잡은 손에 푸른 핏줄이 드러나도록 힘을 주고 말했다.
"키스로 끝날 것 같지 않아서 그래."
시준의 손 하나가 운전대에서 떨어져서 그녀 쪽으로 움직였다. 나현의 손목을 그러쥐는가 싶더니 그가 한숨처럼 탄식을 뱉어 냈다.
"힘주면 부서지겠네. 만지는 데마다 가늘고 약한 사람이 도대체, 마음은 왜 그렇게 번잡한 건지."
그에게서 손목을 비틀어 빼내며 나현이 고개를 저었다.
"나는 은근 무념무상 스타일이에요. 머릿속 잡념은 몸을 활활 태워서 날리는 편이고요. 그래서 복잡하고 막 그런 거 안 해요. 봐요, 그쪽한테도 신경 끄고 있잖아요."

신경 끄기 위해서 노력하고 있다고는 안 했다.

"고민이 너무 많은 것 같아서 못 보겠는데……."

"고민이랄 것도 없어요. 거추장스럽고 불필요한 게 싫을 뿐이에요. 그런데 이런 것도 기실, 다들 먹고살기 힘든 마당에 사치일 수도 있어요."

그녀의 단호한 말에 시준은 웃음기를 머금은 얼굴로 입을 열었다.

"내 쪽이 참 딱하게 됐어. 네가 나타난 뒤로 나한테 욕심이 생긴 거 어떻게 생각해?"

"조희수 씨한테도 그랬어요?"

일부러 그 이름을 댔다. 멍청하게도 잘못된 정보로 인해 이 남자에게 먼저 결혼 제안을 했었다. 사랑하는 여자가 있는 남자는 자신과 거리를 둘 줄 알았다. 그런 오류로 인해 스스로 경계심을 허물었던 지난날이 후회되었다. 이 남자가 나의 재산만을 욕심내어 주기를…… 그 얼마나 원했는데.

그건 그렇고, 조희수라는 이름을 입 밖으로 꺼냈는데도 그에게는 아무 반응이 없었다.

"말해 봐요. 조희수 씨하고도 이랬냐고요? 그런데 어떻게 됐죠? 상대방을 욕심내니까 그만큼 가져져요?"

쉿, 하고 시준은 급히 말했다.

"나는 지나간 것을 복기하지 않아. 그게 나쁜 것이라면 더더욱 그래."

"내가 조희수 이야기 꺼내서 화나지 않아요?"

"너한테 고맙게 생각한다고 했잖아. 그쪽 덕분에 나는 병 하나는 던 셈이니까. 더 이상 조희수 생각 안 나."

조희수와의 악연이 과거 그를 얼마나 고통으로 몰아갔을지 다시 한 번 짐작이 되었다.

그녀는 여러 가지로 착잡해졌다. 우리 인간은 사랑의 포로일지도 모른다. 사랑하지 않고 살아갈 수는 없는 걸까?

마음이 복잡해지는 한편, 그의 차분한 어투에 나현은 점차 속이 가라앉는 느낌이었다. 적어도 그의 말이 진심이라는 안도감이 닿았다.

"내가 고마워요? 그러면 나하고 사이좋게 지내지 말자고 약속해요. 나는 인간에 대한 기본도 모르는 사람인 데다가, 이해도 달리고…… 아무튼 나쁜 사람이에요. 잊었어요? 그쪽에게 여자가 있는 것으로 착각하고 있으면서도 같이 자자고 했던 사람이 나예요. 나는 우리 엄마를 저렇게 만든 사람들을 다 죽여 버리고 싶고, 죽은 오빠에 대해서도 맺힌 게 있어서 맘 놓고 행복할 수 없는……."

"백나현!"

그를 무시하기 위해 나현은 휴대폰을 꺼내 들었다. 그러고는 보란 듯이 제 귀에 이어폰을 꽂았다. 무슨 음악인지 분간도 안 되는 소리를 들으며 그녀는 그에게 더 이상 말을 걸지 말라는 무언의 신호를 보냈다. 시준이 흘끔, 그녀를 곁눈질하는 사이에 나현은 할 수 없다는 듯이 속내를 말해 주었다.

"사는 게 그럭저럭 견딜 만한 거 어떻게 생각해요?"

"다들 그렇게 살지 않나?"

"난요, 사는 게 그럭저럭만 되어도 좋겠다고 생각하며 버텼어요. 대학 다닐 때도 그랬고, 어느 정도 내 삶을 만들었다고 믿는 지금 역시도 그래요. 그리고요, 나는 내가 가장 사랑하는 엄마가 이 세상에서 얼마 머물지 못할 것을 잘 알고 있어요. 그런데 아까 그쪽 하는 거 보니까 엄마 인생에서 행복 한 가지쯤은 안겨 드린 것 같아서…… 고마웠어요. 그래서 말인데요. 방금 조희수 씨의 이름 말한 거 사과할게요. 내가 잘못했어요."

"내가 조금은 마음에 들어?"

그의 손이 나현의 귀에서 이어폰을 빼냈다.

"난 내 아내가 될 사람에게 앞으로 가르쳐 주고 싶은 게 많은 사람이야. 앞으로 나한테만 집중하게 될 거야."

그는 이어폰을 바닥에 던져 버리고는 나현의 손을 움켜쥐었다. 힘을 주어 손가락을 깍지 끼면서 그가 은밀한 어조로 속삭였다.

"손 좀 내놔. 운전하는 거 지루해 죽겠는데, 나도 뭔가는 즐거워야지."

"남자는 어쩌면 그렇게 한 가지 생각밖에 못 해요? 그러면서 뭘 가르쳐 주겠다고."

그녀의 못마땅하다는 듯한 투덜거림에 시준은 서슴없이 대꾸를 해 주었다.

"가르쳐 줄 게 아주 많다니까. 나하고 소통하는 법을 가르쳐 줄 거고, 본인이 행복해지는 법도. 전부 내가 다 가르쳐 줄 거니까 기대하도록 해."

유유히 운전대를 잡고서 다른 한 손은 나현의 손가락을 억지로 깍지 낀 채로 그는 들떠 있었다. 나와 소통하겠다고 밀어붙일 모양이지? 나현은 그에게 잡힌 손가락을 빼내려다가 실랑이를 그만두고서 아예 시트를 젖혔다.

“피곤하니까 말 시키지 마요. 아, 그리고 운전 똑바로 해야 해요. 자꾸 나 쳐다보면 위험해.”

“예뻐서 보는걸.”

예쁘니까 쳐다본다고?

그런 말은 와 닿지 않는다. 잠을 좀 자야겠다. 은경을 만나고 온 날에는 피로가 몇 배는 더 누적되는 것 같았다. 아니, 좀 더 면밀히 따져서 그것은 피로가 아닌 아픔 같은 것이었다. 눈두덩이 뜨거워지고 있었다.

“도착하면 깨워 주세요. 내 손 꼭 붙잡고 핸들 잡는 것도 좋은데, 안전 운전 명심해요.”

그리고 그녀는 눈을 감았다.

***

푹 잠이 들었는지 차가 멈추었는데도 그녀는 도통 일어날 기미가 보이지 않았다. 속초의 바닷가에 주차를 하고서 그는 차 밖에서서 담배를 태웠다. 담배를 다 태우고 났는데도 그녀는 잠에서 깨지 않고 있었다. 담뱃재가 떨어진 바닥을 구둣발로 짓이기다가 불시에 어릴 적의 기억 하나가 떠올랐다. 그의 머릿속에 나타난 것은 수많은 개미가 오글거리는 흙바닥을 밟아 대던 친구였다. 얼굴도 기억나지 않은 그 친구는 비가 오기 전에 집을 짓느라 분주한 개미들을 발로 밟으며 쾌감을 느끼는 것 같았다.

사랑하고, 행복해하고, 사랑받고, 기뻐하고……. 그런 데서 쾌감을 느꼈으면 얼마나 좋을까?

누구?

너, 너 말이야.

백나현.

운전석으로 훌쩍 올라가 앉아서 그는 나현의 얼굴을 자신 쪽으로 돌려놓았다. 고개를 기울고 잠에 빠진 나현의 얼굴은 핏기 하나 없이 창백했다. 아직 앳된 얼굴이며 가느다란 선의 몸을 보면 그녀가 공사 현장을 맡아 일을 한다는 사실이 믿겨지지 않았다. 그는 나직한 말로 속삭여 말했다.

"조희수하고 사랑이라고 믿었을 때의 내가 어땠는지 말해 줄까? 나는 그 당시에 불이 활활 타올랐다고 믿었어. 그 불이 영원히 꺼지지 않더라도 남들 모양으로 서서히 사그라지는 것으로 알았지. 그런데 아니었어. 내 경우에는 갑자기 퍼붓는 비를 맞고 잿더미가 된 격이었지. 백나현, 그거 알아? 나는 너보다 더 회의적인 사람이라서 다시는 불이 붙지 않기를 원했어. 그런데 너를 알고서는 그 불이 당겨지더니, 이제는 내가……."

그는 잠시 말을 멈추고서 나현의 목덜미에 흐트러진 머리카락을 매만졌다. 뭔가 울컥, 치솟는 뜨거운 것이 있었다.

"……나는 이미 불을 활활 태우고 있어. 멈추지 않을 것 같다."

10. 거기서 꼼짝 마!

그날은 마침, 편백나무와 마감재가 함께 배달되어 온 날이어서 정신이 없을 때였다. 누군가가 손님이 왔다며 큰 소리로 나현을 찾았다.

"어이, 우리 현장 소장님께 손님이 왔어. 근데, 남자야."

남자라는 소리에 다들 왁자하게 웃음을 터트렸다.

강시준?

나현은 웃고 있는 인부들을 향해 샐쭉한 표정을 지어 주고는 공사 현장을 구분 짓는 바리케이드가 쳐진 쪽을 보았다.

"선배?"

그런데 뜻밖이었다. 홍지유, 그가 환한 얼굴을 하고 손을 흔들고 있었다. 두 사람을 번갈아 보던 인부 한 명이 말했다.

"애인님 맞지? 저번에는 좀 더 호리호리했던 것 같은데 저치는 그냥저냥 하네."

"아저씨도 참, 내가 애인을 여럿 두는 줄 아나 봐? 디딤 사장님이 왕림했네요. 우리 이제 다 죽었다. 일이 너무 더뎌서 직접 와 본 건가 봐요. 이거, 너무 조악한 상태에서 감사받게 생겼네."

나현은 안전모를 벗으며 나비의 날개가 팔랑거리듯 지유에게로 갔다. 그는 모래사장이 가까운 소나무 앞에 차를 대놓고 있었다. 제법 살이 붙은 펜션의 뼈대는 쳐다보지도 않고서 지유는 나현을 반기며 등을 두드려 주었다.

"쉬엄쉬엄 좀 하지. 백 소장, 소문 파다해."

"벌써 거기까지 무슨 소문이 돌았나 봐요? 하긴, 클라이언트의 친구가 조폭인 거는 여간 골치 아픈 일이 아니지요. 그 조폭이 보복한단 소문 돌아요? 나오라고 해요, 내가 아주 다 밟아 줄 거야. 디딤의 백나현이 또 반사회적인 데다가 한 폭력 하잖아."

나현의 너스레에 활짝 웃으며 지유는 미리 준비한 캔 맥주를 건넸다.

"항상 여전하구나, 너는. 소문이야 무성하지. 백나현 소장이 현장 맡아서 열심히 일만 하고 있는 줄 알았는데, 한경 아들하고 결혼도 한단 말이지…… 이런 소문."

캔 맥주의 표면에 물방울이 송골송골 맺힌 것을 보니 갓 냉장고에서 꺼내 온 것 같았다.

"선배는 한 모금 안 해요?"

나현이 맥주를 권하자 그가 고개를 저었다.

"아니, 운전해서 내려왔거든."

"선배, 금방 갈 거예요? 나 좀 있으면 브리핑 완벽하게 할 것 같은데, 그거 듣고 가요."

"나현아, 저기……."

사실, 지유는 따로 할 말이 있어서 온 거였다. 어제 사람이 찾아왔었다. 그자는 어디 쪽 사람인지 정체를 밝히지 않으면서 건축사무소에서 나현을 빼라는 말을 했다. 이제 더 이상 나현이 이쪽 일을 해서는 안 된다는 말이었는데, 그것은 그에게 협박 아닌 협박이었다.

'본인에게 직접 권고하지 그러십니까?'

'직접적으로 말한다고 들으실 분이 아니라서요. 홍지유 사장님의 협조가 필요합니다.'

그랬는데.

직접 와서 나현의 얼굴에 대고 그는 차마 입이 떨어지지 않았다.

"너! 이 일 그만둬라."

결국, 다짜고짜 지유는 이렇게 말을 꺼냈다. 꿀꺽, 시원하게 쏘는 맥주 한 모금을 목으로 넘기다 말고 나현은 깜짝 놀랐다.

"선배, 바보예요? 왜 그런 식으로 말해? 자기가 갑(甲)이다, 이거지?"

"녀석아, 솔직히 갑은 백나현이지. 내 모가지가 너에게 달렸다는 거 모르는 사람이 어디 있어? 내가 무슨 돈으로 이 나이에 건축사무소를 가지고 있으며, 또 여섯이나 되는 직원들이며 설계사한테 월급 주는데? 너 진짜 몰라서 그래? 암튼, 너 이제 이 일 하지마. 아예 사표 쓰고 결혼 준비해."

"가만, 가만! 선배, 아니 사장님. 진정해 보세요. 나 지금 머리가 막 터질 것 같아."

나현은 짚이는 데를 찾아 부지런히 머리를 굴리기 시작했다.

그래!

아버지 쪽은 아닐 것이다. 솔직히 이 부분은 아버지와 타협을 하지 않았나? 그녀가 결혼 시장에 내몰렸을 때에 그 타협은 꽤 먹히는 거였다.

"선배, 지금 나한테 너무 심한 거 아니에요? 누구 압력으로 이러는 거예요? 설마, 아버지는 아니죠? 아버지는요, 당신 원하는 대로 내가 번듯한 남자와 결혼하기만 하면 건축판에서 일하는 것은 참견하지 않는다고 했었어요. 그런데……."

"모르겠어. 어제 회사에 찾아온 사람은 누군가의 심부름으로 온 듯했어. 너 당장 여기서 철수시키래. 건축사무소에도 나오지 못하게 하라는데, 만일 그렇지 않으면…… 미안한데, 나현아. 정말 미안해. 네가 건축사무소 팔아서 다시 돈으로 돌려달라고 하면 나 그렇게 해."

"그런 말은 절대 입에 담지 말아요."

나현은 맥주가 반도 더 남은 캔을 우그러뜨리면서 몸을 돌려세웠다.

"가만 안 놔둬!"

그녀는 작업용 조끼의 주머니에 넣어 두었던 폴딩키를 찾아 쥐고서 제 차가 있는 쪽으로 걸었다. 분노로 인해 흥분한 몸이 데워지는 것처럼 발이 닿는 곳마다 뜨거웠다. 강시준, 그가 범인일 것 같았다. 결혼은 평생이 걸린 선택이라지만 자신은 이혼을 전제로 하고 있었다. 그리고 결정적으로 시준은 디딤 건축의 사장을 제 애인으로 잘못 알고 있지 않은가?

그래, 그랬어.

나하고 처음 잠을 잔 날에도 그는 대뜸 홍지유가 걸리느냐고 물었더랬지.

"어디 가? 아니, 누구한테 가려는 거야? 야, 백나현!"

그녀의 뒤를 급히 쫓으며 지유가 버럭, 소리를 질렀다.

"나, 일 그만 안 둬. 펜션 끝나는 대로 춘천 드라마 세트장 리모델링하는 것도 다 내가 할 거야. 리모델링쯤은 내가 감독해도 된다고 했잖아. 나 절대 일 그만 안 둬!"

"그러게, 어디 가는 거냐고?"

헐레벌떡 뛰어오며 어디로 가는 거냐고 다그치는 지유에게 들리지 않게 나현은 중얼거렸다.

"강시준, 그 인간한테 가야겠지!"

그 사람, 뭐라고 했더라?

차 안에서 잠결에 들었던 그의 성마른 독백을 기억해 냈다.

불을 활활 태우고 있다고 그랬다. 그 불을 멈추지 못할 것 같다고, 그가 그랬었다.

***

해동 아트센터의 특별 미술전이 열린 날에 맞추어 희숙은 일부러 한경의 사모를 초대했다. 다행히도 한경의 사모인 이승애는 대학 동기들을 데리고 와 주었다.

"오셨어요? 앞으로 저희가 각별할 것 같아서 일부러 모셨습니다. 언제 봐도 우리 사모님은 분위기가 남다르세요."

파마기가 전혀 없는 단발머리의 승애는 안경을 쓰고 있는 데다가 깡마른 몸이어서 그리 유해 보이는 인상은 아니었다. 모친의 차갑고 범접할 수 없는 분위기를 강시준이 고대로 빼닮고 있는 것 같았다.

"김 관장님의 초대가 얼마나 반갑던지요? 그렇지 않아도 우리 애 일로 먼저 청해야 하나, 고민 많았답니다. 아시다시피 우리 아들이 독자라 외롭게 컸잖아요. 그런 아이에게 처복은 있으려나 보다고 우리 영감님하고 요즘 신났어요."

흥, 처복은 무슨!

속으로는 정색을 하면서도 희숙은 다른 때보다 더욱 간드러지는 웃음으로 승애의 손을 잡아 이끌었다.

"사모님께 잠시 차 한잔 대접하고 싶은데요."

특별전이 있기 전에 시간이 조금 남아 있었다. 그 정도면 소기의 목적은 달성할 성싶었다.

"그래요, 우리 긴히 이야기 나눌 사이지요. 정 비서님, 비서님이 먼저 내 친구들한테 가 있어요."

승애는 기꺼이 그녀를 따라 관장실로 들어왔다. 희숙은 승애가 자신을 향해 마음속으로 너는 조강지처를 내쫓은 주제 아니냐고 힐난할 것을 잘 알고 있었다. 여태 깡으로 버텨서 그렇지, 그런 눈빛은 내동 그녀를 괴롭혀 왔기에 이제 새삼스러울 것도 없었다. 그리고 이렇듯 상위층의 사모에게 가장 절실한 문제는 자식의 혼사라는 것쯤은 간파하고 있었기에 당장 이 자리에서 승자는 자신이었다.

말해 줄게, 당신이 그토록 맞이하고 싶어 하는 며느리가 어떤 여자인지를.

나현아, 미안하구나. 너는 나를 너무 우습게 봤어.

너 이 결혼 못 해, 두고 봐!

게다가 강시준 상무는 너무 위협적인 존재다.

자신은 공식적으로도 나현의 어미가 아니었다. 백욱기 회장의 아내로 호적에 올라가 있지 않은 사실을 세상이 다 알고 있었다. 그러니 자신의 입으로 백 회장의 딸이 어떤 치부를 가지고 있는지 털어놓는 일은 크게 문제 될 것도 없었다.

"……고판수 화백님은 제가 예전부터 눈여겨봤다고 했잖아요. 물론 김 관장님하고만 거래하는 것은 익히 들어 알고 있었어요. 그건 그렇고, 우리 언제 자리 마련해야죠? 사실, 조심스럽긴 합니다. 아시다시피 해동은 안사돈 되실 분이 공석(公席)이어서……."

소소하게 그림 이야기로 시작한 주제가 슬슬 시준과 나현의 결혼으로 이어질 즈음이었다. 이때다, 싶은 희숙은 입을 열었다.

"사모님, 저는요. 제가 그림을 파는 일을 하기 시작하면서부터는 사모님 같은 분들이 제 주고객이셨어요. 저는 지금도 사모님들 편이랍니다. 그래서 망설이는 중입니다. 그게요, 사모님. 이 결혼에 문제가 많은 것 같아서 제가……."

"문제요? 문제, 라고요?"

예상대로 승애의 손에 쥐고 있는 잔에서 찻물이 튀었다.

"제 딸아이로 키우긴 했지만, 사모님도 아마 아실 거예요. 그 아이는 한경 상무님의 짝이 될 재목은 아니랍니다."

"아, 이거 당황스럽습니다만."

승애는 당황한 낯으로 재빨리 잔을 내려놓았다. 희숙은 부러 우아한 동작으로 파우치를 열어 실크 손수건을 꺼내 들었다. 승애의 손등에 묻은 찻물을 닦아 주며 그녀가 넌지시 물었다.

"그만둘까요?"

"아, 아뇨. 당연히 들어야죠. 제 아들 일인데요."

걸려들었다!

희숙은 흡족한 미소가 배어 있는 얼굴로 고개를 끄덕였다

"그럼요, 아드님 일이잖아요. 저는 자식을 배에 품고 낳아 본 일이 전혀 없는 사람입니다만, 그런 건 알아요. 이 세상에서 자녀를 대신해 죽을 수도 있는 유일한 단 한 사람이 어머니라는 거요."

부스럭.

희숙은 크리스털 테이블 위로 서류를 펼쳤다.

***

-웬일이니? 어떻게 전화를 바로 받아?

"서울 올라가는 중이었어."

운전대를 붙들고 있지 않은 손으로 나현은 핸즈프리의 음량을 높였다. 공사장에서 지유와 헤어져 서울로 운전해 가는 중에 걸려 온 이 비서의 전화였다.

나현은 서울까지 몇 킬로가 남았다고 알려 주는 초록색의 안내 표지판을 흘끔거리며 입술을 깨물었다. 표지판이 등지고 있는 가을 하늘은 9월 한복판답게 쾌청했다. 올해 여름과는 아주 이별을 했다는 생각이 들면서 문득, 시간을 잘 보내고 있는 것 같은 안도감에 한숨이 나왔다.

그녀는 1년, 2년, 아무런 번민 없이 세월을 훌쩍 보내는 방법을 잘 알고 있었다. 손이 많이 가는 공사 현장에 몰입을 하는 것이 가장 좋았다. 다른 잡념 따위는 틈을 비집고 들어오지 못하게 하는 방법이었다.

다른 잡념?

무심코 강시준에 대한 것으로 마음이 어수선해졌다. 그 남자의 자신을 향한 직진이 버겁다가도 얼마쯤은 사람의 진심에 대한 호기심이 일었다. 그것은 마치 물고기들이 노니는 고요한 연못에 돌멩이를 던지는 것처럼 파문을 일으키는 짓이었다.

-……통화 되겠어?

“오케이, 말해요.”

이 비서의 전화가 단순한 안부용이 아닌 것을 깜박했다.

-좋은 소식하고 나쁜 소식이 있는데…….

“진짜 나쁜 소식은 내가 들었어, 언니. 나 디딤에서 해고될 처지야.”

-내가 전할 나쁜 소식은 그것보다 더한 것 같은데. 백나현은 거기서 해고되어도 가난뱅이는 되지 않을 거잖아.

이 비서의 어투는 사뭇 시비조였다. 나현은 슬그머니 미소를 지으며 자신에게 닥친 해고 바람보다 더 나쁜 일이 무엇인지 궁금해졌다.

-김희숙 관장의 비서가 우리 프락치인 게 이제야 결실을 맺었다. 프락치 비서가 방금 연락했었어. 너는 1도 관심이 없겠지만 오늘 김희숙이 자기 VVIP 회원들 데리고 아트센터 특별전 열었잖아. 한경 이승애 사모님이 왔더래. 둘이 은밀히 이야기했다더라. 알다시피 김희숙이 너에 대한 나쁜 자료는 죄다 쟁여 놨었잖냐.

“그거 풀었다는 얘기야?”

나현이 말끝에 씨발, 하고 욕설을 중얼거렸다.

‘이것만 알아 뒀으면 좋겠구나. 나는 네가 생각하는 것보다 훨씬 더 무서운 사람이야.’

희숙의 협박 아닌 협박이 떠올랐다. 그래, 내가 생각하는 것보다 훨씬 무서운 당신이 고작 한다는 짓이 그거였어? 내가 다른 집안의 딸들처럼 살지 않는 것을 까발리는 거? 내가 디자인이나 음악을 전공하지 않고 독특하게 건축학을 전공했다고 해서, 또한 내가 사내들 모양으로 살면서 꾸미는 것에는 도통 관심 없다고 해서, 그리고 또 해동의 집안일에 항상 두어 발 떨어져 있었다고 해서, 그런 것들이 내게 치명타가 되리라 믿는 건가? 유치한 사람 같으니!

"그깟 내용물이 뭐가 문제래? 한경 사모님, 그분도 보통의 그룹 사모님 같으면 욕심이 있을 것이고, 욕심이 있는 만큼 머리 제대로 돌아갈 텐데? 난 해동제약을 바리바리 싸들고 시집오는 며느리라고. 언니, 몰라? 어마어마한 크기의 다이아몬드를 올려놓은 옥쟁반이 나야."

-말 잘했어, 백나현. 그 사모님이 네 말대로 보통의 욕심 있는 사모님이 아니라는 게 이번 사태의 가장 큰 핵심이야. 슬하에 자식이라고는 아들 하나밖에 없는 탓에 그렇게 돈이며, 회사 일이며 관심 없으신 양반이래. 인생 순식간에 먼지 되는데 아득바득 살아서 뭐 하냐고 강연하신 내용도 있어. 내가 조사해 본 바로도 지극히 상식적이고 마음이 유한 스타일을 며느릿감으로 원하셔.

"지극히 상식적이고도 마음 유한 스타일이라."

가차 없는 이 비서의 대꾸에 나현은 웃음을 터트리면서 차 안에 비치해 놓은 생수병을 들어 입으로 가져갔다. 미지근한 물을 몇 모금 넘긴 다음에 웃는 소리로 물었다.

"사모님 아들이 나한테 빠져 있는 걸 모르시나? 그것만으로 내 행적을 상쇄할 수 있지 않을까?"

-백욱기 회장의 딸이 바이크족들하고……. 아니다. 폭주족들하

고 1년에 서너 번씩 전국 일주하는 거 하며, 건축사무소에서 일하면서 현장 막내 뛰는 것도 모자라 깡패들하고 치고받고 싸우는 것 하며, 얼마 전에 너! 나 없이 사고 친 것까지 꽤 꼼꼼하게도 모아서 우아하고 품위 있는 이승애 사모님께 전달해 드린 모양이야.

"그까짓 거, 뭐 대수라고!"

-그까짓 거? 아마 모르긴 몰라도 꽤 그로테스크하다고 난리 났을걸? 안방 CCTV에 찍힌 게 하얀 잠옷 입은 여자애가 야구 방망이를 들고 행패부리는 짓이라는데, 어느 집 마나님이 내 며느리라고 좋아하겠어?

그럴 수도 있겠다, 라고 나현은 혀를 차면서 방 안에 CCTV를 설치한 사람이 누구였더라, 하고 조금은 착잡했다.

"그럼, 좋은 소식은 뭔데?"

-우리 백나현 양은 결혼하는 거 진심 별로였잖아. 잘하면 결혼이 물 건너가게 생겼다는 게 좋은 소식이었습니다.

하하, 하고 나현은 소리 없이 웃었다. 그러자 휴대폰 속에서도 이 비서의 웃는 소리가 넘어왔다. 웃고 나서 나현은 진짜 씨발이다, 하고 욕설을 뱉어 냈다.

-너 욕도 좀 작작 해. 보통 재벌 집 영양 중에 너 같은 프로필에 욕설 입에 달고 사는 캐릭터는 없어. 거기다가 더해서 디딤 건축소장하고 네가 사귀는 것 같다는 카더라도 돌던데, 아마 김희숙이 그것도 먹잇감으로 냉큼 던져 줬을 거야. 내가 이승애 사모님이라도 너 며느릿감으로 별로야.

"됐고, 최남웅 실장이라고 했나? 언니는 그 사람 번호 알죠? 그 사람 통해서 은밀하게 강시준 상무가 어디 있는지 행방 좀 알아내 줘요."

-은밀하게? 왜 그래야 하는데? 강 상무님 만날 거니? 두 사람 통하는 사이 아니었어? 그렇다면 네가 직접 전화해 봐야지.

"아니, 직접 통화하지 않을 거야. 전술이 필요해."

-전술?

"응, 전술이야."

-서둘러야겠는데? 내가 이승애 사모님 뒤를 밟고 있는데 지금 한경 본사로 향하시는 것 같아. 강시준 상무가 지금 본사에 있나 봐.

"언니, 오늘 전술 이름은 언니가 정해요. 뭐든 해서 사모님 차를 지체시켜 줘야겠어. 내가 알아서 할 테니까 유능한 언니께서 시간을 벌어 달라는 뜻, 알아들어요?"

잠시 정적이 흘렀다. 그 틈으로 이 비서는 기민하게 머리를 굴리고 있는 모양이었다.

-알아들었어, 이번 전술 이름을 '추행진'이라고 치자. 내가 바리케이드 칠 동안에 강 상무 만나서 이야기 끝내.

"요즘 삼국지 게임하나 봐요?"

삼국지의 진법 중 하나인 추행진을 말한 이 비서에게 그녀는 고개를 끄덕여 주었다. 과연, 그럴듯했다. 단도직입적으로 강시준을 마주칠 제 역할이 매우 중요하다는 의미일 터였다.

어떡하나, 혼잣말을 삼키며 나현은 액셀러레이터를 밟았다. 어느덧 코끝이 찡해짐을 느꼈다.

'사람한테 마음이 가고, 궁금해지고, 같이 있고 싶고. 백나현, 너도 곧 그렇게 돼.'

그래, 나 사실 뭔가 시작됐어.

하지만 영원한 것을 믿지 않고, 남자에게 엮여 결혼생활 하고픈 마음도 없고, 누구한테 마음 주고 싶지도 않은데…….

외로웠다.

갑자기 외로워서 할 말을 잃을 만큼. 아니, 따지고 보면 느닷없이는 아니었다. 원래부터 그녀는 외로웠다. 그런 것쯤 자각하지 않을 만큼 열심히 지냈을 뿐이다. 그리고 그 사실을 이 남자가 가르쳐 주었다. 나쁜 남자, 강시준!

그를 만나고 나서 알았다.

내가 많이 외로웠구나.

"내가 홍지유 선배랑 그렇고 그런 사이라고 알고 있으면서도 당신은 아무렇지도 않았단 말이야?"

그것도 사랑인가?

이상하다.

우리 엄마는 질투로 병이 들어 버렸는데.

***

[여기 한경 T&G 본사 안내데스크 앞이에요. 얼굴 좀 봐요.]

청담동의 한경 빌딩에 도착한 나현은 안내데스크 앞에서 그에게 문자를 보냈다. 놀랍게도 경비원이 곧장 전화를 받는가 싶더니, 그녀의 신분을 확인해 왔다.

"백나현 씨?"

"네에, 맞습니다."

나현은 가볍게 고개를 끄덕여 주고는 경비원의 안내에 따라 임원 전용 엘리베이터 앞으로 향했다. 그제야 옷차림에 신경이 쓰였다. 얇은 카키색의 국방 점퍼를 걸친 안에 면 라운드 셔츠와 청바지 차림. 멀쩡해 보이진 않는다. 다소 절망스러워서 나현은 야구 모자를 벗고는 머리를 풀어 내렸다. 그러는 사이에 진동음이 울려서 액정을 들여다보니 시준이었다.

"아니, 내려오지 마세요. 내가 올라가요."

바로 전화를 끊어 버렸다. 엘리베이터 안에 들어가 임원 전용실인 꼭대기 층을 누르면서 눈시울이 붉어졌다.

내가 지금 뭐 하자는 것인가?

디딤에서 나를 해고시키는 게 당신 진짜 목적이었을까? 결혼 준비나 차분하게 하고 있으라는 뜻? 아님, 당신이 내 모든 것을 주관하고 싶다는 의사 표현? 이것도 저것도 아니면 홍지유와의 관계가 껄끄러워서 떼어 낼 작정으로?

그러나 나는 그런 것들을 따질 수가 없다. 당신 어머니가 만나러 왔을 때를 대비해야 해. 그저, 단지 조금만. 강시준, 당신이 나를 얼마나 원하고 있는지를 끄집어내야 한다.

당신 말이야! 나에게 정말로 마음이 있다면, 그것을 온전히 드러내 주겠어? 오늘, 아니 바로 지금!

엘리베이터 문이 스르륵, 소음도 없이 열렸다. 벌써 31층에 도착해 있었다. 상념에 젖어 바닥을 향하고 있던 시선을 들어 문득, 앞을 보았다가 깜짝 놀랐다.

"이렇게 반가울 수가!"

기다렸다는 듯이 시준이 두 팔을 활짝 벌려 그녀를 환영하고 있었다. 뭐 하는 짓이에요? 라고 눈짓으로 그를 나무라다가 어이가 없어 그만, 툭 웃음이 나왔다.

“그렇긴 하네요.”

아무튼 이 남자는 기대를 저버리지 않았다. 의심할 여지가 없었다.

이 남자는 자신을 사랑하고 있었다. 그의 모친에게 어서 보여주고 싶을 만큼 시준은 흥분해 있었다. 도저히 평소의 그답지가 않았다.

갓 입단한 야구팀에서 홈런을 친 어린 소년처럼 두 눈에는 기쁨과 환희가 역력했고, 얼굴은 상기되어서 마치 웬 떡이냐는 듯이 뜻하지 않은 횡재에 목이 메인 사람과도 같았다.

“왜 이렇게 들떴어요?”

두 팔 벌리고 서 있는 그를 피해 뒷걸음질을 치며 그녀가 한마디 했다.

“응, 나 들떴어. 들뜬 거 맞아. 그날 우리 충주 다녀온 후로 며칠째지? 보고 싶어서 미치기 일보 직전일 때 딱 나타나 준 게 너무 고맙다고나 할까.”

그는 제 감정을 쉬이 인정하고 있었다. 누군가가 노골적으로 자신을 반기는 것에는 익숙하지가 않아서 나현은 잠시 어금니를 사리물었다. 심장이 간질간질한 것도 같고, 목으로 넘기는 침이 뜨거웠다.

이제 30분쯤 후에 이 남자의 어머니가 나타날 것이다. 그 전에 그에게 확인할 게 있었다. 나현은 얼른 사색이 된 얼굴 표정을 고치고 망설임 없이 그에게로 다가가 푹 안기었다. 두 팔로 그의 허리를 두르고 가슴에 머리를 묻었다. 눈물이 날 만큼 그의 품이 따스했다.

그녀는 조금 당황스러웠다. 깜짝 놀란 듯이 잠시 가만히 있던 시준이 그녀의 몸을 푹 포옹해 왔다. 절로 운동화를 신은 발의 뒤꿈치가 들리며 그에게 끌어올려졌다. 그가 고개를 숙여 나현의 정수리에 코를 문지르며 탄식을 흘렸다.

좋아, 라고 그가 나직한 말로 속삭이는 소리를 들었다. 나현은 몸서리를 치며 웃었다. 내가, 그렇게, 좋은가? 뜨문뜨문 속으로 중얼거리다가 그의 넥타이를 쭉 잡아 빼며 두드러진 목젖에 입술을 부볐다. 그가 그녀의 몸을 으스러져라 안으며 어리둥절해했다.

"이런, 백나현 몸에 탈이라도 났나?"

"아니에요. 멀쩡해요."

"그러면 머리에 총 맞았나?"

그가 제 턱을 나현의 정수리에 대며 허리며 등을 쓸어내렸다. 나현이 대수롭지 않다는 어투로 대답을 해 주었다.

"그건 모르죠. 나 일하는 현장에 갈매기가 많잖아요. 우리 지금 3층 작업하고 있는데 거기는 지붕 아직 안 덮은 거 알죠? 그런데 이따금씩 새가 와서 똥을 찍, 지르고 갈 때가 있어요. 다행히 다들 안전모 쓰고 일하니까, 뭐. 근데 내가 아까 갑자기 새똥을 맞았는지……."

말을 하다 말고 숨을 내쉬었다. 난 어쩌다 당신을 알게 되었을까? 그리고 어쩌다 당신의 구애를 받고 있는 건가? 지금 내가 어떤 심경으로…… 젠장, 알 게 뭐야?

그녀는 고민을 끝내 버렸다.

그냥 나는 당신이 보고 싶어서 달려온 거야! 믿을 수 없게도 그를 보자마자 연극 무대가 암전된 것처럼 그녀 머릿속에서 가라앉는 느낌이었다. 그러니까 다른 모든 문제들이 희미해지면서 오직 강시준만 문제가 되었다.

당신에게 나는 어떤 존재인가?

이제 그것만이 중요했다.

김희숙, 엿 먹어라!

이 남자는 내가 좋다고 하고, 나는 이 남자가…….

"갑자기 일하다가 새똥 맞으면 사람이 변하긴 하나 봐요. 키스해 줘요. 키스하고 싶어서 왔어."

"내가 살다 살다 갈매기한테 감사할 날이 올 줄이야."

그가 그녀의 몸을 훌쩍 안아 들었다. 그의 허리에 두 다리를 감고서 위에서 내려다본 자세가 된 나현이 아연실색한 표정을 짓고는 주변을 휘둘러보았다.

"미쳤어요? 여기서 말고요."

둘 다 제정신이 아니긴 했지만 그가 더한 모양이었다. 엘리베이터 문이 등 뒤로 닫힌 그곳은 로비였다. 다행스럽게도 지나가는 직원들은 없었고 안내데스크는 복도 끝의 귀퉁이에 위치해 있었다. 그녀가 내린 엘리베이터가 임원 전용이라서 안내데스크 앞에 멈추지 않은 것은 감사한 일이었다.

"가자."

시준은 그녀를 안은 채로 가까운 곳의 문을 열었다. 순간적으로 어두운 곳에 들어간 탓에 그곳이 어디인지 분간이 되지 않았다. 그녀를 안은 채로 그가 한 손으로 스위치를 눌러 불을 밝히자 20여 평 남짓한 공간이 나타났다. 전면은 유리창이었는데 블라인드가 내려진 채였고, 한구석에는 와인바와 커피 메이커가 놓인 카운터가 있었다. 침대 겸용으로 보이는 소파가 길게 놓인 앞의 벽면에는 홈시어터가 설치되어서 이 방이 그의 개인 휴게실이라는 것을 짐작케 해 주었다.

"키스해."

그가 소파 쪽으로 걸음을 옮기면서 재촉을 했다. 나현은 몸을 숙여 입술을 가져왔지만 그에게 어린아이처럼 안긴 채로는 무리였다.

"내려 줘요."

그가 그녀를 안은 채로 소파에 풀썩 앉았다. 나현은 그의 얼굴을 두 손으로 감싸며 입술을 포갰다. 부러 이마 위로 넘겨 빗은 머리카락도 흐트러뜨렸다. 그가 반쯤 열린 입술 사이에서 혀를 빼 왔다. 혀와 혀가 먼저 얽혀들었다. 칡뿌리가 엉키듯이 두 개의 혓바닥이 서로를 끌어안고 비비고 빨아들였다. 나현이 더욱 적극적으로 그의 숨결을 앗아가듯 키스를 퍼부었다. 시준의 입에서 거친 숨이 토해졌다.

"굉장하네. 키스가 장난 아니게 늘었어. 누굴 죽이려고……."

"이것도 한때래요. 발정 난 짐승 모양으로 밝히는 거요."

그녀의 말에 시준이 풋, 하고 바람이 새는 소리를 냈다.

"어디서 들은 풍월이 그런 거야? 너 같으면 내가 평생 밝힐 것 같은데?"

안 되겠다, 하고 나현은 입고 있는 야상 점퍼를 벗어젖혔다. 그러다 주머니에서 립스틱이 만져져서 얼른 끄집어냈다. 립스틱, 그것도 빨간색!

옳지, 됐다. 붉은 빛깔이 내게 행운을 가져다준다며?

그런 마음으로 나현은 립스틱을 입술에 칠했다. 다 바르고는 그것을 던져 버리고 다시 그의 입술에 키스했다. 돌이켜보면 그녀는 그에게 과감하지 않은 적이 없었다. 주저할 것도, 망설일 것도 없었다.

그의 입술을 짓이기듯 문대다가 벌어진 틈 사이로 혀를 밀어 넣었다. 한참 혀끼리 비볐다가 떨어졌다. 그녀의 입술에서 늘어진 타액이 연결된 채로 시준의 입술이 번들거리고 있었다. 정염이 불타는 두 눈이 허공에서 마주쳤다.

"오늘 왜 이래?"

"확인할 게 있어서요."

"그게 뭐……."

"내가 강시준, 그쪽 마음 가져간 거 맞나 싶기도 하고."

그렇게 말해 놓고 나현은 새삼 발그레 뺨을 붉혔다. 시준의 기다란 손가락이 뺨에 와서 닿았다. 걱정할 거 없다는 듯이 부드러운 손놀림이었다. 움찔, 떨며 나현은 그의 손가락을 입 안에 넣었다. 가슴이 뛰며 그가 만지는 감각에 몸이 떨려 왔다.

"이게 얼마나 갈지 모르겠지만 나는……."

일단은 그쪽 믿어 보는 걸로.

그런 말을 삼키며 나현은 그의 손가락을 입술로 자근자근 깨물었다. 그의 다른 쪽 손이 나현의 셔츠 안으로 들어와 브래지어 밑으로 살점을 만졌다. 그녀의 몸에서 가장 부드러운 살덩어리였다. 그는 유방을 꽉 움켜쥐며 낮은 음성으로 말했다.

"난 백나현 네가 좋아."

그의 목에 두 팔을 두르며 나현은 속삭여 물었다.

"왜 좋은데요? 설명할 수 있어요?"

"꼭 다른 세상의 사람 같아서 궁금해. 사랑스러운데 그냥 보통 사랑스러운 게 아니고 미치게 사랑스러워. 욕심도 없는 사람이 의지가 단단한 것도 마음에 들고."

"덕분에 살려는 의지가 강해졌어요."

그에게 입술을 가져가 쪽 소리를 내며 키스했다. 고마움의 표시였다. 다시 입술을 떼어 내는데 그의 얼굴이 따라왔다. 겨우 그를 떼 놓으며 하아, 하고 숨을 내뱉었다. 시준이 히쭉, 웃었다.

"얼마나 더 잘 살려고? 아주 의욕이 넘치던데, 아가씨?"

"그런 거랑 달라요. 내가 기운이 넘치면서도 지겨운 이 세상을 얼마나 욕했는지 몰라요. 근데 이제 괜찮을 것 같아. 재미있어지려고 해요."

"죽겠군."

"왜? 왜요?"

나현이 제 귀에 머리카락을 걸며 의아한 눈빛을 했다. 혹시라도 불편한 건가? 아님, 내가 싫은 건가?

"하고 싶어."

"지금?"

"응, 지금."

"안 바빠요?"

"난 널 잡아먹는 괴물이 된 것 같아. 한입에 집어삼키고 싶어서 미치겠는 거 있지?"

"그럼, 잡아먹어 봐요."

그가 앉은 채로 제 허리띠를 끌러 바지춤을 조금 내렸다. 그녀도 참을 수 없어 제 바지의 지퍼를 잡았다. 그러나 시준의 무릎 위에 걸터앉은 탓에 제대로 벗겨지지 않았다. 끙끙, 거리며 지퍼를 내리고 있는데 그의 손이 더 빨랐다. 시준은 순식간에 나현의 바지와 속옷을 최소한으로만 벗겨 냈다. 그러고는 어느새 빳빳하게 서 있는 제 것을 쥐고서 그녀의 질구에 문질렀다.

"으응……."

"아파?"
"아니요."
단호하게 아니라고 말하는 그녀의 이마에 입 맞추면서 시준은 탄식조로 중얼거렸다.
"내가 누구 때문에 미친 게 분명해."
마음을 주는 것은 전부를 주는 거라고 들었다. 그래서 몸 따위는 쉽게 생각한 건지도 모른다. 그러나 제 몸을 사랑해 주는 남자가 마음까지 주고 있다는 현실은 어쩌면 저에게 가장 큰 선물일 수도 있었다.
"괜찮아, 괜찮아."
그는 그저 같은 말로 그녀를 다독거리고 있었다. 페니스가 그녀의 질구를 뻔질나게 문지르는 사이에 축축한 애액이 솟아났다. 그의 물건이 질구를 헤치고 깊숙이 들어가는데 휴대폰의 수신음이 들려왔다. 시준의 것이었다.
"안 받아요?"
언제 그랬는지 소파 한구석에 내동댕이쳐지듯 놓인 휴대폰은 얼마쯤 울어 대다가 멈추었다.
"나현이 날 봐, 나한테 집중해."
그가 이를 악문 채로 신음하며 그녀의 몸속 깊은 곳으로 들어와 박혔다.

***

"늦으셨습니다."
승애는 정중앙의 테이블 앞에 앉아서는 여비서가 가져온 생수

잔을 받았다.

"오다가 접촉 사고가 있었어요. 아, 별거 아니니까 수선 피우지 말아요. 그런데 어디 갔나요?"

창가 쪽에 있는 시준의 책상 쪽을 휘둘러보며 승애는 고개를 갸웃했다. 30여 분이나 늦기는 했지만 아들은 분명히 시간을 비워 둔다고 했었다.

"손님이 오셔서요."

"손님? 접견실 비워졌잖아요?"

승애는 고개를 쭉 빼서 접견실 쪽을 가리켰다.

"개인적인 손님이셔서 휴게실로 모신 것 같습니다."

비서는 쟁반을 들고 서서 꾸벅, 고개를 숙여 보였다. 더 이상의 말을 시키지 말아 달라는 뜻이 내포된 행동이었다. 승애는 눈을 희번덕거리며 문 쪽으로 물러나는 비서를 보았다. 뭔가 있단 말이지.

"조 대리님, 잠시만 저 좀 봐요."

신입사원일 때부터 강 회장을 보좌하며 잔뼈가 굵은 비서는 상무보가 된 아들을 맡고 있었다. 그만큼 노련한 직원이라는 뜻인데 오늘은 어째 객쩍게 웃으며 승애의 시선을 회피했다. 그것은 노련함과는 거리가 멀어 보였다.

"한 가지만 대답해 줘요. 누가, 어떤 손님이 방문한 건지 알 수 있을까요?"

"음……. 아……."

곤란하다는 얼굴로 양미간을 좁히며 비서는 겨우 입을 열었다.

"백나현 씨입니다."

"누구, 누구라고요?"

"백나현……."

"아, 그 해동제약? 그 아가씨요?"

타이밍 봐라, 하고 승애는 기가 찼다.

없는 시간 만들어서라도 할 이야기가 있다고 아들을 찾아오는 길이었다. 그 할 이야기란 것이 바로 백나현, 그녀에 대한 거였다. 승애는 원래 아들의 일에 대해서는 그리 조바심치는 성격이 아니었다. 그러나 인륜지대사라는 결혼이 걸린 일이기에 참견할 모양으로 서둘러 회사로 발걸음 했다. 그런데 보기 좋게 그 백나현과 아들이 같이 있는 현장에 나타난 격이었다.

"기다리지요. 강 상무한테는 말하지 마세요."

"벌써 사모님 오신다고 문자로 알려 놨습니다. 금방 나오실 겁니다."

비서는 침착한 태도로 문을 열고 방을 나갔다. 생수가 든 크리스털 잔을 들어 단숨에 목을 축이고 나서 그녀는 휴대폰으로 남편에게 전화를 걸었다.

"네에, 여보. 오전에 내내 미술관 특별전에 가 있었네요. 잠시 청담동 다니러 오다가 접촉 사고가 있었어요. 별거 아니었어요……. 부딪치진 않았고 진로 방해당해서 멈춘 정도? 근데 여자가 아주 못 배운 사람입디다. 돈 원하는 것 같아서 애 좀 먹었어요. 돈이야 주면 되지만 뒤끝이 안 좋으면 어째요? 아, 여기요? 여기 시준이 사무실이에요……. 아, 그게요. 원래 이 동네가 말 많은 동네이긴 하지만 제 귀에도 쏠쏠한 정보가 곧잘 들어오잖아요? 오늘 해동 아트센터에 가서 중요한 이야기를 듣고 왔거든요. 집에 들어가서 말하고 싶은데 지금 내가 너무 황당하네요. 아, 글쎄! 해동 회장님

딸아이가요…….”

“오셨습니까?”

“에구머니나, 깜짝이야!”

휴대폰을 귀에서 떨어뜨리며 승애가 소파에서 몸을 일으켰다. 어느새 들어왔는지 시준이 서 있었다. 그러나 승애는 일어난 김에 주섬주섬 핸드백을 챙기면서 문 쪽으로 걸음을 옮겨야 했다.

……민망했다.

절대 더 이상 이곳에 있을 수가 없었다.

“가시려고요? 급하게 하실 말씀이 있다고 하지 않으셨습니까?”

“나중에 하자.”

저 녀석!

승애는 손짓으로만 인사를 하고는 허둥지둥 집무실을 나왔다. 아들의 저런 모습은 처음이었다. 희수, 그 요망한 것이 망가뜨린 우리 아들이 변했다. 변하지 않고는 저럴 수가 없었다. 아님, 일부러 저러는 것일까?

접견실도 아니고 개인 룸에서 같이 있었다는 아이가…… 백나현이라고 했다. 그런데 시준은 평상시대로의 말쑥하고 깔끔한 차림이 아니었다. 예의 그 하얗게 질린 것 같이 창백한 얼굴에 유독 입술과 턱에 붉은 자국이 범벅이 되어 있었다. 그건 누가 봐도 여자의 립스틱이었다. 게다가 머리카락이 이마며 관자놀이를 가리고 있었다. 그리고 목과 가슴이 휑하게 드러난 채로 적어도 네 개 이상의 단추가 끌러진 드레스셔츠 차림에 넥타이는 잡아당겨져서 매듭이 배꼽 부분에 걸려 있었다.

“그 아이가 맘에 있다는 얘긴가?”

승애는 누구보다도 아들의 깊은 시름을 곁에서 보아 온 처지였다. 결혼에 대한 것들, 하다못해 하룻밤의 여자에 대해서도 그다지 관심이 없는 아들은 당연히 어미의 아픈 손가락이었다. 시준은 누구에게도 곁을 주지 않았고 흥미도 보이지 않았다. 그래도 결혼을 시키겠다는 부모의 뜻에 거역하지 않은 것만도 감사하자 싶었다. 아니다! 가만 생각해 보니까 백나현, 저 아이를 만나기 전에는 모든 맞선 상대방을 퇴짜 놓지 않았었나?

그나마 마지못한 듯이 선 자리에 응한 것도 승애의 눈물 바람 반에 강 회장의 병 질환 운운이 통했기 때문이었다.

그런데, 저 모습은 뭐란 말인가?

승애는 자꾸만 진정이 되지 않은 가슴으로 생각하고 또 생각했다. 단 한 번도 흐트러진 모습을 보인 일이 없는 아들 녀석이 아닌가? 입을 닫은 조가비처럼 절대 열릴 것 같지 않던 아들의 마음이 녹았단 뜻인가?

계속해서 승애는 의아했다.

회사로 찾아온 백욱기 회장의 딸, 그 아이와 접견실도 아닌 개인 휴게실에서…… 분명, 제 어머니를 보는 눈에는 채 꺼지지 않은 남자의 욕망이 이글거리고 있었다. 뿐만이 아니었다. 그것은 좋아 죽을 것 같다는 눈빛이었다. 저렇게 좋아 죽는 것이 가능하다는 것은 희수 그 아이에 대한 상처를 씻어 냈다는 뜻인가? 제발, 그래줬으면.

엘리베이터 앞으로 걷는데 눈에 촉촉한 물기가 배어 나와서 승애는 급히 핸드백을 열어 손수건을 꺼내 들었다.

11. 나는 너한테 진짜 할게

"웃겼어, 강시준!"

승애가 떠나간 후, 시준은 헐겁게 늘어진 넥타이를 아예 잡아 빼면서 손바닥으로 거칠게 입가를 문질러 닦았다. 단추가 몇 개 풀어진 드레스셔츠도 벗어 버리고 머리카락도 쓱쓱 손으로 대충 쓸어 올렸다. 뭐에 놀란 모양으로 꽁지 빠지게 도망치는 장닭처럼 집무실을 빠져나간 어머니를 떠올리며 피식, 웃었다.

"직접 보셨으니까……."

된 거다.

직감은 통했다. 승애가 아침 식사 자리에서 지나치듯 하는 말을 기억한 게 일의 발단이었다.

'강 상무, 오늘 이 엄마가 어디 가는 줄 아니? 물론 그런 거엔 딱히 관심 없겠지만 한번 들어 보렴. 그거 아니? 해동 아트 관장이 원래 나를 조금 어려워했거든. 그런데 며칠 전에 해동 아트 특별전에 나를 초대했더라. 참석만 해도 자리가 빛이 날 거라며 온갖 찬사를 다 하는데, 안 갈 수야 있나? 아무래도 그건 핑계고 사실은 그거 같아. 그거…… 우리 강 상무의 결혼 문제 말이다. 거기가 안주인이 비어 있는 관계로 사실상 아트센터 관장이 나하고 얼굴 봐야 하잖아?'

별 내색 안 했지만 속으로는 뜨끔했었다. 김희숙이 가장 견제하는 인물이 백나현이지 않은가? 게다가 결혼을 발표한 다음 날 아침에 나현과 희숙의 충돌이 있었다는 소식을 접하고 그는 은근 우려했었다.

그 여자 공연히 자극하면 안 되었는데.

아니, 굳이 자극할 필요가 없는데.

승애를 대면하려는 김희숙의 꿍꿍이가 의심스러운 부분이었다. 그리고 그건 기우가 아니었음이 드러났다. 점심시간이 지났을 무렵에 난데없이 승애가 시간을 내 달라고 했다. 아주 급한 이야기가 있다면서 본사에 들렀다 간다고 했을 때에 직감이랄지, 예감은 빗나가지 않았음을 알아차렸다.

'진짜 급해서 그러는데 5분만 시간 내다오.'

나현의 직장 문제? 폭주족들과 어울리는 수준의 바이크 타는 취미? 아님 건축사무소를 차려 주면서까지 챙긴 애인 홍지유? 뭐가 문제일까?

지난번에 송마리가 다녀간 이후로 희숙이 꺼낸 카드는 특별할 게 없을 거였다. 그 정도는 자신이 커버할 수 있다고 자신하며 모친을 기다리고 있는데 난데없이 나현이 왔다! 처음엔 무턱대고 반가웠지만 두 번째에는 수상쩍은 냄새가 맡아졌다. 그리고 곧 그는 이유를 유추해 냈다.

나현이 자신에게 달려들며 품에 안기는 행동은 분명 낯선 것이었다. 의심하고 보니까 그녀가 결연해 보이기까지 했다. 연기일까? 벌써 그의 모친이 김희숙을 만났다는 소식을 듣고 내게 연기를 하는 것일까? 그 정도로 절박하지는 않을 텐데, 미심쩍으면서도 그는 이 상황을 반겼다. 딱히 나쁠 것도 없었다. 서운하지 않은 것도 아니었지만.

나를 이렇게밖에 믿지 못하다니.

내가 어머니의 몇 마디 말에 홀랑 넘어가는 아들인 줄 알았나? 아님, 부모의 반대 하나 뿌리치지 못하는 얼간이인 줄로 아는 거야?

'……근데 이제 괜찮을 것 같아. 재미있어지려고 해요.'

그리고 나현의 고백을 들었다. 그는 순백의 바탕에 먹빛이 번지는 화선지같이 감동이 몸 전체로 흘러드는 감정을 느꼈다.

그녀의 눈에서 그는 무언가 똑똑히 보았다. 그녀는 거짓말을 하고 있지 않았다. 나현의 눈동자는 순수하게 반짝이면서 사랑받는다는 기쁨을 여실히 나타내고 있었다.

오래도록 그 눈이 보고 싶어서, 그는 더욱 반하고 말았다.

그때 걸려 온 전화 한 통.

무시했더니 문자가 왔다. 조은미 대리가 모친이 올 거라는 내용을 보내왔다. 미리 안절부절못하는 모습으로 접대하라 일러 놓았었기에 걱정할 일은 없었다.

예정대로 돌아가는 정황 속에서 섹스를 했다. 나현은 뭐에 쫓기듯 그의 몸에서 널뛰듯 격렬하게 움직였다. 입술을 꽉 깨물고 신음하는 그녀의 얼굴에 흥분은 배가 되었다.

나는 네가 행복한 게 좋은데.

얼마든지 너한테 휘둘려 줄 수 있는데.

그녀를 향한 애정이 부글부글 끓어올라 더없이 좋은 섹스였다.

섹스를 끝내 놓고 나현에게 일렀다.

'조금만…… 있어 볼래?'

응? 어딜 가?

발개진 눈시울에 누군가를 향한 열망을 그대로 품고서 자신을 올려다보던 그 시선이 무척이나 황홀했다. 확 끓어오르는 치기를 이기지 못해 눈과 눈 사이에 키스해 주고 말해 주었다.

'금방 다녀올게.'

나현이 귀여워서 자꾸만 웃음이 나오는 것을 참으며 문을 열었을 때에 뒤에서 소리가 들렸다.

'지금 자기 모습이 영 아닌데. 옷, 얼굴…… 안 봐?'

문 옆에 붙은 검은 장식장 벽면에 제 모습이 비쳐졌다. 헝클어진 머리 모양, 반쯤 벗겨진 것 같은 드레스셔츠, 뭉개진 립스틱 자국으로 범벅이 된 제 얼굴이 엉망진창이었다.

나이스, 딱 좋았다!

시준은 나현을 향해 몸을 돌이켜 자신만만한 얼굴로 입 모양으로만 말했다.

'있어 봐.'

때로는 백 마디 말보다 한 번 보여 주는 것이 더 확실할 때가 있었다. 결국 상황 종료였다. 승애는 아들의 몰골에서 할 만한 상상은 다 했을 거였고, 그 상대방이 천하의 악녀라고 해도 그녀는 거부할 수 없을 것이다.

시준이 룸으로 다시 들어가며 눈으로는 황급히 나현의 모습을 좇았다. 다행이었다. 소파 위에 그녀가 늘어지듯 누워 있는 모습에서 안도의 숨이 먼저 터져 나왔다. 그 짧은 순간에도 그녀가 혹시라도 사라졌을까 봐 겁이 난 거다. 이런, 겁쟁이를 봤나.

"잘 거야?"

엎드려 누운 나현의 등을 만졌다. 미처 벗지 못한 셔츠가 반쯤 올라가 어깻죽지의 돋아난 뼈까지 드러나 있었다. 슬며시 만지는데 축축한 땀에 젖은 결이 부드러운 피부가 다시금 그를 불끈 서게 만들었다.

"백나현, 안 일어나?"

이런 걸 꽃잠이랬나? 그는 나현의 엉덩이께로 손을 내렸다. 둥근 곡선이 적나라한 모양의 엉덩이를 쓸어 대다가 참지 못하고 다리를 벌렸다. 음습한 부분에 손가락을 가져가 질척한 질구를 더듬어 만졌다.

"……한다."

그는 바지를 벗었다. 성급히 끝낸 첫 번의 섹스에 대한 보상으로라도 한 번 더 하는 것쯤은 문제없을 성싶었다. 몇 번 제 페니스를 문지르다가 몸을 낮춰 엎드린 나현의 몸속으로 들어갔다. 질구를 파고들며 느껴지는 압박감에 호흡이 거칠어지며 눈앞이 하얘졌다.

"나현…… 아!"

이름을 부르며 귓바퀴를 물었다. 쾌감에 취해서 뭐라도 해야 했다. 으응, 하고 나현의 신음 소리가 들리는 것으로 봐서 의식이 돌아온 모양이었다. 순간, 아래에 파고드는 페니스가 꽉 조이는 바람에 그는 이를 악물었다. 벌써 정상에 도달해 버리면 곤란했다.

"아흑, 또요?"

말초신경을 자극하는 내 애인!

그는 후후, 웃음을 흘리며 바짝 나현의 속으로 밀어붙였다. 끝까지 들어간 페니스를 도로 밖으로 빼낸 뒤에 힘껏 공격했다.

"아앙, 앗, 아앗, 아아……."

엎드린 그녀가 붙잡을 거라고는 소파 천밖에는 없었다. 그는 나현의 등에 제 배를 붙이고 헐떡거렸다. 그러고는 다시 퍽퍽 치대기 시작했다. 이제는 나현의 내벽에서 어디를 어떻게 자극해야 하는지 정도를 알고 있었다. 그는 꿈틀거리는 페니스로 이곳저곳 사정없이 찔러 댔다. 그녀의 내벽은 단단한 페니스를 붙들기라도 할 듯이 힘을 주고 있었다. 둘의 호흡은 척척 맞아서 피스톤질은 점점 격렬해졌다. 못 견디겠다는 신호로 나현의 몸이 들썩거렸다.

"아, 아아, 아, 아앙……."

나현의 몸이 부르르 떨더니 급히 도달한 오르가즘에 허우적댔다. 그래도 멈추지 않고서 그는 한층 달아오르는 몸으로 부지런히 공격을 해 댔다.

"좋아?"

"으응, 으으……."

그는 나현의 붉어진 목덜미에 입 맞추며 허리에 힘을 실어 격하게 찔러 댔다.

"……참기 힘들어."

그녀의 고개가 젖혀지며 온몸에 힘이 들어갔다.

"엄청나."

그는 몸을 일으켜서는 그녀의 허리에 손을 감고 허리짓을 해 댔다. 찰싹찰싹, 피부에 닿는 천박한 소리가 더욱 세졌다. 절로 신음이 터져 나오는 것을 참으며 그는 하얗고 둥그런 엉덩이를 눈에 담았다. 검붉은 페니스가 들락거리는 부분에는 하얀 애액이 짓이겨지고 있었다.

"응, 으, 좀 천천히……."

"나도 참기 힘들어."

그의 페니스에 착착 감겨드는 살이 너무 뜨겁고 부드러웠다. 그것은 경련을 일으키며 그를 더욱 죄어 왔다.

"아앙, 죽어도 좋아."

나현의 솔직한 반응에 그는 눈가를 씰그러뜨리며 인상을 그었다. 내가 너 죽여줄 거야! 우습게도 남자의 오기가 일어나서 기고만장해지는 기분이었다.

"죽으면 안 돼. 내가 잘해 줄게…… 으읏."

오래 살아, 라는 말을 삼키고서 그는 이를 사리물었다. 나현의 질이 꿈틀거리며 잘디잘게 경련했기 때문에 버틸 수가 없었다. 풀었다가 조였다가 나현의 속살은 능숙하게 그를 몰아갔다. 그는 버릇대로 페니스를 뽑아 들었다. 사정의 시간을 늦추기 위해서 나현의 엉덩이에 입을 맞추려는데 동시에 그녀가 몸을 홱 돌렸다.

"잡아먹을 거예요."

그녀의 상기된 얼굴은 육즙이 터지는 잘 익은 복숭아와도 같았다. 엉클어진 머리를 제 손으로 휙 넘기더니 나현은 그의 곤두선 페니스를 입에 물었다.

"잠깐, 읏……."

말릴 틈도 없었다. 나현의 입에 그의 핏대가 툭 불거진 페니스가 들어갔다. 귀두를 살살 녹일 듯이 머금고는 바로 혀를 움직여 기둥을 농락해 갔다.

"허억, 헉……."

입 속에서 짓눌려지는 것은 또 다른 기쁨이었다. 목구멍 안쪽까지 빨아들이며 그녀는 열심히 애무를 해 나갔다. 그는 나현의 눈가에 맺힌 눈물을 엄지로 훔쳐 내고는 정수리에 손바닥을 얹었다.

"읍, 흐읍……."

그러나 버틸 재간이 없었다. 나현의 혀가 핥아 내는 대로 그의 등골에서부터 쭉 치고 올라오는 소름 돋는 절정은 한계에 왔다는 뜻이었다.

"아, 그만, 안 돼……."

그러나 나현은 봐주지 않았다. 아득해지는 절정 너머로 그가 사정을 했다. 눈앞이 아찔해지며 심장이 터지는 줄 알았다. 훅, 정액의 비릿한 냄새가 퍼졌다.

"우욱!"

부들부들 떨리는 아래에 힘을 주어 정신을 차려 보니 나현의 얼굴이 내려다보였다. 그녀는 그를 올려다보며 눈을 휘둥그렇게 뜨고 있었다.

"……이상한 맛 나."

이럴 수가!

나현의 입가에 하얀 정액이 흩어진 채로 번져 있었다. 영문을 모르겠다는 눈빛에는 죄책감이 들었지만 이내 그녀의 개구진 표정이 읽혀졌다.

"이런 건데, 그 여자들은 왜 그리 좋다고 먹는 거예요?"

"……무슨 여자들을 본 거야, 젠장."

공연히 부끄럽고 민망해서 그가 나현의 입가에 손을 가져가는데 얼굴을 뒤로 빼며 그녀가 툴툴거렸다.

"있어요, 그런 거."

마냥 머쓱한 채로 있기도 뭣해서 그는 나현의 얼굴을 두 손으로 감싸 쥐었다. 그리고 고개를 내려 키스를 하려고 했다.

"안 돼, 싫어요. 변태 소리 듣고 싶어요?"

나현은 까르르 소리를 내며 그의 몸을 밀치고 달아났다. 아래는 훤히 벗은 채로 위에는 셔츠가 엉덩이 위로 펄럭이며 뛰는 그녀의 몸을 보고 있자니 숨죽였던 페니스가 빳빳해졌다. 그는 천천히 나현에게로 갔다. 번쩍이는 카운터에 기대어 있는 그녀의 뒤로 다가가 다리 하나를 팔에 걸었다.

"계속하자."

"뭘요?"

시치미를 뚝 떼며 카운터에 제 얼굴을 대고 있는 그녀는 숨을 몰아쉬고 있었다.

"우리 하던 거."

단단해진 페니스를 다리 사이에 밀어 넣으며 그가 신음했다. 나현의 입에서도 아린 신음이 비어져 나왔다.

"읏, 으흣……."

아까 충분히 젖은 그녀의 속은 또다시 그를 반기며 움찔거렸다.

그는 힘차게 긁어내리듯 하다가 서서히 크게 움직였다.

"으, 하아, 아앙, 아아, 앙, 앗, 아앙……."

그의 움직임에 따라 나오는 신음 소리에 흥분은 점차 고조되면서 견딜 수가 없어졌다. 속도가 올라갈수록 그녀의 허벅지며 제 아랫배에 애액이 묻어났다. 그녀는 쾌감에 떨며 울 것 같은 소리로 그를 불렀다.

"그, 그만, 그만, 그만해요."

"곧 끝나 가."

숨을 헐떡거리며 나현의 신음에 박자를 맞추듯 그에 호응하는 것처럼 그 역시도 신음을 흘렸다. 숨넘어가도록 그를 유혹하다가도 막상 달려들면 범해지듯 소스라치게 절정에 몸부림치는 여자, 뻔뻔하도록 차갑다가도 너무나도 환하게 웃는 여자, 아이같이 천진한 것 같다가도 요부의 몸짓으로 그를 홀리는 여자, 조희수라는 유령으로부터 나를 구해 준……!

"……백나현!"

땀이 솟는 두 팔을 뻗어 나현의 골반을 다잡고 그가 마지막 피치를 올렸다. 어느 순간이었다. 한꺼번에 절정에 치달은 두 사람의 숨소리와 신음이 일시에 멎으며 조용해졌다.

"으윽, 왔다!"

서로의 살을 섞어 대던 끝, 그것은 항상 옳았다. 아랫배 부근에서 스멀스멀 기어 올라간 간지러움이 온몸으로 퍼지면서 순식간에 뇌수까지 차지했다. 참을 수 없어진 그는 나현의 몸에 포개지듯 엎드려지며 부들부들 몸을 떨었다.

"아앗, 앗……."

"흡……!"

하아하아, 둘의 가쁜 호흡이 일정하게 리듬을 타며 가라앉았다. 그는 나현의 뺨을 찾아 입술을 묻었다. 기진해서 풀어진 눈으로 나현이 그를 바라보았다.

"강시준, 뭐야…… 평생 그만두지 않을 것처럼 굴더니. 쌤통이다."

나현이 풋, 웃으며 아유조의 농담을 말하자 그도 마주 웃어 주었다. 그는 시큼한 애액과 정액이 뒤범벅이 된 질구에 손가락을 가져가며 응수했다.

"백나현, 어쩌냐? 나 콘돔 안 썼다."

***

간질간질.

잠결에 자꾸 뭐가 거치적거리는 느낌이 싫지 않았다. 발을 만지는 손길이 부드러웠다. 누가 나를 이렇게 만지는 걸까? 끝내 속눈썹이 파르르 떨리며 눈이 떠졌다. 뭐였지? 처음에는 분간이 되지 않았다. 그러다 제 몸이 기다란 소파에 모로 누워 있다는 것을 알아차렸고, 그다음에는 시준이 제 발을 만지고 있는 것 또한 깨달아졌다.

또각또각.

그는 소파에 걸터앉아서 나현의 두 다리를 제 무릎 위에 올려놓은 채 발톱을 깎아 주고 있었다. 그녀의 발을 감싸 쥔 악력에서 따스한 온기가 와 닿아 심장까지 전해지는 것 같았다. 꼼지락, 몸을 움직이려는데 그의 나직한 음성이 들려와 숨을 죽였다.

"……아가씨 발톱이 이게 뭐냐? 발바닥도 엉망이고 허벅지까지 어디 한 군데 성한 데가 없네."

그는 쯧, 하고 혀를 차면서 인상을 쓴 얼굴로 심각하게 손톱깎기를 움직였다. 쿡쿡, 웃음이 나오는 것을 참지 못하고 나현이 소리를 냈다. 아아, 간지러워라!

"깼어? 노동이 신성하긴 하지만, 노가다 한다고 광고할 일 있나, 어찌 된 애가 머리만 바닥에 닿으면 잠이냐?"

"그래서 그쪽은 나한테 불만이에요?"

"왜 자꾸 그쪽, 그쪽 해? 내가 너보다 다섯 살인가 더 많지? 오빠라고 불러도 안 말려."

"강시준, 마초 되는 거예요?"

"다리에 곰팡이 같은 거, 이거 뭐야? 피부병 아닌가?"

그가 조물조물 만지던 그녀의 새끼발가락을 입에 넣으면서 손을 뻗어 허벅지를 쓰다듬었다. 놀란 나현은 그의 손에서 발가락을 빼내며 변명하듯 답했다.

"며칠 전에 비가 많이 왔잖아요. 거기 속초 펜션 1층에 물이 찬 날에……."

"그랬나?"

그는 괘씸하다는 표정으로 다시 나현의 다리를 살폈다. 자세히 보면 알 수 있을 정도로 그녀의 허벅지와 무릎 아래로 푸른 무엇인가가 꽃처럼 피어 있었다. 나현은 어조를 밝게 해서 설명했다.

"물이 찼으면 퍼내야지, 어째? 그런데 빗물에 섞여서 화학물질이 들어 있었나 봐요. 거기서 물 퍼내고 나왔더니 그날부터 이렇게 됐어."

"가렵거나 그런 거 없었어? 이럴 정도면 병원에 바로 가 봤어야지."

"아, 미안! 내가 사과해야 하는 건가? 그건 잘 모르겠는데, 어쨌든 일단 사과할게요. 거기 일 마무리 짓는 게 너무 시급해서 병원 갈 시간이 안 나요."

"일어나, 당장 병원에 가야 해."

시준의 음성에는 분노가 들어 있었다.

"별거 아니에요. 그리고 내가 물 퍼내다가 피부병 걸렸다고 하면 우리 공사장에 곰팡이 균 있다는 소문이 건축주한테 들어가게 돼요. 그러면 좋겠어요? 뭐, 물론 현장 검사도 해 봐야 아는 거지만. 이거 생각보다 간지럽지도 않고 아프지도 않고 참을 만해요. 직업병이라고도 할 수 있을걸요. 근데, 그보다 나……."

그녀가 팔 하나로 머리를 괸 채로 눈을 동그랗게 뜨며 최대한 불쌍한 척을 했다.

"어. 말해."

시준은 금방 그녀의 말에 응해 왔다.

"배가 고픈데."

그는 알았다는 듯이 고개를 크게 끄덕였다.

"알았어, 발톱 마저 깎고 나서."

그는 다시 손을 움직여 또각또각, 소리를 냈다. 그녀의 발톱 깎는 데만 집중하는 모습이 꽤 성실해 보였다. 나현은 그의 옆모습을 찬찬히 훑어보았다. 그새 샤워를 하고 나온 모양으로 그에게서 상쾌한 머스크 향이 풍겨 났다. 늘어진 머리카락이 옆얼굴의 반을 가리고 평소에도 잘났다고 생각했던 귀가 머리카락을 뚫고 시선을 강탈했다. 근육질로 잘 만들어진 상체와 허리에 수건을 두르고 있는 하체가 굉장히 육감적이면서 도도해 보였다. 그의 모든 것, 마음이며 몸이며 할 것 없이 지금 이 순간은 나현의 것이었다. 내 것, 오로지 내 것!

"다 됐다. 이거 버리고 간단히 뭐든 만들어 줄게."

그는 다 깎은 발톱을 모아 담은 티슈를 들고 몸을 숙여 나현의 이마에 키스했다.

"지금 몇 시?"

"저녁 7시 반."

"우리 꼼짝없이 이 방에 갇힌 거예요?"

"아니, 일부러 여기 있는 거지."

꼬박꼬박 대꾸를 해 주면서 그는 나현의 발톱 모은 것을 가지고 욕실로 갔다. 변기 물을 내리는 소리를 들으며 나현은 꿈꾸듯 행복하다 느꼈다.

"우리 나가야 해?"

"뭐든 먹고 바로 움직이자. 나현이 얼른 씻어."

"김샜다."

말해 놓고 그녀가 두 팔을 쭉 펴서 기지개를 켰다. 그 모습이 귀여운지 시준이 다가와 나현의 이마에 입술을 댔다.

"왜? 갇혀 있으면 좋겠어?"

그는 여전히 나현의 이마에 입술을 문지르고 있었다. 나현이 그의 얼굴로부터 떨어지면서 퉁명스럽게 농을 걸었다.

"이마가 참 잘생겼소."

그러면서 그의 머리를 쓸어 넘기며 보기 좋은 이마를 드러내 놓았다.

"오로지 나만 바라봐 주는 남자와 함께 갇혀서 꼴리는 대로 이것저것 하고, 나는 좋은데."

"강시준이 오로지 너만 바라보는 것은 어찌 알았을까?"

"내가 오늘 맘 잡고 확인사살을 했거든요. 금방 알아졌어요. 아니, 근데 이미 알고 있었어. 충분히 알고 있었는데 이제야 내 온도가 끓기 시작한 거예요."

시준이 소파 옆에 한쪽 무릎을 꿇고 앉아서 손을 뻗어 그녀의 머리를 감싸 쥐었다. 그럴 때는 그를 똑바로 바라봐 주어야 했다.

"난 말이야, 나현아. 네가 섭씨 백 도라고 친다면, 나는 이백 도, 또 얼마든지 삼백 도, 아니, 천 도라도 해. 그러니까 아무 걱정하지 말고 나한테 와 있으면 돼."

진지한 눈빛이 그녀의 눈에 와 닿았다. 그 열기가 뜨겁고 강해서 나현이 씨익, 눈을 감으며 웃었다.

"몰랐죠? 난 마법사예요. 그대에게 마법을 걸었지. 나만 바라보게 하는 마법, 나만 원하게 하는 마법. 이젠 헤어날 수 없어."

"잘난 마법사 같으니! 그런 마법 없이도 통했을 텐데, 귀찮게 무슨 마법씩이나."

"기억나요?"

"뭐가?"

"처음 만난 카페, 여자는 블루마운틴을 샷 추가해서 주문했고, 또 그 여자가 입고 있던 끔찍하리만치 선명한 레드 빛깔 블라우스, 10분만 내 이야기를 들어 달라고 하는 여자, 남자는 꿈쩍도 하지 않고 아무 감흥 없어 보이는 눈으로 그만 일어서자고 했었고. 내가 그렇게 매력 없었나, 한창 기막혀 했던…… 백나현의 그날. 기억해요?"

"지금 생각난 건데, 많이 미안하군. 난 결혼하고 싶지 않았거든."

"그건 내 대사거든요?"

그녀가 시준의 어깨를 툭 쳤다. 그러나 그는 한없이 진지하기만 했다.

"정말이야. 난 결혼할 마음 추호도 없었고, 혼자인 상황에 그런대로 괜찮아지고 있던 중이었어. 생채기에 난 딱지가 아물어지며 떼어지는 데는 시간이 걸리잖아. 난 아직 딱지에 피가 엉겨 있었다고. 핑계 같지만 이성에게 마음 없었어."

"그러니까 나는 그렇고 그런 이성 중의 한 사람이었구나."

"너 만나기 전에 일주일 중 단 하루, 목요일이면 가던 와인 레스토랑이 있었어. 너 만나고 딱 끊게 되더라. 더 이상 아프다고 고통스러워하며 술을 마시지 않게 되었다고나 할까."

"털어놔요. 그 와인 레스토랑. 수상한데?"

"비밀 한 가지 말해 주지. 바로 거기서 여자들하고의 헌팅이 이루어지거든."

"깬다! 죽일 거야, 강시준!"

나현이 소파에 놓였던 쿠션을 찾아 들고 그에게 덤벼들었다.

"조희수 이야기 더 해 줄 게 있는데."

그가 쿠션을 붙들며 그녀의 어깨를 감싸 안았다. 우뚝, 나현의 움직임이 멈추었다. 순순히 그에게 안기면서 고개를 끄덕거렸다.

"이제 그 이야기 다 알잖아요. 나도 할 말 있어요. 강시준의 애인이 비행기 사고로 다쳐서 2년여 식물인간으로 지내다가 저세상으로 가 버렸다는 이야기에 살짝 가슴 시렸었어요. 아아, 그 여자는 죽어도 영혼이 되어 한 남자와 영원히 살겠구나……."

"백나현."

그가 그녀의 이름을 불렀다.

"아, 네에."

"장난으로라도 그런 건 싫은데."

그에게 애먼 말을 한 것을 잘 알고 있었다. 나현은 눈웃음으로 실수를 만회하려고 했다.

"하지만 백나현의 장난에는 가슴이 뛰네."

시준의 손바닥이 나현의 이마와 머리를 어루만지더니 다시 입술로 왔다. 입술을 매만지며 그가 입을 열었다.

"전에 이진희 비서에게 무슨 조사를 그리 서툴게 했느냐고 화를 낸 적이 있었어. 그런데 우리 부모님들은 차라리 그렇게 소문나기를 바라셨어. 세상 사람들 전부 그렇게 알도록 조작했더라고. 아무래도 제 아들이 첫사랑 여자를 사고로 잃었다는 게 더 그럴듯해 보이니까. 실은, 나현아. 나 사기당한 거잖아."

"맞아, 사기당했다고 소문나면 그게 더 웃음거리야."

나현의 미간이 구겨지자 그가 웃었다. 그가 나현의 입술에 입맞추고 또다시 웃었다.

"부모님 입장이 이해가 돼요. 얼마나 억장 무너졌을지도 상상이 되고요. 당신, 불효했어. 물론 피해자였지만."

"엉망진창이 된 몰골로 인공호흡기에 매달려 있는 그 여자의 모습을 보고 난 돌아 버리는 줄 알았어. 그때의 나는 당연하게도 엉망이었지. 지금 돌이켜보면 나현아, 그런 나 때문에 부모님들이 어떤 생각을 하셨는지 알 만해. 여자는 다른 남자랑 작당을 해서 도망친 거였는데 아들 녀석은 그런 것도 모르고 발 동동 구르며 살려 내라고 악쓰다가 죽겠다고나 하고……."

그가 말을 잇지 못하고 나현을 보았다. 그녀의 눈에서는 어느새 눈물이 방울져 있었다. 뜨거워진 눈시울을 시준의 손이 쓸어 주었다.

"이런, 내가 울린 거야?"

"혹시 잘못 알았을 수도 있어요. 조희수, 그 여자는 강시준을 진짜로 사랑한 걸 수도 있잖아요. 조사는 확실히 해 본 거예요? 보면, 꼭 한두 가지 오류 있더라."

"조희수의 애인이란 자가 살아 있어. 한번 만나 보시든가."

"아니, 그 여자가 시준 씨에게 접근한 것은 가짜라고 쳐요. 근데 점점 빠져들어서 진짜가 되었을 수도 있는 거잖아요."

"영화를 너무 많이 봤어."

"그게요……."

"배고프다면서? 얼른 뭐 먹고 움직이자. 데려다줄게."

시준은 벌떡 일어나더니 카운터 쪽으로 걸음을 옮겼다. 그 뒤를 따라간 나현은 그의 허리에 두 팔을 두르고 등에 머리를 가져가 기댔다. 미안해요, 강시준 씨. 많이 아팠겠어요. 난 여태 나 혼자만 아픈 사람인 줄로 알았어요.

그의 심장이 얼마나 차가워졌을지 이해가 되었다.

당신은 나와 결혼할 남자. 나와 영원히 협력적 관계를 맺을 당신. 속으로 여러 말들을 골라내다가 나현이 결국 말로 표현한 것은 이것이었다.

"내가 지금 이가 으득으득 갈리면서 화가 막 나는데…… 갑자기 해 주고 싶은 말이 있어요."

그가 조용히 웃었다.

"토스트 만들어 줄게. 아님, 나가서 먹을까?"

"미안해요, 그리고 맹세할게요. 나는 당신에게 가짜 안 해요. 절대로요!"

"웁스!"

카운터 위의 토스터기를 만지던 시준은 순간, 움직임을 멈추고 감탄사를 내뱉었다.

"고맙군."

"아아, 기분 근사하다."

"대견해, 백나현."

"내가 기분이 근사한 게 대견해요?"

"네가 행복한 게 내게 가장 중요한 문제니까. 아니, 앞으로도 그건 우리의 영원한 화두가 될 것 같아."

우리의 영원한 화두?

나현은 그의 등허리에 코를 박아서 숨을 크게 들이쉬었다. 그러고는 입을 열어 낮은 어조로 말을 이었다.

"나도 고백할 게 있는데, 해도 돼요?"

"뭐든지 너 좋을 대로."

그는 가만 손을 놀려 빵에다가 버터를 발랐다.

"엄마한테 거짓말한 적이 있어요. 이혼을 당하고 매일 울고불고 한숨짓는 엄마한테 내가 아버지 손 붙잡아 데리고 온다고 해 놓고 그러지 못했거든요. 막상 아버지 집에 가니까 그게 아니었어요. 엄마는 밥도 안 먹고 펑펑 울면서 아버지를 찾는데, 어서 아버지 손을 붙잡아 데리고 가서 엄마를 만나게 해 주어야 하는데. 아버지는 다른 여자하고 싸움질하고 있었어요. 김희숙, 그 여자는 대단했어요. 엄마도 그리 못 했어요. 엄마가 죽어도 못 하는 행동을 그 여자는 아버지한테 하고 있었어요. 아마도 아버지가 젊은 여자를 건드렸던가 봐요. 김희숙이 자기가 조강지처라도 되는 양, 아버지한테 윽박지르고 있었어요. 아버지를 소새끼, 개새끼, 온갖 짐승의 새끼로 만들어

놓고 욕을 하며 그릇을 깨고 행패를 부렸어요. 아버지는 그 여자의 패악에 당하는 것처럼 적당히 맞춰 주고 있더라고요. 나는 결국 그 아버지 손을 붙들고 엄마한테 오지 못했어요. 다음 날에 기사 아저씨가 차에 태워 주어서 집에 갔더니 엄마가 약을 먹고 쓰러져 있었어요. 병원에서 깨어난 엄마한테 거짓말로 그랬어요. 아버지가 왔다가 엄마가 아파서 그냥 가 버렸다고, 엄마는 두 번 다시 아프지 말아야 한다고……. 그때가 내 나이 열다섯 살 때였어요."

말을 하면서는 담담한 줄 알았는데, 어느새 두 눈에 눈물이 맺혀 있었다. 나현은 그가 몸을 돌릴 것 같아서 바로 눈물을 훔쳐 냈다. 나는 절대로 이런 일로 울지 않아. 나는 이따위 가정사로 머리가 복잡한 사람이 아니야. 나는 주먹 불끈 쥐고서 아버지를 조롱하고 그 여자들의 뒤통수를 칠 궁리나 하면서, 나는…….

"나현아, 이리 와."

시준이 그녀를 잡아당겨 제 품에 가두었다. 코가 빨개지고 핏발이 서 있는 눈으로 나현은 그를 보았다.

"안아 보자."

그가 나현의 몸을 끌어 올려서 제 눈높이에 맞추었다. 나현은 울고 있지 않았다.

"개나 소나 하는 게 사랑이라지만, 나는 진짜를 할 거예요."

"그래, 그러자."

그가 나현의 입술에 제 입술을 포개 왔다. 시준의 눈가에 붉은 기가 번져 있었다.

12. 위태로운?

시준이 만들어 준 음식으로 대강 식사를 마치고 나서 이제 집에 돌아갈 시간이었다.

"스쿠버 다이빙, 수상스키, 할리 데이비슨 몰고 탁 트인 도로 위를 질주하는 거, 가끔 집에서 늘어지게 잠자는 거, 저스틴 비버의 Love Yourself 듣기, 살사 댄스 추는 것, 엄마가 만들어 준 잡채, 함바집에서 만들어 내놓는 감자 넣고 끓인 된장찌개랑 돼지고기 잔뜩 들어간 묵은지 찌개……."

나현은 종알거리다가 그와 눈을 맞추었다.

"이게 다 뭐게요?"

"백나현이 좋아하는 것들?"

운전석에 앉아서 시준은 나현의 볼을 톡 집었다가 놓았다. 말랑한 살이 잡히는 느낌이 좋아서 그는 한 번 더 만졌다.

"맞아요. 그런데 이런 것들보다 더 좋아진 게 있어요. 알아맞혀 봐요."

"강시준."

"딩동댕! 정답입니다."

손뼉을 치며 정답이라고 외치는 그녀의 이마에 시준이 쪽 입술을 맞추었다. 오늘 왜 이리 예쁜 건지, 하고 그가 중얼거렸다.

"이래서 다들 연애하나 봐요. 유치하지만 좋다."

나현은 진심으로 즐거운 얼굴로 웃었다.

"네가 좋다고 하는 거 보니까 나도 좋다. 당연한 거겠지만."

시준의 말이 뭔가 굉장한 칭찬인 것처럼 들려서 그녀는 들떴다. 그래서 소녀처럼 그녀가 발그레 뺨을 붉혔다.

"아, 내리기 싫다."

작게 한숨을 내쉬는 나현의 머리를 손으로 헝클어 놓으며 그가 웃었다.

"지난주 까지만 해도 나보고 신경 끄라고 했던 그녀는 어디로 갔나?"

"내가 이제 시준 씨의 마음을 가졌고, 시준 씨는 내 마음 가졌잖아요. 주고받는 거, 이거 생각했던 것보다 더 기가 막힌 것 같아요."

"기막히게 좋다고?"

응, 하고 나현이 가볍게 고개를 끄덕거렸다.

"이제 시작이야. 점점 더 기막히게 좋아질 거야. 두 마음을 같이 키우고 살찌워 가는 거는 나중이 더 좋은 법이지."

나중? 하고 나현은 그의 눈을 똑바로 바라보며 짓궂은 미소를 지었다.

"나중에 내가 해 달라는 거 다 해 줘야 해요."

불현듯 그녀는 새끼손가락을 내밀었다.

"약속해. 뭐든지."

그가 손가락을 걸며 고개를 끄덕였다.

"어디서 들었는데요. 부모한테 겪은 결핍은 어디서건 보상받아야 한댔어요. 그래서 나 언젠가 한 번은 누군가한테 실컷 기대고 응석도 부리고 싶었어. 맘껏 사랑도 받아 보고요. 그런데 그러면서도 아이러니하게도 당신 같은 사람 나타나지 않기를 빌었어. 그렇게 되더라고요."

"왜?"

나현은 망설이다가 어렵게 입을 뗐다.

"……다 부질없는 것 같아서."

그랬다. 사랑이고 뭐고 다 실없는 감정 같아 보였다. 이 세상은 지구가 돌아가듯 순탄하게 굴러가는 것 같은데 유독 자신만이 독을 품고 비수를 들이대고 사는 것이 괴로웠다. 그나마 타고난 본성이 긍정적이어서 지독한 우울증을 앓을 것 같으면 얼른 오토바이를 타고 수상스키 등을 즐겼다. 이성을 잃지 않기 위해 부단히도 용을 쓰고 노력한 나날들이었다.

버티고 견디고. 아무도 그녀의 모습 속에서 불만에 차 있는 어린아이를 보지 못했다. 또 그렇게 보이기 위해 부지런히 결계를 치고 살았다. 자신은 아픈데, 아파도 너무 아픈데. 그녀는 그 아픔을 충분히 자각하면서도 제거하려고 하지 않았다. 방법도 몰랐으며 아픈 것이 당연한 것인 줄 알았다.

"나 죽으려고 했던 적도 있었어요. 간신히 엄마 생각해서 몹쓸

시도 안 했어. 잘했지?"

물기 머금어 눅눅한 목소리로 그녀가 간신히 소리를 냈다.

"기특해, 이리 와."

그는 나현의 몸을 끌어안아 제 몸에 바짝 붙였다. 가냘픈 뼈마디가 느껴지는 등을 만지며 그가 억눌린 목소리를 냈다.

"백나현, 내가 말하는 거 듣고 무조건 고개 끄덕이는 거다."

나현은 일부러 착한 아이처럼 네, 라고 대답을 했다.

"앞으로 나만 믿고 따라와. 네가 가지고 있는 짐, 그거 내가 맡을게. 김희숙이든 누구든 청소하는 것도 내가 다 할게. 나는 네 손에 더러운 거 묻지 않게 할 거다. 죽은 오빠 백승훈에 대해서도 내가 조사하게 해 줘. 철저히 밝혀낼게. 내가 이제 너에 대해 모르는 건 없어. 더 알려고도 할 거야. 가만히만 있어 줘."

"무조건 고개 끄덕이랬죠?"

"그래 주면 좋겠어."

"우리 마음 나누는 거 아니었어요? 그러면 같이 해야지. 이건 너무 일방적이라서 당혹스러운데?"

"난 너한테 욕심부릴 거야. 너 전부 가질 거야."

그의 눈빛은 진지하기만 했다. 나현은 가볍게 몸을 떨었다.

"내가 여러 가지로 마음 번잡하다고 해서 이러는 거예요? 나 신경 쓰는 거 싫어서?"

"그런 것도 있고."

그는 주춤 말을 멈추더니 그녀를 안은 팔에 꾹 힘을 주었다. 그녀의 두 팔이 시준의 목에 둘러졌다.

"힘은 내가 너보다 세니까. 내가 할게. 아, 이거 힘자랑 아니다.

남자는 자기가 사랑하는 여자한테 충성을 다한대."

"저기요…… 읍."

말을 잇기도 전에 시준이 나현의 입술을 덮치듯 했다. 그러나 나현이 슬그머니 혀를 내주지 않았으므로 가벼운 입맞춤이 되고 말았다.

쪽, 하는 소리가 나며 입술이 떨어졌다. 나현은 생글생글 웃으며 그에게 타이르듯 말했다.

"아버지 만나러 가는 건데, 입술 다 부르터요. 우린 키스하면 벌집 쑤신 것처럼 그다음으로 진행되어서 안 돼."

시준과 함께 사무실에 딸린 개인 룸에서 토스트를 만들어 먹고 있는데 부친에게서 연락이 왔었다. 잠깐, 계수재로 들어오라는 말에 나현은 그러겠다고 대답했었다. 나현의 추측이랄까, 직감대로라면 시준은 디딤에 대한 압력을 행사하지 않은 모양이었다. 그렇다면? 아버지가 확실했다. 집에 다녀오라고 할 때, 다녀가야 했다.

"보내기 싫다."

시준은 나현의 몸을 도통 놓지 않았다.

"뺨에 뽀뽀하고 헤어질게요. 그쪽이 할래요?"

그는 망설이는 것 같더니 나현의 뺨에 한 번, 입술에 한 번 뽀뽀했다. 아쉬움이 가득 차 있는 그 눈을 보며 나현은 유유자적 벨트의 끈을 풀었다. 그녀의 얼굴에서 웃음기가 가시지 않은 것이 그의 불만을 샀나 보다. 그가 운전석 문을 열며 툭 내뱉었다.

"헤어지는 게 좋아? 왜 그렇게 좋아 보이지?"

차 밖으로 나가 조수석 쪽의 문을 열어 주며 그는 나현의 몸을 안아 내렸다.

"놔줘요. 내가 내릴래요."

그의 어깨를 때리며 타박했지만 어림없었다.
“내가 좋아서 그래.”
그는 나현을 그대로 안은 채로 현관 문 앞으로 가서 벨을 눌렀다. 안에서 문을 열어 주는 소리가 들리자 그가 깊은 한숨을 내쉬고는 속삭였다.
“내 맘 이상해. 여기 이 집 앞에 너 내려놓고 싶지 않다.”
그는 여전히 그녀를 안은 채로 뺨에 입술을 문질렀다.
“장난치지 마요. 문 열렸어, 이제 들어가야 해. 내려 줘요.”
“이런 데 말고, 꽃밭에 내려 주고 싶어지는데?”
아우야, 하고 나현이 쑥스러운 듯이 타박을 하며 웃음을 터트렸지만 그는 사뭇 아쉬운 표정이 되었다.

***

“부르면 잽싸게 뛰어와야지, 어디라고 늦는 게야?”
부친 욱기는 그녀를 보자마자 버럭, 화부터 냈다. 집 안에 있을 때의 욱기는 편안하다는 이유로 일본의 유카타 같은 가운만을 걸치고 있는 버릇이 있었다. 일정 비서의 보고를 받으며 안락의자에 앉아 있던 그는 서둘러 눈짓을 했다. 그러자 눈치 빠른 비서는 두 사람을 향해 고개를 꾸벅, 숙여 묵례를 하고는 서재 문을 닫았다.
“너 뭐가 불만이냐? 뭐가 수틀려서 그랬어?”
비서가 문 닫고 나간 쪽을 보고 있던 그녀는 욱기의 고함에 고개를 홱 돌렸다. 새파랗게 서슬이 솟은 욱기는 의자에서 일어나며 큰 걸음으로 다가왔다.

"뭐가요?"

"뭐가요? 너 대체 어찌 된 물건이야? 작작 좀 해야지. 아무리 이 집안 호적에 정식으로 안 올랐어도 엄연히 네 어머니 되는 사람인데 어디라고 함부로 야구방망이를 휘둘러? 그것도 아무도 안 깬 신 새벽에 그 지랄을 떨었어? 그런 거 깡패가 하는 짓이 아니냐? 그건 나한테 반항이야! 도저히 묵과할 수가 없어, 그냥 봐지지가 않아. 이젠 안 참을 거다."

위협적으로 바투 다가온 욱기를 보며 나현은 두 주먹을 그러쥐고는 뒷걸음을 치지 않기 위해 의식적으로 온몸에 힘을 주었다. 여태 훈훈했던 가슴속에서 복받치는 것은 설움과 분통이었다. 어머니? 김희숙을 어머니라고 부르라는 백 회장를 향해 무시무시한 살기가 뻗쳤다.

"누가 어머니예요? 아버지, 제정신이에요? 지금 뭐라 그랬어요? 지금이라도 맘만 먹으면 저 백욱기 딸 안 해요. 안 하면 그만인데."

마침내 그녀가 가라앉은 음성으로 차분하게 대꾸했다. 그러나 그 말이 끝나기도 전에 욱기의 손이 위로 치켜 올라갔다. 나현은 기가 차고 어이가 없어서 대들었다.

"이미 죽었다 생각했었어요. 나한텐 진짜 아버지는 죽은 사람이었다고요. 그럼, 왜 백욱기 딸로 붙어 있느냐고요? 안 될 일이지요. 내 상속 재산이 모두 처자식을 버리게 한 것들한테 갈 건데, 누구 좋으라고 떠나요? 그래서 아버지라고 부르며 인간 대접해 줬더니……."

"이것이!"

위로 치켜든 팔을 파들파들 떨면서 욱기는 분기탱천해 있었다. 그것은 차마, 나현을 향해서 사나운 손을 내리치지 못해 굉장히 안타까워하는 듯한 모습이었다.

"나 아버지하고 김희숙한테 하고 싶은 말이 있었어. 꼭 해 주고 싶은 말이야. 남의 남자 빼앗은 여자, 조강지처 버린 남자, 그런 것들은 창자가 터지고 살점이 발라져 죽을 거라고 내가 속 시원히 말해 줄 거야! 아버지는 사람도 아니야! 짐승도 그렇게는 못 해! 엄마가 아버지한테 준 마음을 그렇게 갈가리 찢어 놓고, 또 오빠나 나를 자식으로 대접하며 사랑이라도 줘 봤어? 오빠는 솔직히 아버지가 죽인 거나 진배없어! 남들은 부잣집 금수저로 태어났다고 부러워한 우리들, 사실은 속이 썩고 문드러져 한 명은 어이 없이 목숨 버리고, 또 한 명은……."

하아, 하고 숨을 토해 내며 욱기는 발을 굴렀다.

"너 이 집에서 한 발자국도 못 나갈 줄 알아라! 밖에 누구 없어? 얘 데리고 나가."

"말 나온 김에 묻고 싶은 게 있어요. 엄마한테 사과한다면서요? 내가 아버지 맘에 드는 남자를 만나면 엄마한테 가서 잘못했다고 사죄한다고 한 거 진심이셨어요?"

욱기는 맞선 시장에 나가라며 그녀의 등을 떠밀 때에 공수표를 남발하듯 그런 말을 했었다.

'네가 원하는 대로 해 주마. 얼마 살지 못할 너의 엄마에게 사죄를 하겠다.'

그랬는데.

나현은 핏발이 선 눈으로 더욱 다그쳤다.

"말해 봐요. 입이 열 개라도 할 말 없을 거지만, 그래도 마지막이 얼마 안 남은 엄마한테 아버지 사과 들려주고 싶었는데, 그거 거짓말이었던 거예요? 아버지는 우리한테 전혀 미안하지 않아. 만일 미안했으면 딸한테 이렇게 안 해!"
"이것이!"
"왜요? 엄마 인생 망친 것은 어떡할 거야……."
욱기의 손이 나현의 목을 틀어쥐었다.
"멋대로 살게 놔두었더니 개망나니가 되었구나! 이진희 비서는 오늘부로 해고했다. 너, 알고 봤더니 건축설계 사무소도 네 돈으로 차려 줬고, 거기 바지사장으로 앉힌 남자하고 연애했더라. 그런 남자하고 사귀면서 험한 건축 현장 쏘다니더니 사람이 아주 못쓰게 됐어. 너 그 건축사무소도 그만두게 됐다."
"……김희숙이, ……그 여자가 ……그랬어요? ……그 여자가…… 아버지를…… 이렇게 만든 거예요?"
목을 죄어 오는 우악스러운 손아귀, 울화에 찬 음성, 경멸과 미움을 담아 실컷 쏘아보는 눈동자, 이런 모든 것들이 제 아버지의 것이었다. 나현은 숨이 막히는 가운데 목이 아픈 통증과 싸우며 벗어나려 바동거렸다.
"넌 내가 얼마나 무서운 사람인지 모르는구나."
차갑게 누그러진 음성의 욱기는 당장 그녀를 죽일 듯이 손에 힘을 주고 있었다. 끄윽, 하고 목에서 기이한 소리가 나자 그제야 그 손이 떨어져 나갔다. 몸에서 힘이 탁 풀리며 나현은 스르르 주저앉았다. 눈물이 나려 했지만 겨우 버티며 이를 악물어 삼켰다.
'정신 똑바로 차리고 있어야 한다. 그래야 금방 지나가는 거다.'
우습게도 어릴 적에 외할아버지를 따라 치과에 갔던 기억이 떠올랐다. 지잉, 하고 소리가 나는 기계가 무서워서 벌벌 떠는 그녀를 향해 마스크를 쓴 의사는 저렇게 말했었다. 그 후로 나현은 어려운 시험을 치르기 전에, 혹은 하기 싫은 일을 해치우기 전에 그 말을 의식하는 버릇이 있었다. 지금도 정신만 똑바로 차리면 금방 지나갈 것이다.

부디, 그랬으면 좋으련만.

나현은 주저앉았던 몸을 일으켜 다시 욱기 앞에 똑바로 섰다.

"가서 용서를 빌어라. 어머니, 라고 불러. 김희숙, 김희숙, 이름 부르는 거 절대 안 된다."

"나한테 엄마는 딱 하나야. 김희숙이 나를 열 달 품어 준 적도 없고, 그렇다고 길러 준 적도 없는데 어떻게 엄마가 돼요?"

"너하고 기 싸움 할 시간이 없다. 가서 사과해. 안 그러면 너 여기서 다시는 못 나가!"

"미쳤어!"

나현은 뒤돌아서서 서재 문을 열었다. 멀리 갈 것도 없었다. 이 상황을 지켜봤던 모양으로 희숙이 팔짱을 끼고 복도 끝에 서 있었다. 그러고 보니 저 여자가 시준의 어머니에게 나를 이간질했었다.

"어머니라고 불러 드릴까? 그게 소원이야? 이 버러지보다 못한 인간!"

나현이 회오리바람이 몰아치듯 복도를 걸어 그녀 앞으로 갔다. 그녀의 기세에 눌려 움찔, 몸을 떨며 희숙이 뒷걸음질을 치려고 했다. 그 옷깃을 잡아당기며 나현이 소리 질렀다.

"어딜 가요? 어머니 소리 듣고 가야지! 어머니, 어머니! 됐어? 그 대신에 내가 당신 망쳐 버릴 거야. 다시는 어디 가서 절대 얼굴 못 들고 다니게 할 거라고. 당신 좋아하는 그 돈도 뭣도 싹 다 없애 버릴 거야. 아버지란 작자하고 벽에 똥칠하도록 단둘이 살아보셔!"

"회장님!"

겁에 질려 새된 고함을 지르는 것을 무시하며 나현의 손이 희숙의 머리채를 잡아챘다. 그대로 그녀의 몸을 바닥으로 내치는데 뒤에서 욱기의 음성이 들려왔다.

"강 실장, 뭐 해? 얘 데려다 놔. 별채에 데려다 놓고 문 앞 지켜!"

어디선가 부친의 경호원이 두 사람이나 다다다, 달려와 각각 나현의 손목과 어깨를 붙잡았다.

놔요, 놔! 나현이 손목을 비틀어 빼는데 뒤로 벌렁 누워 있던 희숙이 매몰차게 소리쳤다.

"어서 데려다 놔요! 휴대폰이랑 가방 뺏고."

"나한테 왜 이러는 건데?"

나현은 급히 뒤로 고개를 빼서 욱기를 보았다. 그런데 갑자기 어디서 본 것만 같은 기시감에 치가 떨리고 가슴이 아려 왔다. 아, 그거다! 불과 1초도 안 된 순간에 필름처럼 눈앞을 지나가는 것이 있었다.

그녀의 어릴 적 기억이었다.

그녀는 노란 푸우 인형을 품에 안고 엉엉 울었다. 엄마 은경의 제법 처녀같이 통통한 모습이 시야에 나타났다. 그녀는 언제나 그렇듯이 단정한 홈웨어 원피스 차림이 아니었다. 옷이 헤쳐지고 머리는 풀어진 채로 절대 이 집에서 안 나가겠다고 버티고 있었다. 바로 여기, 이 복도였다.

지금의 그녀처럼 두 사람의 경호원에 의해 질질 끌려가고 있었다! 아악, 하고 나현은 비명을 식도 안으로 밀어내며 경악을 금치 못했다. 곧이어 두 눈에 이슬이 비치며 앞이 캄캄해졌다. 새삼 부친에 대한 증오가 몇 배로, 아니 몇백 배로 사무치며 견딜 수가 없어졌다. 그래, 그 어릴 적에 엄마는 그렇게 이 집에서 내쳐졌다. 왜 이제야 기억났을까? 이가 딱딱 맞부딪칠 정도로 온몸이 사시나무 떨듯 했다.

'침착하자, 침착해야 해.'

살 떨리는 노기 속에서 그녀는 기적처럼 시준이 한 말을 기억해 냈다.

'네가 행복한 게 내게 가장 중요한 문제니까.'

그래, 나한테는 내가 행복하기만을 원하는 사람이 있다. 내가 지금 저런 짐승들에게 치인다면 그가 얼마나 괴로워할 것인가? 그 생각만을 꼭 붙들며 나현이 간신히 입을 열어 말했다.

"아버지, 나 곱게 결혼시켜야지요. 간신히 내가 결혼할 마음먹은 사람이에요. 그 사람하고 깨지면 안 되잖아요. 이러지 마세요."

"시끄러워!"

이글이글한 눈으로 백 회장은 불호령을 내렸다.

"이참에 너도 알아야 해! 인간들은 어차피 이 사정, 저 사정에 매여 사는 거야. 내가 네 말처럼 처자식을 버리든 말든 다 요지경인 거지, 뭐. 강시준 상무도 일없다! 네가 품은 흑심을 안 이상 결혼이고 뭐고 없어! 저거 가둬 놔. 아무하고도 연락 안 되게 해야 해! 다들 잘 들어, 이 일이 밖으로 새어 나가면 안 돼."

경호원들의 걸음이 떨어지기 전에 나현이 하아, 하고 누구에게랄 것도 없이 비웃음을 날렸다.

"꼴에 부끄럽기는 한가 봐요?"

"너도 내가 얼마나 무시무시한지 잘 알게 될 거다."

욱기는 바닥에 널브러지듯 쓰러져 있는 희숙의 몸을 부축해 일으켰다. 그 장면이 더욱 그녀를 미치게 했다.

"사과 받아 낼 거야. 두고 봐요. 오빠 일도 그렇고 다 밝혀낼 거야."

마지막까지 이어진 그녀의 말에 희숙이 바르르 몸을 떨었다. 그러자 욱기는 경호원들을 향해서 어서 얘를 데리고 나가라 일렀다.

"어서 데리고 나가요, 어서! 막돼먹은 것 같으니라고!"

"내가 아버지 없이 컸는데 얼마나 잘 배웠겠어?"

나현은 주먹을 그러쥐고 중얼거렸다.

***

나현은 별채의 제 방에 갇힌 격이었다. 인정사정 봐주지 않고 경호원들은 그녀를 가두고 문을 잠가 버렸다. 휴대폰이 든 가방도 빼앗겼다.

"진희 언니가 해고되었다고 그랬나? 무정한 양반 같으니!"

혼잣말을 하며 나현은 일단은 화장실로 가서 물을 틀었다. 열이 확확 나는 얼굴은 상기된 채로 한쪽 뺨이 붓고 두 눈이 충혈된 채였다. 목에서 붉은 반점 같은 것이 피어난 것을 살피면서 내일쯤이면 자국이 남겠다는 걱정이 되었다. 그녀는 찬물에 세수를 하고 대충 옷을 갈아입었다. 어떻게든 상황을 모면해야 했다. 엉클어진 정신으로는 아무것도 할 수 없었고 무엇보다 병이라도 나면 큰일이었다. 그리고 더한 걱정은 어머니에 대한 것이었다. 괜한 일로 부친을 자극한 셈이었으니 어머니에게라도 날벼락이 떨어지면 안 될 일이었다.

"아프지 말자. 아프면 안 돼."

그녀가 욕실을 막 나왔을 때였다. 희숙이 노크도 없이 들어왔다.

"알아 둘 게 있어. 너와 강시준 상무하고의 결혼은 없던 일이 될 거야. 걱정 마, 얘. 너는 우리도 모르게 멀리 떠났다고 할 거니까. 갑자기 결혼에 회의적이 되어서는 원래 스타일대로 딴 데로 떴다고 할 거야."

"그 사람을 물로 보면 큰코다쳐요."

차가운 물을 묻힌 타월로 뺨을 두드리며 나현은 아무 거리낌 없다는 어투로 답했다. 가소로웠다.

'힘은 내가 너보다 세니까! 내가 할게.'

시준의 말을 떠올리며 무심코 나현은 빙그레, 웃었다. 당신, 진짜 그래?

그녀가 웃는 모양을 보더니 딱하다는 얼굴로 희숙이 혀를 찼다.

"너도 참 한심하다. 지금 이 판국에 웃음이 나오니?"

"어쨌든 당신 뜻대로 안 될 거니까 개폼은 그만 잡고 이 방에서 나가요. 당신과 나, 우린 아마 다른 데서 볼 거예요."

"미친 것! 너야말로 날개 꺾인 새야. 아까 네 아비 봤지?"

나현은 마침, 냉장고에서 꺼내 둔 생수 병을 들어 마개를 열었다.

"그냥 나갈래요? 아니면 후레자식한테 물세례 맞아 보시겠어요?"

"너는 정말이지, 너는…… 아무튼 한마디도 안 지지."

입술을 꼭 깨물면서 희숙은 황망한 몸짓으로 방을 나갔다. 나현은 천천히 물을 마셨다. 두고 보라지? 다 깨부숴 버릴 거니까!

***

"설마, 이런 식으로 나하고 끊어지겠다고?"

시준은 나현과 아무런 연락이 되지 않고 있는 것에 당황하지 않을 수 없었다. 이진희 비서의 번호도 뚝 끊겨 있었다. 바로 그 점이 의아했다. 게다가 나현을 성북동의 계수재에 내려 준 뒤로 휴대폰의 전원이 끊어진 점도 수상쩍었다.

직접 백 회장과의 통화를 원했지만 전에 없이 연락을 차단하는 느낌이었다. 계수재의 이진희 비서와 통한다는 사람과도 연락이 닿지 않았다. 그가 바로 나현이 김희숙과 벌인 싸움을 전달해 주는 수고를 했던 인물이었다.

"백욱기 회장이 제 딸을 아끼는 사람이 아니라지만 아무리 그래도……."

'개나 소나 하는 게 사랑이라지만, 나는 진짜를 할 거예요.'

나현은 그에게 사랑을 고백했었다. 그리고 그 마음은 진짜였다. 만약에 변덕이 생겼다고 해도 이런 식으로 끊어질 이유가 없었다.

초조와 불안이 엄습했지만 그는 이틀을 기다렸다. 그러나 사흘째 되는 날에도 나현의 소식은 오리무중이었다. 결국 인내가 한계에 부딪쳤다. 그는 충주의 병원에 있는 나현의 모친에게 연락을 넣었다.

아무런 낌새도 없이 그의 안부를 받는 은경의 모습에서 별다른 정황이 포착되지 않았다.

이진희 비서와 단둘이 살던 한남동 집에는 최 실장을 보내 봤지만 허사였다. 아무도 없다고 했다. 그는 조금 이른 퇴근길에 디딤 건축사무소의 홍지유를 만났다. 지유는 그간 겪은 일을 이야기해 주었다.

"……누군지 모르겠지만 사람을 보내 나현이를 그만두게 하라고 지시했습니다. 그건 협박이었고요. 나현이 그 아이는 강시준 씨, 당신을 의심하고 있었어요. 그 성격에 가만히 있지 않았을 텐데요. 안 따지던가요?"

"안 했습니다. 우리 사이, 좋습니다."

시준이 치아를 드러내며 웃어 보이자 지유도 경계를 풀고 대답을 했다.

"그렇다면 다행이군요. 확인하고 싶은 게 있습니다. 저하고 나현이 사이를 의심하십니까? 다들 그렇게 보더군요."

"아무것도 모르고 처음엔 그랬는데."

시준이 담배 케이스를 꺼내 지유에게 건네며 덧붙여 말했다.

"나현이는 홍지유 사장님을 사랑하는 눈으로 보고 있지 않았습니다."

"어떻게 그런……."

서운한 감정을 섞어 지유가 말끝을 흐렸다. 시준이 라이터로 불을 댕기며 고개를 끄덕거렸다.

"저를 보는 눈을 보고 알아차렸습니다. 진짜 마음이 향하는 눈으로 저를 보고 있었으니까요."

"아무튼 나현이는 속초 현장에도 안 왔고 저희하고도 연락이 끊긴 상태입니다."

"수고하십시오. 저는 이만, 나현이 데리러 가 보겠습니다."

지체하지 않고 자리에서 일어나면서 시준은 마음이 무거워졌다. 악수를 청하며 지유는 굿 럭, 하고 말해 주었다.

***

"백나현, 별일 없는 거겠지. 아니, 없어야 해."

디딤 건축사무소에서 돌아오며 그는 기어이 차를 몰던 방향을 계수재로 틀었다. 왜 좀 더 빨리 그 생각을 못 했을까? 거기에 가면 적어도 백 회장과 대면은 할 수 있었다. 사람이 갑자기 사흘씩이나 연락이 안 될 줄을 미처 몰랐기에 그는 우를 범하고 말았다.

제길, 백나현!

너 어디 있어? 괜찮아?

괜찮을 리가 있나?

그는 입 안이 바짝바짝 타는 것 같은 속으로 나현에게 사과를 했다.

"미안, 미안해."

너를 혼자 그 집 안에 들여놓다니, 내가 미친 짓 했다! 미치도록 후회와 자괴감이 통증처럼 아프게 번졌다. 정말이지 심장이 타들어 가는 것처럼 뜨거웠다.

***

미쳤구나.

정말 아버지가 미친 걸까?

본처도 쫓아내고 그 딸에게도 함부로 하고.

사흘이나 지났지만 나현은 아직도 제 방에 가둬진 채였다. 처음의 분노가 점차 식어 가며 이성이 돌아오자 가장 먼저 시준이 생각났다.

사실, 시간이 정지한 듯이 방 안에 홀로 남겨져 있는 일은 꼭 나쁘지만은 않았다. 그러나 이제 자신에게는 사람이 생겼다. 오로지 자신에게 관심을 갖고서 자신의 행복을 바라는 남자가 말이다.

그녀는 더 이상 이렇게 가둬져 있을 수가 없었다. 머리를 짜야 했다.

문득, 카운터 위에 놓인 병이 하나 눈에 들어왔다.

히비스커스?

나현은 그것을 손에 쥐고서 의미심장한 표정을 지었다.

벌써 오랫동안 암 투병을 했던 모친 탓에 평소 나현은 각종 몸에 좋다는 약초와 건강식품을 접하고 살았다. 오죽하면 오토바이 모임의 회원들과 1년에 몇 차례 정기모임을 가질 때도 암 치료에 좋은 약초가 자란다는 굽이굽이 산골짜기로 목적지를 정할 정도였다.

그래서 알게 된 것 중의 하나가 외국에서 수입해야 한다는 히비스커스 꽃이었다.

'그래, 뭔가 방법이 있겠어.'

나현은 그것을 우유와 섞어 진자줏빛의 색이 특별해 보이는 음료를 만들어 냈다. 거기가다 쑥 가루가 보이기에 그것도 섞었다. 마지막으로 욕실 장에 들어 있던 상비약 상자를 뒤적여서 설사약 캡슐을 찾았다. 캡슐을 반으로 가르고서 가루를 털어 넣었다.

다 완성된 그것을 투명한 유리컵에 담아 쟁반에 받쳐 들고서 그녀는 똑똑 노크 소리를 내고 문을 열었다. 그녀의 방문 밖을 지키는 경호원들이 보였다.

"수고 많으세요. 이것 좀 드셔 볼래요? 몸에 좋은 건데, 나 혼자만 먹을 수가 없어서요."

나현은 일부러 밝고 친근해 보이는 미소를 지었다. 한 사람은 층계의 난간에 엉덩이를 대고 앉아서 휴대폰 게임을 하고 있었고, 한 사람은 벽에 기대어 팔짱을 끼고 비스듬히 서 있다가 그녀를 보고 당황해했다.

"저희는 괜찮습니다."

자세를 고치며 뻣뻣하게 서서 그녀를 향해 인사를 하는 그들에게 나현은 다시 웃어 주었다.

"뭐 어때요? 이상한 거 안 탔으니까 같이 마셔요."

속으로 찔리면서 나현은 쟁반을 든 채로 안으로 들어오라, 눈짓을 했다. 그들은 벌게진 얼굴로 서로 눈빛을 교환하더니 마지못한 듯이 그녀를 따라 들어왔다. 그들은 스툴에 앉아서 투명한 잔에 들어 있는 정체불명의 액체를 보고 머뭇머뭇 고개를 갸웃했다. 나현의 입꼬리가 길게 올라갔다.

"색이 요상한 이유가 있어요. 거기요, 핸드폰 좀 줘 보세요. 제가 검색해서 보여 드릴게요. 붉으죽죽한 색이 나는 것은 히비스커스라는 건데, 우리나라로 치면 무궁화 같은 거래요. 이 꽃잎은요…… 지식인에 쳐 봐야 해요. 저도 확실하게 몰라서요. 저희 엄마가 아파서 평소에도 이런저런 것들을 다 찾아서 구하고 그랬거든요. 고마워요, 폰 비밀번호는 해제했어요?"

그녀는 엉겁결에 폰을 건네주는 남자를 보며 윙크를 보냈다. 됐다! 그녀는 검색창에 히비스커스라는 글자를 치기 전에 얼른 번호 하나를 눌렀다. 오토바이 동호회 모임의 회장 번호를 머릿속에 입력하고 있는 것은 천만다행이었다. 전화번호를 입력한 뒤에 문자를 보냈다.

[저 나현이에요. 사정이 있어서 계수재에 갇혀 있어요. 오늘 5시쯤에 차고 앞에 와 주세요. 두 시간 정도 대기하기. 실제 상황, 위급해요.]

하필 이럴 때에 시준의 번호를 기억하지 못하고 있는 것은 아쉬운 일이었지만, 나중에 사정을 알게 되면 이해해 주리라 믿었다.

"음, 히비스커스…… 히비스커스…… 뭐가 이렇게 광고만 뜨지? 아, 있다. 잠깐만요……. 제가 읽어 줄게요. 어라? 이것도 광고네? 다시 찾아야겠다."

곧바로 오케이, 라는 답장이 액정 화면에 떴다. 나현은 속으로 야호, 환호하며 재빨리 문자 기록을 지웠다. 그러고는 얼른 검색창을 열어 히비스커스라고 썼다. 제일 먼저 뜬 것을 클릭해서는 그들에게 보여 주었다.

"봐요, 아주 길게 쓰여 있는데 다 읽어 볼 것도 없어요. 아무튼 몸에 좋은 거라나 봐요. 요즘 현대인들은 인스턴트에 중독되었잖아요. 우리는 이런 거라도 섭취하면서 인간 본래의 건강한 몸으로 돌려놔야 해요."

그녀는 경호원 중의 한 명에게 휴대폰을 돌려주고는 컵을 잡았다. 그들도 나현이 마시는 것을 보며 안심한 듯이 입으로 가져갔다.

"우욱, 맛이 뭐 이러냐?"

한 모금 넘기고 나서 나현은 괜히 쑥을 섞어 가지고, 라는 뒷말을 삼키며 인상을 구겼다. 경호원들은 그래도 나현의 앞이라고 성의를 생각하는지 컵을 다 비웠다. 미안한 표정으로 나현은 치즈와 마카다미아가 든 접시를 내놓았다.

"너무 쓰죠? 쑥을 넣어서 그래요. 사탕이 없으니 이거라도 드세요. 아무리 몸에 좋다고 해도 영 맛이 없는 것을 대접해서 미안해지네요."

그들은 그녀에게 정색을 하며 잘 마셨다고, 고맙다고 인사치레를 하고는 방을 나갔다. 나현은 닫힌 문 뒤에서 예스! 라고 환호했다. 약속한 5시가 되려면 두 시간여가 남아 있어서 준비를 하려면 빠듯했다. 급히 옷장에 가서 몇 가지 옷을 챙겨서 배낭에 담았다. 긴 머리를 아무렇게나 둘둘 말아 하나로 묶고 청바지에 맨투맨 셔츠를 입었다. 어젯밤에 그녀를 찾아온 부친은 단도직입적으로 말했었다.

'수속하고 있으니까 너 몇 년간 독일에 가 있어. 너 거기서 2년 정도 유학한 적도 있었잖아? 미국으로 보내려다가 아무래도 네게 낯익은 곳이 좋은 것 같아서 그쪽 알아봤다. 다른 거 공부해. 독일어를 전공해도 좋고 철학도 괜찮겠고. 건축이고 뭐고는 절대 안 돼. 다시는 꿈도 꾸지 마. 강 상무 그 친구한테는 네가 결혼할 맘이 없어져서 몇 년 외국에서 공부하며 지낸다고 통보할 거니까 그렇게 알도록 해라.'

엄마는요?

그렇게 묻고 싶었지만 일부러 입을 꾹 닫아 버렸다. 이제 마음에서 떴다. 아버지라는 사람은 정말로 생물학적 존재일 뿐으로 그녀에게 핏줄도 뭣도 아니었다. 그의 뜻대로 뭐든 움직여 주지 않을 작정이었고, 다시는 얼굴 보고 싶지도 않았다. 뒤통수를 치려면 시간이 필요했다. 가만히 여기 앉아서 무언가를 기다리며 지체할 필요가 없었다.

그녀는 치즈를 우물우물 씹으며 시계를 보았다. 슬슬 움직일 시간이었다. 이 정도 지났으면 두 경호원들은 설사로 인해 정신없을 거였다. 그녀는 배낭을 메고서 점퍼를 걸쳐 입었다. 방 안에 있는 계단을 통해 옥탑방으로 올라갔다. 옥탑방은 텅 비었지만 예전에는 승훈의 어렸을 적 물품이 이것저것 쌓여 있었던 곳이었다. 그녀는 창문가로 갔다. 불이 났을 때를 대비한 비상계단이 거기에 있었다.

원래 경호원 중의 한 사람이 여기도 지키고 있어야 했는데 화장실에 들락날락하는 중인가 보았다. 다행히도 숲 같은 정원이나 마당 쪽으로도 사람이 보이지 않았다. 그녀는 사뿐사뿐 계단을 내려갔다. 차고로 가서 그 옆의 쪽문을 열었다. 정확히 5시 30분, 동호회 회장이 바이크를 대고 서 있었다.

웬일로 평소의 가죽점퍼 차림에 두건 쓴 모습이 아닌 것이 의아해 첫마디부터 물었다.

"할리 데이비슨 클럽 동호회의 리더 같지가 않아요. 왜 이래요?"

"기왕 해동 회장님 자택인 계수재에 오는 건데 불량해 보이면 쓰나? 당장 CCTV에서 확인하면 잡힐 거 아니야? 어서 타라, 어디로 모실까요?"

그녀는 냉큼 신사동이라고 답했다. 거기는 그녀의 개인 변호사 사무실이 있었다.

***

"뭘, 직접 오고 그래? 파혼이라니까!"

시준은 계수재에서 한 시간 이상을 기다려 백 회장을 만날 수 있었다. 욱기는 송마리가 운영하는 가게에서 모임을 가지는 중이라고 둘러댔다가 계수재에 와 있다는 시준의 말에 마지못해 움직인 모양이었다. 귀찮은 표정으로 시준의 맞은편에 앉는 욱기는 허허, 소리 내어 웃기부터 했다.

"나현이 때문에 여기까지 왔는가? 남자가 뭐에 빠지면 정말 답이 없다더니!"

"회장님도 마찬가지라고 알고 있습니다. 뭐에 빠지셔서 그것 때문에 가정을 버리셨다고요? 아니, 내팽개치신 건가요?"

마침 메이드가 다가와 차를 놓기에 욱기는 입도 뻥긋할 수 없었다. 농락을 당하는 것을 인지한 얼굴에는 일시에 노여움이 깃들었다. 그러거나 말거나 시준은 도자기 잔의 손잡이를 쥐면서 은근한 어투로 물었다.

"나현이한테 무슨 짓을 하셨습니까? 어디…… 갔습니까?"

사실 시준은 이미 이 집안의 사람을 통해 사태를 대충 들어 알고 있었다. 그리고 나현이 갇혀 있다는 별채에도 가 보았지만 텅 비어 있는 방을 확인했을 뿐이었다. 상황을 보니 당황한 것은 경호원들도 마찬가지 것 같았다. 그들이 백 회장에게 당장 연락한다는 것을 일단은 입막음해 놓았다. 자신이 백 회장을 독대하고 난 뒤에 나현이 사라진 것을 알리라고 했다.

"내일쯤이나 우리 비서를 통해 통보할 생각이었네. 우리 아이는 독일 갔어. 내가 건축 그만두라고 했더니 딴 공부를 하겠대. 내 생각도 그래. 요즘이 어떤 시대인가? 여자라고 해서 결혼을 일찍 서두를 것 없더라고. 걔가 부족한 게 뭐가 있겠나? 또한 맘만 먹으면 발끝에 채이는 게 남자일 건데. 나중에 공부 다 마치면 천천히 알아보자고 했네."

"저한텐 그런 말 없었습니다. 믿기지 않습니다."

"믿기지 않아도 어쩔 수 없네. 아무튼 아이는 상관 말게. 항구 떠난 배라는 말, 딱 그거야."

이글이글 타는 욱기의 눈을 정시하며 그는 마음속으로 나현을 떠올렸다. 그 여린 속으로 얼마나 절망하며 여기까지 왔을까? 새 장난감을 보면 갖고 있던 장난감을 헌것 취급하듯, 그렇게 아내를 취급하는 아버지를 보고 자랐으니 제 구애가 얼마나 하찮게 여겨졌을까? 비로소 그녀의 차가운 철벽이 이해되었다.

"갑자기 소식 끊고 훌쩍 떠난 것이 이해가 되지 않습니다."

"됐어! 여자는 그런 거야. 애초에 우리가 이해할 생물이 아니네.

저녁은 먹었는가?"

"저는 이만 일어나야 되겠습니다. 아 참, 세무조사 받으실 준비하시고요."

"세무조사라니? 자네가 뭐라도 되는 줄 아는가?"

욱기는 눈살을 찌푸리며 당치도 않다는 듯이 손을 내저었다.

"저를 사윗감으로 점찍으신 이유가 그거 아니었습니까? 제가 미국에서 팀을 만들어 귀국하면서 가장 먼저 한 일이 한경의 탈세 비리를 털어 버리는 거였잖습니까? 경영권은 그렇게 쥐여졌습니다. 들어 보니 회장님은 저의 패기를 높이 샀다고 들었습니다. 그 패기로 이제……."

일부러 한 템포 쉬었다가 그가 분명하게 말을 이었다.

"저는 해동제약을 알차게 이어 갈 생각입니다. 그런데 탈세혐의가 '혐의'가 아니게 된 이상은 제가 나중에 골치 아플 것 같아서 미리 차단하려고요."

"이런, 귀밑에 피도 안 마른 녀석이!"

순간적으로 흥분하여 냅다 소리를 질러 준 다음에 욱기는 침착한 척을 하며 대꾸를 했다.

"자네가 내 사위가 될 일은 없다고 했을 텐데?"

"저도 회장님의 사위가 될 생각은 없습니다. 백나현의 남편이 되는 거니까요. 앞으로 나현이는 회장님의 딸로 살지는 않을 겁니다. 제가 그렇게 만들겠습니다."

"천륜을 끊겠다는 건가?"

"그런 건 회장님이 먼저 끊으셨습니다."

"어허, 자꾸 자네 막 나오는데? 이렇게 무례해도 되나?"

시준은 자리에서 일어났다. 그리고 부릅뜬 욱기의 눈과 마주하며 두 주먹을 꽉 쥐고 말했다.

"회장님이 가정을 버린 것은 모든 것을 버린 거라고 알고 있습니다. 이제 모든 것을 잃으실 차례입니다."

***

계수재를 나온 시준은 차고를 벗어나자마자 자가용을 세웠다. 잠시 골목에 주차를 시킨 뒤에 호흡을 가다듬어야 했다. 순간적으로 울컥한 기분을 추스를 수가 없었다.

"세상에, 나현아!"

그는 운전대를 콱, 주먹으로 내리쳤다. 둔중한 통증이 주먹을 타고 올라와 팔뚝을 거쳐 온몸으로 퍼지듯 아파 왔다. 이를 사리물며 통증 대신에 나현에 대한 걱정으로 신음을 삼켰다. 걱정도 걱정이지만 분이 솟구쳐서 견딜 수가 없었다.

"빌어먹을, 빌어먹을……!"

후우, 하고 숨을 토해 낸 뒤에 그는 휴대폰을 찾았다. 나현을 찾는 일보다 더 급한 것은 없었다. 그는 최남웅 실장에게 전화를 걸어 당부를 했다.

"야근하게 생겼네요. 나현이 여기서 나갔답니다. 충주든, 어디든 갈 만한 데 당장 알아봐 주십시오. 핸드폰 없으니까 위치 추적 필요 없습니다. 예, 그럼."

조희수의 사건으로 인해 그는 그녀를 만나기 전까지 마음이 죽었었다. 뿐만 아니라 영혼을 잃었었다.

독약을 입에 털어 넣지 않았다 뿐이지 그는 죽은 것이나 진배없었다. 그나마 폐인이 되지 않은 것은 일중독 때문이었다. 견디기 힘들 때는 뇌가 없어졌으면 했다. 심장이 뛰지 않았으면 했다. 그런 지독한 상심의 나날에서 그를 꺼내 준 것은 나현, 그녀였다. 아직 시작도 하지 않았는데 이대로 깨지게 놔둘 수는 없었다.

백욱기, 그는 예상보다 더한 짐승이었다. 짐승도 제 자식은 위하는데, 라고 씁쓸하게 중얼거리며 시준은 백 회장이 짐승만도 못하다고 결론을 지었다. 그런 인간은 제 힘이 닿는 대로 최선을 다해 밟아 줄 것이다. 회사의 세금 탈세 같은 것이야 재벌 총수쯤의 위치에서는 막아 낼 방도가 있을 것이다.

그러나 그쪽으로 한눈을 팔게 한 다음에 따로 뒤통수를 제대로 칠 심사였다. 언뜻 알아본 것만으로도 수두룩한 허점투성이였다. 백 회장의 여자로 알려진 송 마담의 룸에서 이루어지는 은밀한 뒷거래나 불법은 굶주린 하이에나 같은 검사에게 찔러만 줘도 될 일이었다. 재벌 개혁으로 건수 잡으려는 검사는 많으니까.

그리고 김희숙!

남의 남자를 가로챈 도둑 주제에 감히 내 여자를…….

그래, 내 여자였다.

그의 주먹이 사시나무 떨듯이 떨리기 시작했다. 꽉 찬 분기로 인해 미치겠는데 그런 와중에 나현의 고통이 생생해서 괴로웠다.

얼마나 욕스러웠을까?

얼마나 아프고 괴로웠을까?

나현의 손가락에 가시가 박힌다는 상상만으로도 나는 미치겠는데!

그녀가 당했을 치욕이, 상처가, 고통이 뚜렷이 상기되어 그는 미칠 것만 같았다. 그러다 결국엔 자신의 무익함을 탓했다. 저 더러운 짐승들이 우글거리는 곳에 들여보내지 말았어야 했다! 그날, 제게로 파고들며 사랑을 속삭이던 나의 여자에게 나는 뭐라고 했던가? 앞으로 뭐든지 나를 믿고 따라오라는 말뿐, 그는 아무것도 한 게 없었다.

마음이 아픈 가운데 분기는 더욱 생생해졌다.

일단 김희숙, 당신부터!

수치심을 자극하며 짓이겨서 아주 모욕감을 뿌려 주고 싶었다. 이런 일에 적격인 사람을 알고 있었다. 그는 어머니 승애의 단축번호를 찾았다.

승애는 그가 아는 중에서 가장 불륜에 치를 떨었고 불의를 보면 참지 못하는 사람이었다. 김희숙이 발을 디디고 있는 바닥에서 얼굴 들고 다닐 수 없도록 조처를 취하는 방법은 그리 어려울 것이 없었다. 게다가 승애는 요즘 그가 결혼할 마음을 먹었다고 해서 며느릿감이 될 나현에 대해 무한 애정을 품고 있는 중이었다.

"접니다. 부탁이 있어서 전화드렸습니다. 어머니께서 김희숙 관장하고 알고 지내신다고요? 예, 예, 별거 아닙니다만……."

***

동호회 회장의 도움으로 나현은 신사동의 로펌에 와서 변호사를 만나 대화를 나누었다.

정신을 똑바로 차리자!

해서 그녀는 지금 제일 중요한 것이 뭔지를 파악하고 있어야 했다. 그녀는 변호사와 함께 회계사를 불러 머리를 맞대었다. 조부의 유산 상속 문제, 그리고 제 주식이나 지분에 대해 그녀는 변호사와 함께 차곡차곡 의논을 하고는 백 회장이나 누구라도 함부로 건들지 못하게 하라는 당부로 끝을 맺었다. 또 한 명의 백승훈 사망 사건 담당 변호사가 따로 있었는데, 그와는 내일 미팅을 하기로 약속을 잡았다. 더 이상 시간을 끌 수 없을 문제였다.

나현이 사무실을 나와 택시를 잡았을 때는 밤 10시가 지나 있었다.

"어디로 모실까요?"

늙은 초로의 얼굴을 한 기사가 묻는 소리에 그녀는 순간, 말이 막혔다. 시준에게로 가야 하는데, 그가 일하는 사무실밖에는 아는 곳이 없었다. 이미 퇴근하고도 남을 시간이었다.

어디 있어요, 당신?

이럴 줄 알았으면 그의 집이든 어디든 알아 둘 것을 그랬다. 아니, 하다못해 그의 번호라도 외웠어야 했다. 이럴 때는 7년을 그녀 곁에서 일을 봐준 이진희 비서가 아쉬운 대목이었다.

그녀는 어디로 갔을까? 고향 집으로 갔겠지. 이 비서는 부모님이 다 건재했고 4남매 사이에서 왁자지껄 부대끼며 살아온 사람이었다. 이 비서의 집은 지방에 있었기에 그녀는 한 달에 세 번씩은 고향에 다녀오곤 했었다. 새삼스레 이때껏 나현과 함께 한남동의 집에서 거처했던 이 비서의 존재가 고마웠다.

"근처 호텔에 갈게요."

휴대폰을 새로 만들 수도 없는 시간, 근처 호텔에나 들어가야 할 것 같았다. 나현은 차창 밖으로 시선을 돌리며 어딘가에 있을 시준에게 가만 말을 걸었다.

"나 잘 있어요."

……보고 싶어요, 라는 말을 마음속으로 덧붙였다. 그런데 방법이 없어요. 나중에 실컷 보고 또 반하고, 또 반하고 그래야지.

'그리고 당신 안 떠나요. 걱정하지 말아요.'

나현은 그의 존재를 떠올리는 것만으로도 힘이 났다. 가슴이 부풀고 설레며 또한 아팠다. 내가 진짜 사랑을 하고 있다!

나현은 슬그머니 얼굴을 붉히다가 배시시 웃고 말았다.

하긴, 시준이 지금의 그녀 얼굴을 봐서 좋을 것도 없었다. 자신의 처지가 그를 가슴 아프게 할 게 뻔했으니까.

내가 가진 게 지금 너무 버거워서, 그래서 당신 보기가 아프지만…….

보고 싶었다.

그것도 지금 당장!

강시준.

속절없이 입 속으로 그의 이름만 불러 보았다.

아아, 보고 싶다고요!

만약에 누군가가 그녀에게 이 세상에서 가장 후회하지 않을 선택을 물어본다면 자신 있게 답할 수 있었다.

'나하고 자요.'

그에게 같이 잠을 자자고 했던 자신의 제안, 그리고 그와의 첫 섹스.

단언하건대, 그녀 인생에서 가장 후회하지 않을 선택이었다.

13. 상처 아무는 법

"추문, 그까짓 것! 자기들 사생활이니까 어느 정도 뒷담화로 끝낼 수 있어. 그런데 내 식구가 당했어. 내 며늘아기의 가슴에 대못을 꽝꽝 박았다고! 이거, 어떻게 가만있을 수 있어?"

승애는 제 여동생을 데리고 해동 아트센터의 제1전시실 안으로 들어서고 있었다. 때마침, 오늘은 승애를 위시해서 대기업 안주인들을 대상으로 바자회가 열리는 날이었다. 그녀도 제 비서를 통해서 행사를 위해 귀중품을 내놓았던 참이었다.

"이참에 잘됐어! 진경 회장 사모님, 양운실업 사모님, 세영 사모님들 다 와 있는 자리야. 오냐, 김희숙! 아주 자근자근 씹어 주마. 잘 사는 남의 가정 파탄 낸 장본인, 그 정도는 세상에 널렸으니까 남의 집 불구경하듯 할 수는 있어. 그렇지만, 저 인간이 내 며느리를 건드렸대. 이게 말이 돼?"

그녀는 흥분하여 입매를 꽉 다물며 동의를 구하듯 승심을 쳐다보았다. 여고의 교감을 지내다가 얼마 전 사직한 승심은 뭔가 불안한 얼굴이었다.

"언니, 우리 시준이는 아직 결혼도 안 했는데 무슨 며느리? 아까부터 지나쳐."

"절대 결혼할 마음이 없다는 자식이 결혼하겠대. 이 여자 아니면 안 된대! 무슨 말이 필요해? 넌 준비됐지? 이 교감, 목소리 큰 거 유난하잖니? 너 솔직히 대책 없는 다혈질이잖아. 그 개 같은 성질을 재능 기부 한다고 여기고 써먹어 보자. 그리고 명심해. 네 뒤에는 한경그룹 비선 실세인 내가 있어. 네가 암만 깽판을 쳐도 문제없어! 이승심이 내 동생이라는 사실만으로도 콩밥은 안 먹을 테니까 걱정 말라고, 알았지? 그리고 무엇보다 오늘 모인 여사님들은 전부 다 조강지처 편이다."

웬만한 일에는 결코 감정을 드러내는 법이 없는 시준이었다. 그 신중한 아들이 제 여자를 위해 제게 부탁까지 했다. 그것만 봐도 아들이 얼마나 빠졌는지가 확연히 보였다. 그 냉정하던 녀석이! 살아났다, 내 아들!

기쁜 것도 잠시였다. 그녀는 곧바로 부들부들 살이 떨리도록 분개했다. 아들과의 통화가 상기되어서였다.

'……어머니께서 김희숙 관장하고 알고 지내신다고요? 예, 예, 별거 아닙니다만……. 나현이가 조금 아파요. 아니, 많이 아파요.'

그렇게 말을 꺼냈던 아들.

화들짝 놀란 자신이 애가 어디 다쳤다니? 하고 물었고.

'그것도 그렇고 속이 더 다쳤을 거예요. 그래서 말인데요, 어머

니가 나서 주실 일이 있어요…….'

차분하게 부탁을 하면서 간간이 목이 메던 아들의 음성을 기억하고서 승애는 울컥해졌다.

그 가엾은 것을 봤나?

짐작은 했지만 아들의 애인은 훨씬 더 그악스러운 환경에 처해 있었던 듯했다. 승애는 간밤에 편히 잠들 수가 없었다. 그래서 날이 밝자마자 자신보다 더 다혈질인 동생을 호출하며 그녀는 평소 친분 있는 몇몇 부인들에게 대강 설명을 해 놓았다.

행사 시간이 다가오자, 직접 희숙을 대할 순간에 흥분은 점차 고조되었다. 승애는 행사가 진행 중인 전시실 문을 열었다.

"……주식회사 동화제강 사모님이 내놓으신 애장품은 산타 바바라에서……."

유백색의 진주 목걸이를 치렁치렁 달고서 검은 실크 드레스를 입고 있는 희숙은 귀에 이어 마이크폰을 낀 채로 떠들고 있었다. 거침없이 그녀에게로 다가간 승애는 우선 희숙의 귀에서 폰을 잡아채서는 바닥으로 내동댕이쳤다.

"고명하신 여러분, 이 자리가 원래 이러려고 모인 게 아닙니다만. 제가 가만있으면 안 될 일이 생겨서요. 우리 모두는 해동제약 회장님의 사모님이 쫓겨나듯 이혼당한 사실을 알고 있습니다. 그 전처가 남긴 따님이 바로……."

당황하여 넋을 잃은 희숙의 얼굴, 그리고 자리에 모인 부인들의 호기심으로 빛나는 눈동자에 힘을 얻어 승애가 다음 말을 하려던 찰나였다.

"각설하고, 이 여자야! 네가 감히 우리 언니의 며느리를 건드려?

너 오늘 이 손에 죽었다."

와장창!

입구에 놓인 각종 차 종류가 세팅이 된 테이블이 넘어졌다. 승심이 유유자적하게 숄더백을 휘둘러 테이블을 넘어뜨린 거였다. 그녀는 주변 사람들을 향해 큰 소리로 충동질을 시작했다.

"여사님들, 저기 서 있는 김희숙 관장이요, 도둑년이잖아요. 여태 도둑질하고도 싹 안면 몰수하고서 그동안 여기서 우아한 척, 잘도 그림 팔았지요. 이제 끝장났어요. 그 조강지처가 남긴 딸을 그렇게 괴롭혔대요. 그 어린것이 지금……."

더 말할 필요도 없었다. 이곳은 해동제약 원래 안주인이 어떤 사연으로 내쫓겼는지를 알음알음으로 알고 있는 사람들이 모인 자리였다. 게다가 여태 누구 하나 나서서 대놓고 경멸하지 않아서 그렇지, 김희숙은 그들 모두의 '공공의 적'이었다. 그녀들은 술렁거리며 서로 귓속말을 주고받더니 마침내 오늘 아침에 승애가 한 말이 돌기 시작했다.

"……재산 빼앗길까 봐 그 딸아이 결혼하려는 것도 못 하게 하고, 백 회장님 부추겨서 손찌검했대요."

"어머나? 그 서른 가까운 아가씨를요? 여우한테 홀리면 그렇게 되는구나."

"백 회장님의 딸이 한경 강 상무하고 연애를 하고 있는데 글쎄, 그 결혼을 시기해서 훼방 놓는 거래요. 완전히 한 집안에 불을 지르고 대를 끊는 짓이지 뭐예요?"

"그 딸이 총명하고 예쁘장하니 일등 신붓감이지요. 그런데 엄청 구박당하며 컸나 봐요. 얼마나 맘고생 심했을까? 안 봐도 훤해. 우린 그런 것도 묵인하며 저 관장을 얼마나 추켜세웠나요? 이제 그 짓 그만둡시다!"

웅성거리던 여사들이 하나둘, 퇴장하기 시작했다. 개중에는 침을 뱉으며 가는 이, 세워져 있는 이젤을 툭 밀치고 가는 이, 쌓인 물품을 흐트러뜨리고 가는 이 등등……. 그들의 공통점은 한 가지, 혐오감이었다.

행사에 초대되어 온 미술관 전속 화가들도 어리둥절한 표정으로 힐끔, 희숙의 눈치를 살피더니 주섬주섬 가방을 챙겨 들었다.

승애가 단상에 놓인 물 잔을 거머쥐었다. 그러고는 희숙의 팔을 잡고 꼼짝 못 하게 한 뒤에 물 잔을 들어 위협을 했다.

"꼴불견! 다시는 우리 앞에 얼씬도 하지 말았으면 하네!"

"사, 사모님!"

희숙이 거멓게 가라앉은 낯으로 입만 벙긋거렸다.

"사악한 인간 같으니! 하필, 이렇게 까마귀 날자 배 떨어지네? 오늘 모인 사모님들 다들 쟁쟁한 이 바닥 파워들이잖아, 안 그래?"

"사모님, 오해가 있어요. 그 아이가요. 얼마나 독한지 제 속이 말이 아니랍니다……."

"닥쳐요! 얘가 독하다고 해도 그게 다 누구 때문일까?"

그녀는 잔의 물을 희숙의 얼굴과 목덜미에 끼얹었다. 악, 하고 희숙이 비명을 질렀다.

"사모님, 이게 대체 뭐 하는 짓이에요? 교양은 어디다 팔아먹고 이래요? 저도 나현이 걔한테 당할 만큼 당했다고요."

물세례를 받은 희숙의 발끈한 모습을 보고 승심이 와락, 달려들었다.

"언니, 나 말리지 마."

승심이 희숙의 머리채를 움켜잡으려 하자 그 사이에 직원 하나가 꼈다. 직원을 사이에 두고 두 여자가 으르렁거리는 모습을 보며 승애가 활짝 웃었다.

"우리에게도 원칙이 있지. 사실 교양과 무례는 한 끗 차이거든. 그런데 너 같은 세컨드는 교양으로 안 해. 뭐, 통하지도 않을 거고."

그녀는 돌아서서 걸으며 휴대폰을 꺼내 귀에 가져갔다.

"강 상무, 여기 미술관. 응, 미션 완수다……. 기자들? 아까 얼핏 보니까 예술 계간지 쪽에서들 왔다는 것 같아. 그쪽은 입 헤픈 우리 여사님들이 알아서 썰 풀 거다. 이제 여긴 끝이야, 걱정 마라. 나는 여사님들하고 점심 하면서 2차 만들면 돼. 강 상무는 어서 나현이 찾아 데리고 와."

***

5시 30분.

시준은 평소보다 한 시간 일찍 일어났다. 새벽 이슥한 때였지만 그는 출근 준비를 서둘렀다. 마음이 급한 탓에 아침 샤워를 하면서는 면도를 거를 정도였다. 그는 넥타이도 매지 않고 대충 슈트 재킷을 걸치며 방을 나왔다. 거실을 지나치면서 메이드로부터 보온병을 건네받았다.

"상무님, 타락죽입니다."

"감사합니다."

병을 다른 손으로 옮겨 들며 그는 휴대폰을 귀에 가져가 일정비서에게 몇 마디 양해를 구했다.

"본사 출근은 늦을 겁니다. 그 전에 들러야 할 곳이 있으니까 오전 스케줄 알아서 정리해 주세요."

일정비서와 몇 개의 스케줄을 조율한 다음에 그는 다시 몇몇 연락을 확인하며 차고로 향했다.

나현의 행방불명 나흘째, 직접 찾아 나서는 길이었다. 요행이랄까, 그녀가 갈 곳은 몇 군데 없었다. 이미 최남웅 실장은 이진희 비서의 대전 집과 충주의 요양병원 두 곳을 지키고 있었다. 하다못해 사람을 시켜 나현이 속한 동호회 회원들을 접촉하고 있었고, 대학 동창들부터 해서 있을 만한 곳은 전부 알아보는 중이었다. 혹시 몰라 출입국 관리소까지 뒤져 봤지만 다행히도 외국에 나간 흔적은 없었다.

서서히 차고의 셔터가 올라가는 사이에 문자 음이 떴다.

띠링.

나현의 행방을 알아보는 사람 중의 한 명에게서 온 메시지였다.

[바이크 클럽 동호회 회장이란 자가 뭔가 알고 있는 것 같습니다. 계수재의 CCTV 판독 결과 아가씨를 태우고 사라진 사람입니다.]

그래? 그렇단 말이지.

눈이 번쩍 뜨이는 정보였다. 시준은 답 문자를 보내려다가 일단은 차고를 벗어나기 위해 액셀러레이터를 밟았다. 그때였다.

"이런, 제길!"

시준은 엉겁결에 이를 악물며 급히 브레이크에 발을 댔다. 아직

어스름한 사위에 하얀 형체가 우뚝 서 있었다. 그것은 차를 세우려는 듯이 두 팔을 펼쳐 앞을 가로막고 섰다.

끼이이익, 하고 타이어가 바닥을 마찰하는 소리가 날카롭게 울리며 그의 몸이 앞으로 쏠렸다.

"아!"

그는 제 눈을 의심했다. 간밤을, 아니 지난 사흘 밤을 거의 뜬눈으로 지새운 탓에 헛것을 보는 것이라 여겼다.

"백나현?"

그가 지금 눈에 불을 켜고 찾고 있는 사람, 보고 싶어서 미치겠는 사람, 걱정되어서 가슴이 아픈 사람, 그녀 백나현! 그의 차를 급정거시킨 사람은 바로 나현이었다.

"나현아, 너……."

두 팔을 활짝 벌려 그의 차 앞을 가로막은 채로 나현은 파리하게 핏기 없는 얼굴에 웃음이 한가득이었다. 반가움 반 기쁨 반. 짓고 있는 표정이 그랬다.

"거기 서! 잠깐, 있어 봐."

그는 나현의 몸에 바짝 붙은 차가 위험하다는 생각이 우선이었다. 차를 조금 후진시키려고 운전대를 돌리는데 나현이 달려들듯이 뛰었다.

"저런, 백나현!"

그는 차를 멈추어야 했다. 급히 뛰던 나현의 몸이 고꾸라졌기 때문이다. 서둘러 차 문을 열고 다리를 내리는데 나현이 와락, 안겨 들었다.

"나 왔어요."

가쁜 숨을 내쉬며 나 왔어요, 라고 소곤거리는 나현의 말소리가 들렸다. 그는 대답할 새도 없이 나현과 포옹을 했다. 가녀린 여자의 몸피가 그의 품 안 가득 채워졌다. 그의 등을 얼싸안은 팔에는 무시무시할 정도의 힘이 들어가 있었다.

아프지는 않은지.

어디 다친 데는 없는지.

얼굴을 보고 확인하고 싶었지만 나현은 그의 가슴을 파고들며 어깨를 가늘게 떨고 있었다. 나현은 자꾸 그의 가슴 앞섶에 볼을 비벼 댔다.

"걱정했었어."

허겁지겁 나현의 고개를 들게 해서는 입술을 찾아 제 입술을 비볐다. 부르트고 거칠한 입술이 애처롭게 그의 입술에 닿았다. 입술을 문질러 대는데 나현이 그의 입술을 가르고 먼저 혀를 넣어 왔다. 그의 혀가 맞닿아 끈적끈적 농밀한 키스가 이어졌다.

"흡, 으읍……."

"으음."

잔뜩 흥분한 놀림으로 혀와 혀가 서로를 짓이기듯 탐하는 통에 키스가 끝날 줄을 몰랐다.

"미안해…… 요. 내가…… 많이, 미안해."

나현이 헐떡이며 사과를 해 왔다. 대답 대신 그는 나현의 입 안을 제 혀로 온통 얼러 대며 그 몸을 더 깊이 안았다. 나현의 몸이 자잘하게 떨리고 있었다.

우는 건가?

그는 불안한 마음을 이기지 못해 입술을 떼고 그녀의 얼굴을 두 손바닥으로 감쌌다. 이런, 나현아!

저도 모르는 사이에 눈살이 찌푸려졌다.

나현의 창백한 얼굴은 그의 옷과 턱 주변의 수염자국에 사정없이 문질러져서 불그죽죽하게 상기되었다. 그 얼굴이 또 눈물에 젖어 파르르 떨리는 입술을 앙다물고 있는 폼이 꼭 비 맞은 고양이처럼 처량했다. 찌르르, 그의 가슴이 저릿한 느낌에 절로 눈물이 글썽거렸다.

"정말 미안해요."

나현이 그의 목에 두 팔을 두르며 계속해서 흐느꼈다.

"됐어! 너 나한테 미안할 거 하나도 없어."

그는 나현의 어깨를 움켜잡으며 그 몸을 으스러져라 품에 안았다.

"내가 백나현이라서…… 미안해요."

"됐다니까! 그 백나현을 내가 사랑해."

그는 나현의 이마에 도장을 찍듯 입술을 비비며 깊은숨을 내쉬었다. 정말, 잘됐다! 그런 소리가 반사적으로 흘러나왔다.

"어디 보자. 아픈 데는 없어?"

그가 나현의 이마에서 머리카락을 쓸어 올리며 물었다.

"없어요."

나현이 발간 눈시울에 웃음기가 대롱대롱 매달린 얼굴로 고개를 저었다.

"다치진 않았어? 들었는데 너……."

"아니, 그보다 시준 씨가 보고 싶어서 죽는 줄 알았어요. 계수재에서 도망친 첫날에 찾아가고 싶었는데 전화번호도 모르지, 당신 회사밖에는 아는 데도 없지, 난감해서 혼났네. 용케 우리 변호사님

통해서 집 주소를 알아냈는데 도저히 날이 밝기를 기다릴 수가 없는 거예요. 그래서 어젯밤부터 여기 지키고 서 있었어요."

"미쳤어? 여기 밖에서 밤새 서 있었단 말이야? 안 추웠어? 괜찮아?"

그는 나현의 몸이며 얼굴 등을 살피며 화들짝 놀란 어투를 했다. 그의 시선을 따라 나현이 상반신을 이리저리 비틀어 돌렸다. 마치 나 지금 괜찮아요, 하듯이 배시시 웃는 얼굴이 청아했다.

그는 나현의 어깨가 드러난 실크 민소매에 속이 비치는 얇은 카디건 차림을 보고 인상을 굳혔다.

"옷이 이게 뭐야?"

왜 이렇게 얇게 입었냐고 꾸중을 하려는데 나현이 그의 목을 확 끌어당겨 안았다.

"이리 와요."

그녀가 키스를 했다. 짭짤한 눈물 맛이 나는 입술을 핥으며 그는 적이 안도되는 심정으로 누구에게랄 것도 없이 감사했다. 찾았다, 내 사랑!

아니, 그녀가 내게로 왔다.

***

허둥지둥, 그길로 둘은 나현이 묵는 호텔 방으로 왔다. 먼저 어깨를 잡아채듯 해서 키스를 퍼붓기 시작한 쪽은 시준이었다. 그는 등 돌리고 서 있는 나현을 확 끌어당겨서 키스를 하며 혀를 휘감고 놓지 않았다.

"읍, 으으……."

"미쳐, 너 때문에, 내가……."

간간이 중얼거리며 나현의 혀를 핥아 내리고 숨결을 앗아 갔다. 한 팔로 나현의 어깨를 감싸 안고는 다른 손으로 민소매 셔츠 속을 더듬어 가슴을 만졌다. 주물럭주물럭, 유방을 어루만지는데 허리 아래가 찌릿하니 흥분이 넘쳤다. 나현의 몸이 흠칫, 떠는 모양을 보며 그는 이해를 구하듯 속삭였다.

"해도 돼?"

"……으음."

그의 손이 성급하게 아래로 내려가 주름 스커트의 밴드 부분에 닿았다. 매끈한 복부에 대고 손가락을 비비며 그가 채근했다.

"한다?"

그는 나현의 몸을 안아다 침대가 있는 방으로 들어갔다. 그녀를 침대에 눕히고 빠르게 재킷을 벗어젖히고 단추를 끌러 냈다. 참을 수 없는 것은 나현도 마찬가지였다. 그녀는 그의 바지 벨트 버클을 풀고는 더듬었다.

"우욱, 나현아!"

그의 입에서 한탄 섞인 신음이 터져 나왔다. 나현의 손이 검붉은 페니스를 끄집어내 성큼 입에 물었던 탓이다. 뜨거운 입김이 여과 없이 살점에 닿았고 혀가 착 밀착되어 쭉쭉 안으로 빨아들였다. 온몸이 송두리째 빨리는 기분이었다. 그는 허물어지지 않기 위해 나현의 정수리에 손바닥을 얹고는 이를 단단히 사리물었다. 불끈, 용트림을 하는 페니스가 크게 꺼떡거리는 것도 아랑곳하지 않고 나현은 열심히 그것을 빨았다. 귀두 부분을 간질이는 데는 도저히 참을 수가 없었다.

"그만……!"

"사랑해요."

그녀가 불시에 사랑한다고 고백하며 시준을 올려다보았다. 그러면서 젖은 눈으로 씨익, 웃어 주는 데는 미치지 않을 수가 없었다. 그녀의 몸을 뒤로 쓰러뜨리고 스커트를 올린 뒤에 팬티를 밑으로 내렸다. 두 다리를 활짝 열어 음습하게 젖어 있는 그곳에 얼굴을 묻었다.

"윽, 아아……."

혀를 내밀어 숨어 있는 클리토리스를 찾아 비볐다.

"아앗!"

움찔, 나현의 몸이 떨리며 허리가 튕겨 올라갔지만 그는 사정봐주지 않았다. 능숙하게 돌기를 애무하며 점점 더 달아오르기를 고대했다.

"으읍, 안 돼요!"

급기야 나현의 입에서 비명이 터지며 경련이 일어났다. 그는 좀 더 기다리지 않고서 나현의 질 속으로 손가락을 밀어 넣었다. 뜨겁고 부드러운 그곳이 시준의 손가락을 받아들이며 난리를 쳐 대는 느낌이었다. 오톨도톨한 벽을 더듬으며 쉰 음성으로 속삭여 말했다.

"여기다 맘대로 할 거야. 알지?"

나직한 신음을 대답으로 넘기며 그는 나현의 속을 마구 헤집기 시작했다. 나현이 두 손으로 시트자락을 움켜쥐며 머리를 이리저리로 돌렸다. 한 번의 오르가즘을 경험한 질 속은 그의 손놀림으로 인해 더더욱 뜨거워졌다. 그의 손가락이 녹아날 것만 같았다. 내벽으로부터 스며 나온 애액이 손가락을 타고 질구를 적셨다. 거친 숨을 몰아쉬며 시준은 손가락을 멈추지 않았다.

"아앗, 싫어!"

나현이 부르르 몸을 떨며 소리를 질렀다.

"싫어?"

그가 숨이 찬 채로 물었다.

"아니…… 아, 몰라요!"

원망 어린 신음을 뒤로하고서 그는 손가락을 거칠게 움직여 결국에는 나현이 절정에서 몸부림치게 만들었다.

"아아아아, 아앙, 아앗, 하아……."

숨을 고르며 나현은 그가 옷을 벗기는 대로 가만히 있었다. 아래가 화끈거리며 경련하고 있어서 매우 예민해진 상태였다. 이 지경이 된 몸에 그의 삽입이 이루어지면 또 난리가 날 게 뻔했다. 나현이 힘없는 목소리로 혼잣말처럼 중얼거렸다.

"난 끝난 것 같은데."

"어림없어, 백나현. 이제 시작인걸."

"나 기운 다 뺐는데."

"내가 할게. 넌 손가락 하나 까딱하지 않아도 돼."

"말도 안 돼."

"조금만…… 나현아, 응?"

그가 짙은 욕망을 담은 눈빛으로 나현을 보았다. 이토록 누군가를 원하는 순간이 있을 줄이야.

시준은 미쳐 날뛰는 욕구를 잠재울 수가 없었다. 아니, 그럴 필요가 없었다. 나현의 절박한 눈은 그를 원하고 있었다. 그는 심장이 터지도록 벅찬 감정으로 나현의 몸을 당겨 안았다. 절정의 자극에 지쳐 숨을 몰아쉬는 그녀의 뺨에 키스를 하고는 두 손으로 머리카락을 쓰다듬어 이마에 제 이마를 가져다 댔다.

"다시는 어디 가지 마, 나하고만 있는 거야. 약속할 수 있어?"

그러고는 확고하고 단호한 음성으로 대답을 강요했다.

"네에."

나현의 속삭이듯 대답하는 소리에 가슴이 뭉클해져서 또 한 번 다그침을 이었다.

"어디로 사라지면 안 돼. 죽어도 안 돼. 알았지?"

"네에."

잘도 유순하게 대답하는 그녀의 이마에 입술을 붙이고 잘했다, 칭찬해 주었다. 열기가 식기를 바랐지만 소용없었다. 한없이 팽창한 그의 아래는 나현의 안으로 들어가게 해 달라 아우성치며 더욱 곤두서고 있었다.

"얼른, 나현아!"

나현이 알았다는 듯이 급한 손길로 그의 드레스셔츠를 벗어젖혔다. 그도 스스로 바지를 벗어 알몸이 되었다. 붉게 핏대가 두드러진 물건의 끝에는 투명한 이슬이 맺혀 있었다. 그는 나현을 눕히고는 다리 하나를 틀어쥐고서 젖은 클리토리스에 페니스를 문질러 댔다.

"흐읏, 으으, 으읏."

나현이 몸을 뒤척이며 신음했다. 그는 단단한 제 물건으로 나현의 속을 가르며 깊이 들어갔다. 그녀의 끝까지 들어가 박힌 것을 감지한 순간에 두 사람은 동시에 입을 벌렸다.

"하앗!"

"흐윽."

예상보다 더 젖고 부드러운 그곳, 게다가 뜨거웠다. 그 속살이 움켜쥐듯 페니스를 물어서 그는 잠시 숨을 삼키며 움직임을 멈춰야 했다.

"괜찮아?"

"네에."

"안 힘들어? 정말?"

그가 확인하듯 재차 물었을 때였다. 나현이 그의 페니스를 힘껏 조여 댔다.

"우욱, 너……."

비지땀이 솟는 코끝을 훔쳐 내며 그가 나현을 응시했다. 장난꾸러기 같으니라고!

나현은 웃고 있었다.

"하아, 어때요?"

나현은 제 안에 들어온 페니스를 자극하듯 꿈틀거리는 속으로 더욱 힘을 주었다.

"좋아, 해보자 이거지?"

그는 잔뜩 부풀어 오른 나현의 속을 감지하며 이 정도는 함부로 해도 되겠다고 생각했다.

"……한다!"

그는 딱딱한 페니스를 빠르게 찔러 대기 시작했다. 팍팍, 하고 피부에 피부가 닿아 요란한 소리를 내는 동시에 두 사람의 입에서도 거친 숨소리가 튀었다.

"으응, 으읏, 으응, 으으……."

어떻게든 소리가 커지는 것을 막으려고 나현은 입을 꾹 다물며 신음을 흘렸다. 그는 열심히 피스톤질을 하던 중에 손가락으로 나현의 클리토리스를 찾았다. 질구에 흠뻑 묻은 애액을 묻혀 클리토리스를 건드렸다.

"흐읏! 만지지 마요."

"가만있어."

허리를 부르르 떨며 나현이 애걸하는 어조를 했지만 그는 손놀림을 늦추지 않았다. 등골을 타고 올라오는 쾌감에 그의 단전이 금방 신호를 보내왔다. 하지만 아직은 아니었다. 그는 나현의 클리토리스를 더욱 괴롭히며 퍽퍽, 힘찬 피스톤질을 이어 갔다. 손끝에서 클리토리스가 점점 더 크게 부풀어 올랐다. 그와 동시에 페니스가 들락날락하는 속살도 꽤나 부풀어 올라 순식간에 오르가즘으로 인도하고 있었다.

"아, 윽……."

그는 아래에서 찌르르 올라오는 짙은 쾌감에 이러지도 저러지도 못하고 계속해서 피스톤질을 했다. 나현과는 한두 번 해 본 솜씨가 아니어서 그는 버티는 재주가 있었다. 그가 자세를 낮추어 나현의 허리를 한 팔로 감아 올렸다. 그녀의 둥글고 실한 유방에 키스하며 시간을 끌었다.

하아, 하고 그녀의 입에서 뜨거운 숨소리가 새어 나오며 몸서리를 쳤다. 그가 나현의 가슴에 실컷 키스할 동안에 질 속은 수축과 이완을 반복하며 그를 괴롭혔다.

"세상에, 너무 좋아."

눈앞이 하얘지는 극치감에 견딜 수가 없었다.

"하악, 앙……!"

나현은 참을 수 없는 모양으로 울컥, 애액을 쏟았다. 뜨거운 그것은 시준의 허벅지를 타고 흘렀다. 거친 숨을 내뱉으며 시준은 페니스로 안을 긁어 대듯 후볐다. 나현이 발버둥 치듯 벗어나려 했지만 그는 봐주지 않고 연달아 힘을 주어 안을 훑어 냈다.

딱딱할 대로 딱딱해진 그것으로 여리고 부드러운 속을 헤치는 대로 나현은 쾌감에 질려 교성을 높였다. 제 여자 속에서 그의 페니스도 녹을 것처럼 뜨거웠다.

"어떻게, 나……."

"조금만, 더……."

나현이 허리를 흔들어 그의 페니스를 자극하는 것은 숨 막히도록 큰 자극이었다. 그도 격렬하게 밀어붙였다. 며칠간의 그녀를 놓치고서 절망하고 아팠던 나날들이 보상받는 것처럼 기뻐 날뛰고 있었다. 혈관 구석구석까지 나현으로 인한 따스함이 퍼져 그를 진저리치게 했다. 굵은 땀방울이 이마를 타고 흘러 툭, 하고 나현의 새하얀 허벅지에 떨어졌다.

"나현아, 백나현……."

절정으로 치달아서 펑펑, 불꽃이 터지기 직전의 그 치열한 감각은 기가 막히게 좋은 거였다. 어쩌면 백 마디 사랑한다는 말보다 더한 것이 치고 올라와 그의 전신을 태우는 것 같았다.

"……사랑해."

"나도요, 나도 사랑해요."

나현이 하아, 하고 숨을 토해 내며 그를 향해 팔을 뻗었다. 순간, 시준은 억눌린 신음을 삼키며 절정에 올랐다.

"우욱!"

크게 꿈틀거리던 물건이 확, 터지듯이 사정을 했다. 온몸으로 퍼지는 극치의 감각에 모든 것이 지배당하는 순간이었다. 오직 사랑하는 여자와만 이룰 수 있는 절정감은 지독하게 좋았다. 그것은 몸 안의 세포를 깨우고 혈관을 타고 돌았다. 그 감각이 사그라지기 전에 그는 나현의 젖은 몸을 깊이 포옹했다.

정신없이 신음하던 나현이 그의 어깨를 끌어안으며 두 다리로 엉덩이를 감싸 왔다. 한시도 떨어지기 싫다는 듯이 두 몸이 포개져서 밀착되었다.

"좋았어?"

숨을 들이켜며 그가 물었다. 나현이 더욱 파고들며 숨죽여 울먹였다.

"좋아요, 당장 죽어도 좋을 만큼."

"울지는 말고."

"좋아서 눈물 나는 건데, 뭘."

좋아서라.

좋아서 눈물 난다는 말이 너무 사랑스러워 시준은 나현의 입술에 키스를 하기 시작했다. 평생을 좋아서 눈물 흘리게 해 주고 싶었다.

***

한차례 폭풍 같은 정사의 시간은 찰나 같기도 하고 영겁 같기도 했다. 둘 다 발가벗은 채였다. 시준은 나현의 몸을 제 몸 위에 포개듯 눕혀 놓았다. 한 손으로는 가슴을 만지작거리며 또 다른 손으로는 질척한 아래를 지분거리고 있었다.

"잘 들어, 백나현. 우리 쪽 변호사가 네 담당 변호사를 만날 거야. 우리는 바로 혼인신고할 거고, 네 주식을 내게 합치는 작업을 해야 해."

나현은 몸을 굴려서 그의 위에 엎드러졌다. 그러고는 그의 눈을 응시하며 고개를 끄덕거리고는 뺨에 난 수염자국을 어르고 달래듯 만졌다.

"백승훈, 네 오빠 사건은 이제 나한테 넘겨. 그럴 수 있지?"

끄덕끄덕.

나현은 고개를 끄덕이며 동의하는 눈빛으로 그를 보았다. 그 눈가에 쪽, 소리 나게 입 맞추며 시준이 다짐하듯 말했다.

"앞으로 몰랐으면 좋겠어. 고통스러운 것들, 절망스러운 것들, 분노하는 것들, 전부 말이야."

물론 안다.

어떻게 인생 살면서 그런 감정이 전혀 없을 수 있나? 그러나 나현에게 그는 그런 무익한 다짐이라도 진짜로 만들어 줄 수 있는 마음이었다. 그리고 확고한 것이 있었다. 그는 제 여자에게 좋은 세상을 주고 싶어 했다. 또한 그럴 자신감이 넘쳤다.

"나는 네가 그냥 너로 살았으면 해. 내가 백나현, 너를 사랑하는 만큼 너는 행복할 거니까 두고 봐."

"이게 웬 꿈같은 소리? 나 같으면 이런 여자 싫겠는데."

"비밀…… 말해 줄게."

그가 나현의 이마에 키스를 하고는 입을 열었다.

"너 처음 봤을 때 실은 헉, 하고 감탄 나올 정도로 내가…… 너한테 확 사로잡혔었어."

"얼굴 보고 가는 스타일이구나? 강시준, 알고 보니 쉬운 남자였네?"

"응, 너 예뻐."

나현이 그의 이마에 콩, 하고 제 이마를 박았다.

"말이 안 돼. 그럼, 왜 내가 결혼하자고 했을 때 뺐어요?"

"예쁜 건 예쁜 거고…… 그때 속으로 빌었어. 제발, 나와 상관없어야 해. 저리로 꺼져 주라. 너한테 빠지면 대책 없을 줄 알았던 게지."

"억울해요? 빠져서?"

그가 나현의 얼굴을 가리는 머리를 쓸어 올리며 다정한 어투로 말했다.

"다시는 사람한테 마음 줄 일 없다고 믿었는데, 무슨 여자가 얼마나 나를 들었다 놓았다가 하는지. 이게 말이 되는 상황인가, 내 머리와 몸뚱이는 따로 노는데…… 나 정말 돌아 버리는 줄 알았어. 어쨌든 정신 차리고 보니까 너 안 보면 미치겠더라."

아직도 가끔씩 그가 앓고 지나가는 장면이 있었다. 하룻밤 섹스하고 사라진 나현을 찾아 떠났던 강원도 속초, 거기서 남자들이 득시글거리는 공사 현장의 그녀를 보고 그는 두 손 두 발 다 들었었다. 일하는 모습을 지켜보는데도 전혀 지루하지 않았던 그때, 묵묵히 작업을 하며 소녀처럼 해맑은 눈을 하고 있던 그녀…….

사실, 직감했었다. 저 여자에게 빠져드는 일은 섶을 지고 불속에 뛰어드는 것처럼 제 심장이 활활 불에 탈 것이라는 것을!

사람이 사람에게 빠져드는 일, 그에게는 절대로 일어나지 않을 줄 알았는데, 하고 그는 나현의 몸을 바투 안았다. 그러고는 목이 멘 음성으로 속삭였다.

"부탁이야. 어디 아프지만 마."

"배고파요."

아, 그렇지.

그는 얼굴을 붉히며 환하게 웃었다. 나현의 볼을 잡았다가 놓으며 물었다.

"조식 먹으러 내려갈래? 아님, 룸서비스 불러?"

"현기증 나요. 빨리 되는 걸로."

"나한테 타락죽이 있어. 그거라도 먼저 먹고 있을까?"

시준은 침대에서 일어나 브리프 케이스를 찾아왔다. 그가 가방 안에 들어 있는 길쭉한 보온병을 꺼내 들 동안에 그녀도 침대에서 주섬주섬 일어나 앉았다. 시준은 손수 병의 입구를 열어 마개에 죽을 담아낸 다음에 수저를 손에 쥐여 주었다.

"먹어."

"웬 거예요?"

나현이 꺼풀이 일어난 입술에 침을 묻히며 의아한 눈빛으로 그를 향했다.

"아침 안 먹고 나갈 때마다 아주머니가 만들어 주시거든. 그거라도 먹고 있어. 내가 룸서비스 연락할 테니."

그가 침대 옆의 사이드 테이블 위에 놓인 전화기를 집어 들고 번호를 누르고 있을 때였다. 그의 뒤에서 우욱, 하고 나현이 구역질 소리를 냈다.

"왜? 왜 그러는데?"

시준이 급히 나현의 곁으로 다가갔다. 갑작스러운 토악질을 하던 나현은 급기야 무릎에 올려놓은 죽 그릇을 밀쳐 버렸다. 확, 하고 죽 냄새가 올라왔다. 그러자 나현이 얼른 두 손으로 코와 입을 막았다.

"괜찮아? 왜 이래?"

당황스럽고 놀란 마음에 시준은 그녀의 어깨를 감싸 안았다. 발가벗은 어깨며 잔등이 바르르 떨고 있었다. 눈물이 글썽한 나현의 눈가를 손끝으로 매만지며 그가 염려가 그득 담긴 어조로 물었다.

"토하고 싶어? 속 안 좋아?"

"죽 냄새가 이상하게 비릿해서…… 우욱."

설명을 하다 말고 나현은 욕지기를 하며 그를 밀치고 욕실로 뛰었다. 그가 곧장 따라갔지만 나현은 문을 잠가 버렸다.

꿀렁꿀렁, 속에 든 것을 죄다 토하는 소리가 나는 것을 들으며 시준은 연신 문을 두드렸지만 소용없었다.

"……어서 열어, 백나현!"

한참 지난 것 같았다.

쾅쾅, 두드리던 끝에 문이 열렸다. 그새 세수를 했는지 물에 젖은 얼굴로 나현이 그를 바라보고 있었다. 그가 뭐라고 입을 떼기도 전에 나현이 말했다.

"이제 확실해요. 나 이번 달에 생리 안 했어."

에필로그

"시준 씨?"

그녀는 진료실의 문을 열고 나와서는 우뚝 서서 그를 바라봤다.

"응, 나 여기 있어."

자리에서 벌떡 일어나는 그를 향해 나현이 다가왔다. 한 팔로 어깨를 감싸 안으며 다른 손으로는 팔을 붙잡아 주었다. 그녀는 망연자실한 표정을 짓고 있었다.

"무서웠어? 또 뭐가 남았어?"

작게 속삭이는 그에게 그녀가 고개를 저어 보였다.

"소변 검사 중이래요. 그런데……."

창백한 이마, 실핏줄이 두드러진 하얀 뺨, 갈라 터진 입술 등등, 나현은 핏기 없는 얼굴로 어쩌면 새벽빛같이 푸르스름한 느낌이 났다. 처음 만났을 때의 생기발랄한 기운이 사라진 모양은 그를 아프게 했다. 나현과 호텔을 나온 그는 선배 중의 한 명인 산부인과 전문의에게 연락을 취했다. 그리고 달려온 길이었다.

“여기 있어도 괜찮아요? 안 바빠요?”

침을 꿀꺽 삼키고 그녀가 어디 안 가도 되느냐는 눈빛을 보냈다. 내가 가긴 어딜 가? 나 이제부터 한시도 네 곁을 떠나 있지 않을 건데.

그동안 백나현을 몰랐던 시간과 잠시 놓쳤던 시간이 너무나 억울했다. 마음 같아서는 죽을 때까지 꼭꼭 붙어 있고 싶었다. 게다가 지금은 임신 검사를 하는 시간이었다.

“왜 그래? 내가 여기서 빠져 줬으면 좋겠어?”

“그건 아닌데…… 소변 검사에서 임신이 맞대요. 그런데…….”

“세상에, 백나현!”

뜻하지 않았던 기쁜 소식, 그것은 굉장한 것이었다. 그녀를 사랑하는 마음 반, 소중히 여기는 마음 반에 이제 행복감이 더해졌다. 막연한 두려움이 사라지고 그녀를 완벽하게 차지하고 내 새끼를 지키려는 의지가 생겼다.

“너무 고마워, 나현아.”

“정말이에요? 괜찮아요? 사실, 시준 씨는 나하고 결혼하는 거 꺼려했던 사람이고, 그러다가 여기까지 왔는데…… 피임도 제대로 했고…….”

이 여자가 지금 무슨 소리를 하나?

그러니까 그가 임신을 달가워하지 않을 거라는 우려였다. 시준은 나현을 품에 안으며 정수리에 입술을 묻었다. 제 기쁨이 고대로 전해지기를 바라며 그는 나현의 몸을 깊이 안았다.

“너는 처음이라 정신없었나 본데, 안 그랬어. 내가 두 번째에야 밖으로 사정한 거고 첫 섹스에서는……. 아무튼 나에게는 선물이고 축복이야. 나현이 네가 고맙고, 대견하고…… 뭐라 표현을 못 하겠지만 확실한 것은 내가 너무 좋다는 거야. 나는…….”

그가 나현의 얼굴을 양 손바닥으로 감싸며 두 눈에 대고 똑바로 말해 주었다.

“백나현, 잘 들어. 나는 한 여자를 지킬 수 있고, 한 여자를 행복하게 해 줄 수 있는…….”

“알아요.”

나현이 발뒤꿈치를 들고 서서 스스럼없이 두 팔로 그의 목을 감아 왔다. 그녀의 체온에 대고, 그리고 그녀가 품은 그들의 생명에 대고 그는 다독이듯 다시 말했다.

“그러니까 네가 내 옆에 있어 줘야 해.”

언제든지.

언제나.

우리 함께하자.

다행히도 VVIP로 운영되는 병원이었기에 대기실에는 그들밖에 없었다. 나현의 입술에 키스를 하고 있는데 벌컥, 진료실 문이 열리며 간호사의 음성이 들려왔다.

“백나현 씨, 초음파 확인해야 합니다.”

나현이 고개를 돌리려는데 시준의 힘이 풀어지지 않았다. 그는 기어이 나현의 입술을 베어 물듯 하고서 한 번에 쭉 빨아들였다. 아이, 하고 나현이 그의 얼굴에서 떨어지려 했지만 허사였다. 그는 성에 차지 않은지 한 번 더 나현의 입술을 탐하고는 놓아주었다.

“어서 들어오세요.”

볼이 붉어진 채로 간호사는 차트로 제 얼굴을 가렸다. 나현은 네에, 라고 답하고는 그의 손을 놓으려 했다. 그러나 시준은 그 손을 더욱 옭매듯 잡고는 성큼 진료실 쪽으로 걸음을 옮겼다.

"초음파, 그거 아픈 겁니까?"

그의 질문에 간호사는 나현의 눈치를 보며 대꾸를 해 주었다.

"전혀 아닌데요. 다만, 백나현 씨는 임신 4주차라 질 내 초음파를 하셔야 합니다. 그러니까 우리가 흔히 알고 있듯 복부에 하는 게 아니라……."

"들어갑시다."

더 이상 듣지 않고 시준은 나현의 손목을 붙잡아 제 가슴에 대고 진료실 안으로 들어갔다. 나현이 당황해서 망설이듯 주춤하자 그가 단호히 속삭였다.

"아플 것 같다. 같이 있어 줄게."

"아우, 아우……. 혼자 해도 되는데."

나현이 그의 팔뚝을 주먹으로 치는 시늉을 했지만 그는 요지부동이었다.

"같이 만들었잖아. 왜 너 혼자 해야 해?"

***

진료를 마치고 나온 후, 병원 주차장이었다.

"나하고 같이 가. 무조건 내 말 좀 듣자."

나현의 몸에 안전벨트를 채워 주면서 시준은 단단한 어조로 당부를 했다. 아니, 숫제 그건 명령이었다. 나현은 고개를 저었다.

"그럴 수 없어요. 나 사실 엄마가 보고 싶어. 엄마한테 가고 싶어요. 이런 맘 이해하죠?"

"거기는 내가 연락할게. 나현이 임신 초기여서 당분간 멀리 못 다닙니다, 하고 소식도 알리고 말이야. 아까 의사 선생이 하는 말 들었지? 지금이 너나 아기한테 가장 중요한 시기래. 게다가 네 체력이 방전이 되었다고 하잖아. 그냥 영양주사나 맞는다고 해결될 문제가 아니라고 봐. 내 말대로 해."

그는 운전석에 앉아서 먼저 휴대폰을 찾아 들었다.

"접니다. 어머니 며느리하고 집에 가려고 하는데요. 얘가 입덧이 생겨서 아무것도 못 먹겠답니다……. 입덧, 입덧이요. 아기 가지면 하는 거라는 그거요. 네에, 맞습니다. 말해 뭐 합니까? 어머니 손주입니다."

그의 억양에서 흥분이 묻어났다. 나현은 살포시 고개를 돌려 그를 새삼 바라보았다. 상기된 얼굴과 불꽃이 뿜어져 나올 듯이 흔들리는 눈동자는 틀림없는 기쁨이었다. 살짝 안도되는 기분은 무엇일까? 나현은 스르르 온몸에서 힘이 풀리듯이 안심이 되었다. 혹시라도 이 남자가 부담을 느낀다거나 하면……. 속으로 은근 마음 졸인 일이 우스웠다.

"나는 지금 백 회장에게 화가 나 있어. 김희숙, 송마리 두 여자에게도 마찬가지야. 이 싸움이 길어질 수도 있어. 나현이 네가 안전한 곳에 있어야 해. 부탁이니까 싫다고 하지 마."

나현은 가만 수긍했다. 백 회장과 두 여자들에 대한 증오심으로 이 순간을 망치고 싶지 않았다. 그러자 다른 고민이 슬그머니 고개를 들었다.

"당신 어머니가 나 싫어하면 어떡해요?"

임신했다는 것은 이런 건가? 금세 나현의 눈에 물기가 차올랐다. 욕심내지 않았던 것이 욕심이 나서 눈물이 나려고 했다. 나현은 제 감정 변화에 갑자기 부끄러웠다. 시준이 한 팔로 그녀의 어깨를 감싸며 토닥거렸다.

"난 너한테 나쁘게 하는 것은 어떤 것도 가까이 안 해."

그의 확고한 말에 나현은 입술을 바르르 떨었다. 믿어졌다. 그는 자신을 부러 포장하지 않는 사람이었다. 그가 하는 말은 무엇이든 든든했다.

"우습게 들리겠지만 네가 가지고 있는 것들, 사실 내게 필요 없어. 그저 백나현이 나를 사랑하느냐, 마느냐가 문제였던 거지. 그런데 넌 내게 맘을 줬고, 그러니까 제발 너는……."

그가 나현의 이마에 뜨거운 입술을 대며 나머지 말을 속삭여 주었다.

"행복해야 해."

그의 말에 또다시 무언가가 울컥 치밀어 올라왔다.

원래는 하루하루 행복하게 살고 싶었다. 하지만 하루하루 행복하지가 않아서. 증오가 꼬박꼬박 채워지고, 아픔의 색이 진해졌던 나날들이었다. 이 세상에서 유일하게 사랑하는 엄마는 불행으로 인해 육체든 영혼이든 무너져 가고 있었고, 아버지는 저 맘대로 되라는 조건을 달고 사람을 붙여 가며 그녀를 조종하려 했었다.

재산 상속이니, 재벌 3세니.

이런 것, 저런 것 다 싫어서 가장 맘에 드는 건축 일이나 하며 평범하게 살고 싶었던 것도 반항이 아니라 행복하고 싶어서였다. 제발, 단 하루라도 좋으니까 사람을 증오하지 않고 싶었다. 분노로 타는 심장은 바짝 말라서 어떤 것도 즐겁지 않았고 반갑지 못했다.

사람에게 마음을 줘 버렸다가 버림을 받기라도 한다면 끝장 날

것이 두려웠다. 엄마가 보여 준 삶이 가르쳐 주었다. 누군가에게 마음을 주는 일이 두려웠다. 그렇게 마음을 주고 나서 배반을 당하고서는 공허한 껍데기 같은 삶을 사는 것이 무섭게 느껴졌다. 한 사람에게 버림을 받는 것은 모든 것을 잃어버리는 것이나 마찬가지였다. 그렇게 사는 것은 세상에서 가장 싫은 일이었다.

미움과 복수심으로 불타는 마음에 절대 아무도 들여놓지 않을 작정으로 담을 쌓고 결계를 쳤다. 마침내 결혼하라고 복종을 요구받았을 때는 흡사 전쟁터에 나가는 전사가 되어야 했다.

이 남자와 결혼을 하려고 작정했던 이유는 딱 한 가지였다. 사랑하는 사람이 따로 있는 남자가 필요해서!

해동제약의 막대한 주식을 위자료로 주고 이혼해 나가떨어질 목적이었다.

인생은 자기 계획대로 되는 법이 없다더니!

그러나 계획대로 되지 않은 것이 고마웠다. 사랑하고, 사랑하고. 그녀는 비로소 평범해지는 느낌이었다.

나현은 배시시 웃으며 그의 뺨에 키스했다.

"생각해 보니까 행복하게 살고 싶어서 여태 견딘 것 같아요."

"이젠 견딜 필요 없어. 그동안 잘도 버텨서 나한테까지 와 준 일은 퍽이나 고맙지만, 이젠……."

"알아요, 키스해 줘요."

나현의 입술이 벌어지며 혀가 마중 나왔다. 그가 그녀의 혀를 머금은 채로 나머지 말을 해 주었다.

"조금만 더 빨리 오지."

"말했잖아요. 난 진짜 사랑을 할 거라고. 앞으로 기대하세요."

"백나현 속에 있는 얼어붙은 것들, 전부 다 녹일 거야. 너야말로 기대해."

그렇게 말해 놓고 시준은 키스에 집중했다. 제 입 안으로 삼키듯 하다 살살 안을 얼러 댔다.

깊고, 달고.

키스는 좀처럼 끝날 줄을 몰랐다.

***

"내 딸이 왔구나."

밖에 있다가 허겁지겁 귀가한 승애는 도우미들과 함께 음식을 만들고 있던 중에 아들 내외를 맞이했다.

"처음 뵙습니다."

나현은 얼굴을 붉히며 고개를 숙였지만 승애는 그런 그녀를 와락, 안으며 눈물을 글썽거렸다.

"집 나간 딸을 찾은 기분이 이런 거겠구나. 엄마, 라고 불러요. 이제부터 내가 나현이 엄마 해 줄 테니까. 뭐 먹고 싶어? 이것저것 만들고 있는데……."

"아침에 죽 냄새 맡고 다 토한 사람이에요. 아무거나 안 돼요."

시준이 나현을 보호하려는 듯이 두 사람을 떼어 냈다.

"무슨 소리야? 이럴 때일수록 얼마나 잘 먹어 줘야 하는데? 나현아, 일단 식당에 들어가자. 내가 시준이 가졌을 때 먹어서 좋았던 것들만 만드는 중이다. 아이고, 이 곱고 예쁜 것 좀 보게. 사람이야, 선녀야?"

승애는 다시 나현의 손목을 그러쥐고서 제 쪽으로 끌어왔다.

"얘한테 너무 그러시면 안 됩니다."

시준은 눈에 힘을 주고서 나현의 몸을 뒤에서부터 안았다. 나현이 당황하여 고개를 돌리며 그를 만류했다.

"이러지 마요, 나 괜찮아. 음식 냄새가 역하지 않은 것 같아요. 그리고 나 배고파. 뭐든 먹여 주세요."

"옳지, 이리 오련! 막국수도 만들고 있고 오미자 수박화채에다가 레몬즙 넣고 만든 비빔국수에다가 월남 쌈에……."

"네에, 제가 다 먹을게요."

나현의 말이 끝나기도 전에 승애는 주방을 향해 소리를 높였다.

"성진네! 아줌마! 우리 딸이 왔어요. 시준이가 고르고 고른 짝이에요. 얼마나 예뻐요? 내가 앞으로는 다리 뻗고 자게 생겼지 뭐예요?"

시준은 재빨리 나현을 비호하듯이 그 옆으로 가서는 손을 꽉 잡았다. 나현이 이러지 말라고 타박하며 잡힌 손을 빼내려 했지만 소용없었다. 그녀는 식당 안의 사람들에게 인사를 하면서도 시준의 손을 붙잡은 채였다.

"어때요? 예쁘고 고운 딸을 봤다고 이승애가 어깨에 힘줄 만하지요?"

나현을 위해 의자를 끌어당기며 시준이 걱정스러운 눈길로 식탁 위를 살폈다. 그런 그의 마음을 아는 나현은 생글거리며 괜찮다는 듯이 윙크를 보냈다.

"나 진짜 괜찮은 것 같아요. 냄새가 좋아."

"정말?"

"응, 전부 다 먹음직스러워."

그들이 서로 소곤거릴 동안에 승애는 흥분한 어조로 말했다.

"너희 아버지, 들어오시라고 했다. 지금 이만 한 꽃다발을 사 들고 오시는 중이다. 우리 부부는 오늘 아무것도 안 할 거야. 아주 작정하고 오늘은 나현이의 임신을 축하하기로 했단다. 시준이 너는 밥 먹고 바로 나가 봐도 돼. 아니, 나가야 할 것 같던데? 너한테 연락이 닿고 있지 않다고 하면서 아까 최 부장이 직접 전화 왔더라. 너 들어가야 한댔어."

"저야말로 오늘은 나현이하고 같이 있을 겁니다."

"안 돼. 나현이는 밥 먹고 나면 푹 안정해야 해. 너는 내가 알아. 나현이 심신 안정에 전혀 도움이 안 될 테니까 가서 일해라."

그러면서 승애는 갑자기 달아오른 얼굴에 손부채질을 하며 시준을 흘겨보았다.

"자식이 말이야, 그것도 회사에서…… 내가 모를 줄 알고? 흥, 잘도 멀쩡한 얼굴로 뒤에서는 짐승이 되고 말이야. 아가, 먼저 냉채 좀 먹어 보련. 내가 한창 입덧할 때는 이게 입에 맞더라."

도로 자애로운 얼굴로 바뀐 승애가 나현을 향해서는 미소를 지었다. 그녀가 냉채를 접시에 담아 나현의 앞에 놓는 순간에 시준이 낚아채듯 그것을 집어 들었다. 그는 음식에 코를 가져가 냄새부터 맡았다. 그러고는 미심쩍은 표정으로 나현을 보았다.

"괜찮겠어? 어때?"

"아유, 아니에요. 나 그 정도까지는…… 우욱."

그러나 나현은 구역질을 했다. 일시에 시준은 안색이 변하면서 이를 악물었다. 승애가 놀란 얼굴로 나현에게 다가왔지만 그가 팔을 뻗어 만류했다.

"오지 마십시오. 내가 합니다."

"뭘…… 할 건데요?"

어리둥절한 승애의 표정과 걱정스러운 시준의 얼굴을 번갈아

보며 나현은 입술을 깨물었다.

"괴로워?"

시준은 나현의 등을 어루만지듯 쓸어내고는 눈가에 맺힌 눈물을 훔쳐 내 주었다. 그녀는 손바닥으로 입을 틀어막으며 고개를 저었다. 점점 질려 가는 그 얼굴을 본 시준은 낭패라는 듯이 한숨을 깊이 내쉬고는 그대로 나현을 안아 들었다.

"안 되겠다. 누워 있자."

시준이 나현을 안고 식당을 나가는 뒤를 승애가 졸졸 뒤따르며 수선을 피웠다.

"정 박사님 오시라고 할까? 걱정 마! 자몽이 좋다는데, 네 아버지가 사 들고 오는 중이니까. 성진네, 물 끓여요. 따스한 물수건 만들게."

***

나현의 입덧을 감쪽같이 잠재운 것은 의외로 시준의 음식이었다. 미국 유학 시절에 자급자족하며 한국 음식을 해 먹었던 시준은 나현을 위해 순두부찌개며 김치볶음밥 등을 해 주었다. 희한하게도 그가 해 주는 음식은 먹혔다. 그것은 시준에게 또 다른 기쁨이었다. 그렇게 나현은 하루 종일을 굶었다가 퇴근을 한 시준이 만들어 주는 음식을 먹으며 기운을 차렸다.

나현의 임신으로 인해 가장 기쁜 승애 부부는 결국 시준에게 며칠 휴가를 내라고 압력을 행사하고 있었다. 그러나 시준은 업무뿐만이 아닌, 다른 일로도 분주했다.

백 회장과 두 여인에게 복수를 하려면 주도면밀하게 움직여야 했다. 아닌 게 아니라, 나현과 혼인신고를 하고 법적인 부부가 되자마자 백 회장으로부터 만나자는 연락이 쇄도했다.

계속 무시하기를 여러 날째, 그날은 비가 쏟아지는 오후였다.

시준은 자신의 집무실로 직접 찾아온 욱기를 대면하고 있었다.

"나현이 내놔라. 안 그러면 다친다."

무작정 엄포부터 시작하는 욱기였다. 시준은 히쭉, 웃으며 분기가 들어 있는 눈으로 그를 건너다보았다. 이 화를 어디다 풀어야 할까? 이 늙은이는 제 딸에게 부친의 정을 한 번이라도 줘 본 적이나 있을까? 부들부들 떨리는 손으로 찻잔을 쥔 채 그는 넌지시 받아쳤다.

"다치는 쪽은 회장님이십니다. 적자를 감추기 위해 은폐한 액수도 그렇고, 불법 자금유출이며 세금 탈세까지. 세무조사를 받으면 어마어마한 게 걸리겠는데요?"

흥, 하고 욱기는 코웃음을 쳤다.

"그렇지 않아도 우리 법무 팀에서 이야기 나왔었네. 신출내기 검사들 따위를 무서워할 내가 아니지. 재벌 개혁? 말이 우습지, 뜻대로 될 것 같아? 그리고 나현이가 가진 주식이 얼만 줄이나 아는가? 걔가 가진 게 30프로가 넘어. 그러면 100억대가 넘는데……."

"잘 들으십시오. 저는 협상으로 먹고사는 사람입니다."

"이 사람아! 이게 무슨 협상이야? 일방적인 겁박이지!"

버럭, 소리를 쳐서 역정을 내는 욱기의 얼굴이 붉으락푸르락했다. 점점 재미있었다. 솔직히 약점은 하나 건들지도 않았는데 이 지경으로 망가지고 있었다.

"협상입니다. 회장님께서는 나현이하고 어머님께 사죄하십시오. 그러면 적어도 재판은 면하게 해 드리겠습니다."

"기막혀서, 원! 내가 결혼 안 시키겠다고 아이를 빼돌려서 화났는가? 나현이 그 계집애가 평소 욱해서 저지른 일들이야! 아비가 훈계 좀 못 해? 그렇다고 아이랑 몰래 혼인신고를 하다니! 이게 어느 나라 법인가?"

"저는 이만 일어납니다. 다시는 회장님과 대면하여 이야기하지 않겠습니다. 잊지 마십시오. 나현이는 이제 제 식구, 제 사람입니다. 회장님이 나현이에게 접근하시려 한다면, 이제 제가 불허합니다."

"뭐야? 괘씸한 것들 보게나! 나현이 고 계집애, 이것이 그냥……."

무익하게 떨며 욱기가 시준을 향해 손을 뻗쳤다.

계집애라고? 시준은 욱기의 손목을 낚아채듯 잡아 비틀며 으름장을 놓았다.

"한 번이라도 딸의 입장에서 생각해 보신 적 있으십니까?"

"그 녀석은 버러지 같은 집안이라면서 원래부터가 내 밑에 있는 거 달가워하지 않았었네. 이 손 못 놓겠는가?"

"아주 분질러 버리고 싶은 것을 참고 있는 중입니다."

"이, 이, 이 녀석이 미쳤나?"

이를 갈며 욱기가 손목을 확 빼 버렸다. 시준은 분을 삭이지 않고서 정중히 묘수를 내쏟았다.

"나현이한테 어떻게 하셨는지 반성 좀 해 보십시오. 그러면 저도 인색하지 않게 드릴 말씀이 있습니다. 송마리 씨의 불법거래 내역 조회한 거에서 뭐가 나왔는지 아십니까? 필리핀에서 마약 들여와 팔았더군요. 이 나라에서 겁도 없이. 그것도 수년간을. 그런데 회장님은 송마리 씨의 명의에 재산 옮겨 놓으셨고요. 백승훈! 회장님의 아들은 또 어떻고요? 죽은 아들을 가슴에 묻으시긴 하셨습니까? 회장님은 아드님을 빼앗긴 것이나 진배없습니다. 혐의만 입증되면 회장님의 여자들은 살인자가 되는 겁니다. 김희숙과 아드님이 나란히 송 마담의 룸에서 마약을 한 사이더군요. 아드님 사인이 약물 중독인 것은 누가 감춘 거랍니까?"

"미친, 그거 나현이가 캔 건가?"

눈매가 붉어지며 욱기가 겁에 질려 경악을 했다. 시준은 냉랭한 눈으로 그를 노려보았다. 저 모습을 나현이 보았더라면, 하고 그는 심장이 조여드는 느낌이었다.

"말해 봐. 희숙이가 그러는데 딸아이가 그렇게 협박을 했다는데…… 그건가?"

"누가 딸아이라는 겁니까? 나현이는 당신 딸이 아닙니다. 그리 아십시오."

시준이 노골적으로 경멸을 담아 고함을 쳤다. 움찔, 욱기가 어깨를 떨며 입술을 축였다. 덜덜 떨리는 손을 하고 그가 제 가슴 부분을 만졌다.

"다행히도 아내는 그것까지는 모르고 있습니다. 그저 김희숙과 송 마담이 마약을 다룬 점을 의심할 뿐입니다. 하지만 이제 제 손에 떨어졌습니다."

그것은 빠져나갈 구멍이라도 주고 쥐를 몰아붙이는 고양이의 심정이었다.

***

"강시준, 저놈이 완전 돌았어! 저 경우 없는 녀석을 보게! 범 새끼가 감히…… 이진희, 전화 연결됐어? 빨리, 빨리!"

시준과 헤어져 자신의 차에 올라타자마자 욱기는 비서에게 휴대폰을 건네받았다. 이진희, 그녀의 목소리가 들려왔다.

-예, 회장님. 찾으셨습니까?

그가 해고한 뒤로 이진희 비서는 나현과 한 번 만나지 못하고 있다고 들어 알고 있었다.

"자네, 나현이 좀 만나 봐. 아이가 저 집에서 꼼짝 않고 있어서 얼굴 볼 틈이 없네."

-아가씨 말입니까? 누구 집에 있다는 건가요?

"누구긴 누구야? 한경 상무 집이지. 자네가 연락해서 불러내. 내 쏠쏠하게 챙겨 줄 테니까."

잠시 침묵이 흘렀다. 머릿속으로 부지런히 계산을 하고 있는 것 같았다. 조금 뜸을 들이던 그녀가 계산을 끝냈는지 마침내 대답을 해 왔다.

-알겠습니다, 회장님.

"큰 거 한 장으로 선입금할 테니 빨리 연락하게. 그리고 어디서 만나는지 심 실장에게 보고하고."

-그런데 만나 줄지는 모르겠습니다.

"시끄럽네! 일단 그물을 쳐 놓을 테니까 자네는 유인이나 잘 하라고."

전화를 끊은 뒤에 욱기는 혼잣말로 투덜거렸다.

"보자보자 하니까 강 상무 하는 짓이 지랄 같아서 더 훼방 놔야겠어. 자식이 날 아주 물로 봐. 나현이 주식으로 해동을 날로 먹으려 들겠다고? 이참에 유언장도 고치고 말이야, 나현이가 있어야 돼!"

게다가 희숙은 강 상무의 모친이 압력을 넣었기 때문이라며 아트센터도 그만두고 있었다. 여러모로 신경이 쓰였다. 검찰에 찔러 넣은 회계장부고 뭐고는 워낙에 숙달된 회사 법무 팀에서 알아서 할 거였지만 나현이를 끼고 자신을 가르치려 드는 태도는 굉장히 거슬렸다. 엎친 데 덮친 격으로 송 마담의 불법 장부나 아들 승훈이 연관되어 보이는 마약 문제까지. 으악, 머리가 터질 것 같았다.

그런데, 뭐라? 사죄를 하라?

나현이 녀석이 밤낮 읊어 대던 레퍼토리가 아닌가?

사내가 여자한테 빠져서는 똑같이 해 대고 있는 꼴이라니! 내가 나현이 계집애를 빼앗아 올 거야. 유언장도 만져서 저 새파랗게 어린놈을 혼쭐 내 줘야지! 가만 보면 저 녀석에게는 그게 뜨거운 맛이겠어.

***

그날 저녁에 해물 거리를 잔뜩 사 들고 온 시준이 꽃게를 만지고 있는 틈에 나현이 다가와 슬그머니 말했다.

"오늘, 진희 언니에게 전화가 왔었어요."

수돗물이 쏟아지는 싱크대 속에서 시준의 손길이 멈췄다. 그는 나현에게로 고개를 돌려 이마에 쪽, 키스를 하며 말했다.

"절대 나가지 마."

나현이 깜짝 놀라서는 손바닥으로 그의 등을 쳤다.

"우와! 이 남자, 진짜 동물적인 감각일세! 어떻게 알았어요? 나오래요. 만나자고요."

"나현아."

이번에는 전복을 만지며 그가 조용히 그녀의 이름을 불렀다.

"왜요?"

"내 허리에 두 팔을 감고 등에 귀를 가져다 대."

"명령입니까?"

"간곡한 부탁입니다."

"음식을 만들어 주는 정성을 봐서 그 부탁, 들어 드리겠습니다."

장난스럽게 눈웃음을 치며 나현이 그가 시키는 대로 했다. 그의 허리에 팔을 두르고 꼭 껴안은 뒤에 널찍한 등에 귀를 댔다. 심장에서 피를 펌프질을 하는 소리, 호흡 소리가 예사롭지 않게 들렸다. 사랑하는 남자의 모든 것이 소중하게 와 닿았다.

"내가 충주 어머님께 사람 붙인 거 알고 있지? 이진희 씨 쪽에도 그랬었어. 회장님, 이제 네 아버지 아니니까 존칭 쓰지 않을게. 그 인간이 이진희 씨를 통해 너를 불러낸 다음에 어떻게든 하려고 한대. 불 보듯 뻔해. 유언장 다시 작성하려는 거겠지. 불법이 전문인 사람들이 못 할 게 뭐 있겠어."

그렇구나.

나현은 자그맣게 숨을 토해 내며 씁쓸한 미소를 지었다.

"나도 이렇게 나올 줄 알고 담당 변호사 통해서 유언장 조치 취해 놨었어요. 후견인으로 지목된 분들께도 서명 날인 확인했고요. 근데, 진짜 어떻게 그리 잘 알아요? 어디 우쭐해 봐요. 봐 줄게."

"고맙게도 이진희 비서가 내 쪽 사람들에게 미리 정보 흘렸었어. 너한테는 내가 직접 말하려고 했고. 너는 무조건 조심해야 하는데 아무래도 충격받을 것 같아서 염려되었거든."

"그래서 나가요, 나가지 말아요? 나 어떡해야 하는 건데?"

나현이 그의 허리에 두른 팔에 힘을 주면서 다그쳤다. 그가 나직한 어조로 대꾸했다.

"나가지 않았으면 좋겠어. 그렇지만 네 맘이야. 뭐든지, 앞으로도 그럴 거야."

"진희 언니는 자매 같은 사람이에요. 아마 내가 나가지 않으면 곤란할지도 몰라."

그가 몸을 돌려 나현을 향해 섰다. 손에 물기가 있어 만지지는 못하고 그가 나현 쪽으로 고개를 숙였다.

"그런 거라면 걱정 마. 내가 해결할게. 넌 있어."

"아니, 내가……."

"나현아, 백나현!"

그의 음성이 나직하게 흘러나왔다. 다정하긴 하나 차가운 감이 느껴져 나현은 눈을 크게 떴다. 그가 입을 열었다.

"나한테 키스해, 어서!"

"알았어요."

그녀가 자신에게 기울어진 시준의 얼굴을 붙잡고 입술에 키스를 했다. 쪽, 소리를 내며 떼어 내는데도 시준이 끝까지 쫓아와 제법 길게 키스가 이어졌다. 하아, 하고 숨을 토해 내는 사이에도 그는 이글이글한 시선으로 그녀를 뚫어지게 보았다.

"넌 내가 지금 온 마음을 다해 집중하는 존재야. 아무 데나 가서 힘든 거 겪게 하지 않아. 내 맘 이해해?"

나현의 눈이 그를 샅샅이 살폈다. 이 남자는 내가 나가는 게 싫은 거구나! 대번에 알아졌다. 그의 눈동자에 깃든 집요함은 분명 그녀를 향한 채였고, 무엇보다도 뜨겁게 달아올라 보였다. 그녀의 마음속에서도 새삼스럽게 그에게 치미는 무언가가 있었다. 비로소 시준의 모습으로 눈길이 갔다. 그는 퇴근을 하자마자 2층의 주방으로 올라와 슈트 저고리만 벗은 채로 해물을 만지지 않았나?

미련한 건지, 원! 그는 나현이 먹는 음식은 절대로 아무에게나 맡기지 않아서 일이 더 많아졌다. 갑자기 자신에게로 쏟아지는 애정의 두께에 가슴이 막막해졌다. 나현은 복받치는 심정으로 발뒤꿈치를 들어 올려 그의 목을 끌어안고 속삭였다.

"적어도 나 때문에 불안하지 않게 할게요."

"어떻게 할 건데?"

그가 고개를 돌려 나현의 뺨에 입 맞추며 물었다.

"강시준을 떠나지 않아야겠지요."

"그건 당연한 거고. 다른 것도 말해 봐. 나 불안하지 않게 어떻게 하겠다는 건지."

"다른 거? 아, 행복해야겠다. 것도 열심히."

"말 잘했어."

그녀의 뺨에 입술이 닿았다가 떨어지고, 또다시 닿았다. 어깨를 움츠러들며 나현이 웃었다. 뜨거운 숨을 내쉬며 그가 당부를 했다.

"넌 애쓰지 않아도 돼. 그냥 있어. 내가 행복하게 해 줄게."

행복의 반대는 불행으로 알고 있었다. 그러니까 불행하지만 않으면 된다고 믿으며 살았다. 이 악물며 일부러 딴생각이 들지 않게 분주히 몸을 움직이고 머리를 쓰지 않으려 애썼다. 그러면 불행하지 않았으니까. 행복까지는 바라지 않았기에 그 정도가 최선인 줄 알았다.

그런데 이제 말할 수 있을 것 같았다. 행복할 수 있다고 말이다. 이 남자와는 자신도 행복할 것이 분명했다. 동시에 행복은 편안한 것이라는 등식도 생겼다. 자신이 얻은 것은 일부러 극복해 내고 치열하게 싸워야 하는 것이 아닌 상대방이 온전히 베풀어 준 사랑의 결과였다. 그것만으로도 충분히 벅차게 행복했다.

나는 이 남자에게 무엇을 줄 수 있을까? 그런 그녀의 마음을 읽은 모양으로 시준이 이렇게 말했다.

"알아? 백나현은 내 것이라는 사실만으로 난 만족해."

"강시준, 이 남자 봐라. 당신이 나의 유일한 것, 나의 유일한 세계가 되었다고 자만하면 안 돼요."

"이거 느닷없이 감동인데?"

그의 턱이 나현의 어깨에 걸쳐지며 입술이 귓불을 간질였다.

"뭐가요? 왜 느닷없는 감동이래?"

그녀의 몸을 힘주어 끌어안으며 시준이 나직이 중얼거렸다.

"응, 계탔어. 방금 전에 내가 백나현의 유일한 것이라는 고백을 받았거든."

***

그 후에 희숙과 송마리는 몇 번이고 나현과 접촉하려 들었다. 이유는 단 한 가지였다. 나현을 통해 시준을 멈춰 달라는 애원을 하기 위해서였다. 백 회장은 회사에 몰아친 세무 감사에다가, 검찰의 기소에 대응하느라 정신이 없었고, 두 여자들은 불법 장부가 원인이 되어 마약사범이 될 곤경에 처해 있었다. 거기에 백승훈의 사망 원인이 모 기사에 의해 떠벌려졌다. 이제 두 여자는 법의 심판을 받는 처지였다.

이 일로 인해 백 회장은 도덕적인 잣대에서도 자유롭지 못하게 되었다. 시준은 나현의 입덧이 다소 나아진 임신 5개월 무렵에 그녀를 여행이라는 핑계로 유럽으로 보냈다. 모친을 비롯해 이진희 비서와 함께였다. 백 회장과 두 여인에 대한 사건이 연일 시끄러운 와중에 나현을 지키려는 의도였고, 또한 은경의 소원을 들어주기 위해서였다.

은경은 딸의 임신으로 인해 기운이 난다고 하면서 평생 해 보지 못한 일로 여행을 소원했다. 해서 시준은 독일의 드레스덴에 위치한 요양병원 인접한 곳에 저택을 구하고는 거기서 모녀가 당분간 지내게 했다. 분주한 와중에 그도 열흘 정도 휴가를 받아 나현을 방문할 예정이었다.

***

"……그러니까 요는 그래. 상무님은 네가 더 이상 알기를 원하지 않는 거야. 그러니까 네게는 무조건 상처가 된다고 보는 거지. 너희 오빠는 송 마담하고 김 관장이 마약을 시켰어. 물론 사람이 시킨다고 다 하지는 않겠지만, 유혹이 어디 그래? 암튼 밝혀진 팩트는 그거야. 네 오빠가 송 마담의 아지트에서 마약을 하다가 망가진 거라는 거."

위층에서 은경이 낮잠을 자고 있는 시간에 벽난로 앞에 앉은 이 비서와 나현은 도란도란 이야기를 나누고 있었다. 이 비서는 실컷 털어 놓고서 나현을 걱정하는 투로 괜찮니? 라고 덧붙여 물었다. 나현은 배시시 웃음을 베어 물었다.

"우리 시준 씨도 웃기다. 꽁꽁 숨겨 놓듯이 나를 여기 보내면 다인 줄 아나 봐. 내가 그런 사실도 모를 줄 알았나? 어떻게든 알게 될 텐데."

"그래도 제 아내가 신경 쓰거나 힘들어할까 봐서 애쓰는 맘이 너무 가상해. 얘, 너 정말 결혼 잘한 거야. 너 맞선 보기 전 기억해? 우리 백나현! 다른 남자들을 제치고서 상무님을 콕 짚은 일은 대단한 신의 한 수였어."

"그때는 저 남자한테 애인이 따로 있는 줄 알았지. 난 내 주식이나 얹어 주고서 평생 혼자서 자유로운 영혼으로 살고 싶었던 거고. 생각해 보니까 그것도 썩 나쁜 엔딩은 아니다."

"뭐가 나쁜 엔딩이 아니라는 거니? 자유로운 영혼은 해서 뭐 하게? 것도 사람 나름이지. 넌 평생 김 관장이나 송 마담에게 재산 한 푼 안 빼앗기기 위해 바득바득 이 갈고 살았을 거 아니니? 그게 사는 거냐? 안 그렇습니까, 사모님?"

나현은 두 손으로 아랫배를 만지며 슬그머니 미소를 지었다.

"신기해. 오빠가 어떻게 갔는지를 알고 났는데도 그리 아프지가 않아. 상처 안 날 것 같아, 나. 행복이 뭔지 조금은 알 것 같다고나 할까."

고개를 옆으로 기울고 이 비서에게 자랑하듯 말하는 모양은 과연 상처받은 사람 같지가 않았다. 7년여를 동고동락한 덕에 그녀는 나현에 대해서 어느 정도는 파악하고 있었다.

"근데, 언니! 가끔 불안하기도 해요. 내가 과연 저 사람에게 사랑받아도 되는 건가, 어쩔 때는 가슴이 철렁 내려앉을 때가 있어요. 내가 아직 덜 자란 것 같아서……."

"나현아. 아니, 사모님."

쿡쿡, 웃음을 참으며 이 비서가 은근한 목소리를 냈다. 나현에 대한 호칭이 아무렇게나 불러지는 것은 새로 생긴 곤욕이었다.

"나현이라고 불러요. 우리끼린데 뭐 어때요?"

"그래, 그러면 딱 오늘까지만 이름 부르도록 할게. 나현아, 있지."

왜요? 하고 나현이 멋쩍은 표정을 했다.

"너 썩 괜찮은 여자야. 배경 이런 거 빼고도 너 강시준 상무한테 사랑받을 만해. 아니, 넘칠걸?"

"언니, 항상 나한테 뭐라고 그랬죠? 나보고 백나현이 아니라 욱나현이라고 흉봐 놓고서는, 갑자기 무슨 괜찮은 여자래."

"네게 부족하다고 생각되는 부분 있으면 조금씩 채워 가며 살면 돼. 그렇다고 너무 노력하지는 말고. 네 그대로의 모습을 감당하는 것도 강시준 상무님의 역할일 테니까. 원래 부부라는 게 완벽한 조각으로 만나는 게 아니거든. 살면서 서로에게 맞지 않는 부분들은 고치고 그러면 돼. 그것도 상대방을 위하는 하나의 방식이고 배려야. 너 모르지? 무턱대고 사랑이라는 이름으로 자기만의 원칙을 고수하는 것도 할 짓 아니다. 그러다 어긋나기도 하고 그래. 어쨌든 사랑만 믿고서 무책임하고 한심하게 살지만 않으면 돼. 물론 백나현은 남편 때문이라도 그렇게 될 것 같지는 않다. 그런데 백나현, 너 그 성격만 어떻게 해 보자. 쌍욕 같은 것도 하지 말고. 강시준 상무와 백나현 사이에서 아이가 태어났는데 너 닮아서 욱하고 욕하면 그거 어떻게 보냐? 다행히 아빠가 워낙 의젓한 사람이라 조금이라도 커버가 되겠다만."

나현은 까르르 웃으며 버릇처럼 아랫배를 쓰다듬었다.

"욕은 이제 안 해. 안 할 거야. 그런데 언니, 언니가 웬일로 꽤 멋진 사람으로 보인다. 어떻게 보면 인생을 다 산 노인네 같기도 하고."

어머나, 하고 이 비서가 과장되게 나현의 어깨를 주먹질하는 시늉을 했다. 나현이 도망치듯 슬쩍 일어나 가죽 매트 쪽으로 가서 앉았다. 이 비서는 흡족한 얼굴로 큰소리쳤다.

"너 내가 멋진 거 이제야 알았어? 내가 이래 봬도 이론에는 빠삭한 여자야. 그럼, 나도 소원 좀 풀자. 사실, 이제야 궁금한 거 해소해 보고 싶어. 너 솔직히 말해 봐. 임신, 어떻게 한 거니? 네가 강시준 상무님을 확 덮친 거지, 맞지?"

무슨 유치원 아이도 아니고.

나현은 이 비서의 상식을 벗어난 질문에 헛웃음이 나왔다.

"너무 알려고 하지 마. 다쳐. 언니도 연애해 봐. 그럼, 다 저절로 알게 돼요. 그리고 사랑은 영혼으로만 하는 거 아니야. 몸도 따라 주어야 해. 하긴, 언니는 나하고만 이십 대의 대부분을 보내서 그런가, 아직 모태솔로 못 벗어났지? 그러니 알 리가 있나."

나현은 거실 한가운데에 놓인 푹신한 매트 위로 발라당 몸을 눕혔다. 솔솔 졸음이 오는 시각이었다. 요즘은 먹고 자는 게 일이었다. 그녀 인생에서 가장 게으른 순간을 보내는 중이었다.

그런데도 조바심 나지 않고, 그저 편안한 것이 다행이었다. 시준과 자신에게로 온 생명을 키워 내는 일이라 여겨서 최선을 다하고 싶었다.

아가야, 사랑해. 백 번이고 천 번이고 말해 줄게. 시준과 하루에 몇 번씩 통화를 하기는 하지만 유독 그녀는 잠이 들기 전의 통화를 즐겼다. 시준은 그녀의 배에 휴대폰을 가져가게 한 뒤에 아기에게 사랑한다는 고백을 들려주는 예비 아빠였다.

"나 좀 잘 거야."

"백나현 사는 거 보면 돼지가 언니 하겠어. 그래, 지금 자 둬라. 저녁때 마사지 받을 거니까, 알았지?"

이 비서는 놀리듯 말하면서도 얼른 창문마다 달려 있는 암막 커튼을 내리고는 슈베르트의 피아노곡을 틀어 놓았다. 안락의자에 놓인 담요를 가지러 다가가는데 갑자기 문이 열렸다. 놀라 눈을 크게 뜨는 동안에 시준이 문을 닫고 들어왔다.

"아! 사, 상무님!"

"쉿!"

시준이 손가락을 입에 가져가 조용히 해 달라는 신호를 보내왔다. 눈치 빠른 이 비서는 오케이, 라고 손가락으로 표시를 하고는 옆방으로 달아나듯 빠져나갔다. 살금살금, 시준이 나현이 누워 있는 쪽으로 걸음을 옮겼다. 어두운 잿빛의 트렌치코트를 걸친 시준의 얼굴은 장시간의 비행기 여행으로 인해서인지 창백한 대리석 덩어리와 같았다.

그는 나현의 잠이 들어 있는 얼굴을 내려다보며 제 입가에 손을 가져갔다. 그때였다. 설핏 잠이 들까 말까, 눈을 감고 있던 나현이 갑자기 소리를 지르며 벌떡 몸을 일으켜 앉았다.

"……엄마야! 나 방금 배가 뽈록 움직였다."

"나현아!"

"어? 어?"

나현은 제 눈앞에 있는 형상을 믿을 수 없어서 몇 번이고 눈을 깜박거리며 입만 뻥긋했다.

"나 왔어."

시준은 두 팔을 활짝 벌리며 어서 안기라는 재촉의 눈짓을 했다.

"하아, 아가가 아빠 온 것을 알고 그랬구나. 있지요, 처음으로 배 속에서 아가가 움직였어요. 나 느꼈어! 뭐야, 우리 아이 되게 총명하다."

나현은 금방이라도 눈물을 쏟을 것 같은 얼굴로 그를 바라보다 그의 손을 가져와 제 배에 댔다. 과연, 토독 하고 손바닥을 치는 느낌이 났다. 울컥한 시준은 그녀를 덥석 안으며 배를 어루만졌다.

"도저히 안 올 수가 없었어."

"왜요?"

"보고 싶잖아."

나현은 제 배를 만지고 있는 그의 얼굴에서 수염이 까끌까끌 돋은 턱을 찾아 만졌다.

"밥은 먹었어요? 왜 이리 까칠한 모습이야?"

"마누라, 지금 남편 걱정해 주는 거야?"

"몰라요. 그냥 먹먹해. 자기 고생 많았구나, 하고 속상해지려고 해요."

"이리 와, 이리로."

"나도 보고 싶었어요. 잘 왔어, 내 사랑."

그의 입술이 나현의 입술에 포개졌다. 혀와 혀가 만나 어르고 달래는 키스가 이어질 동안에 서로의 가슴이 말하고 있었다.

너는 내 것이라고.

백나현은 강시준의 것, 강시준의 백나현의 것.

언제까지나.

지금의 현재, 그리고 미래.

그런 날들을 함께할 것을 두 사람은 소리 없이 약속했다.

"나는 내가 이렇게 변할 줄 몰랐어요. 모든 게 아름다워 보여. 그러니까 강시준을 만나기 전에는 되게 심심하게 살았던 거네. 툭하면 미워하고 분노하고. 그건 살아도 사는 게 아니었어."

문득, 생각난 듯이 이런 말을 하는 나현에게 그가 동감을 표했다.

"나도 지겨웠는데."

"있지요, 옛말 그른 거 하나도 없어요. 사람이 살아 있는 한은 희망이 있다고 어느 교수님한테 들은 것 같아. 하도 고리타분한 말이어서 코웃음 쳤는데. 그 말이 맞았어."

"좋은 말이다. 살아 있는 한은 희망이 있다니."

그가 나현의 몸을 감싸 안은 채로 귓불에 키스를 했다. 나현이 그의 목에 팔을 두르며 미소를 지었다.

"살아 있어라, 희망은 있을 것이다. 어떻게 들으면 너무 뜬금없는 말이지만 이 세상에서 가장 도움 되는 말 같아요. 나에겐 아버지도 아버지가 아니었고, 엄마도 좋은 적 없었어. 엄마는 날마다 내 가슴을 후벼 파는 존재였어요. 생각만 해도 아팠거든. 나는 나 하고 싶은 대로 사는데도 재미가 없더라고. 그런데 희망이 있었어. 여기, 이렇게."

내 희망은 사랑이었구나.

이 남자의 사랑.

나현의 눈빛을 읽어 낸 그가 고개를 저었다.

"너만 그런 거 아니야. 나한테도 네가 희망이지."

그가 나현의 이마에 입술을 문지르며 나직한 말로 속삭였다.

"용기 내 줘서 고마워. 나를 사랑하고 받아들이고, 그거 큰 용기였던 거 알아."

사랑에 용기를 냈다. 그리고 그 결과에 만족하기 위해서는 후회 없는 삶을 살아야 할 거였다. 나현은 그 생각을 입 밖으로 말했다.

"용기를 낸 것에 후회하지 않기 위해서는 내가 좀 더 잘할게요. 자기, 고마워요. 기껏 고백하고는 쑥스럽다."

"벌써 잘하고 있는데, 뭘 더 잘한다는 건지."

그의 혀가 거침없이 나현의 입술을 가르고 들어왔다. 사랑스러워 죽겠다는 몸짓, 그리고 더없이 뜨거운 열기로 그들은 키스를 나누었다.

-마침-

작가후기

안녕하세요? 소년감성이라고 합니다.

몇 차례 종이책을 작업했으면서도 지면을 빌려 독자님들께 건네는 인사는 처음인 것 같아요. 저는 표기를 잘못하는 바람에 '소년감성'이지만 실제로는 '소녀감성'이랍니다. (소년이 아니라 소녀요. ^^;)

저라는 사람은요, 3년째 '방탄소년단'의 팬질을 하고 있고요. 그들이 세계 시장을 강타하는 것을 보며 요즘 즐거워하고 있습니다. (RM, 진, 슈가, 뷔, 제이홉, 지민, 정국이 영원하자!) 아이러브 니키 좋아하고요, 피겨린을 모으고 공연장 가기나 영화 보는 것이 취미랍니다.

널널한 제 감성에 예쁜 것, 좋은 것만 담고 채우려고 노력하며 살아요. 좌우명은 '겸손하고, 건강하게.' 정도 되겠습니다. (^^)

이 글을 처음 쓰기 시작한 무렵은 뜨거운 뙤약볕에 시달리던 한 여름의 끝이었는데, 지금은 연말이네요.

우리 모두 한 해의 끝자락을 달리고 있는 거네요. 되돌아보면 이 글을 읽은 분들도 저도 참으로 치열하게 내달린 한 해였습니다.

여러분, 진짜 고생 많으셨습니다. 이제 다시 시작되는 새로운 한 해에는 우리 독자님들께 좋은 일들만 더 가득했으면 좋겠습니다. 저는 늘 소원이 그거거든요.

"world peace!(세계 평화)"

저는 정말 우리 사는 세계가 평화로웠으면 좋겠습니다.(^^)

그러려면 우선 사랑하는 연인들부터 한마음이어야 할 것 같아요. 특히 처음의 마음가짐이 끝까지 쭈욱 가는 거요.

이 책의 남녀주인공인 시준과 나현에게 제가 투영했던 것도 바로 그런 부분이었습니다.

어쩔 수 없이 시작되는 사랑, 그리고 그 사랑의 목적은 한마음이라는 것.

하나의 마음.

나는 너를, 너는 나를.

부디 끝까지 아껴 주며 살아가기를.

처음에 시준은 결혼에 회의적이죠.

그건 나현도 마찬가지고요.

그런 두 사람이 사랑을 선택하는 이야기를 저답게 그려 보려 했는데…… 늘 그렇듯이 저는 숙성이 덜 된 인간인지라…… 많이 모자란 것 같아요.

그럼에도 읽어 주신 분들, 너무 고맙습니다.

이 책을 흔쾌히(?) 선택하고 무리한 작업을 같이 한 김지현 주임님께 고마운 인사 전합니다. (주임님 되신 것을 너무 축하드려요^^ 저와는 첫 작품부터 해서 여기까지 와 주셨지만 지면에서 인사한 것은 처음인 것 같아요.)

그리고 아직도 미숙한 저를 서슴없이 격려해 주시는 독자님들, 제가 너무 애정하고 의지합니다. 님들이 있어서 여기까지 왔어요. 더 나아지는 소년감성이 되도록 끝까지 지켜봐 주셔요.

끝으로 소년감성의 간곡한 인사말입니다.

우리를 힘들게 하는 바람이 아무리 차갑고 모질다 해도, 우리를 힘들게 하는 사연이 아무리 지극하다고 해도…… 저는 해피엔딩을 믿습니다.

로맨스 소설의 마지막 장이 늘 그러하듯,

우리 독자님들의 삶도 그러하기를.

2017년 겨울, 한파 특보가 내려진 어느 날에

소년감성 올림.